유리심장

유리심장 1

초판 1쇄 찍은 날 | 2007년 08월 22일
개정판 2쇄 찍은 날 | 2021년 03월 04일
개정판 2쇄 펴낸 날 | 2021년 03월 08일

지은이 | 조례진
펴낸이 | 서경석

편 집 책 임 | 강다윤

펴 낸 곳 | 도서출판 청어람
등록번호 | 제387-1999-000006호
등록일자 | 1999. 5. 31
어람번호 | 제5-0475호

주소 | 경기도 부천시 부일로 483번길 40 서경B/D 3F
      (우) 14640
전화 | 032-656-4452 팩스 | 032-656-4453
http:// blog.naver.com/roramce
E—mail | roramce@naver.com

ⓒ 조례진, 2021
ISBN 979-11-04-91917-6   04810
ISBN 979-11-04-91916-9   (SET)

Chungeoram romance novel

유리심장

조례진 장편소설

VOL.1

도서출판 청어람

목차

※ 1) 2) 3) 은 각주, 1] 2] 3] 은 미주입니다.

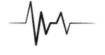

1

너, 심장이 1분에 몇 번 뛰는지 알아?

심장이란 참 불가사의한 존재였다.

보통 주먹쯤 되는 작은 크기로, 1분에 약 70번 뛰며 하루에만 도 엄청난 양의 혈액을 순환시켰다. 인간이 사는 동안 단 한 번 도 쉬지 않는데, 아무리 힘이 좋은 기계라고 하더라도 수십 년간 한 번도 멈추지 않고 움직이는 건 불가능할 것이다. 그래서 가끔 탈이 나기도 하지만, 효인에게 있어 심장이란 이미 인체의 기관 이라는 정의를 넘어 한 명의 아이 같은 존재였다. 잘 삐치고, 잘 토라지고, 섬세하고 예민하지만 언제나 힘이 넘치고 미래지향적 인 그런 아이. 그렇다면 효인의 직업은 유치원 보모인가? 뭐, 일 종의 그런 것이라고 할 수 있었다.

효인은 가볍게 콧노래를 흥얼거리며 복도를 걸어가고 있었다. 어깨도 한번 으쓱거려 주고, 지루한 수업을 끝내고 하교 시간을 맞은 여고생처럼 경쾌한 걸음으로.

그때 반대편에서 걸어오던 여자가 왠지 굉장히 즐거워 보이는 그녀를 발견하고 흥미롭다는 얼굴로 다가왔다.

"심 선생."

효인은 '응?' 하며 고개를 들었다. 구수한 트로트 노랫가락을 흥얼거리고 있던 차라 입술을 삐죽 내밀고 있었다.

"아, 홍 선생님."

효인은 빙그레 웃음을 띠었다.

"뭐 좋은 일이라도 있어?"

정임은 흥겨워 보이는 효인 옆에서 걸어가며 물었다. 그러자 효인은 눈매를 부드럽게 녹이며 웃었다. 그녀는 경단처럼 차지고 흰 피부에 고양이 상의 눈매, 선천적으로 색소가 옅은 연갈색 눈동자를 가졌고, 역시 색소가 옅은 편인 암갈색 머리카락은 가슴까지 찰랑이며 내려왔다. 물론 지금 머리는 일하는 데 방해가 되지 않도록 한 가닥으로 질끈 묶고 있었지만, 오밀조밀한 생김새가 꽤 새침해 보였다. 하지만 정임은 꽤 오랫동안 효인을 알아왔기에 그녀가 외모는 고양이처럼 새침해도 속은 곰처럼 우직하다는 사실을 잘 알고 있었다.

"좋은 일은요."

척 보기에도 화색이 만연한 얼굴인데 효인은 발뺌했다. 그에 정임은 눈을 흘기며 추궁에 들어갔다.

"에이, 좋은 일 있는 것 같은데? 걸음걸이가 완전히 꽃 따러 가는 봄 처녀야."

그러자 효인은 말할까 말까 고민하는 눈치더니 이내 실토했다.

"좋은 일이 있긴 있어요."

어라라? 정임은 의심이 그득한 눈으로 효인을 바라보았다. 묘하게 들떠 있는 미소와 열기 어린 빛으로 상기된 눈. 같은 여자이니 만큼 정임은 여자의 이런 변화가 뭘 말하는 건지 모르지 않았다.

"왜 그런 눈으로 보세요?"

효인은 빤한 시선이 부담스러워 주춤 고개를 물리며 반문했다. 그러자 정임은 일의 진상을 규명해야 한다는 의무감에 불타오르기 시작했다.

대체 어떤 남자일까? 작업이 들어오면 깔깔 웃으며 퇴짜 놓아버리고, 점점 먹어가는 나이가 불쌍해 선 자리 좀 주선해 주려고 하면 아직 할 일이 많다며 정중하게 거절하고, 은근히 쉬워 보이는 듯하면서도 철벽 같은 심 선생을 함락시킨 남자는?

"심 선생, 남자라도 생겼어?"

단도직입적인 공격이었지만 효인은 세상천지에 이토록 생경한 말은 처음 들어본다는 듯 피식 웃었다.

"제가 진짜 나이를 먹긴 먹었나 봐요. 조금만 얼굴에 혈색이 돌면 다 어째 남자 타령을 하는지……. 서른넷 먹은 전문직 여자가 기쁠 일이 남자밖에 없을까 봐요?"

"꼭 연애하는 여자 같은 얼굴을 하고 있으니까 그래."

"그나저나 홍 선생님은 어디 가는 길이세요?"

효인은 말을 돌렸고, 정임은 어깨를 으쓱거렸다.

"나야 뭐, 이제 퇴근하는 길이지."

혼잡한 도시의 한가운데 우뚝 서 있는 대한대학부속병원은 명실상부 대한민국 최고의 대학병원으로, 제3차 진료기관의 정점에 서 있었다. 발간 노을이 잦아들 때 올려다보자면 건물이라기보다 하늘과 땅에 발을 대고 선 거인처럼 보이는 대한대학부속병원에는 현대에 있는 거의 대부분의 임상학과가 존재했고, 의료, 행정, 위생 등 분야를 통틀어 이곳에서 근무하는 인원은 수천 명에 달했다.

현재 효인은 전임의(펠로우) 1년 차로, 이 병원에 입성한 지도 벌써 육 년째였다. 그전만 해도 병원의 뒤로 웅장하게 펼쳐진 캠퍼스에서 의학 서적을 끼고 돌아다니는 애송이 의대생이었는데, 벌써 서른네 살이라니 시간이란 정말 쏜살같았다.

"여하간 말 돌리지 말고 속 시원히 불어봐. 무슨 좋은 일이 있는 거야?"

대한대학부속병원 가정의학과의 조교수인 정임은 궁금증을 참을 수가 없는지 계속 따라오며 효인을 다그쳤다. 전임의인 효인에게도 조교수는 비록 임상과가 다르더라도 상사였기 때문에 어쩔 수 없이 입을 열었다.

"아무것도 아니……."

"……지 않으실걸요."

복도를 걸어가며 효인이 무어라 대답하려는 찰나, 뒤에서 남자 목소리가 불쑥 끼어들었다.

"어, 치프 레지(레지던트) 납셨네."

효인은 저 나름대로의 반가움을 표해 보이며 웃었다. 두 여자 뒤에는 굉장히 차분해 보이는, 이십대 후반쯤 되는 남자가 의사 가운을 입고 서 있었다.

"아무것도 아니지 않을 거라니 무슨 말이야?"

효인이 소속된 흉부외과의 치프 레지던트인 건하가 묵례하자, 정임은 그에게 물었다.

"오늘 오전에 과장님 호출을 받아 다녀오신 후로는 계속 이 상태시거든요."

"계속 이 상태라는 건……."

"OR(Operating room, 수술실)에서도 계속 콧노래를 부르셔서 다들 공포에 질렸다는 이야기를 들었습니다."

정임은 역시 의심스럽다는 듯이 다시 효인을 바라보았다. 그러자 효인은 괜히 허공으로 시선을 돌렸다. 건하가 말했다.

"대체 과장님께 무슨 소식을 들으셔서 그러는지, 저도 궁금합니다."

"아무것도 아니라니까 그러네."

효인은 난색을 표하며 한사코 바른 대로 털어놓지 않았다. 그러자 그런 그녀를 바라보는 두 사람의 눈이 점차 가늘어졌다.

"심 선생, 어서 이실직고……."

삐— 삐— 삐—

정임이 장난기 어린 협박조로 말하려는 찰나, 효인의 허리에 달린 호출기가 울기 시작했다. 그에 효인은 살았다는 듯 얼른 호출기를 내려다보았다.

"에헤이, 컨설트[1] 들어왔네요. 그럼 나중에 봬요!"

효인은 두 사람이 잡을 새도 없이 뛰어가기 시작했다. 정임은 거의 나는 것처럼 사라지는 그녀의 뒤에 대고 소리쳤다.

---

1) Consult, 협의진료

"나중에 봐!"

대한대학부속병원 흉부외과 전임의, 심효인, 서른네 살. 그녀는 오늘도 그녀를 기다리며 징징거리고 있을 아이를 달래기 위해 힘차게 달렸다. 과장이 전한 소식에 주체할 수 없이 기뻐지긴 했지만 어쨌든 지금은 그녀의 손길을 필요로 하는 환자가 먼저였다.

"선생님!"

급하게 걸어가던 간호사 하나가 바닥에 신발 밑창을 마찰시키며 멈춰 서더니, 지나가는 효인을 붙잡았다. 하지만 이미 가운을 벗고 퇴근길에 오른 효인은 멈추지 않고 말했다.

"나 퇴근이야."

"아니, 그게 오더(Order, 처방 지시)가……."

"오더를 왜 나한테 물어?"

"아, 그럼……."

낭패 어린 기색이 역력한 간호사를 보니 연차 간호사가 아니라 일한 지 얼마 되지 않은 신입인 모양이었다. 오더는 담당 주치의인 레지던트에게 물어야 한다는 사실을 모르는 걸 보니.[2]

퇴근길에 오른 효인은 마음이 급해졌지만, 이리저리 굴려지느라 거의 봉두난발을 하고 울상 짓는 어린 간호사를 보니 안면 몰수하고 가기도 뭐 했다. 그래서 맞은편을 가리키고 말했다.

"저기 레지던트 있지? 저쪽에 가서 물어."

"아, 감사합니다!"

어린 간호사는 레지던트를 놓칠까 싶어 얼른 달려갔다. 그제야

---

2) 환자의 주치의는 저년차 레지던트가 하는 일

효인도 얼른 정문을 향해 걸음을 움직였다. 퇴근 5분 전이라고 해도 응급수술에 걸리면 다섯 시간이고 여덟 시간이고 잡혀 있어야 하는 외과의 특성상, 누가 잡을까 겁나 아닌 척해도 저절로 걸음이 빨라졌다.

평소라면 퇴근 1분 전이라도 기꺼이 수술실에서 메스를 잡겠지만, 오늘 그녀는 어느 때보다 단호했다. 오늘만큼은 무엇도 그녀를 멈추게 할 수 없었다. 갑자기 환자가 그녀 앞에서 가슴을 부여잡고 쓰러지지 않는 한.

그런데 고지가 얼마나 남았을까.

"선생님!"

아니나 다를까, 레지던트 하나가 효인에게 달려왔다. 하지만 효인은 여전히 걸음을 멈추지 않고 항복이라고 말하는 것처럼 양손을 번쩍 들어 올렸다.

"나 지금 가운 안 입고 있어."

"그게…….''

"그게고 자시고 난 지금 절대 걸음을 멈출 수 없으니 알아서 하시게나."

"으…… 네, 조심해서 들어가세요!"

레지던트는 빠르게 포기하고 다른 쪽으로 달려갔다. 덕분에 효인은 별다른 방해 없이 병동 1층으로 내려올 수 있었다. 그리고 간호사 스테이션을 지나쳐 갈 때였다.

"선생님, 퇴근하세요?"

진료 기록을 확인하고 있던 간호사가 물었다. 그러자 옆에 있던 간호사가 덩달아 웃으며 말했다.

"어머, 선생님 오늘 데이트 가시나 보다."

"데이트는 무슨."

단박에 부정하긴 했지만 간호사들은 믿지 않는 눈치였다.

"그럼 왜 퇴근하는데 때 빼고 광내셨어요?"

"여자의 기본이랄까?"

"에이, 안 믿어요!"

의사, 특히 전임의와 간호사 사이에 있는 간격은 때로 거대한 협곡보다 크고 넓은 것이었지만, 간호사들은 하나같이 친근하게 말을 걸었고, 효인도 전혀 불쾌해하지 않고 장난스럽게 받아주었다.

"여하간 다들 수고!"

드디어 효인은 기쁨에 차 병원 정문을 나섰다.

'성공……!'

생각하는데, 갑자기 가방 속에서 핸드폰이 울리기 시작했다. 하이힐을 신은 효인의 발이 멈칫했다. 효인은 한숨을 쉬고 어두운 하늘을 올려다보았다. 어쩐지 감이 좋지 않았다.

Rrrr…… Rrrr…….

계속해서 울리는 벨소리를 무시할 수 없어, 효인은 전화를 받았다.

"네. 심효인입니다."

[선생님, 잠깐 ER(응급실)에 와주실 수 있으세요? Hx[3] 있는 환자가 들어왔는데 이미 어레스트(Arrest, 심장마비)가 왔고 반응이…….]

---

3) History, 병력

효인은 병원을 돌아보았다. 저녁 공기 속에 모든 창문에서 환한 빛을 뿜어내고 있는 병원 건물은 백 개의 눈을 모두 부릅뜬, 그리스신화에 나오는 거인 아르고스 같았다.

"알았어. 금방 갈게."

효인은 걸음을 돌려서 응급실로 가면서 누군가에게 전화를 걸었다. 신호대기음이 가고, 상대가 전화를 받았다.

[어디냐?]

효인은 낭패감이 짙은 웃음을 지었다.

"실패했어요, 탈출."

상대는 쯧쯧 혀를 내차긴 했지만 별로 놀라는 것 같진 않았다. 역시 예상한 듯.

스테이션에 있는 간호사들은 다시 돌아오는 효인을 보고 어렴히 탈출에 실패했다는 걸 알고 안쓰러운 눈빛을 보냈다. 효인은 간호사들에게 말도 말라는 듯 고개를 내젓고 스테이션을 지나갔다. 그러면서 전화 상대에게 말했다.

"죄송해요. 먼저 데리고 식당에 가 있으실래요?"

[올 수 있겠어?]

"노력해 볼게요. 수술만 잡히지 않으면 저녁 식사 끝나기 전까지는 갈 수 있을 것 같아요."

[그래. 너무 무리는 하지 말고.]

"네, 알겠어요. 그럼 먹고 계세요."

효인은 웃으며 말하고 덧붙였다.

"미안하다고 전해주세요."

[어디 이해 못 할 녀석이냐.]

상대도 웃으며 대답하고 전화를 끊었다.

"잠깐 이것 좀 맡아줄래요?"

효인은 응급실 간호사 스테이션에 코트와 안에 입은 정장 상의, 핸드백을 맡기고 응급실로 들어갔다. 웅성웅성, 들썩들썩, 북적북적. 응급실은 온갖 어수선한 소리로 포화되어 있었다. 생기가 넘치다 못해 폭풍이 몰아치는 현장에 다들 뛰다 못해 날아다니고, 조금만 미적거리고 있어도 '당장 움직여!' 하고 혼찌검이 날 것 같은 토네이도의 한중간이었다.

효인은 한쪽에서 별로 위급해 보이지 않는 타박상 환자를 처치하고 있는 레지던트에게 다가가 말했다.

"가운 벗어봐."

"네?"

레지던트는 어리둥절한 기색이었지만 전임의의 말에 순순히 가운을 벗어 건네주었다.

"잠깐 빌릴게."

효인은 블라우스 위에 가운을 입고 그녀에게 이쪽이라는 듯 번쩍 손을 드는 간호사가 서 있는 침대로 다가갔다.

"아, 선생님!"

간호사는 반색했다.

결국 오늘까지도 이렇게 되는구나 싶었지만, 이게 전임의 1년 차 효인의 삶이었다.

효인은 주차장에 차를 세우고 급하게 내렸다. 한옥 건물로 되어 있는 한식당에서는 밝기가 낮은 불빛이 뿜어져 나왔다.

효인은 식당으로 통하는 돌담을 건너가며 전화를 걸었다. 상대는 전화를 받자마자 물었다.

[어떻게 됐어?]

"도착했어요. 어디 계세요?"

[다행이구나. 우리는 너도밤나무 방에…….]

지잉. 자동 유리문이 열리고 효인은 인테리어가 단아한 식당으로 들어섰다.

"어서 오세요."

유니폼을 갖춰 입은 젊은 여자 직원이 배꼽 아래 양손을 모으고 정중하게 인사했다. 하지만 통화하고 있는 효인을 방해하지 않으려는 듯 더 말은 걸지 않았다. 효인은 전화 상대에게 '잠시만요.' 말하고 직원에게 물었다.

"너도밤나무 방이 어디……."

직원이 친절하게 웃으며 대답하려는 순간이었다. 화장실에 다녀오는 길인 듯 식당 내부 골목에서 나와 방으로 가려다가 무의식중에 이쪽을 쳐다본, 편한 면바지에 니트 티셔츠를 입은 남자와 눈이 마주쳤다.

효인은 순간 남자를 알아보지 못했다. 어렴풋이 '어디서 본 것 같은데…….' 생각했을 뿐이다. 하지만 다음 순간, 그녀를 보고 피식 웃는 남자가 자신의 이십년 지기 절친이라는 사실을 깨달았다.

[효인아?]

아직 연결되어 있는 전화에서 상대가 불러 효인은 정신을 차렸다. 효인은 전화 상대에게 말했다.

"만났어요, 진환이."

[그래? 들어와라.]

상대는 웃음기가 있는 목소리로 말하고 전화를 끊었다. 효인은 핸드폰을 내리고, 기다리고 있는 진환을 보았다.

며칠 전만 해도 화상 통화를 했기 때문에 그가 어떻게 변했는지 몰랐던 건 아니었다. 하지만 손바닥만 한 액정 너머로 얼굴만 보는 것과 전신으로 살아 있는 생기를 내뿜는 그를 실제로 만나는 건 거의 다른 사람을 마주한 느낌을 주었다. 진환은 키가 컸고, 옛날 얼굴이 떠오르지 않을 정도로 남자가 되어 있었다.

효인은 갑자기 진환에게 다가갔고, 두 사람은 누가 먼저랄 것도 없이 와락 서로를 끌어안았다.

그들이 식당 한가운데서 그러자 여자 직원은 좀 놀란 것 같았다. 남자들끼리였다면 오랜만에 만났나 보다 생각하고 말 텐데, 아무래도 두 사람의 성별이 달라서였다. 그렇다고 연인 사이라고 보기도 힘들었던 것이, 그야말로 남자들끼리 '형제!' 하고 외치면서 끌어안는 것에 가까웠기 때문이다.

"진짜 장진환이네."

효인은 진환을 안은 채 감격한 듯이 중얼거렸다.

"진짜 심효인이네."

진환은 효인을 놀리듯 그러나 그도 간만에 만나는 친구의 존재감을 느끼듯 웃음기가 묻어나는 목소리로 말했다. 그리고 효인을 놓아주고 물었다.

"환자는?"

효인은 웃고 말았다. 오랜만에 만나는 친구에게 처음 한다는 질문이 꼭 그다웠기 때문이다. 하지만 효인이라도 그렇게 물었을 것이다.

"무사해."

그때 철호가 소리를 듣고 나왔는지 말했다.

"거기서 뭐 하고 있어? 아무리 반가워도 그렇지, 녀석들아."

효인은 '너도밤나무' 팻말이 달린 장지문을 열고 서 있는 철호를 돌아보고 웃으며 말했다.

"죄송해요."

효인은 진환을 보고 말했다.

"들어가자."

두 사람은 방으로 들어갔다. 두 남자는 이미 식사를 끝낸 듯 차를 마시고 있었다. 효인은 코트를 벗으며 자리에 앉아 물었다.

"저녁은 맛있게 드셨어요?"

재킷을 벗은 양복을 입고 있는 철호는 맞은편에 앉았다.

"그래. 넌 아직 저녁 못 먹었지? 뭐 좀 시켜라."

사양하기엔 배가 너무 고팠기 때문에 효인은 방문을 열고 '주문하시겠어요?' 묻는 직원에게 간단한 요깃거리를 하나 시키고 메뉴판을 내려놓았다. 그리고 옆자리에 앉아 차를 마시고 있는 진환에게 말했다.

"미안해. 공항에 못 나가서. 이번엔 꼭 나가고 싶었는데……."

이번에는 꼭 공항에 마중 나가겠다고 그렇게 약속을 했지만, 이번에도 실패하고 말아 결국 진환의 작은아버지인 철호가 혼자 다녀올 수밖에 없었다. 사실 진환은 그마저도 번거롭게 나올 필요 없다고 사양했으나, 오랜 외국 생활을 끝내고 돌아오는 조카가 혼자 오게 둘 수 없는 게 철호의 마음이었다.

진환은 어깨를 으쓱였다.

"그냥 다음부터는 나오려는 시도 자체를 하지 마."

효인은 진환이 한국에 올 때마다 공항에 마중을 나가려고 했지만, 육 년 전 인턴이 된 후로는 단 한 번도 성공한 적이 없었다. 현대판 노예와 다름없었던 인턴과 저년차 레지던트 때는 그렇다손 치더라도, 이후에도 이상하게 진환이 오는 날이면 번번이 긴급수술이나 교수들의 콜이 터진 탓이었다.

하지만 진환은 탓하려고 하는 말이 아니었다. 그가 한 말을 정확히 번역하면 '내가 한국에 한두 번 오는 것도 아니고 너 어차피 나오기도 힘든데 굳이 나오려고 노력하지 마.'였다. 오래 알아온 세월 덕에 효인은 언뜻 냉정하게 들리는 말 밑에 깔린 뜻을 눈치채고 웃었다.

"이제는 다음이 없잖아?"

진환은 피식 웃었다.

"그렇지."

둘을 웃으며 지켜보던 철호가 효인에게 물었다.

"그래, 효인이 넌 진환이가 돌아오니까 기분이 어때?"

"그냥 그래요. 뭐 반가운 사람 왔다고 기쁘기까지 하겠어요."

장난기 어린 말에 철호는 껄껄 웃었다.

"이 녀석이 유학 간다니까 대성통곡했던 녀석이 누군데."

"그러게요. 대체 그런 부끄러운 짓을 한 사람이 누구예요?"

효인은 짐짓 너스레를 떨었다.

"이 녀석이 귀국한다고 말해준 날 네가 하루 종일 들떠서 다녔다는 이야기를 들었는데 발뺌하기는.”

눈치챘겠지만, 치프 레지던트 건하가 말했던 '과장님'은 철호였다. 즉, 대한대학부속병원 흉부외과의 과장인 철호는 효인의 상사이기도 했다.

그때 식당 직원이 효인이 주문한 음식을 내왔다. 효인은 감사하다고 인사하고 음식을 받았다. 진환이 옆에서 수저를 챙겨 건네주었다.

“자.”

효인은 그가 챙겨주는 게 자연스러운 듯 수저를 받아 들었다.

“괴롭혀 줄 생각하니까 기뻐서 그랬죠.”

그러고는 음식을 먹으며 아까 철호가 한 말에 대답했다. 두 남자는 효인이 이렇게 식사하는 걸 당연하다는 듯이 이해해 주었다.

열두 살, 그러니까 정확히 이십이 년 전이었다. 함께 앉아 돌이켜 보자니 정말 그때가 엊그제였던 것 같은데, 벌써 이십이 년이나 지났다니 믿기지 않을 정도였다.

둘이 처음으로 만난 날, 진환은 대학병원 로비의 의자에 앉아 있었다. 그가 아파서나 아는 누가 아파서는 아니었고, 부모님을 기다리는 중이었다.

그런데 시선이 느껴져 고개를 돌리자, 또래 여자아이가 의자 몇 개 건너에 앉아 진환을 빤히 쳐다보고 있었다. 아이는 왠지 누가 말을 걸어도 무시할 것처럼 새침데기 같은 인상이었다.

그런데 효인이 먼저 물었다. 무료한 듯, 지루한 듯, 어린아이답지 않게 관조적으로 앉아 있던 그에게.

"너, 심장이 1분에 몇 번 뛰는 줄 알아?"

알 수 없는 세월처럼 인연이라는 것도 참 알 수 없는 것이었다. 뜬금없는 질문을 던진 생면부지의 여자애에게 벌레 씹은 것 같은 표정을 지어 보였던 진환이 그 여자애와 이제는 둘도 없는 친구가 되어 있으니 말이다. 하지만 사람들은 이해하지 못했다. 진환과 효인이 막역한 친구라는 사실을. 그 이유는 38선처럼 골이 깊은 '성별' 때문이었다.

진환은 남자였고, 효인은 여자였다.

흔히들 남녀 사이에는 '친구'라는 미온적인 정의가 없다고 한다. 모든지 도든지, 연인이 아니면 타인이다. 하지만 세상의 기준이 어떻든 간에 진환과 효인은 친구였다. 진환은 효인에게 우정 이상의 감정을 느끼지 않았고, 효인도 마찬가지였다.

처음에는 각자의 부모님도 정말 진환과 효인이 단순한 친구인지 미심쩍어 했으나, 그들에게는 한창 민감할 때인 사춘기도 그다지 큰 힘을 발휘하지 못했다. 서서히 2차 성징이 나타나면서 생물학적으로 이성인 친구가 부담스러워질 만도 하건만, 진환과 효인은 오히려 현실 남매처럼 서로 목소리가 이상하다느니 먹은 게 다 키로 가서 오히려 불균형해 보인다느니 놀려대며 즐거워했다.

"이거."

그때 진환이 테이블 옆에 놓여 있는 쇼핑백을 건네주었다.

"이게 뭐야?"

효인은 이미 받아 들며 물었다.

"혹시 선물? 오, 뭐 이런 걸 다."

"말은 그렇게 해도 입은 아주 찢어지는군."

효인은 장난스럽게 웃었다.

"눈치챘어?"

정말 말은 그렇게 해도, 진환은 잠시 한국에 들어올 때면 늘 효인에게 줄 선물을 잊지 않았다. 부모님에게 줄 선물은 깜빡해도 효인에게 줄 선물은 깜빡하지 않으니, 그의 부모님이 일찍부터 아들 키워봤자 다 소용없다고 한탄한 것은 당연했다.

"자, 장 선생 센스가 얼마나 좋은지 볼까? 이 몸의 고귀한 심미안을 충족시키기는 좀 힘들 거야."

효인은 기대에 차서 물건을 꺼내 들었다. 부피와 무게, 모양으로 책인 건 이미 알고 있었지만 웬만한 원서는 다 국내에서 구할 수 있는 글로벌 시대에 무슨 책을 사 들고 왔을지 궁금했다. 어떤 책을 사들고 왔든 챙겨준 마음 씀씀이가 기특했지만, 쉽게 기쁜 내색을 내 보이진 않을 생각이었다.

"이, 이건!"

하지만 그런 결심도 헛되이, 효인은 놀랄 수밖에 없었다.

"지금 내가 제대로 보고 있는 거 맞아?"

효인은 성물을 받아 든 것처럼 책을 양손으로 그러쥐고 부들부들 떨기까지 했다. 진환은 그녀가 예상한 반응을 보이자 그럴 줄 알았다는 듯 짓궂은 얼굴이었다. 철호 역시 그럴 줄 알았다는 미소를 짓고 있었다.

"세상에, 이건 조셉 리스터의 1867년 논문 원본에 윌리엄 할

스테드 논문집 1924년 초판본, 이건 세계 최초 장기이식 협의회의 1955년 의사록 원본이잖아!"

효인은 해묵은 책들을 차례대로 들며 호들갑을 떨어댔다. 다섯 권의 고서는 빛이 바라고 누레져 건드리면 부스러질까 무서울 정도였다.

"게다가 마이모니데스 의학교본 복사판 완본, 남북전쟁 당시 연합군 외과의사의 1863년 일지까지!"[1]

한참 난리를 피운 후에야 효인은 진환을 보며 멍하니 물었다.

"이거 정말 나한테 주는 거 맞아?"

효인에게 그렇듯, 이 고서들은 진환에게도 충분한 가치가 있는 것들이기 때문이었다.

한 손으로 턱을 괴고 있던 진환은 입을 열었다.

"아니."

"뭐!"

생각지도 않은 부정에 효인은 앉은 자리에서 펄쩍 뛰어오를 듯이 경악했다. 이제 와서 뺏겠다고!

"준다고는 안 했잖아?"

진환의 얼굴을 보고 효인은 꼿꼿이 세웠던 허리를 풀며 책들을 얼른 탁자 아래로 내렸다. 그의 장난기 어린 웃음에서 그녀를 놀리려는 의도가 다분히 보인 탓이었다.

"웃기시네. 이미 내 손에 들어왔으니까 내 거야."

"심효인이 뭐가 예뻐서?"

"미운정이 더 무서운 거지. 어쨌든 이 책들은 어디서 난 거야?"

"외과학 정기총회에서."

"아, 작년에 맥코믹 플레이스 컨벤션센터에서 열렸던 거 말이지?"

메일로 외과학 정기총회에 대해 시시콜콜 보고받았기에 대강 진환이 어떤 것을 보았고, 어떤 프로그램을 들었는지는 알고 있었다. 그런데 앙큼하게 이런 책을 샀다는 이야기는 쏙 빼놓고 메일을 보내다니……. 요 기특한 녀석!

"나 빼놓고 가니 좋았지?"

"말이라고."

"하여간 장진환, 좋은 말은 해주질 않지!"

괜히 타박하자 진환은 옅게 웃었고, 효인도 곧 웃어버렸다.

"과장님 선물은 뭐야?"

"버본."

철호에게는 이미 공항에서 오면서 줬는지 대답이 빨랐다. 효인은 미간을 찌푸렸다.

"술 말고 다른 거 사 오지."

"됐다. 내가 사 오라고 한 거니까."

철호가 진환에게 뭐라고 하지 말라는 듯 말했다.

"아저씨는 술 좀 줄이셔야 해요."

혹시 병원에서 말이 잘못 나올까 봐 평소에도 효인은 철호를 직책으로 부르는 편이었다. 하지만 지금은 어렸을 때처럼 친근하게 부르면서 무섭지 않은 엄포를 놓았다. 그러자 철호는 난색 어린 표정을 하고 자신의 조카를 보았다.

"내 주치의는 효인이 이 녀석이라니까."

효인은 진환을 가리켰다.

"이 녀석이 주치의인 것보다는 나을걸요?"

그 말에는 부정할 수 없는지, 철호는 입을 다물었다. 그러고는 너털웃음을 터뜨리고 말았다.

"상상해 버렸다. 등골이 서늘하구나."

진환은 피식 웃고, 효인도 '그렇죠?' 하고 말하듯이 웃었다.

세 외과의는 재회한 이래로 웃음이 끊이지 않았다. 문득 효인은 무겁지 않은 한숨을 내쉬었다. 그 한숨은 안도의 한숨과 비슷했다.

"왠지 신기하다."

무심하게 물을 한 모금 마시고 난 진환이 물었다.

"뭐가?"

"계속 우리 사이에는 태평양이 있었는데 이제는 이 정도 거리밖에 없다는 게."

효인은 두 사람 사이에 있는 작은 공간을 손가락으로 쟀다. 진환은 짓궂은 표정을 지었다.

"누가 들으면 내가 유학 가고 한 번도 못 본 줄 알겠어."

사실 오래 떨어져 살았지만 진환과 효인은 심리적으로 멀어져 본 적이 없었다. 시야에서 멀어지면 마음도 멀어진다는 명언이 있긴 하지만 어디나 예외는 있기 마련이었고, 진환과 효인은 그 예외에 속했다.

둘 사이에 철호라는 연결 고리가 있었기 때문인지도 모르겠지만, 어린 시절의 풋풋한 우정은 각박하고 치열한 사회에서 치이다 보면 잊힐 법도 한데 둘은 그 힘든 인턴 시절에도 서로에게 메일을 썼고, 기회가 되면 주저하지 않고 비행기에 몸을 실었다.

물론 미국이나 한국이나 의사라는 직종이 행동이 자유롭지는 않아서 비행기에 오를 수 있었던 일 자체가 드물긴 했지만 대신 의사들에게는 해외 연수라는 좋은 제도가 있었으니 말이다.

하지만 보고 싶으면 바로 달려갈 수 있는 거리에 계속 진환이 있을 거라는 건, 정말 생소한 기분이었다.

"하지만 오늘 근무할 때까지만 해도 넌 미국에 있었는데, 며칠 후부터 병원에 가면 네가 있어. 신기하지 않아?"

"신기할 것도 많군."

"이런 감성적이지 못한 녀석 같으니."

"감성은 이성을 흐리게 만들 뿐이지."

효인은 난색 어린 웃음을 지었다.

"꼭 외과의사 같은 말을 한다니까."

하지만 확실히 진환은 그랬다. 언제나 모 아니면 도. 흑백논리를 신봉한다기보다 뜨뜻미지근한 것을 싫어했다. 그렇다고 결벽증이 있는 건 아니었다. 다른 남자들에 비해 깔끔한 편이긴 하나 어려서부터 초특급으로 털털한 효인과 얽혀 살았기 때문인지 피곤할 때면 의외로 설렁설렁하게 굴기도 했고, 물건의 각도가 90도를 맞추든 120도를 맞추든 전혀 신경 쓰지 않았다.

다만 흐려지는 건 용서하지 않았다. 그것이 감정에 용해된 이성이든, 우유부단한 성격 때문에 흐려진 판단력이든. 그런 면에서 보자면 효인이 느끼기에도 상당히 기계 같은 남자였지만, 그게 인간미가 없다는 말과 동의어는 아니었다.

"내일 근무만 아니면 소주 한잔하는 건데, 영 여의치가 않네."

시차도 있고 해서 진환은 며칠 후부터 병원에 나오기로 되어 있었지만, 효인은 숙취로 탈진하는 한이 있어도 내일 출근을 해야 했다. 대충 사는 것 같아도 자기 관리가 철저한 효인이 근무 전날 일정량 이상 술을 마실 리는 없지만, 만에 하나 그런 일이 있다면 '링거를 꽂고 돌아다니는 의사'라는 진풍경을 목격할 수 있을지도 몰랐다.[4]

"아무튼."

효인은 진환 쪽으로 쭉 팔을 내밀었다. 그러자 진환은 왜 그러냐는 듯 의아한 눈길을 보냈다.

"기념으로 악수 한번 합세."

진환은 효인을 만난 뒤로 사라질 일 없었던 웃음을 유지한 채 그녀의 손을 맞잡았다.

어느덧 성인의 향기를 물씬 풍기는 남자로 자라난 진환의 손은 생각보다 컸다. 효인의 손을 폭 감쌀 정도로 크고, 단단하면서도 포근한 느낌이었다.

효인은 활짝 웃었다.

"잘 돌아왔어, 친구."

---

4) 과음한 다음 날 링거를 맞으면 숙취가 빨리 사라진다.

2

그들의 이름은 '늘 푸른 나무처럼 변치 않을 친구'

진환은 벨소리가 울리기 무섭게 잠의 심해 속에서 떠올랐다. 덕분에 산들바람이 부는 호수의 물결만큼이나 안정적으로 나타나고 있던 알파파가 단숨에 일그러졌다. 마치 얄미운 꼬마 하나가 잔잔한 물결을 보고 비죽 심술이 나 돌멩이를 집어 던진 것처럼.

"음……."

진환은 잠기운에 깊게 잠긴 목소리를 흘리며 상체를 일으켰다. 그는 선천적으로도 잠귀가 밝았지만, 의사라는 직업 특성상 세상모르고 잠들었을 때도 일단 호출이 들어오면 당장 튀어 나가야 하기 때문에 잠귀가 밝을 수밖에 없었다. 그래서 벨이 두 번 울리기도 전에 핸드폰을 들어 올렸다. 그런데 문득 방 구조가 낯설다는 걸 인식하고 그제야 자신이 한국에 돌아왔다는 사실을 상기해 냈다.

[진환아?]

가족의 목소리보다 익숙한 효인의 음성에 진환은 찡그린 미간을 엄지손가락으로 문질렀다.

[어이. 전화 받은 거야, 만 거야?]

돌아오는 대답이 없자, 효인은 핸드폰 너머에서 방정맞게 떠들어댔다. 그에 진환은 테이블에 놓인 알람시계를 들어 올려 시간을 확인해 보았다. 벌건 전자 불빛 때문에 눈이 시려왔다.

A.M 4:12.

주변은 아직 검푸른 물결에 휩싸여 있었다.

"이번에는 네가 미국이야?"

진환은 부스스한 얼굴을 쓸어내리며 물었다. 목소리는 뭐라고 하는지 잘 알아들을 수 없을 만큼 낮았다.

[뭔 헛소리야?]

"같은 땅에 있는데 왜 이 시간에 전화를 해?"

말투는 타박조였지만 목소리에 짜증은 섞여 있지 않았다.

[아, 내가 깨웠지? 미안.]

효인은 단 5분의 잠도 금쪽같다는 걸 누구보다 잘 아는 입장에서 본의 아니게 깨워서 기가 죽었는지 눈치를 살피며 사과했다. 진환은 자라목을 하고 있을 효인이 훤히 상상되어 짧게 웃고 말았다.

"그런데 이 시간에 무슨 일……."

[그게…… 헛! 저놈 웃기네! 죽으려고 환장했나, 어딜 끼어드는 거야! 저러다 사고 내고 피떡 돼서 실려 들어오면 어쩌려고!]

갑자기 효인이 식겁한 듯 거친 소리를 토해내자 진환은 하던 말을 멈추었다. 그러고 보니 왠지 통화에 잡음이 섞여 있었다. 게다가 세상 대부분이 잠든 시간에도 핸드폰 건너편이 소란스러운 걸 보니 집이 아닌 모양이었다.

"너 어디야?"

[응급수술 때문에 병원으로 가고 있는 중이야.]

진환은 얼핏 미간을 찡그렸다.

"운전 중?"

[응. 환자가 차 전복 사고를 당해서 비장 파열이라네.]

비장은 맹장처럼 떼어내 버리면 되는 장기여서, 그다지 심각한 수술이 아니었다. 때문에 효인의 어조가 급하지 않은 것도 충분히 이해되었다.

[그래서 이 몸에게 응급 콜이 들어온 게지. 어쨌든 그래서 아침에 너 픽업하러 못 갈 것 같다고. 미안해.]

오늘은 진환이 새로 근무하게 된 대한대학부속병원으로 첫 출근을 하는 날이었다. 그래서 효인이 첫 출근 기념이다 뭐다 해서 —아무래도 효인은 기념이니 뭐니 하는 걸 너무 좋아했다— 아직 진환이 차를 뽑지 않기도 했으니 출근길에 픽업하러 오기로 했는데, 지키지 못할 약속이 되어버린 것이었다.

"어쩔 수 없지."

[달아두시게나. 화끈하게 갚아드리지.]

"퍽이나."

[어허, 이 심효인, 34세를 믿지 않는 겐가, 제군?]

"명망 높은 의사가 운전하면서 전화하다가 걸리면 참 보기 좋겠어, 안 그래?"

운전하면서 전화하지 말라는 말을 완곡하게 돌려 말하자, 효인이 픽 웃는 소리가 들려왔다.

[각설하고, 아침에 과장님한테 전화해서 차 얻어 타고 오든지 해. 아마 아직 일어나지 않으셨을 것 같은데…….]

"알아서 갈 테니 얼른 전화나 끊어."

[노인네처럼 사서 걱정은! 그럼 병원에서 보자고, 장 선생!]

그쪽도 알파파의 바다에서 이끌어내져 병원으로 가고 있음이 분명한데도 효인은 활기차게 말하고 전화를 끊었다. 그러자 진환의 공간을 가득 메웠던 효인의 존재감이 한순간에 사라지고, 을씨년스러운 새벽 공기가 밀려들었다. 적절히 난방되고 있는 방이 추운 건 아니었지만, 조금 등허리가 서늘해졌다. 하지만 진환은 이런 느낌이 생경하지 않았다.

연고 없는 타지에서 유학 생활을 하며 가끔씩 그냥 포기해 버리고 싶어질 때, 신기하게도 진환은 전화로 효인의 목소리를 들으면 금세 기분이 평소와 같아지곤 했다. 그럴 때마다 진환은 담담해진 기분으로 전화를 끊고 나서 효인을 만나지 못했으면 과연 지금 어떻게 살고 있을까, 생각해 보았다.

효인이 자신의 인생에 나타나지 않았다면…….

그때 느꼈던 기분이 꼭 지금과 같았다. 약간 목줄기가 쭈뼛 서는 듯한 기이한 감각. 그래서 한 번은 미국인 의대 동창생에게 이런 이야기를 한 적이 있는데, 그때 그는 믿기지 않는다는 듯 말했다.

"너한테 타인을 의지하는 성향이 있다니, 도무지 믿기질 않는데?"

타인을 의지하는 성향은 확실히 진환답지 않았다. 그에게 있어 누군가에게 의지해야만 하는 상황만큼 불쾌한 게 또 없으니까.

하지만 상대가 효인이라면 달랐다. '의지'하고 '의지'되어 주는 게 당연했기 때문이다. 아니, 효인과의 관계에 '의지'라는 명제는 어울리지 않았다. 그저 당연했을 뿐이었다. 자연스럽게 주고받는 것이.

"병이로군."

침대가에 걸터앉아 잠시 상념에 빠져 있던 진환은 우습다는 듯 웃고 말았다. 이건 정말 병이었다. 병의 원인을 찾듯 이유를 밝히고 병명을 붙이듯 하나의 단어로 정의해야 하는 의사의 직업병. 의지가 어떻고 주고받는 게 어떻단 말인가. 그런 건, 애매모호한 채로 둬도 아무 상관 없는 것이었다.

침대에서 일어난 진환은 거실 전면 창의 버티컬을 걷어냈다. 깊은 새벽 특유의 묵직한 고독감과 미묘한 이질감이 장막처럼 도시 위로 드리워져 있었다. 그 어둑한 공기에 잠시 좀 더 잘까 하는 달콤한 유혹이 들었지만, 첫 출근이란 언제나 새로운 법인지 다시 잠이 올 것 같지 않았다.

한쪽 벽에 비스듬하게 기대서서 팔짱을 끼고 있던 진환은 문득 몸을 바로 세웠다. 그리고 기지개를 켜 올리며 걸음을 옮겼다.

"그럼 좀 달려볼까."

한국의 새벽 공기, 마셔본 지 오래되었으니 나쁘지 않을 듯했다.

"CPR(응급 심폐소생술)을 준비해야 할지도 몰라."

혜경의 말에 윤정은 의아한 눈길을 보냈다. 그러고는 빳빳한 가운 앞주머니 안에 넣어두었던 금색 우환을 꺼내 보이며 말했다.

"우황청심환 하나 줄까?"

하지만 허공을 바라보며 '후아— 후— 아—' 심호흡을 하고 있는 혜경은 들은 척도 하지 않았다. 윤정은 쯧쯧 혀를 내찼다.

"아주 라마즈 호흡을 해라."

윤정은 그냥 지나가는 말이었지만 순간 혜경은 얼굴에 핏기가 싹 가시더니 그야말로 창백하게 질렸다.

"설마! 나 처음부터 산부인과에 걸리는 건 아니겠지?"

벌써부터 이러니, 중간에 그만두는 사람들이 속출한다는 인턴 기간을 어떻게 견딜까 싶어졌다.

"엄혜경, 진정 좀 해."

2월 18일. 그들이 왔다. 방금 세탁기에서 꺼낸 듯 포근한 피존 향기까지 나는 하얀색 가운, 푹 절인 오이소박이처럼 변할 모습이 믿기지 않을 정도로 말끔한 외양, 목에 걸린 청진기와 가운 주머니에 한가득인 펜과 수첩. 그들은 미국에서 건너온 수련 제도[5]의 첫 단계를 밟는 인턴들이었다.[2]

---

5) 인턴, 레지던트, 펠로우의 수순을 밟는 제도

속된 말로 시다바리.

선배들에게서 인턴 생활의 고뇌를 수없이 들어온 게 잘못이라면 잘못이었는지, 혜경은 벌써부터 과도한 두려움에 휩싸여 있었다. 차라리 의대에서 새파랗게 질린 카데바(해부용 시체)를 만지는 게 낫겠다는 생각이 들 정도였다.

"아, 정말 미치겠단 말이야."

혜경이 고통스럽다는 듯 머리를 감싸 쥐었을 때였다. 그들이 기다리고 있던 엘리베이터가 '띵—' 하고 혜경의 참담한 기분을 비웃듯 경쾌한 소리를 내며 멈춰 섰다. 그리고 엘리베이터의 문이 열렸다.

"특히 외과는……."

엘리베이터에 올라타려고 했던 윤정이 움찔 굳자, 혜경도 말을 하다 말고 뭐냐는 듯 엘리베이터를 돌아보았다. 하지만 두 여자를 움찔하게 만든 엘리베이터 속의 남자는 그녀들을 흘긋 한번 바라볼 뿐, 다시 무심하게 시선을 돌렸다.

윤정과 혜경은 남자의 분위기에 괜히 기가 죽어 쭈뼛거리며 엘리베이터에 올라탔다. 둘과 함께 엘리베이터를 기다리고 있던 다른 인턴들도 마찬가지였다. 평소라면 이 정도로 반응하진 않았겠지만 낯선 병원 분위기에 주눅 들어 있던 차라 남자의 무감동한 시선에도 괜스레 가슴이 오그라들었다. 거기에는 남자의 외모가 한몫하기도 했다.

조금 과장을 보태서 그는 눈이 시릴 정도로 미남이었다. 그리고 모종의 힘을 발휘하는 의사 가운을 입고도 어리바리한 그들과 달리, 남자는 단조로운 색의 평범한 양복을 입고 있는데도 알 수 없는 위압감이 있었다.

'환자는 아닌 것 같고, 제약회사에서 나온 영업맨인가? 아니, 아부나 애원을 할 이미지는 아닌데……. 그럼 의료 기자? 그건 좀 설득력 있네.'

윤정은 재빨리 그를 훔쳐보며 여러 가지 가설을 떠올려 보았다.

"하여간 특히 외과는 장난 아니래. 조금만 잘못해도 막 팬다더라. 쌍욕은 기본이래."

미남도 좋지만 지금은 긴장감이 먼저인 듯, 혜경은 윤정을 붙잡고 토로할 곳 없는 불안을 작게 속삭였다.

"PK(임상실습생) 때 봤잖아. 그 정도는 아닐 거야."

윤정은 애써 혜경을 달래보았다.

"아냐, 못 봐서 그렇지 어딘가에서 분명……."

하지만 혜경은 듣는 것 같지 않았다.

"스릴러 찍는 것도 아니고 뭐가 분명이긴 분명이야?"

"하여간 외과 따위 정말 싫어. 처음부터 내가 원하는 과에서만 있을 수 있다면 좋을 텐데."

"하지만 그러면 수련하는 의미가 없잖아."

자신도 죽을 맛인데 계속 칭얼거리는 혜경을 달래주려니 윤정은 슬슬 짜증이 났다. 그래서 저도 모르게 뾰족하게 말하자, 아니나 다를까, 혜경은 정말 울상이 되어버렸다. 이런 성격으로 의대를 졸업했다니, 옆에서 지켜봤는데도 윤정은 신기할 따름이었다.

그때, 윤정은 문득 시선을 느끼고 뒤를 돌아보았다. 그리고 물끄러미 그녀들을 내려다보고 있는 남자와 시선이 마주쳤다. 남자는 잠시 윤정을 쳐다보더니, 아무렇지 않게 다른 쪽으로 시선을 돌렸다. 윤정은 뭔가 기분이 묘했다.

띵— 엘리베이터가 멈추었다.

"실례합니다."

인턴들이 몰려 타는 바람에 자연스럽게 벽 쪽으로 밀려났던 남자가 내리려는 듯 몸을 기울이며 말했다. 그러자 윤정 쪽으로 다가온 그에게서 깔끔한 스킨 향이 풍겨왔다. 병원은 어디에서나 코가 마비될 것처럼 강한 소독약 냄새가 풍기는 곳인데, 희미한 스킨 향이 왜 그리 진하게 풍겨왔는지는 알 수 없었다.

그가 내리기 위해 불가피하게 앞에 타고 있던 인턴 몇 명이 엘리베이터에서 내렸고, 그중에는 윤정과 혜경도 섞여 있었다. 그런데 엘리베이터의 맞은편에 있는 창가에 서서 커피를 마시고 있는 여자가 윤정의 시야에 들어왔다. 유리창을 타고 스며드는 햇빛에 비춘 피부가 몹시 말갰고, 부드러운 암갈색 머리카락에 어우러지는 연갈색 눈동자는 마치 고양이 같았다. 그리고 의사 가운 안에 푸른색 수술복을 입고 있었다.

그때 여자가 하얀 경단 같은 것들이 엘리베이터 근처에서 통통거리는 걸 발견하고 고개를 돌렸다. 그러고는 활짝 웃었다. 순간 윤정은 자신을 보고 그러는 줄 알고 깜짝 놀랐다. 난 저 여자를 모르는데?

"장진환, 너도 인턴?"

효인은 막 엘리베이터에서 내린 진환에게 다가왔다. 진환은 조금 난감하다는 듯이 웃었다.

"잊고 있었는데 하필 오늘이 2월 18일이군."

윤정은 놀란 듯 진환의 등을 바라보았다. 뒷모습이라 잘 알 수 없지만, 그를 감싸고 있던 싸늘한 얼음장막 같은 것이 사라져 있었다. 여자는 스스럼없이 말을 걸었고, 남자도 스스럼없이 대답했다.

"딱 좋네. 첫 출근부터 인턴들과 호흡을 같이하고."

첫 출근? 효인이 아무 뜻 없이 던진 한마디가 엄청난 여운을 남기며 인턴들을 술렁이게 만들었다. 윤정은 멍하니 굳어버렸고, 혜경은 아직 영문을 몰라 의아한 눈치였다.

"수술은 어떻게 됐어?"

진환이 묻자, 효인은 번쩍 엄지손가락을 치켜들었다.

"낙승이지."

비장 파열, 가슴 골절, 관상동맥경화증. 차곡차곡 쌓인 햄버거처럼 엎친 데 덮친 격이었던 소위 '대박 환자'였지만 다행히 목숨을 구했다. 그것만으로도 효인이 새벽부터 병원에 달려온 보람이 있는 셈이었다.

"그럼 눈 좀 붙이지 뭐 해."

"너 기다렸지."

효인과 진환은 인턴들이 얼빠진 시선으로 쳐다보고 있는 것도 신경 쓰지 않고 대화를 나누며 멀어져 갔다. 그나마 금세 정신을 차린, 상황 수습 능력이 뛰어난 인턴 하나가 아직도 엘리베이터 밖에 황망히 서 있는, 윤정을 포함한 몇몇 인턴들에게 조심스럽게 물었다.

"저…… 안 타실 건가요?"

윤정은 분명히 보았다. 여자의 가운 가슴 부분에 수놓아져 있던 글씨를. 흉부외과 심효인. 그럼 저 남자는…….

"저기…… 윤정아?"

혜경 역시 그것을 본 듯, 안쓰러울 정도로 파들파들 떨리는 목소리를 흘렸다.

"나, 혹시…… CS[6] 선생님 앞에서 외과 욕한 거…… 야?"

묻지 말아다오, 친구. 말해 무엇 하리. 넌 죽은 목숨이야, 라고 말하면 심약한 혜경은 기절해 버릴지도 몰랐다.

똑똑.

철호는 문밖에서 들려오는 노크 소리에 모니터에서 시선을 돌렸다. 목소리가 들려왔다.

"과장님, 저예요."

"들어오너라."

과장실의 문이 열리고, 병원 어디서나 볼 수 있는 수술복에 가운을 걸친 효인과 그 뒤로 양복을 차려입은 진환이 들어왔다.

"출근했어?"

역시 깨끗하게 다린 의사 가운을 입은 철호가 웃으며 일어났다. 그러자 진환도 아까 엘리베이터 안에서 그토록 표정이 없었다는 게 믿기지 않을 정도로 얼굴에 미소를 띠었다.

"작은아버지."

진환이 말하자, 옆에 서 있는 효인이 그를 툭 치며 말했다.

"병원에서는 과장님이라고 불러야지."

6) Cardiothoracic Surgery, 흉부외과

철호는 껄껄 웃었다.

"우리만 있는데 뭐 어떠냐."

효인은 믿지 않게 코허리를 찡그렸다.

"과장님 조카라고 편의 봐주시는 거예요? 아, 불공평해. 그럼 저도 옛날처럼 아저씨라고 불러 버릴 거예요."

"우리 둘만 있을 때는 그러라고 했는데도 한사코 과장님, 과장님 했으면서 말이 많아."

"심효인이 그렇죠."

진환이 말하자 효인은 '너 이 자식.'이라고 말하듯 흘겨보았다.

"자, 일단 앉자."

철호는 가죽 소파에 앉아 본론을 꺼냈다.

"그래, 아직 병원은 안 둘러봤지?"

"구조는 대충 알고 있습니다."

작은아버지가 이 병원에서 오랜 시간 근무했기 때문에 진환은 이곳을 효인만큼은 아니더라도 상당히 잘 알고 있었다. 게다가 불알친구라고 해도 좋은 효인이—비록 그녀에게는 불알친구를 정의하는 그 '부분'이 없다고 해도 대충 의미는 통할 것이다—계속 대한대학부속병원에서 수련 제도를 밟아왔기 때문에 세세한 사항까지는 몰라도 대충 어디에 뭐가 있고 정도는 꿰고 있었다.

"그래도 한번 쭉 둘러보는 게 좋겠지. 효인아, 치프한테 호출 좀 해라."

"네."

효인은 자리에서 일어나 철호의 책상 위에 있는 내선 전화를 들었다. 그러자 철호는 효인이 건하를 호출하는 동안 진환에게 말했다.

"저번에 저녁을 먹으면서도 이야기했지만, 네가 이곳으로 올 결심을 해줘서 마음이 든든하구나. 안 그래도 요즘 외과의가 많이 부족한 상황인데, 네가 있어주면 큰 도움이 되겠지."

외과의는 힘들고 위험부담은 높은데 대가가 비례하지 않아 최근에는 수련의들 대부분이 기피한다는 게 비밀도 아니었다. 자신만만하게 지원한다고 해도 중도하차 하는 경우가 잦았다. 그야말로 인력 인프라가 붕괴된 것이다. 진료의 최전방에 서야 하는 외과의의 숫자가 절대적으로 부족하게 되었으니, 지금은 어떻게 주먹구구식으로 버텨간다 해도 곧 큰 사회문제로 대두될 가능성이 높았다.[3]

특히 효인은 남성 의사들도 힘들어한다는 외과계의 천연기념물적인 여성 전임의로, 여성에 대한 편견 어린 시선, 그리고 지금은 많이 나아졌다고 해도 아직도 알게 모르게 존재하는 의사 사회의 남성우월주의와도 싸워야 했다. 하지만 효인부터 호기롭게 외과를 지원했고, 진환에게 전화해 '진짜 좆 같아서 못 해먹겠어!'라고 욕을 할지언정 그만둘 생각 따위는 하지 않았다.

문득 철호와 진환은 책상에 엉덩이를 비스듬하게 기대고 있는 효인을 바라보았다. 마침 호출을 끝낸 효인은 두 남자가 자신을 빤히 바라보고 있자 어색하게 웃었다.

"왜 그렇게 보세요? 진환이 너도."

철호가 처음으로 효인을 만났을 때 그녀는 그야말로 클 날이

까마득한 어린아이였다. 그런 그녀가 대학을 졸업하고 나서 처음 의사 가운을 입고 앞에 섰을 때, 효인에게는 미안한 말이지만 철호는 그녀에게 의사 가운이 그다지 어울리지 않는다고 생각했다. 눈에 띄는 외모는 의사로서 전혀 도움이 되지 않는 핸디캡이었다.

그뿐이랴. 사실 효인은 지금도 전임의라고 하기에는 동안이었다. 그래서 가끔 환자들은 어려 보이는 데다가 예쁘장하기까지 한 의사를 불신하는 시선을 보냈고, 어떤 남자 환자는 한사코 그녀에게 진료받기를 거부했다. 아득히 먼 아래에 있는 인턴들도 그녀를 의심부터 하고 보니, 효인은 남자만큼 거칠고 남자보다 강해지는 수밖에 없었다.

근대 최초의 여성 의사 엘리자베스 블랙웰로부터 백 년이나 지났건만, 아직도 한국 사회는 여성 전문인이 살아가기에는 참으로 힘든 곳이었다.

"아니, 아니다."

그런 만큼 철호는 효인이 기특했다. 꺾이지 않는 불굴의 의지도 그렇고, 일곱 번 쓰러지면 여덟 번 일어나는 오기도, 자신이 택한 길에 자부심을 가지고 있는 것도 그랬다. 게다가 그녀는 애늙은이처럼 세상만사 다 포기한 듯 하루하루 무료하게 버티던 진환에게 목표를 주고, 이렇게 웃는 게 정말 자신의 조카인가 싶어 다시 바라볼 만큼 웃게 해주었다. 결벽증이 아닐까 의심될 정도로 깔끔을 떨던 진환이 효인과 노느라 진흙 범벅이 되어 왔을 때는 얼마나 놀랐던가. 그런 의미에서 보면 효인은 일종의 은인이었다.

"늘 생각했는데."

문득 진환이 운을 떼었다. 효인은 다시 소파에 돌아와 앉으며 궁금하다는 표정으로 그의 뒷말을 기다렸다.

"심효인 너, 의사 가운 참 안 어울려."

뜬금없는 말에 효인은 '헛!' 하는 소리를 터뜨렸다.

"넌 뭐 어울리는 줄 알아? 기생오라비같이 생겨서는."

사실 단순히 공격하기 위해서 기생오라비라는 것이지, 진환이 딱히 여성적이거나 중성적인 외모는 아니었다. 오히려 절대 그렇게 생각할 수 없는 편이었다.

철호는 못살겠다는 듯 짧은 웃음을 토해냈다.

"너희는 어째 서른넷씩이나 먹고도 변하질 않는구나."

"아— 너무해요. 장진환하고 이 심효인이 같은 수준이라는 거예요?"

효인이 볼멘 어조로 말하자, 바로 진환에게서 시큰둥한 목소리가 날아들었다.

"내 쪽에서 사양이다."

"이런, 첫날부터 절친한 친구 사이에 금 가는 소리가 들리는구나."

철호가 절레절레 고개를 내저으며 말했을 때, 문밖에서 '똑똑' 노크 소리가 들려왔다.

"들어오게."

철호가 짧게 대답하자, 문이 열리고 은테 안경을 쓴 건하가 들어왔다.

"부르셨습니까?"

건하는 효인에게 묵례하고 처음 보는 진환에게서 잠시 멈칫하더니, 진환의 존재감을 무시할 수 없었는지 역시 묵례하고 나서 철호에게 시선을 돌렸다.

"장 선생, 이쪽이 외과의 치프 레지던트 위건하 선생이라네."

진환은 자리에서 일어나 건하에게 손을 내밀었다. 건하는 진환의 손을 맞잡았다.

"장진환입니다."

"처음 뵙겠습니다. 위건하입니다."

"장 선생은 오늘부터 우리 병원에 근무할 흉부외과 전임의고, 미국 클리블랜드 클리닉에서 왔어."

효인이 말하자, 건하는 말간 안경알 너머로 눈을 살짝 크게 떴다.

"오하이오 클리블랜드 클리닉 말씀이십니까?"

"정답."

오하이오 클리블랜드 클리닉은 심장 부분에서는 미국에서도 알아주는 병원이었다.

"한국 병원에서는 처음 근무해 보시지만, 뭐…… 클리블랜드 클리닉에서 오셨는데 잘하시겠지."

효인은 피식 웃으며 말했다. 건하는 그런 그녀를 의아하게 바라보았다. 그녀의 말투가 진환에게 다소 무례하다 느꼈기 때문이다. 효인이 거침없는 성격이긴 해도 예의를 모르지는 않다는 걸 알고 있으니 더욱 그랬다. 하지만 진환은 그런 말투에 간지럽지도 않은 표정이니 뭔가 미묘했다.

"위 선생."

"네, 과장님."

"심 선생은 진료가 있을 테니 위 선생이 장 선생에게 병원을 안내해 주게."

건하는 재빨리 세 사람을 훑어보았다. 자신이 꽤 오랫동안 보조해 온 여성 전임의. 그녀와 끈이 닿아 있는 것 같다는 소문이 있는 과장님. 그리고 거기에 보태진 새로 온 남성 전임의.

역시 뭔가 좀 미묘한데…….

"네, 알겠습니다."

차차 알 수 있겠지.

"진료하러 가야 되지 않아?"

옷을 갈아입고 나온 진환은 효인이 여전히 그를 기다리고 있자 물었다. 효인은 어깨를 으쓱거렸다.

"아직 좀 시간 있어. 그런데 우리 치프가 고생하겠어. 십분 이상 옆에 있으면 질식할 것 같다는 널 계속 끌고 돌아다녀야 하니."

"아뇨……."

효인의 옆에 서 있는 건하는 슬쩍 말끝을 흐렸다. 과장실을 나오자마자 효인과 진환이 서로 반말을 하기 시작해서 더욱 상황을 알 수 없어진 탓이었다.

효인은 걸터앉아 있던 자리에서 일어서더니 벽에 걸린 대형 시계로 시간을 확인했다. 외과의사는 오염을 방지하기 위해서 수술실에서는 어떤 액세서리도 착용할 수 없었기 때문에 효인도 자주 풀어야 하는 손목시계를 애초에 차고 다니지 않았기 때문이다.

"일단 내 진료실 쪽으로 먼저 가보자. 진료실 앞에서 헤어지는
걸로. 오케이?"

"그래."

세 사람은 복도를 걸어가기 시작했다. 병원은 이미 오전 시간
부터 인파로 붐비고 있었다. 휠체어를 탄 환자들은 느릿느릿 움
직이고, 반면 의사 가운을 걸친 의사들이나 간호사 복장을 한 간
호사들은 거침없이 복도를 가로질러 갔다.

"사람의 운명이란 참 웃겨."

문득 효인이 말했다. 건하는 진환과 효인의 두어 발자국 뒤에
서 따라갔다.

"갑자기 무슨 소리야?"

"아니, 너도 알다시피 나 요오드(소독약) 냄새 엄청 싫어했잖
아. 근데 결국 병원에서 살고 있고, 의사는 되지 않을 거라고 했
던 너도 병원에 있으니 우습다 할 만하지 않아?"

"심효인, 확실히 나이가 들긴 들었어."

"뭐야, 그건."

효인은 뚱하게 진환을 바라보았다.

"자주 감성적이 되는 걸 보면 말이야."

"그러게. 생리할 때가 되었나."

여성만의 은밀한 사정을 숨길 노력조차 하지 않는 효인의 말에
진환은 쯧, 작게 혀를 내찼다.

"근데 아무 말도 하지 않는군."

뜬금없는 말에 효인은 무슨 소리냐는 듯 진환을 보았다. 비스

듬하게 경사진 대형 창에서 새어 들어온 햇빛을 받은 연갈색 눈
이 더욱 옅어 보였다.

"뭘 아무 말도 안 해?"

"결정될 때까지 아무 말도 하지 않은 거."

효인은 '아—' 하는 소리를 길게 흘렸다. 그제야 진환의 말이
무엇을 의미하는지 눈치챈 모양이었다.

나중에 듣기로 진환이 한국에 돌아올 결정을 한 것은 꽤 오래
전부터였다. 즉, 서류 수속을 밟고 있던 것도 꽤 오래되었다는 이
야기였다. 하지만 효인은 철호가 진행 과정이 아닌 결정된 사항
을 통보해 줄 때까지 전혀 모르고 있었다. 누구보다 막역한 사이
에 그런 일방적인 진행이 섭섭할 만도 하건만, 효인은 그에 대해
서는 언급조차 하지 않았다.

"답지 않게 소심하기는."

효인은 진환의 팔을 툭 치며 말했다.

"내가 언제 꼬치꼬치 왜 그랬어, 왜 안 그랬어 그러는 거 봤
어?"

확실히 그랬다. 소탈한 건지 대충대충 사는 건지 효인은 인간
관계에 있어 세세하게 파고드는 법이 없었고, 오랫동안 연락이
없었다고 섭섭하니 마니 하지도 않았다. 연락을 하면 연락을 하
는 대로 웃으며 받아주고, 연락이 없었다면 '무소식이 희소식이
라고.' 하고 말았다.

나라가 달라도 같은 업계에 종사하는 입장이라 이해해 주는
건지, 진환이 변심하지 않을 거라 철석같이 믿는 건지—친구 사
이에 변심이라니 조금 묘하지만— 하여간 그랬다. 하지만 그건

진환 역시 마찬가지였다.

"돌아올 결심을 해준 것만으로도 고맙지."

낮은 웃음과 함께 말한 효인은 손가락끼리 마찰시켜 딱 하는 소리를 내었다.

"아, 하지만 그렇다고 거만해지진 마시게나, 친구."

진환은 짧은 웃음을 흘렸다.

"알아서 받들지."

"그리고 네가 왜 결정될 때까지 아무 말 하지 않았는지 알 만한걸."

"그래?"

"물론! 우리 장 선생께서는 딱 부러지는 걸 좋아하시잖아? 결정이 되지 않은 걸 섣불리 말하고 다닐 사람이 아니지. 그건 나한테라도 마찬가지였을 거고. 암, 잘 알지."

"알아주시니 황공하군."

둘의 뒤를 따라가고 있는 건하는 의구심 가득한 눈으로 두 사람을 바라보았다. 이쯤 되면 누구라도 두 사람이 오늘 처음 본 사이가 아니라 알고 지내던, 그것도 꽤 오래된 사이라는 걸 알 수 있었다.

두 사람이 원래 알고 있었다는 게 딱히 문제가 되는 건 아니었다. 다만 얼핏 들리는 대화로 미루어 짐작할 때, 건하는 둘에게 묘한 위화감이 있다고 직감했다.

아니, 효인이 낯을 가리지 않고 누구에게나 친근하게 구는 건 특이한 일이 아니었지만, 효인의 말마따나 옆에 오래 있으면 숨이 막힐 것처럼 묘하게 위압적인 진환이 그녀 옆에서는 상당히 부드러워 보였기 때문일 것이다.

"심 선생님~"

그때 누군가가 살가운 목소리를 내며 그들에게 다가왔다.

"어, 지은 씨. 왜?"

효인이 그녀를 돌아보고 알은체했다.

어린 소녀의 것처럼 찰랑찰랑하게 흔들리는 단발머리. 작달막하니 아담한 몸집. 눈을 편안하게 만드는 파스텔빛의 간호사복. 천생 여자처럼 작고 하늘하늘한 지은은 외모에 어울리지 않게도 응급실 간호사였다. 그것도 무려 4년 차로, 효인보다 어리긴 하지만 경악스러울 정도로 초특급 동안이었다.

만약 지은이 간호사복을 입고 있지 않더라면 진환도 중학생이 뛰어오는 줄 알았을 것이다. 하지만 그녀는 'Controlled Chaos(통제된 혼란)[4]'라고 불리는 응급실을 의사만큼이나 능숙하게 통제하며 거나하게 취한 취객들조차 찍소리 못 하게 찍어누르는 대단한 솜씨를 가지고 있었다. 그녀가 거의 아수라장에 가까운 응급실을 가로지르며 단전에서부터 끌어 올린 목소리로 소리치는 모습을 본 사람들은 모두 꿀 먹은 벙어리가 되어버릴 정도였다.

"어머, 누구?"

꽃밭 위를 노니는 나비인 양 발랄하게 뛰어온 지은은 효인의 옆에 서 있는 낯선 인물을 발견하고 의아한 표정을 지었다. 하루에만도 수백 명이 왔다 갔다 하는 대학병원 특성상 낯설기만 했으면 그냥 그러려니 했을 텐데, 진환의 존재감도, 의사 가운도 그냥 무시할 수 없는 것이었다.

"아, 이쪽은 새로 오신 흉부외과 전임의 장진환 선생님이야."

"반갑습니다."

효인의 소개에 진환이 인사하자, 지은은 부담스러울 정도로 활짝 웃으며 과장된 몸짓으로 입가를 가렸다가 떼었다.

"어머! 새로 온다는 전임의 선생님이시군요."

그 말에 건하가 두 사람보다 먼저 반응했다.

"윤 간호사님은 알고 계셨습니까?"

"응? 뭘요?"

지은은 천진하게 눈을 빛내며 고개를 깜찍하게 옆으로 젖혔다. 그 동작은 어떻게 보면 부담스러울 정도여서, 예전에 그녀는 공공연히 공주병이라는 오해를 샀다. 물론 그것도 신입 간호사일 때 일로, 그런 오해는 사람들과 잘 섞이지 못해 우울해하고 있던 지은 앞에 괴도처럼 불쑥 나타난 효인과 잘 지내면서 사라졌다.

"장 선생님께서 새로 오신다는 거요."

"네, 심 선생님께 들었어요."

효인은 간호사들과 굉장히 사이가 좋은 편이었으므로 건하는 쉽게 납득했다. 그러자 지은은 다시 진환에게 시선을 돌렸다.

"심 선생님과 오랜 친구분이라고 하셨죠? 대한대학병원에 오신 것을 환영합니다아~ 근데 심 선생님 너무해요."

"응? 내가 뭘?"

"새로 오시는 전임의 선생님이 이렇게 미남이라고는 말씀 안 하셨잖아요!"

효인은 허탈한 듯 팔짱 끼고 있던 팔을 풀더니 가볍게 진환의 등을 툭 쳤다.

"칭찬받았네, 장 선생."

그런데 효인의 손바닥이 그의 등에 닿은 순간, 삐— 삐— 삐—
잠결에 들으면 살인 충동까지 치미는 호출 소리가 울렸다. 그러
자 효인을 제외한 세 사람의 시선이 동시에 그녀에게 쏠렸고, 효
인은 '쯧' 소리를 내며 호출기를 확인했다.

"난 과거로 돌아갈 수 있다면 가장 먼저 이 호출기 개발을 결
사 반대할 거야."

호출기의 문제가 아니란 걸 알고 있긴 하지만, 조금 더 자신이
진환을 안내해 주고 싶었던 효인은 입술을 뾰루퉁하게 내밀고
툴툴거렸다.

"얼른 가봐."

"그래. 아 참, 점심 같이 먹자. 혼자 먹으면 배신이야!"

투덜거린 거에 비해 효인은 힘차게 멀어져 갔다. 그런 친구의
뒷모습을 보며 진환은 미소를 지었다.

"장 선생님."

진환을 지켜보던 지은이 불러, 그는 웃음기를 거두고 그녀를
내려다보았다. 그러자 지은은 조금 푼수데기 같았던 여태까지와
달리 어딘지 어른 여자 같은 얼굴을 하고 미소를 지었다.

"말씀, 많이 들었어요."

진환의 눈에 의아함이 스몄다. 효인과 진환은 명색이 이십년
지기 친구이니 병원의 누군가에게 그의 이야기를 했다는 건 이상
하지 않았지만, 지은의 말은 단순한 인사치레가 아닌 것 같기 때
문이었다.

"그렇습니까?"

의아했지만, 진환은 그저 무난하게 대답했다. 그러자 지은은 진환의 뒤에 서 있는 건하에게 비밀로 하려는 듯 입가를 가리고 속삭였다.

"네, 심 선생님께서 네 번째 남자친구와 헤어진 이유로도 익히 들었죠."

진환은 한쪽 눈썹을 휘었다.

효인의 네 번째 남자친구? 누구인지 기억나지 않았다.

그녀의 첫 번째 남자친구는 진환도 알고 있는 사람으로, 개인적으로 아는 것까지는 아니었지만 같은 중학교의 일 년 선배였다. 두 번째 남자친구는 첫 번째 남자친구와 좀 간격을 두고 효인이 대학 1년 차에 사귄 사람이었다. 진환이 유학을 가고 나서 사귀었다고 들었다. 같은 의대생으로, 효인과 그는 캠퍼스 커플이었다.

그리고 세 번째는 두 번째 남자친구와 헤어지고 얼마 지나지 않아 효인에게 고백해 온 대한대학병원의 인턴이었다. 지금 전임의 입장에서 보자면 인턴이야 저 아래 있는 수련생에 지나지 않지만, 당시 본과 3년에 재학 중이었던 의대생의 입장에서 보자면 인턴은 세련되고 당당한 사회인이었다. 하지만 피차 다 알고 있듯이, 인턴 생활이라는 게 토할 시간도 없는 '뺑뺑이 치기'라 얼마 가지 못했던 것으로 기억하고 있었다. 그 후로 한 사람을 더 사귀었던가? 영 가물가물했다.

진환이 잠시 기억의 책장을 넘겨보고 있는 사이, 지은은 본연의 그녀로 돌아가 푼수처럼 호들갑을 떨어댔다.

"아 침! 내 정신 좀 봐! 가볼 데가 있어서 먼저 실례할게요. 아무튼 장 선생님, 잘 부탁합니다아!"

지은은 잡을 새도 없이 경쾌한 발걸음으로 폴짝폴짝 뛰어가버렸다. 효인과 친하다는 증거인 듯, 그녀 역시 어딘지 평범한 사람은 아닌 것 같았다.

"아."

지은이 완전히 사라지고 나서야 진환은 짧은 외마디를 흘렸다.

기억났다. 효인의 네 번째 남자친구. 아마 이십대 후반쯤이었던가. 그래, 효인이 치프 레지던트였던 레지 4년 차였을 때니 그때쯤이었을 것이다. 정기적으로 참여하는 학술대회에서 만난 의사였다는데, 봉직의[7]가 아니라 제 사업체를 가지고 있는 개원의[8]였다. 치과의사였다지?

듣기로, 거의 결혼 이야기까지 오갔다는데 두 사람은 어느 순간 어이없게 파경을 맞았다. 이유는 바로 진환 때문이었다.

결혼 이야기가 오갔던 만큼 효인은 남자친구에게 진환을 좋게 어필하기 위해 부단히 노력했다. 성별이 이성일 뿐인 절친의 존재를 그가 인정해 주길 바랐다. 하지만 끝까지 그는 '남자사람친구'라는 존재를 납득하지 못했다. 그 마음이 이해되지 않는 건 아니었지만, 효인도 효인 나름대로 답답해 죽을 지경이었다. 효인은 진환을 그냥 친구가 아니라 그녀 인생의 산증인 같은 존재라고 생각했기 때문이다. 이를테면 그를 보면 이쪽이 가진 미스터리가 풀리는 로제타석 같은 것 말이다. 오히려 단순히 성별 때문에 그

---

7) 의원이나 병원에 소속되어 근무하면서 월급을 받는 의사. 우리말샘
8) 개인병원을 운영하는 의사

런 진환을 흰 눈으로 본다는 걸 답답해했다.

그런데 네 번째 남자친구는 기어이 절대 하면 안 될 짓을 저지르고 말았다.

"나야, 그 친구야?"

그렇게 묻고 말았던 것이다. 결국 효인은 백년 사랑도 다 식은 얼굴로 싸늘하게 말했다.

"진환이를 두고 선택하라는 남자는 내 쪽에서 사양이야. 예전부터 느꼈지만 우리 좀 안 맞는 것 같아. 이만 갈라서자."

이야기가 길어졌는데, 어쨌든 효인이 그런 사적인 이야기를 병원 직원에게 다 하다니, 별일이었다. 효인의 남자친구 중에서 가장 깊은 사이였던 네 번째 남자친구를 까맣게 잊고 있었던 그도 그였지만.

"장 선생님."

건하가 슬그머니 진환을 불렀다. 진환은 뭐냐는 듯 시선으로 물으며 뒤돌아보았다.

"이런 질문이 실례가 될지도 모르겠습니다만, 혹시 심 선생님과 예전부터 알고 지내던 사이이십니까? 아 참, 말은 놓으세요."

치프 레지던트라고 해도 전임의와의 사이에는 크나큰 지위 차이가 있으므로 건하는 극히 조심스러웠다.

"아아."

그렇다는 건지 아니라는 건지, 말을 놓으라는 데 동의하는 건지 아닌 건지, 진환은 애매모호한 소리를 흘렸다.

"좀 됐지."

진환이 사양 한 번 하지 않고 말을 반 토막으로 잘랐지만, 건하는 불쾌해하지 않았다. 오히려 전임의가 계속 존댓말을 고수했다면 부담스러웠을 것이다. 진환이 그것을 고려했는지 아닌지는 알 수 없었지만, 수직 구조의 의학계에 길들여진 건하는 이러는 쪽이 편했다.

"얼마나……?"

"이십 년 정도인가?"

건하는 눈을 크게 떴다.

"그럼 초등학교 때부터……?"

"그래."

건하는 그가 안내해 줄 것도 없이 앞서 나가는 진환을 물끄러미 보았다. 효인과 함께 있을 때는 상당히 말이 길더니, 지금 보니 상당히 과묵한 것 같았다. 의사는 본래 성격이 어떻든 간에 환자들이 어려워하지 않도록 기본적으로 친화적이고 사교적으로 보이려고 노력하는 법인데, 언뜻 보아도 진환은 쉬워 보이지 않았다.

한 번 보면 절대 잊히지 않을 것처럼 잘생긴 얼굴도 그랬지만, 맹금류처럼 미끈한 몸하며 왠지 모르게 위압적인 분위기까지. 만약 그가 산부인과나 비뇨기과 의사였다면 대한대학병원의 해당 임상과 수입은 극감할 터였다. 실력을 떠나, 자신이 여자라도 진환처럼 젊고 잘생긴 남자 의사에게는 산부인과나 비뇨기과 진료를 받고 싶지 않을 것 같았다.

깔끔한 와이셔츠와 흰 가운 하나만큼은 기가 막히게 잘 어울리지만…… 아니, 그런 만큼 실제 전문인이라기보다 의사 역할을 맡게 된 배우라고 하면 딱 맞을 것 같았다. 실제로 대한대학병원은 초유의 시청률을 내며 대히트 쳤던 메디컬 드라마 '하트 브레이커'의 배경이 된 병원이었다. 거기서 흉부외과 전임의 역의 남주인공을 연기했던 무명의 배우는 '하트 브레이커'를 초석으로 이제는 명실상부하게 대한민국 최고의 남성 배우가 되어 있었다.

비하인드 스토리 하나. 그때 당시 효인은 인턴이었는데, 촬영하는 옆에서 알짱거리다가 예쁘장한 외모 덕분에 즉석 캐스팅되어 교수의 허락을 받고 '하트 브레이커'에 엑스트라로 나온 적이 있었다. 그래봤자 남주인공에게 밖에서 누가 기다리고 있다고 말해주는 5초짜리 엑스트라였지만, 그 5초를 확보하기 위해 오리발처럼 물 밑에서 힘쓰는 무명 배우들이 있다는 걸 감안하면 상당한 대사건이었다.

그것은 진환에게도 대사건이었다. 이유인즉, 알파파의 바다에 푹 침몰되어 있는 진환에게 효인이 잔뜩 흥분한 채 전화를 걸어 TV에 나왔다고 난리 부르스를 쳐 댄 까닭이었다.

그 후로도 진환은 한동안 효인의 TV 출연 자랑담과 남자주인공 역의 배우가 얼마나 잘생겼는지에 대해 논문을 써도 될 정도로 줄줄이 들어야 했다. 그때마다 진환은 피곤에 푹 절어 허스키하게 갈라지는 목소리로 '논문으로 써서 메일에 첨부해. 평가해 줄 테니까.'라며 퍽이나 의학도 같은 말을 남기고 끊어버렸지만 말이다.

"심 선생님과 이십년이라니, 힘드셨겠네요."

건하가 제법 장난스럽게 말하자 진환이 그를 돌아보았다. 순간, 건하는 저도 모르게 놀라 버렸다. 진환이 입매를 늘어뜨리며 건하가 여자였다면 가슴이 설렐 만큼 매력적으로 웃었기 때문이다.

"잘 아는군."

그러고는 다시 본연의 표정으로 돌아가 버렸지만, 건하는 척척 앞서가는 진환의 등을 보며 고개를 절레절레 내저을 수밖에 없었다. 또 한 명, 심상치 않은 전임의가 등장한 것 같았다.

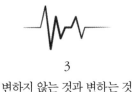

3
변하지 않는 것과 변하는 것

대학병원은 시간이 빨리 흐르는 곳이었다. 몇 시간씩 기다려야 하는 내원 환자들은 몰라도 적어도 의료진들에게는 그랬다. 정신을 차릴 틈도 없이 환자들이 이어져서, 점심시간은 눈 깜빡할 새에 찾아왔다.

점심시간을 맞은 직원 식당은 인산인해를 이루었다. 각자 모여 앉아 그야말로 '빡센' 병원 생활에 대해 서로 하소연하고, 즐겁게 웃기도 하고, 점심을 같이 먹기로 한 일행을 찾느라 분주했다.

지난 며칠간 여기저기 굴려진 인턴들은 잿물을 마신 병아리처럼 처져 있었지만, 그들도 그들 나름대로 담당과 레지던트들과 앉아 이야기를 듣느라 바쁜 상태였다. 그래서 효인이 처음 식당 입구에 모습을 드러냈을 땐 누구도 신경 쓰지 않았다. 그녀를 잘 아는 레지던트나 간호사들이 꾸벅 인사를 하고 지나가긴 했지만, 별달리 주의를 두진 않았다. 하지만 그녀가 한 레지던트와 인턴 그룹이 있는 곳에 앉아 보란 듯이 책을 펼치자, 한바탕 폭풍이 일었다.

"앗, 선생님. 그거?"

그녀가 왜 상당히 과장된 동작으로 책을 펴는지 의아하게 바라본 한 레지던트가 가장 먼저 반응했다. 효인은 그런 반응을 기대했다는 듯 씨익 웃었다. 마치 자랑하고 싶어 안달이 난 어린아이처럼.

"저 잘못 본 거 아니죠?"

"저도 보여주세요!"

효인은 척 손바닥을 내밀며 정지 신호를 보냈다.

"어허, 거기까지!"

감히 누구 명령이라고 어길까, 당장 뛰어올 듯했던 레지던트들의 움직임이 우뚝 멎었다. 하지만 아직 병원 분위기도 제대로 파악하지 못한 인턴들은 뭐가 뭔지 몰라 어리둥절한 얼굴이었다.

효인은 미끼를 던지는 낚시꾼처럼 레지던트들 앞에 책을 팔랑팔랑 흔들었다.

"어찌 이 귀중한 역사의 산실을 중생들의 손에 나돌리랴."

마치 사극을 연기하는 것처럼 책으로 부채질하는 효인의 모습을 보고 확신을 얻은 몇몇 레지던트들이 말했다.

"역시 맞는 거죠? 전쟁 일지!"

엄지와 검지를 마찰시켜 딱 소리를 낸 효인은 그렇게 말한 레지던트를 가리켰다.

"정답. 정확히는 남북전쟁 당시 외과의사의 1863년 일지."

"혜에, 어디서 얻으셨어요?"

효인은 우쭐해했다.

"다 길이 있느니."

"선생님 또 자랑하려고 그러시는 거죠? 어차피 보여주지도 않으실 거면서."

다른 전임의에게는 상상도 할 수 없는 일이지만, 레지던트 하나가 입술을 한 댓 발 내밀고 말하자 효인은 재롱 피우는 조카 보듯 피식 웃었다.

"자랑이라니, 중상모략에 대한 해명을 해야겠는걸. 내 질문에 가장 먼저 대답하는 녀석에게 반년 대여권 준다."

"질문 받습니다!"

레지던트들은 하나같이 번쩍 손을 들며 외쳤다. 인턴보다 조금 낫다 뿐이지 똥인지 된장인지 가릴 시간도 없는 건 레지던트도 마찬가지이건만, 아직도 지적 호기심에 충만해 있는 그들은 희귀 서적에 상당한 메리트를 느끼는 모양이었다. 그리고 효인 역시 그들의 정신없는 생활 사이클을 감안해 긴 대여 기간을 준 것이었다.

"인턴들도 잘 들어라. 기회는 누구에게나 평등하니까."

인턴들은 책을 빌려봤자 읽을 시간이 없겠지만, 그들도 일단 고개를 끄덕였다.

"SA node[9], AV[10]의 탈분극[11]에도 페스트 나트륨 통로가 관

---

9) Sinoatrial node, 동방결절, 심장 수축을 유도함으로써 심장박동을 조절하는 심장의 특정한 부분. 두산백과

10) Atrioventricular node, A-V node, 방실결절. 포유류의 심장에 있는 특수한 심근으로써 방실전도계의 최초의 부분. 두산백과

11) 전기신호가 전해졌을 때 보통 때는 양이온 상태인 세포 밖에서 나트륨이 들어와 일반적으로 음이온을 띤 세포 내부가 양이온으로 바뀌는 현상

계할까?"

순간 인턴들은 꿀 먹은 벙어리가 되어버렸다. 심장이 뛰는 원리에 관한 그다지 어려울 것 없는 질문이었지만, 인턴들을 가리켜 하는 말 중에 우스갯소리로 그런 이야기가 있었다.

인턴 3신. 먹는 데는 걸신이요, 자는 데는 귀신이요, 아는 데는 병신이라.

오히려 의대생일 때는 척척 대답만 잘했는데 정작 의사가 되고 나서는 병원의 잡역부라고 불릴 정도로 잡일만 하느라 아는 것도 잊어버린다는 인턴들의 현실에 대한 자조가 섞인 우스갯소리였다. [5]

하지만 그게 아니더라도 긴장을 해서인지 인턴들 중에 입을 여는 사람은 없었다.

"관계하지 않습니다!"

아니나 다를까, 대답한 것은 레지던트였다.

"이유는?"

효인은 조금 짓궂게 웃으며 물었다. 순순히 넘어가지 않을 셈인 것 같았다.

"SA node와 AV node에는 페스트 나트륨 통로가 없고 탈분극이 칼륨 통로를 통해 일어나기 때문입니다."

그제야 효인은 대답한 레지던트를 가리키며 100점 시험지에 동그라미를 치듯 말했다.

"박 선생 당첨."

박 선생은 의사고시에 합격한 것처럼 두 주먹을 불끈 쥐었다.

"옛다. 대여 기일 준수하도록."

효인은 몇 자리 건너에 앉은 그에게 전해주라며 옆에 앉은 레지던트에게 책을 전달했다. 그러자 처음 책을 받아 든 레지던트는 못내 미련이 남는 듯 괜스레 몇 장 넘겨보고서야 옆으로 넘겨주었다.

"넵. 감사합니다!"

레지던트는 신나게 책을 훑어보았고, 다른 레지던트들은 부러움이 그득한 눈으로 그를 보았다. 효인은 그런 그들을 흐뭇하게 지켜보았다.

그때 한 레지던트가 효인의 앞에 식판이 없는 걸 보고 물었다.

"선생님은 점심 안 드세요?"

"먹어야지. 누구 기다리고 있…… 아."

그 물음에 식당 입구를 바라보았던 효인은 막 입구에 나타난 사람을 발견했다.

"여기야."

효인이 손짓하자, 그녀를 발견한 진환이 다가왔다. 그러자 레지던트들이 하나둘 자리에서 몸을 일으키고 인사했다. 진환도 손짓으로 대답했다.

"다들 밥 먹어."

그렇게 말한 효인은 자리에서 일어나 진환과 함께 식판을 가지러 갔다. 그러자 레지던트들은 멀어지는 두 사람을 멍하니 바라보고 있다가 동시에 고개를 원위치시키고 수군거리기 시작했다.

"언제 장 선생님하고 친해지셨대?"

"심 선생님 사교성은 알아줘야 한다니까요."

"근데 원래 알고 지내던 사이라는 소문이 있던데요?"

누군가가 슬그머니 화두를 꺼냈다.

사람이 고이는 곳에는 언제나 소문이 함께하는 법. 그것은 의사들의 모임이라고 해도 예외가 없었다. 진환이 근무를 시작한 지 며칠밖에 지나지 않았는데 이미 소문이 에볼라 바이러스처럼 일파만파 퍼져 나간 걸 보면 알 수 있었다.

"그래? 하여간 심 선생님 정말 발도 넓어. 장 선생님까지 알고 계셨다니……."

누군가가 독백하듯 중얼거리자, 몇몇 레지던트를 제외한 모두의 얼굴에 의문이 피어났다.

"현 선생님도 장 선생님을 알고 계셨어요?"

꼭 알고 있다는 어투라 한 저년차 레지던트가 묻자, 현 선생님이라 불린 레지던트는 눈썹을 추켜들며 그것도 모르냐는 듯 노골적인 시선을 보냈다.

"이러니 우리가 창살 없는 감옥에 갇힌 죄수라는 소릴 듣지. 어떻게 업계 이야기도 모를 수가 있냐? 클리블랜드 클리닉의 장진환 선생님이라면 유명하잖아. 외과학의 젊은 권위자 아니냐. 수술 실력은 심 선생님보다 한 수 위일걸? 대학도 월반했다던데. 그래서 미국에서 공부했는데도 벌써 펠로우잖아."

참고로 육 년간 다니는 한국 의대에 비해 미국은 4년제 일반대학을 졸업하고 4년제 의대에 들어가는 시스템이라 총 팔 년이었다.

순간 모두의 시선이 진환과 효인 쪽으로 돌아갔다. 배식을 받으러 갔던 그들은 왜인지 식판을 도로 내려놓고 식당을 나서고 있었다. 그러자 다른 고년차 레지던트가 맞장구를 쳤다.

"하긴, 보통이 아니라고 하더라고."

정체를 알 수 없는 침묵이 좌중 사이에 내려앉았다.

"저……."

호기롭게 그 침묵을 깬 것은 아까부터 묘하게 긴장하고 있었던 인턴, 운이 좋은 건지 나쁜 건지 처음부터 응급실에 배정받은 윤정이었다.

흉부외과의 레지던트와 응급의학과의 레지던트가 친한 사이라 이 자리에는 흉부외과와 응급의학과의 인턴과 레지던트들이 적절히 섞여 있었다. 윤정도 그중 한 명이었다. 혜경은 육체적으로 크게 힘들지 않은 가정의학과에 배정받아 헤실헤실 웃으며 그쪽 사람들과 점심을 먹고 있었다. 초턴(초기 인턴)부터 외과에 걸릴까 봐 시퍼렇게 질리더니, 보기 좋게 빗나간 걸 보면 꼭 죽으라는 법은 없는 것 같았다.

"그럼 심 선생님은……?"

"심 선생님은……."

윤정이 조심스럽게 묻자, 현 선생은 비엔나 소시지볶음을 포크로 쿡 내려찍으며 운을 떼었다.

"심 선생님 별명이 뭔지 알아?"

인턴들은 고개를 내저었다. 그러자 현 선생은 국가의 기밀사항이라도 유포하는 양 은근슬쩍 몸을 낮추었다.

"괴도 슈퍼우먼."

무슨 의미를 가지고 있는지 선뜻 알 수 없는 별명이었다. 다만 어느새 식당에서 사라진 효인의 모습이 묘한 별명에 대한 힌트를 주는 것 같았다.

윤정은 천편일률적인 유니폼을 입은 사람들이 웅성이며 지나가는 식당 입구 쪽을 바라보았다. 자꾸만 이상한 기분이 들었다. 굳이 콕 집어 뭐라고 말은 못 하겠지만, 두 사람에게 자꾸 관심이 간다고 해야 하나? 근무 첫날 아침에 엘리베이터에서 생겼던 작은 해프닝 탓인지, 둘이 어떤 사람들인지 호기심이 생겼다. 다만 두 사람 중 어느 쪽을 더 궁금해하는 건지는 윤정 자신도 알 수 없었다.

"어쨌든 별나. 선생님들 중에 가장 별난 분이 심 선생님일 거야."

확실히 잠깐 보기로도 효인은 별나 보였다. 일단 여성 흉부외과 전임의라는 것도 그랬지만, 인턴과 레지던트들에게 오히려 친구처럼 벽을 두지 않는 점도 그랬고, 불현듯 나타나 짧은 폭풍을 일으키고 홀연히 사라져 버려서 예전에 유행했던 광고가 떠올랐다.

클레이 점토를 이용한 모 음료수 광고였는데, 거북이가 지나가는 모습을 보고 달팽이들이 '방금 뭐가 지나갔냐?'라며 아우성치는 광고 말이다. 워낙 오래전 광고라 기억하는 사람이 얼마나 될지는 모르겠다.

"그래도 털털한 분이니까 어려워하지 않아도 돼."

현 선생은 아직도 뻣뻣하게 굳어 있는 인턴들을 보고 말했다. 하지만 인턴들을 안심시켜 주기 위해서는 아니었던 것이, 곧 미묘하게 웃으며 덧붙였기 때문이다.

"그렇다고 무시했다가는 쓴맛 좀 보게 될 테지만."

"아, 진환아."

막 식판을 들어 올린 진환은 효인의 부름에 고개를 돌렸다. 그러자 효인은 손가락을 들어 위쪽을 가리켰다.

"날씨도 좋은데 식당에서 이럴 게 아니라 옥상에 갈래?"

"옥상은 잠겨 있지 않아?"

병원마다 다르기야 하지만, 병원은 심신이 힘든 사람이 많기 때문에 불상사를 대비해 보통 옥상으로 통하는 문을 잠가두었다. 하지만 효인은 믿는 구석이 있는 듯 씨익 웃었다.

"난 이래서 권력이라는 게 좋다니까."

말인즉, 잠겨 있는 옥상을 열 수 있다는 의미였다.

"고작 열쇠 가지고 권력이라니, 비약이 심하시군."

"어허, 이게 얼마나 레어 아이템인데. 쉽게 구할 수 있는 게 아니야."

"그래, 심효인 잘났지."

"갈 거야, 말 거야?"

진환은 들었던 식판을 다시 내려놓고 먼저 식당 문 쪽으로 걸음을 옮겼다.

"식당보다는 좋지."

"그럴 거면서 내숭은."

효인은 진환을 따라 나가며 은근슬쩍 놀림조로 말했다.

"안 간다는 말은 안 했잖아?"

"또 말꼬투리 잡지."

식당을 나온 둘은 효인의 진료실로 가서 그녀가 몰래 복사해둔 열쇠를 가지고 옥상으로 올라갔다. 그리고 옥상 문을 따고 들어가자, 이번 겨울은 그다지 춥지 않다고는 하지만 제법 차가운

바람이 불어왔다.

효인은 오는 길에 뽑아온 커피 두 잔을 잠시 진환의 손에 맡기고 옥상 문을 닫았다.

"날씨는 맑은데 바람이 좀 차네."

외래 진료를 보느라 효인은 목을 덮는 터틀넥을, 진환은 넥타이까지 반듯하게 맨 와이셔츠 차림이었다. 그리고 추울 걸 예상해서 둘 다 위에 코트를 입고 왔다. 그래서 살 떨리게 춥지는 않았지만, 바람을 피해 간이 건물 뒤쪽, 바람이 닿지 않는 자리로 갔다.

난간으로 다가가자, 실타래처럼 얽히고설킨 도로 위에 쌩쌩 달려가는 차들이 눈에 들어왔다. 도심의 한중간에 솟아오른 병원의 옥상에서 내려다보는 도시는 그야말로 삭막한 느낌이었다. 전체적으로 회색에 여기저기 각진 건물의 향연이 펼쳐졌다. 그리고 서울을 가로지르는 한강이 어디로 그리 가는지 수평선 너머로 표표히 흐르고 있었다.

"바쁘다, 바빠."

효인은 단 한순간도 멈추지 않고 움직이는 도시를 내려다보며 중얼거렸다.

"도시가?"

진환은 물었다.

"응. 언제 봐도 멈추질 않네."

"멈추면 도시가 아니지."

웅장하게 솟은 건물 사이사이를 내달리던 바람이 커피 향에 이끌려 왔는지, 두 사람의 머리카락을 흩날리고 커피에서 솟아오르는 김을 훔쳐 갔다. 그에 희미하게 피어올랐던 김이 위로 확 솟구쳐 올랐다가 공기 중에 스며들어 사라졌다.

효인은 눈이 시린지 미간을 살짝 찡그렸다. 그리고 입술 사이에 낀 머리카락 몇 가닥을 손가락으로 빼내고 다시 커피를 홀짝거렸다. 진환은 그런 효인을 바라보았다.

늘 생각하는 거지만, 효인은 고양이 상이라 뭔가를 오물거리고 있으면 털털한 성격과 달리 새침해 보이는 편이었다. 특히 샐쭉 치켜 올라간 눈매로 흘겨볼 때면 제 딴에는 앙칼지게 째려본다고 해도 매섭다기보다 하얀 볼이 빨갛게 될 정도로 꾹 꼬집어 주고 싶어졌다.

그래서인지 학창 시절에 진환의 친구들은 효인과 다리 좀 놔달라고 하루가 멀다 하고 그를 닦달해 댔다. 그뿐만 아니라 가끔은 생판 모르는 선배가 찾아와 효인과 데이트를 하게 해달라고 부탁하기도 했다. 그럴 때마다 진환은 여성스러움이라고는 개미 내장만큼도 없이 푹 퍼져 있는 효인을 바라보았다. 대체 이 왈가닥이 어디가 예쁜가 싶어서. 그러면 효인은 발로 진환의 허리를 쿡쿡 찌르며 '누님이 힘드시니 물 좀 가져와 봐.'라고 퍽이나 거만하게 말했다.

그때 효인은 그저 어린 소녀 같기만 했었는데, 지금도 성격은 그때와 별 차이가 없을지라도 이제는 제법 여성스러워 보이는 걸 보니 시간이 흐르긴 흐른 모양이었다. 기술의 발전 덕에 영상통화도 종종 해서 어떻게 변했는지 모르는 건 아니었지만, 이렇게 찬찬히 보니 새삼 새로웠다.

"진료는 어땠어?"

효인이 묻자, 진환은 인간의 순환계처럼 쉴 새 없는 도시를 내려다보며 대답했다.

"별다를 건 없었어. 아, 그런데 한 가지가 좀 난감하긴 하더군."

난간에 등을 대고 서 있는 효인은 그의 얼굴을 보기 위해 뒤쪽으로 고개를 빠끔히 내밀고 물었다.

"뭐가?"

"자꾸 영어가 나오려고 해서."

효인은 웃었다.

"어차피 의사들의 말은 반이 영어인데, 뭐. 웃긴 게, 지금은 나도 반은 영어로 말하긴 하지만 예전에는 의사들이 왜 저렇게 영어를 섞어 쓰나 삐딱하게 봤지 뭐야."

"삐뚤어진 심효인 성격상 유식한 척하는 거야 뭐야, 그렇게 생각했겠지?"

효인은 픽 웃었다. 그리고 매점에서 사 온 빵 봉지를 찍 뜯어내며 말했다.

"그뿐만이 아니지. 그래, 이 자식아 너 잘 배워서 좋겠다. 이렇게도 생각했었지."

"어렸을 때부터 의사가 되려고 했으면서?"

진환도 빵 봉지를 뜯어냈다. 하지만 빵 봉지를 세로로 아무렇게나 찍 뜯어낸 효인에 비해 진환은 톱날 모양으로 되어 있는 윗부분을 가지런히 뜯어냈다. 그것만으로도 두 사람의 성격 차이가 드러났다.

"좋은 한국말 두고 영어로 주절거리니까 생각이 저절로 삐딱해지더라고. 의학 용어 자체가 전부 영어로 되어 있어서 그렇다는 생각은 못 하고 말이야."

"현대 의학은 서양의학이니까."

"그러게. 근데 요즘은 의학 용어를 한국어로 바꾸려고 많이 캠페인을 벌인다더라."

"쉽진 않을 텐데."

"아무것도 해 보지 않는 것보다야 낫지."

계속 말을 주고받다가 잠깐 말이 끊긴 사이, 효인은 그야말로 빵을 입안에 욱여넣듯이 우적우적 베어 먹었다. 그런 효인을 흘긋 바라본 진환은 그녀의 팔을 잡아 내렸다.

"천천히 먹어."

큼직한 손이 팔목을 가만히 감싸오는 느낌에 놀란 효인은 욕심 많은 다람쥐처럼 부풀린 볼을 한 채로 진환을 보았다. 진환의 손이야 아버지의 손만큼 익숙한데, 팔목을 잡아오는 손길이 너무 부드러워 그랬는지 살짝 당혹스러웠다. 하지만 효인은 곧 볼 안에 가득한 빵을 씹어 먹고 태연하게 말했다.

"외과의사는 어쩔 수 없다니까. 급히 먹는 게 버릇이 되어버렸어."

진환은 짧은 웃음을 흘릴 따름이었고, 효인은 속도를 의식해 가며 천천히 빵을 씹었다. 그러다가 고개를 들자, 서늘한 바람이 턱을 훑고 지나갔다. 효인은 바람의 움직임을 따라가듯 진환을 돌아보았다. 진환은 난간에 팔을 기대고 있었고, 그의 머리카락과 옷깃이 바람에 흩날렸다.

효인은 난간 바깥쪽을 바라보고 있는 진환을 지그시 보다가,

불쑥 어리광 피우고 싶은 마음이 들어 커피 컵과 빵을 옆에 놓아 두고 그의 뒤로 갔다. 그리고 자연스럽게 그의 허리에 팔을 감았다. 진환은 갑자기 허리를 감싸오는 팔을 느끼고 옆을 돌아보았다. 하지만 효인이 뒤에서 팔을 감아와 그녀의 정수리만 흘긋 보였다.

"왜?"

"그냥. 갑자기 어리광이 피우고 싶네."

"징그럽다."

말은 그렇게 해도 진환은 다시 앞을 바라볼 뿐, 굳이 그녀의 팔을 풀어내거나 하지 않았다.

효인은 삐친 척 진환의 등에 이마를 콩 박았다.

"꼭 얄밉게 말한다니까. 그래도 이성을 가진 친구의 특권이랄까? 생각해 봐. 내가 남자인데 이러면 멱살 잡고 '싸우자는 거냐?' 소리 나오지 않겠어?"

진환은 작게 어깨를 으쓱거렸다. 그 말에 동의한다는 의미였다.

확실히 자신과 비슷한 덩치를 가진 동성 친구가 허리를 감싸 안아온다는 상상만으로도 소름이 돋았다. 그나마 효인과는 남이 봐도 비주얼이 거북스럽진 않을 테니 다행이었다. 하지만 왜인지 효인이 막 팔을 감아왔을 때는 이상하게 소름이 돋았다.

그렇지만 그건 늘 그랬다. 의식적으로는 어떻든 애초에 나기를 서로 다르게 태어난 몸을 의식하고 있는 듯, 효인이 제 몸에 손을 댈 때면 저도 모르게 조금씩 긴장이 되고는 했다.

하지만 진환은 거기에 특별한 의미를 두지 않았다. 타인의 손길이라는 건 누구를 막론하고 언제나 조금씩은 긴장이 되기 마련이니까. 설령 그게 연인의 손길이라고 해도 성적인 긴장감이 들 테고, 의사의 객관적인 손길이라고 해도 어쩔 수 없이 긴장이 될 테니까 말이다.

"어허, 편하다."

그런 진환을 아는지 모르는지 효인은 중늙은이처럼 말하며 그의 너른 등에 폭 얼굴을 묻었다.

진환의 등에서는 바람의 향기가 났다. 불어온 바람이 그의 등에 편린을 걸어두고 갔는지, 심적으로 편안해서 따스한 바람 속에 감싸여 있는 듯한 기분이 드는지, 그의 등에서는 온화한 봄바람이나 싱그러운 여름바람, 시원한 겨울바람 향기까지 나는 것 같았다. 그런데 그의 등은 기억하는 것보다 넓었다. 닥쳐 오는 세상의 풍파마저도 막아줄 듯이.

효인은 이런 기분을 느껴본 적이 있었다. 언제나 스스로의 힘으로 우뚝 서온 그녀였지만, 그녀의 어머니가 가는 숨을 거두었을 때 진환이 그녀 앞에 서 있어주었다. 어린아이처럼 작아진 그녀를 보호해 주려는 듯, 잠시 동안 가려줄 테니 지금만큼은 마음껏 울어도 된다는 듯.

"우리 엄마, 우리 엄마 어떡해…… 진환아, 응?"
"진정해. 너 지금 너무 흥분해 있어."
"어떡해…… 제발 우리 엄마 좀 살려줘……."
"울지 마."
"흑, 엄마아아……."

그리고 함께 학교에 등하교할 때나 놀러 갈 때, 효인은 자전거 앞자리에 탄 진환의 등을 보았다. 그럴 때면 바람이 그의 옷깃을 훔치며 지나가고, 명랑한 소년 소녀를 보고 흐뭇하게 미소 짓는 것 같은 햇빛이 파노라마처럼 그들이 달리는 길가에 펼쳐졌다.

학교에서 놀다가 창문을 깨먹고 교무실에 불려갔을 때도 진환은 효인의 앞에 서 있었다. 괜스레 그녀를 괴롭히고 도망가 버릴 때도, 최대 인기품목이라 금방 매진되어 버리는 소라빵을 사기 위해 먼저 매점으로 달려갈 때도, 효인이 교과목 준비물을 두고 와서 대신 다른 반 친구에게 빌리러 가줄 때도.

슬픔이, 눈물이…… 기쁨이, 웃음이…… 항상 진환의 등과 함께 있었다.

"근데 윤 간호사한테 그 이야기를 했더군."

바람결에 실어 보내듯 가만히 흘러나오는 진환의 목소리에 효인은 고개를 들었다. 잠이 부족하기도 했고 그의 등이 너무 편해서인지 슬슬 잠기운이 몰려오고 있던 차였다.

"무슨 이야기?"

"네 네 번째 남자친구."

진환도 며칠간 새로운 환경에 적응하느라 잊고 있다가 문득 떠오른 것이었다.

효인은 잠시 침묵했다. 그 말이 불편하다거나 그에 대해서 언급하기 싫다는 의미가 아니라, 네 번째 남자친구가 어떤 사람이었는지 확실히 기억나지 않기 때문이었다. 그저 그에 대해 기억나는 거라고는 진환과 연락하지 말라고 엄포를 놓았다는 것뿐이었다. 그런데 거기에 생각이 닿자, 그제야 치과 개원의였던 네 번째 남자친구가 떠올랐다.

"아아. 근데 지은 씨가 너한테 그 사람 이야기를 했어?"

"그래, 네 번째 남자친구와 헤어진 이유가 나였다고."

"그건 또 언제 이야기했대."

"첫날에."

효인은 조금 허탈한 듯 바람이 빠지는 것 같은 웃음을 흘렸다.

"너도 알다시피 널 선택하든지 자신을 선택하든지 하라잖아. 그래도 뭐, 예전부터 뭔가 어긋나는 느낌이 있어서 헤어지자고 했던 거니까 혹시라도 죄책감은 가지지 마시게나."

"죄책감을 느낄 수밖에 없잖아?"

"혜에? 네가 웬일로……."

"질투까지 해주는 남자를 놓쳤으니 이제 노처녀 심효인이 시집 가기는 다 틀렸는데 어떻게 죄책감을 안 가지겠어."

"허이구! 됐네요!"

효인은 타박하듯 제 어깨로 진환의 등을 휙 밀어버렸다. 그러자 무방비 상태로 서 있었던 그의 몸이 순간 앞으로 쏠렸지만, 금방 자세를 원위치시켰다. 그런데 효인은 알고나 있을까. 어깨로 밀어버리는 바람에 그녀의 가슴이 순간적으로 그의 등에 와 닿았다는 걸.

이성이라는 점 때문에 실수로 닿는 것이 아니면 그런 곳은 어떤 의미에서 접근할 수 없는 성역이었는데, 어느새 훌쩍 자라난 —이제는 개화기라기보다 성숙기지만— 효인의 가슴은…….

'……의외로 크군.'

진환은 무심한 눈길을 하늘로 넌지며 생각했다.

"나쁜 사람은 아니었지만…… 음, 좀 답답했다고 해야 하나."

효인의 뒷말에야 진환은 정신을 차렸다.

"서로 맞춰주려고 하는 게 아니면 도통 의견이 안 맞는 거야. 그래도 삼십년이나 다른 인생을 살았는데 당연하겠지, 다 이렇게 맞춰가는 거겠지 싶어서 꾹 참았는데, 너를 선택하든지 자신을 선택하든지 하라는 말에 인내심이 완전히 조각나더라."

진환은 살짝 고개를 내리깔며 희미하게 웃었다.

"심효인 성격에 그 정도면 많이 참았지."

"그러게. 나이가 드니까 성질도 좀 죽던데."

얼굴을 보지 않고 대화하려니 답답했던지 효인은 진환의 허리에서 팔을 풀고 다시 옆에 와 섰다.

"하긴, 예전이면 다 때려치워, 하면서 일찍이 엎었겠지."

"누가 들으면 쌈닭인 줄 알겠네."

볼멘 듯 말은 한다만 효인은 큭큭 웃고 있었다.

"어쨌든 지금 와서 생각해 보면 차라리 그때 헤어진 게 잘한 것 같아."

"어째서?"

"내가 결혼했어 봐. 네가 한국에 돌아와도 놀아줄 시간이 없었을 거 아냐?"

"퍽이나."

효인은 진환이 그러거나 말거나 제 할 말을 계속했다.

"그 사람한테 가장 열받는 게 뭐였는지 알아?"

"뭐였는데?"

"비록 말은 안 했지만 내가 외과의사라는 걸 깔보고 있다는 점이었어."

진환은 효인을 돌아보았다. 효인은 싸늘하게 식어버린 커피를 '으―' 하는 소리와 함께 들이켜고 있었다.

"그런 말은 없었잖아?"

둘 다 효인의 네 번째 남자친구를 기억의 저편으로 밀어놨을 뿐이지, 그와 헤어질 당시 효인은 이를 아득아득 갈며 진환에게 일의 전모를 털어놓았다. 그래서 진환도 어떻게 된 일인지 다 알고 있었고, 그녀의 네 번째 남자친구가 어떤 사람이었는지도 대충 알고 있었다. 하지만 남자친구가 효인이 외과의사라고 깔보았다는 건 처음 듣는 이야기였다.

차갑게 식어 카페인 맛밖에 나지 않는 커피를 한입에 털어 넣은 효인은 왜인지 어색하게 웃었다.

"솔직히 그때는 너한테라도 말하기가 좀 그랬어. 그런 이야기까지 하면 왠지 어리광을 피우는 것 같아서."

"지금까지 실컷 부린 주제에 말은 잘하는군."

효인은 복잡한 표정으로 하늘을 올려다보았다.

"그런 게 아니라, 뭐라고 해야 하나……."

"뭐, 엄살 피우는 걸 싫어하는 심효인이니 무슨 생각을 했는지 대충 알겠다만."

효인은 픽 웃었다. 역시 진환은 말이 없어도 그녀의 생각이 어떤지 알아주는 사람이었다.

"어쨌든 깔보고 있었다고 해야 할지, 싫어했다고 해야 할지, 왜 남자들은 그런 거 있잖아. 다른 여자가 담배 피우는 건 이해하지만 내 여자가 담배 피우는 건 싫다. 그 사람도 다른 여자 의사는 멋져 보이지만 자기 여자가 살을 가르는 사람인 건 싫었던 거야. 사실 사람에 따라서 외과의사 노릇을 오래 하다 보면 그런 일에도 좀 무감각해지니까 싫었을 수도 있겠다 싶지만, 알잖아? 난 그런 미묘한 아이러니가 싫어."

외과의사인 심효인을 부정한다는 건 사람 심효인마저도 부정하는 것과 같았다.

"너, 외과의사가 되고 싶다고 했지? 그럼 하면 되잖아. 네 어머니 몫만큼, 다른 사람을 살리면 되잖아."

딱 죽어버렸으면 좋겠다고 생각했던 열다섯 살 여름, 슬슬 호젓한 가을바람이 밀려오던 때에 진환이 말해주었던 것처럼, 또 그런 말을 해줄 만한 남자는 없는 걸까? 좋은 사람이라는 게 세상이 다 좋다고 말한다고 좋은 게 아니었다. 스스로에게 좋은 사람이기만 하면 좋은 것을, 세상이 다 좋다고 말하는 사람보다 스스로에게 좋은 사람이 어째 더 찾기 힘들었다.

그때, 정수리를 덮어오는 큰 손에 효인은 고개를 들었다.

"뭐야?"

진환은 말없이 웃으며 효인의 머리를 토닥거리고 손을 거두었다. 그리고 옷소매 때문에 팔을 한 번 뻗었다 접으며 손목시계를 확인했다.

"가자. 시간 다 됐다."

효인은 다 먹고 난 커피 컵과 빵 봉지를 주섬주섬 손에 들며 물었다.

"수술할 때마다 풀어야 하는데 귀찮게 손목시계를 왜 차?"

단정한 팔목에 찬 검은 가죽 끈 시계가 남성적인 느낌이었지만, 벗었다 찼다 하는 게 귀찮지도 않을까 싶었다.

"시간을 알고 있는 편이 편하니까."

효인은 앞서가는 진환의 등을 조금 생소한 눈으로 바라보았다. 그에 대해서는 거의 모르는 게 없다고 믿었는데, 이제 와보니 그가 어떻게 병원 생활을 하는지, 수술실에서는 어떤지, 그 외에도 의외로 많은 것을 모른다는 생각이 들었다.

진환도 볼 겸 연수차 갔던 클리블랜드 클리닉에서 그의 수술에 참관했던 적이 있긴 하지만, 사소한 버릇은 거의 모른다고 해도 좋았다. 그게 유학 간 후에 생긴 버릇이라면 말이다. 사실 계속 연락을 주고받았다고 해도 사소한 버릇까지 시시콜콜 이야기하지는 않으니까.

그녀와 모든 걸 공유했던 소년 장진환.

그녀가 없는 곳에서 훌쩍 커버린 남자 장진환.

그 사이에는 메울 수 없는 간극이 있다는 걸, 효인은 아직 모르고 있었다.

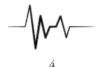

4

'사자의 심장과 독수리의 눈, 여자의 손'

"아 참, 네가 준 책 중에 남북전쟁 외과의사 일지는 레지던트에게 빌려줬어. 괜찮지?"

옥상에서 내려와 복도를 걸어가던 도중, 효인이 말했다.

"너한테 준 거니까."

진환은 뭐 그런 걸 묻느냐는 듯 대답했다. 효인은 그럴 줄 알았다는 얼굴로 짧게 웃었다.

그렇게 둘은 잠시 말없이 해사한 햇볕이 내리쬐는 복도를 걸어갔다. 알싸하게 풍겨오는 소독약 냄새는 그렇다 치고, 모두들 병실에서 점심을 먹는 시간이라 복도는 간간이 지나가는 환자들을 제외하면 평온했다.

"으우, 한숨 푹 잤으면 좋겠다."

창문을 넘어 들어와 바닥에 가만한 그림자를 그리는 햇빛에,

효인은 낮잠이 고픈 고양이처럼 쭉 기지개를 켜며 중얼거렸다.

"오후에 수술 스케줄은?"

효인은 뻐근한 어깨를 주무르며 대답했다.

"하나 있긴 한데, A―V shunt[12]니까, 뭐."

A―V shunt, 동맥―정맥 연결술은 만성신부전 환자의 혈액투석을 위한 간단한 수술이었다. 그래서인지 효인은 특별히 긴장감을 느끼지 못하는 것 같았다.

"만성신부전 환자라."

"신장이식을 못 하면 평생 혈액투석을 해야 하니 그 사람들도 고생이지."

"말기?"

효인은 자못 애석하다는 얼굴로 고개를 내저었다.

"아니, 아직은. 하지만 GFR(사구체여과율)이 정상의 10% 이하로 감소해서야 진단을 받으러 왔다지 뭐야."

몸이 조금 좋지 않아 아무 생각 없이 병원에 왔다가 심각한 소식을 듣게 되는 환자들이 의외로 많은 편이었다. 많이 나아지고 있긴 하지만 아직도 정기검진을 받는 사람보다 받지 않는 사람이 더 많기 때문일 것이다.

되돌릴 수 없을 때에야 병을 발견해서 돈은 돈대로 쓰고, 고통은 고통대로 받는 환자들을 보면 효인은 입맛이 썼다. 병을 일찍이 발견했어도 뭘 어쩔 수가 없어 하루하루 죽음의 문턱에 다다라 갔던 그녀의 어머니에 비하면, 병에 따라 간단한 처치로도 금방 괜찮아질 수 있을 것을……

---

12) Arterio Venous Shunt, 동맥-정맥 연결술

"그렇군……."

효인의 내리깐 눈매에서 쓸쓸함이 묻어나자, 진환도 다소 가라앉은 어조로 읊조렸다.

"장 선생."

그때 어디론가 가고 있는 듯했던 철호가 진환을 불렀다. 엄연히 직장이라 공적인 호칭을 사용했다.

"예."

진환이 돌아보고 대답하자, 조금 떨어진 곳에 다른 의사와 함께 서 있는 철호가 그에게 이쪽으로 와보라는 듯 손짓했다.

"잠깐 이야기 좀 하지."

그 부름에 진환은 효인에게 말했다.

"잠시만."

"응, 다녀와."

진환은 철호에게 다가갔다. 그동안 효인은 동장군의 입김이 불고 있는 창밖을 바라보며 그가 돌아오길 기다렸다. 얼마나 지났을까, 이야기를 끝낸 진환이 철호를 배웅하고 돌아왔다.

"과장님께서 뭐라고 하셔?"

진환은 특유의 무감동한 어투로 답했다.

"해 보라고 하시던데."

누가 훔쳐 갔는지 그의 말에는 주어가 쏙 빠져 있었지만, 효인은 단번에 알아듣고 입술을 오므렸다.

"오, 무슨 수술이래?"

"캐비지(CABG)."

약칭 캐비지(CABG). 총칭 Coronary Artery Bypass Graft. 보통 부르는 이름으로는 '관상동맥우회로이식술'이었다. 간단하게 말하자면 막히거나 좁아진 심장동맥 너머 우회로를 만들어 혈액을 보내는 수술로, 허혈심장병을 치료하는 가장 확실한 외과적 치료법이었다.[6]

쏴아아아—

"긴장한 것 같진 않네."

스크러빙을 하고 있는 진환은 옆에 있는 효인을 바라보았다.

"새삼 긴장할 게 없으니까."

진환은 옅은 푸른색 수술복을 입고 있었다. 그건 효인도 마찬가지로, 그녀는 한창 수술 준비로 바쁜 유리창 너머의 수술실을 바라보고 있는 중이었다. 아직 자신의 수술에 들어가기 전까지 조금 여유가 있으므로 그녀도 진환의 수술에 참관하려고 이 자리에 있는 것이었다.

"자신감 뿜뿜하네."

효인은 짓궂은 미소를 지었다. 그때였다. 입구 쪽이 소란스러워지더니, 수련을 시작한 지 얼마 되지 않아 아직 대학생 티가 나는 인턴들이 몰려 들어왔다. 그러다가 몇몇 인턴들은 진환과 효인을 발견하고 입을 다물었다. 하지만 자기들끼리 이야기하느라 아직 두 사람을 발견하지 못한 인턴들은 말을 멈추지 않았다.

"캐비지라니, 처음부터 꽤 큰 수술인 거 아냐?"

"정맥이랑 동맥 중 어느 쪽으로 한대? 아니면 신테틱(인조혈관)인가?"

"야."

두 사람을 발견한 인턴 중 하나가 동료의 옆구리를 팔꿈치로 찌르자, 그제야 고개를 돌린 인턴도 깜짝 놀라 말을 멈추었다. 그러고는 잠깐 당황하더니, 꾸벅 허리를 접어 인사했다.

"안녕하세요."

이어서 모든 인턴들이 그를 따라했다. 군기가 바짝 들어간 모습도 귀엽기만 해, 효인은 피식 웃었다.

"다들 참관 허락은 받고 왔어?"

효인이 웃는 낯으로 묻자, 인턴들은 그제야 긴장이 풀리는 얼굴이었다.

"예, 받고 왔습니다."

효인은 팔짱을 끼고 벽에 기대서 있었던 자세를 풀며 말했다.

"우리 어디 한번 볼까? 장 선생님께서 얼마나 잘하시는지."

멘델스존 바이올린 협주곡 Op.64.

온도와 습도를 자동으로 조절하는 항온항습 장치가 작동되고 있어서 공기가 상쾌하기까지 한 수술실[7] 안에는 우아한 바이올린 선율이 흐르고 있었다.

수술실에 클래식을 틀어놓는 건 의외로 흔한 일이었다. 장시간 집중해야 하는 의료진의 마음을 안정시켜 주기도 하고, 무거운 침묵과 긴장감을 누그러뜨려 주기 때문이었다.

효인의 경우, 몇 시간 내내 클래식을 듣는 게 지겨워져 다른 음악을 틀어볼까 한 적도 있었지만 금방 포기해 버렸다. 대중가요를 틀어놓으면 가끔씩 가사를 듣느라 집중력이 흐트러질 때가 있고, 좋아하는 팝송을 틀어놓으면 저도 모르게 흥을 타버리는 탓이었다.

한 번은 반짝이는 도전 정신으로 록 음악을 틀어봤다가, 정신은 사납고 한 간호사가 갑자기 터지는 소리에 놀라 도구를 놓쳐버린 일이 있어서 당장 그만두었다. 그때는 그냥 웃고 넘겼지만, 오염되어 버린 도구를 전부 새로 꺼내와야 했으니 별로 좋은 생각이 아님은 분명했다.

"시작합시다."

진환이 시작을 알리자, 수술대로 인력이 모여들었다.

서늘한 은빛으로 반짝이는 수술도구들과 복잡하고 투박한 기계들, 이리저리 이어진 호스와 선들, 그리고 다 같은 푸른 수술복을 입은 모습이 공포 영화처럼 어딘지 음산한 공기를 뿜었다. 그래서 효인은 한번 철호에게 수술실을 좀 아기자기하게 꾸며보는 건 어떠냐고 제안해 봤지만, 그는 허허 웃으며 수술실은 수술실다워야 하지 않겠느냐고 말할 따름이었다. 일리가 없는 건 아니나, 그런 면에서 보자면 아버지만큼 편한 철호도 은근히 보수파구나 싶었다.

"메스."

으레 그렇듯, 진환은 '메스'라는 단어로 수술을 시작했다. 수술실 간호사는 오토클레이브(고온고압처리기)에서 꺼낸 따뜻한 메스를 진환에게 건네주었다.

"포셉(Forcep, 수술용 겸자)."

방포에 싸인 수술 부위를 메스로 자르고, 겸자로 이식할 혈관을 잡고 척출했다. 그리고 전기톱이라기엔 매끄럽게 생긴 흉골전기톱으로 환자의 흉골을 가르기 시작하자, 기잉기잉 고막을 긁는 소리가 모두를 괴롭혔다.

그때 누군가 마스크를 입에 대고 수술실로 들어왔다. 흘긋 시선을 던지자, 그는 그 나이를 먹고도 퍽 우람한 몸집을 가진 철호였다.

수술 장면에서 시선을 뗄 줄 모르던 사람들이 주섬주섬 인사를 하려고 하자, 철호는 됐다는 듯 손짓했다. 그리고 시간이 되면 얼른 가보려고 문가에 서 있는 효인에게 다가왔다.

"어떠냐?"

효인은 작게 웃었다.

"아직까지는 완벽해요. 빠르고, 정확하네요."

"근데 오늘따라 수술실이 붐비는구나."

확실히 현재 캐비지가 시행되고 있는 5번 수술실은 평소보다 인구밀도가 높은 편이었다.

"장 선생이 우리 병원에서 처음으로 하는 수술이잖아요. 그래서 인턴들도 조금이라도 더 보려고 혈안이 되어 있는 거죠."

그때 환자의 가슴에 연결되어 있는 인공심폐기를 관리하는 체외순환사가 말했다.

"심정지액 투여합니다."

"잠깐. 캐뉼러(도관) 제대로 연결되어 있는지 확인한 거 맞아?"

메스 날만큼이나 날카로운 시선이 꽂히자, 진환의 반대편에 서 있는 레지던트가 움찔했다. 그리고 빠르게 환자의 쩍 벌어진 가슴으로 시선을 내렸다. 캐뉼러는 제대로 연결되어 있었지만, 자세히 보니 조금 빠지기 쉽게 꽂혀 있었다.

"아……."

레지던트가 당혹스러운 듯한 소리를 내자, 진환은 다시 환자의 가슴으로 시선을 내리고 굴곡이 없는 목소리로 말했다.

"나가."

"예?"

진환이 시선을 내리기에 다행히 그냥 넘어가나 싶었는데, 레지던트는 이게 웬 말기 암 선고 같은 청천벽력인가 싶어 화들짝 놀랐다.

"제대로 하지 않는 인간은 필요 없어. 나가."

진환은 잔인할 만큼 딱 잘라 말했다. 그러자 순간 레지던트는 반사적으로 도움을 구하듯 수술실에 가득 들어차 있는 사람들을 돌아보았다. 하지만 그 누구도 집도의의 말을 거스르지 않았다.

효인은 입안에서 쯧 혀를 내찼다. 철호도 마찬가지였다. 첫 수술부터 적을 만들려고 하는 것 같았다.

진환이 그 레지던트를 유령쯤으로 취급하고 수술을 재개하자, 레지던트는 벌겋게 달아오른 낯을 하고 수술실에서 나가 버렸다. 그러자 수술실에는 이루 말할 데 없이 어색한 침묵이 감돌았다. 하지만 진환은 전혀 신경도 쓰지 않고 제 할 일에만 몰두했다.

효인은 걱정스러운 눈빛으로 레지던트가 나간 문 쪽을 바라보았다.

진환이 무뚝뚝하긴 해도 평소에는 이렇게 결벽하고 까칠한 성격이 아닌데, 박차고 나가듯 수술실을 나간 레지던트가 오해나

하지 않을지 걱정스러웠다. 그저 그 레지던트가 수술실에서는 단 1초의 방심이나 0.1㎝의 오차도 용납되지 않는다는 걸 잘 이해하고 있길 바랄 수밖에 없었다. 오해를 한다고 해도 전임의를 상대로 뭘 어쩔 수야 없겠지만…… 해 봤자 뒤에서 까대는 정도?

사실 효인도 수술실에만 들어가면 상당히 까칠해져서 공공연히 레지던트를 타박 줄 때도 있었지만, 미움받는 상대가 자신이 아닌 진환이라고 생각하니 썩 마음이 편치 않았다.

"심정지액 투여해."[8]

하지만 진환의 목소리는 평온했다.

한 인턴이 헐레벌떡 뛰어오더니 외쳤다.

"야! 장 선생님 수술 들어가신대!"

그가 급보라도 안고 온 통신병처럼 말하자, 옹기종기 모여 있던 인턴들이 고개를 발딱 들었다.

"오? 무슨 수술?"

"캐비지라던데?"

누군가가 '휘익―' 휘파람을 내어 불었다.

"이야, 처음부터?"

몇 자리 떨어진 곳에 앉은 윤정은 심각하게 의학서적을 되짚어보고 있다가, 축제라도 열린 것처럼 흥분한 동료들을 바라보았다. 그러자 그녀의 옆에 앉아 있던 혜경도 뭔가 싶어 고개를 돌렸다.

"장 선생님이라면……."

혜경이 불안한 듯 중얼거리자, 윤정이 대답해 주었다.

"그래, 첫날 아침에 엘리베이터에서 봤던 사람."

지은 죄가 있는 혜경은 목이 졸린 듯한 소리를 뱉어냈다.

"나 어떡해. 잡히면 목을 따버릴지도 몰라."

진심인 듯한 혜경의 말에 윤정은 '허이구' 하는 표정을 지어 보였다.

"전임의 선생님이 인턴 하나 족쳐 봤자 뭐 한다고."

"그래도…… 그래도! 무지 차가워 보였단 말이야, 그 선생님."

윤정은 오만상을 한 혜경을 보며 생각했다. 심 선생님하고 있을 때는 꼭 그렇지만도 않던데.

"우리도 보러 갈까?"

옆에 있는 인턴들이 다시 저들끼리 이야기했다.

"하지만 들어가려고 하는 사람 많을 것 같은데?"

"밑져야 본전이지. 일단 가보자."

그리고 그들은 양 떼처럼 우르르 몰려가 버렸다. 윤정은 다급히 몰려가는 그들의 뒷모습을 계속 지켜보았다.

"근데 윤정…… 응? 윤정아?"

문득 뭔가를 물으려던 혜경은 윤정의 시선이 수술실로 향하는 인턴들의 등에서 떨어질 줄을 모르자, 의아하게 불렀다. 그제야 윤정은 혜경을 돌아보았다.

"왜? 너도 가고 싶어?"

혜경의 물음에 윤정은 말없이 벽에 걸린 대형 시계를 올려다보았다. 그리고 이내 의학서적을 탁 소리 나게 덮고 자리에서 일어섰다.

"넌?"

"장 선생님이 나 기억하고 있으면 어떡해."

우물쭈물거리는 혜경의 태도에 윤정은 못살겠다는 듯 고개를 내저었다. 사실 혜경이 소심하긴 해도 그만큼 세심한 면모가 있어서 친구로 지내기에는 나쁘지 않았다. 하지만 병원에 와서 과하게 위축되어 있는 꼴을 보자니 상당히 한심스러웠다. 무릇 인턴이란 알아서 하나라도 더 보고 겪고 배우려고 해야 하는 법인데, 이래서야 혜경은 앞날이 깜깜해 보였다.

"어차피 나중에 외과도 돌아야 하는데 계속 피해 다닐 거야?"

그래도 대학 시절 내내 동고동락한 친구를 위하는 마음에서 말해주었지만, 혜경은 이런 점에서만 쓸데없이 완고했다.

"그때까지는 아직 시간이 좀 있잖아. 오늘은 그냥 너 혼자 다녀와."

"알았어. 나중에 보자. 참, 이것 좀 가지고 있어줘."

윤정은 하는 수 없이 대답하고 혜경에게 보고 있던 의학서적을 맡겨놓은 뒤 수술실로 향했다. 그전에 몇 번 수술실에서 하는지 보려고 수술 스케줄을 확인하러 가자, 보드에 '장진환'이라는 이름이 보이고 그 옆에 쓰인 그의 글씨가 눈에 들어왔다.

"헤에, 의외로 악필이네……."

메스로 조각해 놓은 것처럼 단정한 외모를 보면 글씨도 아주 또박또박하고 서예를 하는 듯 유려할 것 같았는데, 그의 글씨는 의외로 엉망이었다. 그렇다고 못 알아볼 정도로 심각한 악필은 아니었지만 의사 특유의 나르는 듯한 글씨였다. 왠지 그 갭이 귀여워져 윤정은 저도 모르게 웃어버렸다.

그런데 문득 그 아래 '심효인'이라고 적혀 있는 게 눈에 들어왔다. 또 뜻밖에도 그녀의 글씨는 상당히 반듯했다. 휙 선을 긋듯이 써버리고 가야 할 보드임에도 이미 똑바르게 쓰는 버릇이 들었는지 글씨 자체가 깔끔했다. 바로 위에 진환의 글씨가 있어서 그런지 더욱 대조적이었다.

두 사람은 얼마나 오래 알고 지낸 사이일까? 엘리베이터에서나 식당에서 봤을 때는 상당히 친해 보이던데…….

"장 선생님 너무 멋있지 않았니?"

그때 무심하게 윤정을 스쳐 지나가던 간호사가 옆의 동료 간호사에게 웃으며 이야기했다.

"다른 의사들 사이에 있으니까 완전히 군계일학이더라. 순간 눈이 다 부시더라니까."

동료의 말에 그 간호사는 까르르 웃었다.

"그러게. 심 선생님하고 함께 서 있는 거 보니까 난 내가 드라마 촬영장에 온 줄 알았어."

"그리고 보니 심 선생님 처음 봤을 때 생각난다. 완전 쇼킹했어."

"왜? 네가 언제 심 선생님을 처음 봤었지?"

"하필 그때가 인턴 한 명 해고당하고 난리 났었을 때였잖아."

인턴이 해고되었다는 말에 윤정은 흠칫하고 말았다. 자신과 하등 관계가 없는 이야기이지만, 인턴이라는 단어에 반사적으로 반응한 것이었다.

"인턴이 노티(Notify, 보고) 안 하고 멋대로 오더 내렸다가 IHD(허혈심장병) 환자 한 명 죽어서, 심 선생님이 완전히 노발대

발했었을 때 말이야."

"아, 그때? 나도 진짜 무서웠어. 무슨 사달 나는 줄 알았다니까."

"심 선생님이 그 인턴 걷어찼잖아."

두 간호사는 윤정이 빤히 바라보고 있다는 것도 모른 채 자기들끼리 이야기하느라 정신이 없었다.

"맞아, 맞아. 고래고래 소리 지르면서 걷어차는데, 인턴도 창백하게 질려서 오뚝이 인형처럼 벌떡 일어서더라."

"근데 그 후에 심 선생님이 그 인턴 보호해 보려고 이리저리 뛰어다니셨는데, 결국 해고를 면하게 하지는 못했나 봐. 사실 레지던트가 오지 않아서 그 인턴도 나름대로 환자를 살려보려고 한 거였는데……."

"하긴, 그때는 심 선생님도 막 치프 레지가 되셨을 때니까 지금만큼 힘이 있지는 않았겠지."

"그 인턴 해고당하고 나서 심 선생님 얼굴이 말이 아니더라. 난 심 선생님까지 의사 그만두는 줄 알았어. 같은 여자인 내가 봐도 막 안아주고 싶던데?"

"근데 우리 왜 장 선생님 이야기에서 심 선생님 이야기로 넘어왔니?"

"어머, 그러게. 장 선생님하면 왠지 심 선생님이 생각나서 그랬나 봐."

간호사 둘은 서로 하하호호 웃으며 멀어져 갔다. 그 둘이 사라지고도 잠시 자리에 서 있던 윤정은 그다지 시간이 많지 않다는 걸 깨닫고 걸음을 옮겼다. 그러자 가운의 앞주머니에 넣어둔

CPR 요령과 진료정보 기록시스템 사용법을 적은 메모리카드, 식권, 펜라이트, 상처 드레싱 용품들이 잘그락잘그락 부딪쳤다.[9]

바퀴벌레만 나타나도 '꺄악—!' 소리를 내지를 것 같은 외모로 인턴을 걷어찼다고? 어떤 모습일지 그다지 상상이 가지 않았다. 얼핏 보기로도 효인의 성격은 무척 호쾌한 듯했지만, 외모 때문인지 해 봐야 얼마나 했겠나 싶어졌다.

이런저런 생각을 하며 5번 수술실로 가고 있을 때였다. 여기저기 피가 튄 수술복을 입은 남자가 씨근덕거리며 윤정을 지나쳐 갔다.

"씨팔."

거칠게 두건을 벗어내는 남자는 굉장히 사나운 표정을 짓고 있었다. 무슨 일인지 의아했지만, 윤정은 고개를 한번 갸웃거리고 수술실에 들어갔다.

수술은 비장하기까지 한 분위기 속에서 진행되고 있었다. 그리고 예상대로 지켜보는 사람들이 상당히 많았다.

유리창 너머로 바라본 수술실 안은 모두 천편일률적인 수술복을 입고 있어서 누가 진환인지 잘 알 수 없었다. 다만 쳐다보고 있으려니, 개중 가장 키가 큰 사람이 진환이라는 걸 깨달았다. 요즘 애들은 발육이 워낙 좋아서 인턴 중에 진환보다 키 큰 사람이 있긴 했지만, 인체 비율 때문인지 늘씬한 몸매를 가진 진환이 가장 커 보였다.

뒤늦게야 슬그머니 수술실 안으로 들어가자, 문가에 서 있는 여자가 가장 먼저 눈에 띄었다. 아까 간호사들의 도마 위에 올랐던 효인이었다.

효인은 옆에 서 있는 남자…… 아, 그래. 그는 흉부외과 과장인 장철호 교수였다. 효인은 그에게 속삭이고 다시 수술대를 바라보았다. 슬며시 웃으며 철호에게 무어라 소곤거리는 모습을 보니 교수씩이나 되는 사람과 꽤 친근해 보였다.

"석션."

마스크에 걸러지는 진환의 목소리가 흘러나오고 쿠르륵— 액체를 흡입하는 소리가 따라 들려왔다.

진환은 수술실 안에 가득 퍼져 있는 진득한 피 냄새와 코가 마비될 것 같은 노릿한 살 냄새 속에서도 전혀 주저하지 않고 움직이고 있었다. 그의 움직임은 상당히 절제되어 있으면서도 확실하고 신속했다.

그때 벽에 걸려 있는 내선 전화기에 연락이 들어오자 간호조무사 하나가 수화기를 들어 올렸다. 그리고 잠시 통화하는가 싶더니 참관 중인 사람들을 둘러보다가 효인을 찾아내고 이야기했다.

"심 선생님. A—V Shunt 환자 수술하러 오시라고 하는데요."

"알았어."

진환이 시선으로만 흘긋 돌아보자, 효인 역시 눈으로만 먼저 간다고 이야기하고 수술실을 나섰다.

흔히 하는 말에 훌륭한 의사란 '사자의 심장과 독수리의 눈, 여자의 손'을 가지고 있다고 한다. 그런 면에서 보자면 진환은 확실히 그러한 자질들을 가지고 있었다. 사자의 심장을 가진 것처럼 대담하고, 독수리의 눈을 가진 것처럼 매섭고, 여자의 손을 가진 것처럼 섬세했다. 그의 수술에 참관했을 때 이미 확인한 바 있는 사실이긴 했지만, 몇 년 만에 다시 보니 그때보다 훨씬 능숙해진 듯했다.

"자식, 질투 나게."

효인은 수술실을 나오며 중얼거렸다. 하지만 말과는 달리 효인의 목소리에는 웃음기가 배어 있었다. 사실 질투가 나는 건 진심이었지만, 진환이 이토록 발전한 걸 보니 흐뭇하기도 하고 경쟁심이 생기기도 하니, 결과적으로는 나쁘지 않았다.

그런데 효인은 수술실로 직행하지 않고 두리번거리며 무언가를 찾았다. 그리고 이내 같은 층의 발코니에서 거의 담배 필터를 짓씹듯이 뻑뻑 빨고 있는, 쫓겨난 레지던트를 찾아냈다. 그는 아직 핏자국이 여기저기 수놓인 수술복을 입은 채 휴지통 재떨이 앞에 서 있었다.

"최상준."

인턴 시절부터 교육시켜 온 레지던트를 부르며 다가가자, 상준은 효인을 발견하고 얼른 담배를 비벼 끄려고 했다. 하지만 그 전에 효인이 됐다는 듯 손짓했다.

"어허, 담배에 대한 예의가 없구만. 장초는 꺾는 게 아니지."

효인의 능청에 상준은 피식 웃고 말았다.

"그럼 실례하겠습니다."

상준은 다시 담배를 입에 물었다. 재떨이를 보니 벌써 세 대째 빨고 있는 모양이었다. 평소라면 폐암으로 썩어빠진 환자의 폐 못 봤냐고 타박을 줄 테지만 지금만큼은 봐주기로 했다. 오히려 효인은 그에게 슥 손을 내밀며 말했다.

"나도 한 대 줘봐."

"예?"

"한 대 주라니까?"

효인이 비흡연자인 사실을 알고 있는 상준은 의아한 눈치였지만 군말 없이 담배 한 개비를 그녀에게 건네주었다. 그리고 효인이 그다지 어색하지 않은 동작으로 입에 물자 알아서 불을 붙여주었다.

효인은 자연스럽게 연기를 깊이 흡입하고 '후—' 뱉어냈다.

"최 선생이 병원에 있은 지 얼마나 되었지?"

"이제 사 년째죠."

상준은 현재 외과의 레지던트 3년 차였으므로 어설프게 의사 가운을 걸치고 병원에 입성한 지 사 년째였다.

"벌써 사 년이라, 꽤 되었네."

평소에는 여자라기보다 선생님 같은 효인의 여성스럽고 나긋나긋한 말투에 상준은 괜스레 쑥스러워져 겸손을 떨었다.

"아직 멀었죠, 뭐."

효인은 나직하게 웃었다.

사람들은 의사에 대해 여러모로 오해를 하고 있는 것 같지만, 의사도 다 같은 사람이었다. 생명을 쥐락펴락한다고 해서 꼭 그렇게 거만하지만은 않으며, 겸손도 부릴 줄 알고, 때론 다른 사람처럼 조금은 우쭐해하는 그런 사람.

"그래도 사 년이면 볼 꼴, 못 볼 꼴 다 봤겠지. 의료소송에도 걸려봤을 거고, 어제까지만 해도 웃고 떠들던 환자가 다음 날 갑자기 단백질 덩어리가 돼서 실려 나가는 것도 수없이 봤을 거고."

단백질 덩어리. 아무리 영혼이 떠난 시체라고 하더라도 인간의 존엄성을 훼손할 만큼 신랄한 말이었지만, 때로 눈도 감지 않고 입은 쩍 벌린 채 싸늘하게 식은 환자를 보면 정말 그래 보였다. 저 얼굴로 어떻게 울고 웃었나 싶을 만큼 딱딱하게 경직된 표정하며 축 처진 팔다리는, 차라리 눈코입이 없는 푸줏간의 고깃덩어리가 더 보기 편하겠다 싶을 정도였다.

분위기가 가라앉는 것을 느꼈는지, 상준의 표정도 사뭇 진지해졌다.

"최 선생은 그런 환자들을 보면 무슨 생각을 해?"

"그냥…… 슬프죠."

"그리고?"

"사람은 왜 죽어야 하는 걸까, 아니, 죽을 땐 죽더라도 저 사람은 무슨 죄를 지어서 저렇게 죽었어야 했나……. 때론 의사라는 내 힘이 왜 이렇게 미미한가……. 뭐, 그런 생각이요."

병원에는 수많은 사람이 모였다. 환자들뿐만 아니라 의사나 간호사들도 하나하나 다른 사고방식, 다른 삶, 다른 성격을 가지고 있었다.

개중에는 분명 고압적이고 자신의 힘에 심취해 다른 이의 말을 귀담아듣지 않는 사람도 있지만, 여리고 따뜻한 마음을 가지고 다른 이의 의견을 적극 수용하는 사람도 있었다. 그리고 어떤 의미에서 효인의 제자라고 할 수 있는 상준은 후자에 속하는 사람이었다. 다만 그런 사람도 성질은 있는지라, 난데없이 쫓겨나 화가 났을 뿐이었다.

사실 상준이 후자에 속하는 사람이 아니었다면 효인이 그에게 이런 말을 하지도 않을 터였다.

"모두가 그럴 거야. 나도 그렇고, 아마 장 선생도."

장 선생이라는 끝말에 상준은 조금 움찔하는 눈치였다.

"장 선생님을 대변해 주시는 건가요?"

효인은 소리 내어 하하 웃었다.

"설마. 장 선생이 어린애도 아닌데."

아니, 말로는 부정했지만 사실은 진환을 대변해 주고 있는 것이 맞았다. 말마따나 진환이 어린애도 아니고, 사회생활을 하다 보면 이리저리 부딪치는 건 어쩔 수 없겠지만 자신이 대변해 줄 수 있는 선이라면 얼마든지 해주고 싶었다.

무뚝뚝한 얼굴과 툭툭 튀어나오는 차가운 면모 때문인지 가끔 오해를 사긴 하지만, 효인은 진환만큼 속이 깊은 남자를 본 적이 없었다. 그리고 말로 하지 않을 뿐, 그는 언제나 다정했고 성심성의껏 말을 들어주었다. 만약 열다섯 살 여름에 진환이 곁에 없었다면 효인은 깊은 절망에 빠져 의사가 되지 않았을 거고, 이 자리에 서 있지도 않았을 것이다.

"다만, 그게 그래. 누구나 의사는 사람을 살리려고 해. 하지만 의사도 인간이기 때문에 모두를 살릴 수는 없어. 절망스럽지만, 그게 현실이지. 그래도 우리는 노력하잖아? 한 사람이라도 살려보려고. 장 선생도 노력할 뿐인 거야."

다만 그게 개개인에 따라 다른 방법으로 표출될 뿐이었다.

"최 선생도 그렇잖아?"

동의를 구하듯 상준을 바라보았지만, 아직 통하지 않는 모양인지 상준은 꾹 입을 다물고 있을 따름이었다. 곧 상준은 뾰루퉁하게 말했다.

"그래도…… 장 선생님께서도 처음부터 전임의이셨던 건 아니잖아요."

즉, 그도 실수를 하지 않느냐는 말이었다. 다른 전임의에게 이런 말을 했다가는 '그래서 네가 잘했다는 말이냐!'라는 등 쌍욕을 바가지로 얻어먹으며 혼나겠지만, 상준은 효인의 털털함을 믿고 말해보았다. 그러자 효인은 볼을 긁적이고는 데면데면하게 웃었다.

사실, 진환의 병원 생활에 대해서는 효인도 잘 모르지만 진환은 비인간적일 만큼 거의 실수가 없는 타입이었다. 학창 시절의 경험을 토대로 하면 그랬다. 그래서인지 남들은 진환이 날 때부터 금수저를 물고 태어났다는 등, 무료한 얼굴로 빈둥빈둥 놀아도 성적이 탑이라는 등, 노력하지 않아도 모든 일이 일사천리인 재수 없는 놈이라는 등, 멋대로 지껄여 댔지만 그건 조금 틀린 이야기였다.

진환은 어차피 미안하다는 말을 할 거라면 애초에 미안하다고 해야 할 만한 상황을 만들지 않으려고 했고, 힘들다고 징징거리기 전에 자기가 할 수 있는 일을 해 보는 것이었다.

진환은 보이는 것처럼 타고난 천재가 아니라, 조금 음흉하지만 뒤에서 홀로 몰래 노력하는 노력파 천재였다. 하지만 그런 말까지 상준에게 장황하게 할 필요는 없어 보였다.

"그거야 그렇다만…… 그럼 개구리 올챙이 적 생각한다고, 잘못을 해도 어이구 괜찮다, 이래줘야 하는 건 아니잖아?"

웃으며 말하긴 했지만 역시 '그래서 네가 잘했다는 말이냐!'의 완곡한 표현이었다. 하지만 반박할 구석이 없는 말이었기에 상준은 머쓱하게 입을 다물었다.

"하지만 장 선생이 뒤끝은 전혀 없는 사람이니까 오늘 실수 좀 했다고 최 선생을 따돌리거나 하지는 않을 거야."

"대변 맞으시네요, 뭐."

"뭐, 그렇다고 해두자."

효인은 짧게 웃었다. 그리고 몇 모금 빨지 않은 담배를 재떨이에 비벼 끄고 뜬금없이 그 앞에서 합장했다.

"뭐 하세요?"

궁금해진 상준이 묻자, 효인은 씩 웃으며 말했다.

"장초를 꺾었으니 이해해 달라고 합장한 거야."

그 엉뚱함이라니, 상준은 허허허 웃어버렸다. 효인은 위로하듯 상준의 어깨를 툭 쳤다.

"어쨌든 비 온 뒤에 땅은 더 단단해지는 법이니까 힘내라, 최선생. 난 수술 있어서 가본다."

효인이 걸음을 돌려 가려고 하자, 상준이 뒤에서 말했다.

"가끔 선생님의 긍정적인 생각이 부러워요."

"그래, 긍정적인 마인드하면 나 아니냐. 그러니 가끔 말고 늘 부러워해."

효인이 장난스럽게 말하자, 상준은 못 말린다는 듯 웃음을 토해냈다. 그제야 효인은 발코니 문을 열고 안으로 들어갔다. 그리고 몸 안에 새로운 공기를 채우려는 듯 길게 숨을 내쉬고 들이쉬었다.

"으후, 맛도 없는 거 뭐가 좋다고 피우는지 몰라."

효인은 자신을 기다리고 있을 환자를 위해 얼른 수술실로 향했다.

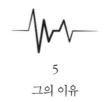

5
그의 이유

달칵, 달칵, 달칵. 훈흑한 공기가 내려앉은 한산한 복도에 볼펜심을 튕기는 소리가 여러 차례 울려 퍼졌다. 진환은 불룩하게 튀어나온 복도의 난간에 앉아 무언가를 보며 계속 볼펜심을 넣었다 뺐다 하는 행동을 반복하고 있었다. 저벅저벅, 누군가 다가오는 인기척이 느껴졌을 때도 시선을 들지 않았다.

"여."

장난스럽게 부르는 목소리에야 진환은 고개를 들었다. 그러자 효인은, 난간의 지지대 역할을 하는 기둥에 기대 앉아 있는 진환의 옆에 앉았다.

"뭐 해?"

"그냥."

진환은 아무렇지 않게 보고 있던 파일을 덮으며 효인의 질문을 흘려 넘겼다. 하지만 그냥 넘어갈 효인이 아니었다. 그녀는 짓궂게 웃으며 그 파일 쪽으로 손을 내밀었다.

"에이, 뭔데 그래?"

"아무것도 아니라니까."

"아무것도 아닌데 왜 숨겨?"

"아무것도 아니니까."

하지만 효인은 납득하지 않고 기어코 진환의 손에서 파일을 뺏어 들었다. 물론 진환이 진심으로 숨기려고 했다면 힘으로는 그에게 당할 수 없었을 테지만, 그는 효인이 날쌔게 파일을 뺏어가자 이내 봐도 상관없다는 듯 포기해 버렸다.

"뭐야? 진짜 아무것도 아니네."

효인은 파일 내부를 확인하고 실망한 목소리를 내었다.

"말했잖아. 아무것도 아니라고."

효인은 그에게서 뺏은 파일을 휙휙 흔들며 이야기했다.

"카르테 출력본에 뭐 있다고 숨겨서 괜히 호기심을 자극해?"

"그냥."

"너답지 않게 애매모호한 대답이네."

"그래?"

진환의 가만한 목소리는 마치 몸 안 어딘가에서 그윽하게 배어져 나오는 것 같았다. 부드럽고 나직하면서도 깊고 낮은, 그런 목소리였다.

그러고 보면 처음 만났을 때만 해도 그는 제법 소년다운 미성의 소유자였는데, 어느 날부터 감기에 걸린 듯 자꾸 목이 칼칼하다고 하더니만 갑자기 목소리가 허스키하게 갈라져 나오기 시작했다.

한 며칠은 그게 상당히 심해서, 효인은 그가 말할 때마다 천년 묵은 두꺼비 목소리 같다고 깔깔 웃어버렸다. 그게 소년이라면 으레 겪는 변성기라는 걸 알고 있었음에도, 또래 남자애의 변성기를 처음 본 터라 신기함에 더불어 참으로 이상했다.

변성기를 끝낸 진환의 목소리가 한참이나 낮아져 있었을 때는 몇 번이나 다시 말해보라고 닦달하기도 했다. 마치 다른 사람 같아서 어색하기도 했지만, 그때부터 목소리가 참 그윽해서 몇 번 들어도 좋았던 기억이 났다.

"수술은 어땠어?"

효인은 양손으로 난간을 짚고 물었다.

"괜찮았어."

"환자는?"

"정상."

"오늘 지켜보는 사람이 유난히 많았는데 긴장도 안 됐어?"

"별로. 더 많은 사람 앞에서 해 본 적도 있으니까."

진환을 보고 이야기하던 효인의 시선이 문득 상하로 가만히 움직이는 그의 목울대에 멈추었다. 보란 듯이 수술복 위로 드러나 있는 부분인데 어쩐지 조금은 은밀한 기분이 들었다.

'허어, 내가 왜 이러지? 진짜 요 몇 년 동안 계속 굶어서 그런가?'

뭐, 목젖이 은근히 야해 보인다는 건 예전부터 간간이 한 생각이긴 하지만 말이다. 사실 남자의 목젖을 빤히 바라보는 건 여자의 가슴을 빤히 바라보는 것과 마찬가지라고 하지 않던가.

효인은 문득 무슨 생각이 났는지, 혼자 큭큭거리며 웃었다. 그러자 진환이 의아하게 보아서, 효인은 키득거리며 말했다.

"아니, 그 생각이 나서. 왜, 언제더라. 너희 시골집 대청마루에서 같이 낮잠 자다가 더워서 깼을 때."

"음."

둘이 워낙 스스럼없는 사이다 보니, 효인은 방학 때 진환과 함께 그의 시골집에 내려가서 며칠 지낸 적도 있었다. 찔찔 코 묻은 시골 아이들이 서울에서 내려온 둘을 신기한 듯 바라보면 괜히 목 한번 세워주고, 고고한 척 강가에서 발만 참방거리거나…… 지금 생각해 보면 그때는 자신도 어리긴 어렸는지, 촌스러운 시골 아이들을 보며 조금 우월감에 젖기도 했던 듯했다. 다 철없을 때의 추억이지만.

"네가 옆에서 자고 있었잖아. 근데 널 가만히 보고 있으려니, 네 그…… 뭐냐. 목젖이 신기한 거야."

"아아……."

진환도 기억났는지 낮은 소리를 흘렸다. 따라서 그때의 고통이 떠오르는지 씁쓸하게 웃었다.

"그때 죽는 줄 알았다고."

"다시 한 번 사과하지만, 미안. 그렇게 아파할 줄은 몰랐어."

어떻게 된 일인고 하니, 대청마루에 진환과 나란히 누워서 자다가 문득 깨어난 효인은, 자는 진환을 쳐다보다가 그의 목젖을 발견했다. 뭔가 신기해서 살짝 만져 보는데 피부 안에 자신에게는 없는 뼈가 있는 것 같은 느낌이 들어 희한했다. 그때 진환이 침을 삼키자 목젖이 움직였다. 효인은 개미집을 관찰하는 느낌으로 신기해하다가, 이러면 어떨까 싶어서 그의 목젖을 눌렀다. 사실 말이 눌렀다지, 튀어나온 부분을 집어넣으려는 듯 꾹.

그러고는 무슨 일이 있었는지 대강 짐작할 것이다. 그날 진환은 드물게 언성을 높여 소리쳤다. '날 죽일 셈이야?'라고. 남자 형제가 있는 사람이라면, 있는 사람이라도 실험해 보지는 말기를 바란다.

"달게 자다가 웬 날벼락인가 했어."

"난 네가 피를 토할까 봐 무서웠다니까."

"오죽했으면."

과거를 회상하는 노인네처럼 지난 일을 되짚어본 둘은 그저 웃어버렸다. 그러더니 효인은 기둥에서 등을 떼고 바로 앉아 있는 진환의 어깨에 고개를 기대었다.

어깨 위로 흩어져 내리는 머리카락과 얇은 옷감 너머로 살며시 닿아오는 말랑한 볼의 온기. 순간 진환은 은근히 등줄기가 뻣뻣해지는 듯했지만 내색하는 대신 장난스럽게 타박했다.

"요즘따라 어리광이 심하군."

"오랜만이라서 그런지 자꾸 어리광이 피우고 싶어지네. 그러니까 이해하시게."

정말 오랜만에 진환을 마주해서인지 자꾸만 어리광이 피우고 싶고, 그의 온기를 느끼고 싶었다.

"누가 보면 어쩌려고?"

"볼 테면 보라지."

"소문 이상하게 날 텐데."

옥상에서는 그렇다손 쳐도, 지금은 훤히 뚫린 복도이니 누군가 본다고 해도 전혀 이상하지 않은 장소였다.

효인은 픽 하는 소리를 흘렸다.

"나면 어쩔 수 없지. 혼삿길 막혀 버린 거 장 선생이 데려갈 수밖에."

"끔찍하군."

"허어, 계속 덤비네? 확 물어버리는 수가 있어."

"알아서 기어드리지."

"오냐."

그쯤에서 짧게 웃은 후에는 잠시 낮은 적막이 감돌았다. 그런데 가라앉은 분위기 속에 진환의 어깨에 계속 고개를 기대고 있으려니, 심장이 두근거리는 소리가 점차 선명하게 들려왔다. 두근두근두근. 평소보다 조금 템포가 빠른 듯한 소리.

왠지 모르게 희미한 긴장감이 전신에 맴돌기 시작했다.

'이상하네? 예전에 진환이의 어깨에 기댈 때도 이런 느낌이었던가? 너무 오래전이라 기억도 잘 안 나네. 그러고 보면 그럴 정도로 오래 떨어져 있었구나.'

속으로 그렇게 중얼거리고 나서야 효인은 그가 돌아오고 나서 계속 '그러고 보면.' 혹은 '그러고 보니.' 등등 이런 과거를 회상하는 말을 많이 쓰고 있다는 사실을 깨달았다. 꼭 친구였던 시절이 모두 지나간 옛말인 것처럼.

"그런데 처음부터 적을 만들려고 그랬어?"

그 느낌이 미묘해 효인은 고개를 들고 의뭉스럽게 다른 화제를 꺼내었다. 그러자 진환은 무슨 말이냐는 듯 그녀를 돌아보았다.

"최 선생 말이야. 네가 아까 수술실에서 쫓아낸 레지던트. 이름이 최상준이거든."

"제대로 하지 않는 인간은 필요 없으니까."

별다른 감정이 섞여 있지 않은 진환의 대답은 역시 냉정했다.

"그 정도는 주의 주는 걸로 넘어갈 수도 있었잖아?"

진환은 허리를 좀 더 곧게 펴며 팔짱을 꼈다. 그러자 푸른 수술복에 감싸인 그의 탄탄한 근육이 불거져 올랐다.

"네가 그런 말을 하다니 의외네."

"처음부터 부딪쳐 봐야 너한테 좋을 게 없으니까 그렇지."

"첫 번째니 두 번째니, 그건 중요하지 않아. 환자는 순서를 가려서 죽는 게 아니니까."

한 치의 의심도 없는 단호한 말에 효인은 그저 웃었다. 웃음을 아끼는 타입은 아니지만, 어째 진환이 온 후로는 더욱 자주 웃는 것 같았다.

"뭐, 그래. 그래야 장 선생이지."

진환은 그 누구도 죽게 하고 싶지 않았다. 물론 그건 효인이나 다른 의사들, 혹은 간호사들도 마찬가지일 것이다. 게다가 아무리 소원해도 인간인 이상 모든 환자를 살리는 것은 무리일 터였다. 하지만 조금 주의하는 것으로 환자를 살릴 수 있다면, 까칠하다거나 피가 얼음물일 거라는 소리는 얼마든지 들어도 상관없었다.

거센 빗줄기가 심장박동 같은 소리를 울리며 땅을 내려치던 열다섯 살 여름…….

온몸을 축축 처지게 만드는 습기보다 불쾌했던 무력감을 다시는 느끼고 싶지 않았다. 바로 눈앞에서 한 생명의 불꽃이 사그라지는데도 효인을 안아주는 것밖에 할 수 없었던 그 절대적인 무력감…….

제발 우리 엄마 좀 살려달라고 울부짖는 효인을 그저 보고만 있어야 했을 때, 진환은 난생처음으로 초라함을 느꼈다.

효인의 어머니는 진환의 어머니 연성의 환자였다. 그래서 처음 만난 그날, 효인이 병원 의자에 앉아 있었던 것이다.

흉부외과의 어머니와 외과의 아버지, 역시 흉부외과의인 작은아버지 철호만이 아니라 친척들 대부분이 의료관계자인 집에서 태어난 진환은 언제나 삶과 죽음이 교차하는 경계선에 서 있었다.

어렸을 때부터 병원을 제집처럼 드나들며 수많은 인생과 죽음을 보았고, 주변 어른들은 신의 아성을 위협하는 자신들에게 도취되어 있었다. 그렇다고 딱히 자신까지 특별하게 생각했던 것은 아니었지만, 솔직히 죽음에 대해 별 감흥이 없었던 건 사실이었다. 죽으면 죽나 보다, 살면 사나 보다…….

하지만 효인의 어머니가 힘없이 눈을 감을 때는, 아무것도 할 수 없는 자신이 그렇게 초라하고 무력해 보일 수가 없었다.

"엄마……. 엄마아……!"

울다가 탈진해 쓰러졌던 효인은 겨우 일어나서도 오열했다. 진환은 욱욱 오열을 짓씹는 효인의 앞에 한참이고 서 있다가 입을 열었다.

"녀, 의사가 되고 싶다고 했지? 그럼 하면 되잖아. 네 어머니 못 만큼, 다른 사람을 살리면 되잖아."

"하지만…… 다른 사람은…… 우리 엄마가 아니잖아! 우리 엄마가 아니라고……! 우리 엄마는 죽었어! 내가 정말 살리고 싶었던 사람은, 이미 죽었단 말이야!"

그때 효인은 한을 토해내듯 가슴을 쥐어뜯었다.

"그래, 너희 어머니는 죽었어. 끝났다고."

"나가! 너도 보고 싶지 않아! 네가 뭘 알아! 부모님은 모두 의사고, 두 분 다 살아 있는 네가 뭘 알아!"

"네 말이 맞아. 난 아무것도 몰라. 그래서 이제부터 알려고 해."

"뭐……?"

"일어나, 심효인. 네가 여기서 아무리 운다고 해도 아주머니는 돌아오시지 않아. 그건 너도 알고 있잖아. 그래서 이렇게 우는 거잖아. 그러니까 일어나서, 네가 할 수 있는 일을 해."

사실 그건 막 어머니를 잃은 친구에게 하기에는 적합하지 않은 말이었다. 그리고 그나마 슬픔이 가실 때까지 미뤄둘 수도 있는 말이었지만, 진환은 무서웠다. 그래, 무서웠다고 해야 할 것이다. 주저앉은 효인이 다시는 일어서지 않을까 봐.

"진환아……."

"나도…… 내가 할 수 있는 일을 할 테니까."

의사가 될 거라고 노래를 부르고 다니던 효인과 달리, 의사는 전혀 염두에 두지 않았던 진환이 의사가 되자고 결심한 순간은 그때였다. 그전에는 집안이 모조리 의료계에 종사하고 있는데 자신까지 거기에 목맬 필요가 있나 싶었지만, 그때 행로를 정했다.

그래서 아버지인 철우에게 의사가 될 거라고 밝히자, 철우는 놀란 듯도 하고 기특한 듯도 한 표정을 지었다. 그리고 얼마 후에 어차피 의사가 되기로 결심했다면 넓은 세상에 나가 본격적으로 배워보는 게 어떻겠느냐고 제안했다. 진환은 그렇게 유학길에 오르게 된 것이었다.

진환이 선뜻 그러겠다고 결정한 건 아니었다. 효인이 마음에 걸렸기 때문이다. 하지만 진환은 이성적으로 생각하기로 했다. 당시까지만 해도 미국과 한국의 의료 시스템 수준 차이는 명백했다. 진환은 의사가 되기로 결심한 이상 그가 할 일은 효인의 곁에 있어주는 것보다, 더 훌륭한 의사가 되는 거라고 생각했다.

마음 같아서는 장학금을 대줘서라도 효인과 함께 가고 싶었고, 실제로 그의 부모님이 장학재단을 연결해 주겠다고 제안하기도 했지만 효인은 고개를 저었다.

효인의 성격상 아버지를 혼자 남겨두고 떠날 수 있을 리도 없었지만, 아무리 장학금을 받는다고 해도 미국은 대학만 해도 8년인데 그동안 천문학적인 생활비에 대한 부담을 아버지가 지게 할 수 없다고 했다.

그래서 한 사람은 한국에서, 한 사람은 미국에서, 그들은 홀륭한 의사가 되어 재회하기로 약속하고 서로 갈 길로 향했다.

처음으로 주변인의 죽음을 목격한 소년의 철없는 감상이라고 해도 좋았다. 고인의 얼굴을 덮은 새하얀 천을 보며 저도 모르게 얼굴을 적셨던 눈물이…… 결코 한순간의 감상 때문만은 아니었을 테니까.

그리고 그때의 소년은 한 생명을 살리는 의사로 이곳에 있었다. 비록 지금도 허무하게 한 생명을 떠나보내야 할 때가 왕왕 있었지만, 적어도 그 열다섯 살 여름보다는 나았다. 뭔가 해 볼 수는 있으니까.

물론 최선을 다했다고 해서 죽음이 슬프지 않은 것은 아니었다. 하지만 아무것도 해 보지 못하는 것보다야 나았다.

"진환아?"

효인은 왠지 모르게 깊어지는 진환의 눈을 물끄러미 바라보고 있다가, 무슨 생각을 하는지 궁금해 작게 그를 불렀다. 그러자 진환은 천천히 상념에서 깨어났다. 눈앞에 보이는 효인은 그때 풋풋했던 소녀가 아니라, 정장이 어울리는 성인 여자가 되어 있었다.

'그렇군. 여자인가…….'

어쩐지 생소한 기분이었다. 얼마 전에 효인에게 센티멘털해졌다고 타박했으면서, 자신도 오랜만에 고국에 돌아와 다소 감상적이 되었는지 별생각이 다 들었다.

"이만 퇴근할까?"

진환이 자리에서 일어나며 이야기하자, 효인도 옷을 툭툭 털며 일어섰다. 그리고 씩 웃었다.

"좋지. 이 몸이 친히 집까지 바래다 드리지."

"어머, 장 선생님. 심 선생님과 함께 퇴근하세요?"

각자 옷을 갈아입고 1층으로 내려오자, 간호사 하나가 동그랗게 뜬 눈으로 말을 걸었다. 대답은 효인이 대신했다.

"응, 집이 같은 방향이라서."

담백한 대답에 간호사는 의미심장하게 웃었다.

"정말요?"

"이봐, 오해하지 말라고. 장 선생이 아직 차를 뽑지 않아서 가는 김에 바래다주는 거니까."

"네네, 조심해서 가세요. 장 선생님도 안녕히 가세요."

간호사가 오죽하겠냐는 듯 웃음기 섞인 목소리로 인사하자, 진환도 간결하게 대답했다.

"먼저 가겠습니다."

"수고해요!"

효인은 손을 흔들며 인사하고 그와 함께 정문을 나섰다. 그러자 어느새 깊이 가라앉은 밤바람이 두 사람의 옷깃을 흩날렸다.

효인은 잠시 자신이 나온 건물을 올려다보았다. 24시간 내내 조명이 꺼지지 않는 대한대학부속병원은 하나의 건물이라기보다 마치 살아 있는 생명체처럼 보였다. 군청빛으로 짙어진 밤하늘을 등지고 까맣게 드리워진 모습이 어찌나 웅장한지, 늘 이곳에서 사는 자신도 가끔 이렇게 느낄진대 환자들은 어떻겠는가 싶어졌다.

"안 가?"

몇 걸음 앞서간 진환이 물었을 때야 효인은 다시 발을 움직였다.

"인간적으로 이 병원 건물 너무 위압적인 것 같지 않아?"

그제야 진환도 거대한 건물을 올려다보았다.

"그렇긴 하지."

"내가 환자라도 별로 들어가고 싶지 않은 건물일 것 같아."

"어린애 같긴."

"장 선생이 안 알아주시니 슬프다."

"퍽이나."

둘은 그런 대화를 나누며 차로 다가갔다.

Rrrrr Rrrrr Rrrrr—

집 문을 연 순간, 핸드백 속에서 핸드폰이 울리기 시작했다. 효인은 열다 만 문틈 사이에 발을 끼워 넣어 닫히지 않게 하고 핸드폰을 꺼내 들었다. 그리고 거치적거리는 머리카락을 아무렇게나 휙 넘겨 올리고 액정을 바라보았다. '아버지'라는 이름이 떠 있었다.

"예, 저예요."

문을 열고 들어가며 살가운 목소리로 대답하자, 건너편에서도 따뜻한 목소리가 들려왔다.

[집이야?]

"네, 방금 들어왔어요."

[저런, 요즘도 이렇게 늦게 퇴근해?]

잘그락, 효인은 현관의 신발장 위에 열쇠를 올려놓고 거실에 발을 디뎠다.

"이럴 때도 있고, 운이 좋으면 일찍 퇴근할 때도 있어요."

사실 오늘처럼 퇴근이나 하면 다행이었지만, 그런 말은 하지 않았다.

[운이 좋으면, 인 거냐?]

그녀의 아버지 운재는 난색을 표했다.

"뭐, 제가 좋아서 하는 일인데요. 좋아하지 않으면 이 일도 못 해먹죠."

침대에 퍽 퍼질러 앉은 효인은 핸드폰을 어깨와 턱 사이에 끼고 스타킹을 벗기 시작했다. 잠시 골반에서 뭉그적거리던 스타킹이 다리를 떠나자 그제야 혈액순환이 되는 느낌이었다.

"휴, 살 것 같네."

[뭐라고?]

"아뇨, 혼잣말이었어요. 근데 아버지는 이 시간에 웬일이세요?"

효인은 잠시 손에 든 스타킹을 보며 고민하다가 그냥 침대 아래로 휙 던져 버렸다. 빨아서 잘 널어놔야겠지만 지금은 별로 움직이고 싶지 않았다.

[전화를 하도 안 했던 것 같아서 우리 딸이 잘 지내나…… 그냥 그래서 전화해 본 거지.]

"저야 뭐, 병원이랑 집만 오가는데 별다른 일이 있겠어요."

아, 하나 아주 스페셜한 일이 있긴 했지만 운재는 아직 모르고 있었다. 운재의 말마따나 서로 사는 데 바빠 전화 통화를 해 본 지 꽤 오래되었기 때문이다. 그래서 효인은 기쁜 소식을 알려줄 요량으로 밝은 목소리로 말했다.

"참, 제가 아직 말 안 했죠?"

[응? 뭘?]

효인은 침대 위로 기어 올라가 협탁 위에 놓인 액자를 들어 올렸다.

"진환이 돌아왔어요."

[뭐! 정말이냐? 진환이가 한국에 돌아왔어? 완전히 온 거냐?]

말이 끝나기 무섭게 운재는 펄쩍 뛰어오를 듯 화색이 도는 목소리로 재차 물었다. 효인의 입가에 절로 미소가 피어났다.

"네, 요즘 같은 병원에 근무해요."

[허어! 그런 소식을 이제야 전하다니, 너무 매정한 거 아니냐?]

"죄송해요. 저도 정신이 없어서. 그래도 곧 전화드리려고 했어요."

효인은 짐짓 애교 어리게 말하며 손에 든 액자를 바라보았다.

책처럼 접히는 액자 한쪽에는 어린 효인과 진환이 웃고 있었다. 막 고등학생이 된 둘은 같은 학교의 교복을 입고 있었고, 뒤에 서 있는 효인이 진환의 목에 팔을 감고 있었다.

그리고 효인은 말할 것도 없고 진환마저 하얀 이를 드러낸 채 활짝 함박웃음을 짓고 있었다. 병원 사람들이 본다면 깜짝 놀랄 만한 사진이었다. 하지만 필름 카메라의 선명한 색채 속에 진환은 더없이 예쁘게 웃고 있었다.

좀체 볼 수 없는 진환의 환한 이 웃음은 효인과 몇몇 허락된 사람들만이 독점할 수 있는 은밀한 특권이기도 했다.

[그래, 진환이도 많이 컸겠지.]

효인은 소리 내어 웃어버렸다.

"아버지, 진환이나 저나 서른을 넘긴 지가 언젠데요. 이젠 많이 컸겠지, 가 아니라 많이 늙었겠지, 라고 말씀하셔야 하는 거 아니에요?"

[너희들이 늙었다면 난 이제 관을 짜야겠구나.]

"에이, 그런 말이 아니라는 거 아시잖아요. 아무튼 뭐…… 좀 달라진 것 같긴 해요."

[그래?]

효인은 요 며칠 지켜본 진환의 변한 모습을 생각하며 대답했다.

"네. 제가 이런 말하면 좀 우스울 것 같지만, 남자가 되었다고 해야 하나?"

[녀석, 네 말마따나 서른을 넘긴 지가 언젠데 이제 와서 남자가 되었느니 마니 타령이야?]

효인은 웃음을 숨기지 못했다.

"그러게요."

[뭐…… 그래, 진환이라면 일은 잘하겠지.]

"너무 완벽해서 질투가 다 나던걸요."

운재는 껄껄 웃음을 터뜨렸다. 그 후에는 짧은 침묵이 감돌았다. 하지만 그다지 무겁거나 어색한 침묵은 아니었다. 깊은 산속에 잔잔한 물길이 흐르듯 자연스러운 침묵…….

"아버지, 생활은 어떠세요?"

[좋지. 물은 맑고, 바람은 좋고…… 사람들도 다 순박하고. 우

리 효인이가 없다는 것 말고는 나쁠 게 뭐 있겠어.]

효인은 고개를 내리깔며 쓸쓸하게 미소 지었다.

"늘 말하는 거지만, 함께 지내지 못해 죄송해요."

[아니, 아니다. 좀 더 많은 사람을 살리고 싶어서 네가 선택한 일이니까. 그리고 전도유망한 의사 선생님을 이 시골에 데려오는 게 더 죄겠지. 게다가 서울의 큰 병원에 딸이 의사 선생님으로 근무하는 게 얼마나 자랑이 되는지 모른다.]

거기까지 말한 운재는 쑥스러운 듯 하하하 웃어버렸다. 효인도 가만히 미소 지었다.

"그럼 주무세요. 저도 내일 일찍 나가봐야 할 것 같아요."

[그래, 그럼 언제 한번 시간 내서 진환이도 볼 겸 서울 가마.]

"네, 꼭 오세요. 언제든지 환영인 거 아시죠?"

[그래, 그래. 진환이에게도 안부 전해주렴.]

"안녕히 주무세요. 사랑해요, 아버지."

어머니에게는 몇 번 해주지 못한 말. 사랑한다는…… 그 말.

왜 그랬는지 모르겠지만, 예전에는 사랑한다는 말을 입 밖으로 내기가 그토록 낯간지러웠더란다. 아마 어렸을 땐 괜히 겉멋이 들어서 사랑한다는 말을 남발하는 게 부끄러웠던 모양이었다.

하지만 어머니가 돌아가시고 나서 효인은 깨달았다. 사랑한다는 말은 몇백 번을 해도 결코 부끄러운 말이 아니라는 것을. 사랑한다는 말이란 참 오묘한 힘을 가지고 있어서, 하면 할수록 야금야금 사라지는 게 아니라 더욱 도타운 감정으로 가슴에 쌓여간다는 것을.

조금만 더 일찍 깨달았더라면…… 어머니가 돌아가시기 전에 아주 많이 해드렸을 텐데. 사랑한다는 말에 깔려 버릴 정도로 매시간, 매 분, 매 초, 하고 또 할 것을…….

하지만 이미 다 지난 일이었다. 죽음에는 늘 그렇듯, 후회라는 고약한 놈이 동반하기 마련이었다. 그래서 효인은 또다시 후회하지 않기 위해, 운재에게는 시간이 날 때마다 사랑한다는 말을 했다.

[나도 사랑한다, 우리 딸.]

그럼 그녀의 아버지도 늘 사랑한다는 말로 화답해 주었다.

그렇게 전화를 끊은 효인은 잠시 핸드폰을 만지작거리며 그대로 앉아 있었다. 하지만 곧 미적미적 다가오는 우울함을 떨치려는 듯 '아자!' 하는 소리를 내며 자리에서 일어섰다.

상체에는 터틀넥, 아래는 팬티만 걸친 모습이 퍽이나 우스웠지만 개의치 않고 노래를 흥얼거리며 터틀넥을 벗어 던졌다. 그리고 머리띠로 앞머리를 아주 싹 밀어 올린 다음, 욕실에서 세안을 하고 껍질을 까놓은 달걀처럼 매끈해진 얼굴로 나왔다.

"아, 발 아파."

병원에서 이리저리 뛰어다닐 때는 미처 깨달을 틈도 없지만 효인은 은근히 평발이라 발이 빨리 피로해지는 타입이었다. 그래서 괜히 발바닥을 바닥에 지압하듯 꾹꾹 내리누르며 걸어오다가, 문득 옷장에 박아둔 홈쇼핑 출신의 족욕기가 떠올랐다.

"오랜만에 족욕이나 해 볼까."

홈쇼핑 호스트가 말을 어찌나 감칠맛 나게 하던지 한순간 혹해서 전화를 들긴 했는데, 정작 사놓고는 귀찮아서 여태 몇 번 쓰지 않았다. 하지만 한 번 생각나면 행동력 하나는 좋은 효인은 지체하지 않고 묵직한 족욕기를 꺼내 들었다. 그리고 물을 받아서 소파 앞에 두고 온도를 높인 다음 발을 담갔다.

"어허, 좋구만."

자르르 전해져 오는 진동하며, TV를 보며 뜨끈한 물속에 발을 담그고 있으려니 이것이 진정 극락정토가 아닌가 싶었다. 한참 그렇게 TV를 보고 있던 효인의 시선이 문득 탁자 위에 놓인 핸드폰에 닿았다. 잠깐 보다가 들어 올렸다.

〈장 선생. 잘 자.〉

효인은 귀여운 이모티콘까지 붙여서 메시지를 송신했다. 보내고 나서 얼마나 TV를 보고 있었을까. 답문이 도착했다.

〈잘 자.〉

답문을 보낼까 했지만, 만약 자려고 준비 중이라면 계속 방해하는 것도 뭐 해서 효인은 그냥 핸드폰을 내려놓았다.

핸드폰 고리에 매달려 있는 자그마한 도금 반지가 딸랑거리며 흔들렸다. 그것은 아주 오랜 세월을 견뎌온 듯. 빛바랜 사진처럼 이곳저곳 퇴색되어 있었지만 언제고 효인의 곁을 지켜주던 물건이었다.

"진환아! 우리 우정 반지 하자!"

"싫어."

"왜에! 하자아아아!"

"유치해."

"야! 감히 이 심효인과의 우정 반지가 유치하다고? 너 비 오는 날 먼지 나게 맞고 또 맞고 싶지!"

"후우⋯⋯. 알았어. 알았으니까, 그만 꼬집어."

"자식! 결국 할 거면서 내숭은!"

6
천천히 그러나 확실히

삐삐삐삐삐.

알람 소리가 울리기 무섭게 이불 속에서 손이 튀어나와 옆 탁자 위에 놓인 알람시계의 스위치를 타악 눌렀다. 그렇게 잠시 죽은 듯 가만히 있는가 싶더니, 곧 이불이 꿈틀거리고 안에서 검은 머리카락이 스르륵 빠져나왔다.

휙 이불을 걷어낸 진환은 눅진하게 눌어붙는 잠기운을 털어내려는 듯 마른세수를 했다. 그리고 부스스한 머리까지 한번 쓸어올리고 주변을 돌아보았다. 아직 방 안은 깜깜한 어둠에 지배되어 있었다.

시계가 가리키는 시간은 A.M 5:00.

목을 옆으로 꺾자 '뚝' 하고 뼈끼리 부딪치는 소리가 제법 섬뜩하게 울렸다.

자리에서 일어난 진환은 냉장고에서 물을 통째 꺼내 마시고, 탁자 위에 놓인 핸드폰을 확인했다. 문자나 전화가 들어온 것은 없었다. 그래서 다시 핸드폰을 내려놓고 욕실로 가서 간단하게 씻고, 다시 나와서 티셔츠를 휙 벗어 올렸다. 은은한 불빛이 남자의 탄탄한 상체를 쓸어내렸다. 그리고 다른 티셔츠로 갈아입느라 진환이 어깨를 뒤로 빼자 반듯한 견갑골이 불거져 올랐다.

상하의 모두 짙은 남색의 운동복으로 갈아입은 진환은 운동복 상의의 지퍼를 끝까지 찌익 채워 올렸다. 그리고 현관문을 열고 버릇처럼 바닥을 내려다보았다가, 아직 신문구독 신청을 하지 않았다는 걸 깨달았다. 그래서 그냥 문을 밀어 닫았다. '삐이—' 하는 소리와 함께 전자동 키가 철컥 자물쇠를 걸어 잠갔다.

현관문이 닫힌 걸 확인하고 몸을 돌리니 싸늘한 기운이 감돌고 있는 복도의 공기가 피부를 차갑게 쓸어내렸다. 뼛속까지 시릴 듯한 한기. 진환은 이성을 맑게 만들어주는 그 공기를 좋아했다. 비록 서울의 새벽 공기는 초록빛이 찬란하게 펼쳐진 오하이오의 공기보다 탁할지라도.

진환의 걸음이 계단 아래로 향하기 시작했다.

"헤이! 거기 가는 잘생긴 오빠."

얼마나 달렸을 때일까? 진환은 달리기를 멈추었다. 그러자 다가오고 있는 효인이 그를 놀릴 준비를 하는 듯 진득하게 웃었다.

"뭐야, 설마 잘생긴 오빠라는 말에 뒤돌아본 거? 너도 잠재적 왕자병 인자 보유자로구만."

"그런 말을 하려면 목소리나 바꾸고 부르든지. 그런데 이 시간부터 웬일이야?"

서늘하게 피부를 할퀴는 새벽바람 때문인지 두툼한 점퍼를 입고 있는 효인은 양손에 들고 있는 커피 컵 중 하나를 내밀었다.

"저번에 픽업을 못 해줬으니까 오늘 갚아주려고."

진환은 얼마 전 효인이 새벽에 전화해 픽업을 못 할 것 같다고 이야기하며 '달아두시게나. 화끈하게 갚아드리지.'라고 했던 말을 기억해 냈다.

"고마워."

진환은 효인이 건넨 커피 컵을 받아 들었다. 지금은 커피보다 물이 마시고 싶었지만 사 와준 성의가 있으니 거절하지 않았다. 그러자 효인도 큼지막한 커피 컵을 입에 대며 뜨거운 김을 후후 불었다.

푸르스름하게 번져 가고 있는 새벽 공기와 뜨거운 커피 한 잔, 그야말로 최고의 조합이었다.

"지금 막 너희 집으로 가는 길이었는데 저 멀리에서 익숙한 사람이 보이더라고. 아침에 늘 달리는 거야?"

"늘은 아니고."

"더 안 달려?"

진환이 집 쪽으로 걸음을 움직이자 효인은 반대편을 가리키며 물었다.

"다 뛰었어."

평소에는 이것보다 더 달리는 편이었지만 효인도 온 김에 오늘은 이 정도로 해두어도 될 것 같았다.

"이 집도 오랜만에 와보네."

효인은 현관 벽에 손을 짚고 하이힐을 벗으며 말했다.

"그렇지."

효인보다 앞서 거실로 들어간 진환은 냉장고에서 물통을 꺼내며 동의했다.

이 오피스텔은 진환이 유학 생활을 할 때부터 그의 명의로 되어 있었던 집으로, 그가 종종 한국에 올 때마다 사용한 집이었다. 그의 부모님은 한국에 계시지 않기 때문에 진환은 한국에 길게 있어봐야 한 달인데도 이 오피스텔을 팔지 않았다. 덕분에 효인은 진환이 한국에 귀국할 때마다 이 집에 와보았고, 오늘은 몇년 만의 방문이긴 했지만 그다지 낯설지 않았다.

"근데 아직 짐이 별로 없어서 그런가, 되게 인간미 없다."

효인은 터덜터덜 거실을—원룸이기 때문에 거실이랄 것도 없지만 크기로만 치면 거실로도 충분했다— 가로질러 가며 투덜거렸다. 집으로 올라오는 도중에 운동복 상의를 벗어 어깨에 걸쳐둔 진환은 상의를 끌어 내리며 그녀를 돌아보았다.

"오! 이 사진!"

효인은 아직 진환이 누웠다 일어난 흔적이 남아 있는 널찍한 침대에 스스럼없이 앉았다. 그리고 목적한 물건을 집기 위해 옆 탁자로 손을 뻗었다.

"너도 이 사진 가지고 있었네?"

진환의 침대 옆 탁자 위에는 효인의 것과 비슷한 액자가 놓여 있었다. 책처럼 접히는 액자의 한쪽 면에는 효인이 해둔 것처럼 둘이 웃고 있는 사진이 끼워져 있었고, 다른 쪽에는 대학생인 듯한 진환이 외국인 가족하고 찍은 사진이 들어 있었다.

가슴 깊이 퍼지는 동질감에 효인은 얼굴에 자동적으로 미소가 피어났다.

하지만 진환은 조금 다른 곳을 보고 있었다. 효인의 다리였다. 효인이 몸을 던지듯 침대에 앉은 덕분에 그녀의 치마가 말려 올라가 허벅지가 드러나 있었으므로 본의 아니게 시선이 가고 만 것이었다. 하지만 효인은 치마가 말려 올라가 있다는 걸 아는지 모르는지, 아니면 진환의 앞이라 신경 쓰지 않는 건지 태연한 얼굴이었다.

진환은 잠시 치마에 대해 말해줄까 말까 고민했다. 하지만 효인이 진환의 앞에서 조심성 없이 구는 거야 유별나지 않은 일이었고, 치마가 말려 올라갔다고 말해준다는 건 어쨌든 그녀의 다리를 봤다는 증거가 되니 그냥 내버려 두기로 했다.

참 이상했다. 예전이라면 '내 눈의 건강을 위해 공룡 다리는 좀 가려주지?'라는 등 아무렇지 않게 말했을 텐데, 지금은 왠지 뒤가 켕기는 기분이 들었다. 아마 기억이 확실하지 않은 언젠가부터 그랬던 것 같았다. 효인의 배나 다리가 드러나거나, 허리를 숙였을 때 젖무덤의 둔덕이 보여도 모른 척했던 것은.

사심이 있어서는 아니었다고 분명히 말할 수 있지만, 왠지 말해주기가 꺼려졌다. 마치 친구를 상대로 그런 말을 한다는 것 자체가 그릇된 일인 것처럼.

"그런데 얘는 누구야?"

"누구?"

부엌과 침대까지 거리가 꽤 있기 때문에 효인이 사진에서 짚는 사람이 누구인지 확실히 보이지 않았다. 그러자 효인이 이리 와 보라는 듯 손짓했다. 다가가서 액자를 보자, 그녀가 가리키고 있는 사람은 존스 홉킨스 의대에 다닐 때 홈스테이 했던 외국인 가족의 막내딸이었다.

"아아, 그 집의 막내딸."

효인은 무엇이 불만족스러운지 입술을 슬며시 내민 채 다시 사진 속의 여자를 보았다. 홈스테이 집의 막내딸이면 막내딸이지 왜 진환의 팔에 팔짱을 끼고 있는 걸까. 아니, 그보다…….

'이 녀석은 여전히 땀 냄새마저도 비인간적이네. 텁텁해야 할 땀 냄새가 왜 불쾌하지 않은 거야?'

진환이 다가온 순간 그의 땀 냄새가 확 끼쳐 왔다. 다른 남자라면 신경질이 날 정도로 불쾌해야 할 냄새인데, 진환은 전혀 그렇지 않았다. 향긋함까지는 아니더라도 이상하게 그랬다.

"나 씻는다."

효인이 제 생각에 빠져 있는 사이, 어느새 욕실로 간 진환은 그렇게 말하고 문을 닫았다. 혼자 남은 효인은 액자를 다시 놓아 두고 침대에 양팔을 지탱한 자세로 설렁설렁 주변을 둘러보았다. 방은 전체적으로 진환이 연상되는 푸른빛의 인테리어에, 모던하고 깔끔한 데다가 은은한 향기까지 풍기는 게 꼭 그 같았다.

쏴아아아아―

하릴없이 앉아 있는데, 곧 샤워기에서 물 쏟아지는 소리가 아련하게 들려왔다. 왠지 피부 속의 모든 신경세포가 바싹 긴장하고 온몸의 솜털이 올올이 곤두서는 듯한 느낌이었다.

'샤워기에서 물 떨어지는 소리란 게 이렇게 야한 거였나?'

효인은 곧 허리를 쭉 펴며 태연한 생각을 해 보려 했다.

'뭐, 녀석의 벗은 몸쯤이야……'

아니, 그러고 보니…….

'……벗은 몸은 본 적이 없네.'

친구로 지내며 별의별 일을 다 함께했지만, 사춘기로 막 접어들 쯤에 만난 사이라 확실히 알몸은 본 적이 없었다. 진환이 운동장에서 축구를 하고 나서 티셔츠를 벗었을 때 소년 특유의 마르면서도 단단한 상체나, 같이 자전거를 탈 때 머리카락 사이로 드러나는 목덜미나, 반바지 아래로 보인, 갓 털이 나던 종아리 같은 게 아니면 말이다.

"아니, 이럴 게 아니지."

효인은 얼른 일어나 현관에 놓아둔 자신의 가방을 집어 들었다. 그리고 화장품 가게에서 사은품으로 받은 파우치를 꺼내 들고 거울을 찾아 두리번거렸다. 하지만 남자 혼자 사는 집이라 그런지 당최 거울이 보이질 않았다. 아마 거울은 지금 진환이 들어가 있는 욕실에 달린 게 유일한 모양이었다. 효인은 어쩔 수 없이 바(Bar)에 앉아 작은 손거울을 꺼내 들고 목적했던 일을 하기 시작했다.

샤워를 끝내고 나온 진환은 뭔가 열심히 하고 있는 효인의 등을 의아하게 바라보았다.

"뭐 해?"

수건으로 머리를 털어내며 묻자, 손을 얼굴에 가져다 대고 있던 효인이 '응?' 하고 고개를 돌렸다.

"화장하는데?"

순간 진환은 움찔하며 효인의 얼굴에 시선을 멈추었다. 그가 돌아온 날 화장을 조금 하고 오긴 했지만 그때는 간단하게만 했던 듯, 본격적으로 화장을 하고 난 지금 얼굴과는 다소 차이가 있었다. 아이라인을 그린 눈매는 평소보다 더욱 또렷해 보였고, 마스카라로 길게 올린 속눈썹은 풍성했으며, 하얀 얼굴에 은연한 핑크빛 뺨은…… 뭐랄까, 잠깐 '누구야?' 싶어져 버렸다.

"화장을 왜 여기서 해?"

진환은 젖은 수건을 머리에서 내리며 덤덤한 척 물었다.

"너한테 빨리 오려고 그랬지. 생각보다 늦게 일어났거든."

"여태 화장 안 했던 것 같은데."

"종종 했었는데?"

몰랐냐는 듯한 반문에 진환은 흘긋 효인을 돌아보았다. 하지만 그녀는 이미 다시 등을 돌리고 립스틱을 바르는 데 집중하고 있었다.

"파운데이션만 바르긴 했지만 그것도 화장은 화장이지. 화장을 안 할 수는 없거든. 솔직히 내 피부가 이십대 탱탱한 것들하고 어떻게 같겠어. 파운데이션이라도 안 바르면 아주 봐줄 수가 없어요. 이래서 나이 들기 전에 죽어야 한다니까."

진환은 무심하게 TV에 전원을 켜면서 스쳐 지나가듯 이야기했다.

"그러고 보니 네가 그렇게 화장한 모습은 처음 보네."

효인은 거의 화장을 하지 않는 편이었다. 사실, 수능생-의대-병원 수련으로 연결되는, 듣기만 해도 숨 막히는 경로를 걸으며 그럴 시간이 없었다는 편이 더 맞겠지만 말이다.

"사진으로 보여준 적 있잖아?"

효인은 뒤돌려 앉은 자세 그대로 대답했다.

"그랬던가?"

그러고 보면 그랬던 것 같기도 했다. 사진을 봤을 때는 그냥 '효인이구나.' 하고 말았지만, 화장하지 않았던 모습과 화장한 모습을 이어서 보자 화장에 대한 개념이 새롭게 다가왔다.

"그런데 웃긴 게 말이야."

립스틱까지 다 바르고 난 효인은 빙글 돌아앉았다.

"너도 그렇고 나도 그렇고 '그러고 보니.'라는 말을 상당히 자주 하고 있다는 거 알아?"

"무슨 의미야?"

그다지 귀에 들어오지 않는 뉴스를 보고 있던 진환은 다시 효인에게 시선을 돌렸다.

"아니, 워낙 오랜만에 만나서 그런지 옛날 일을 반추하듯이 '그러고 보니.'라고 운을 떼는 말이 많단 말이지. 너 지금도 '그러고 보니.'로 시작해서 네가 그렇게 화장한 모습은 처음 본다고 이야기했잖아. 이건 뭐, 우리가 여든 살 먹은 노인네들도 아니고."

"뭐, 그렇군."

대답은 그렇게 했지만, 화장을 하고 난 효인이 마치 다른 여자 같아 기분이 묘해져서 그런지, 그녀의 말에 집중이 되지 않았다.

"하여간 꾸물거리지 말고 빨리 준비해."

진환은 벽에 걸린 시계를 보았다.

"아직 시간 좀 있는데?"

"아, 나 병원에 좀 일찍 가봐야 해서."

"왜?"

진환은 이미 TV를 끄고 움직이고 있었지만, 이유가 궁금해서 물었다. 그러자 효인은 파우치를 큰 가방 안에 집어넣으며 히죽 웃었다.

"콘퍼런스 전에 해야 할 일이 있거든."

아침 7시. 어떤 임상과든 모두 회진에 나서기 전에 콘퍼런스, 혹은 집담회라 불리는 모임을 가지는 시간이었다. 교수부터 인턴 까지 모두 모여 병의 경과나 수술 방법 등 전반적인 이야기를 나 누는데, 사실 인턴들은 의견을 내기는커녕 따라가기도 벅차서 거 의 교수들이 가르침을 주는 시간으로 보는 게 더 맞았다.[10]

"여자들만의 시간이랄까?"

뭔가 꾸미고 있는 듯 효인은 의미심장하게 웃었다.

"마지막으로, 다들 알고 계시겠지만."

카랑카랑한 효인의 목소리가 오리엔테이션실 구석구석에 가 부딪쳤다.

"과거에 외과란 여자 의사들이 살아남기 힘든 분야였습니다. 애석하게도 현재 역시 그렇죠."

각선미가 드러나는 타이트한 정장 치마와 블라우스, 그리고 '흉부외과 심효인'이라는 자랑스러운 문구가 수놓인 의사 가운.

오리엔테이션실에는 효인의 일거수일투족에 주목하고 있는 사 람, 권태로운 표정으로 전혀 듣고 있지 않은 사람, 이 두 가지 부 류가 듬성듬성 앉아 있었다. 다만 그들의 공통점은 모두 '여자'라는 점이었다.

"하지만 요즘은 의료보험 제도니 의료소송이니 뭐니 해서 외과는 남자 의사들도 기피하는 '의료계의 3D 직종' 아니겠습니까?"

단상 위의 효인은 반대편으로 천천히 걸어가며 이야기를 계속했다.

"Difficult, Dirty, Dangerous. 수술은 어렵고, 우리들끼리니 하는 말이지만 여러모로 더럽고, 위험도는 다른 임상과보다 현저히 높죠. 그런데 제 생각은 이렇습니다. 3D인 것도 3D이지만, 여성 외과의사의 최대 적수는 선입견과 편견입니다."

이 자리에 있는 사람은 모두 인턴이나 레지던트였지만, 일단 공석인 자리이니만큼 효인은 존댓말을 사용했다.

"한 가지 예를 들어볼까요? 이건 Boston Medical and Surgical Journal(보스턴 내과, 외과학 잡지) 1849년도 판에 편집자가 기재한 내용인데, 제가 의대생일 때 도서관에서 우연히 보고 분개하느라 아직도 토씨 하나 안 틀리게 기억하고 있습니다."

효인은 빙긋이 웃으며 말하고 있었지만, 앞에 앉은 여자들은 이른 아침부터 장황한 연설을 듣고 있자니 침대가 그리워 미치겠는 듯 다들 하품을 참는 기색이 역력했다. 효인의 말을 경청하고 있는 사람들도 졸려 보이긴 마찬가지였다.

"'덜 중요한 것도 덜 고상한 것도 아니고 오히려 더 세심하고 더 우아하다. 여성은 자신의 영역 안에서 전지전능하다.'"

그 문장이 여성 의사에게 참으로 각박했던 1849년도 당시에 쓰였다는 걸 감안하면 놀라울 정도로 여성을 비호하는 말이었다. 물론 거기까지는.

"'여성은 고결하고 우아하며 사랑스러운 모든 것을 보관하는 성스러운 곳에 있을 때는 인류의 자존심이며 영광이다. 그러나 여성이 그곳을 떠나게 되면 여성은 본성에서 벗어나 헤매고 명예를 손상시키고 금지된 곳에서 명예를 되찾으려고 조물주의 법칙을 악용하게 된다'."[11]

여기저기서 불쾌감이 섞인 신음이 터져 나왔다. 자기 직업에 자부심을 가지고 있든지 아니든지, 그런 말에 기분이 좋은 여성 의사는 없을 터였다.

"열이 확 받죠? 이건 여러분도 익히 알고 있는 근대 최초의 여성 의사 엘리자베스 블랙웰의 의대 졸업을 비판한 내용이었습니다. 참고로, 그 잡지가 공공자료만 아니었다면 아마 전 그 자리에서 잡지를 씹어 먹어버렸을 겁니다."

그 말에 키득키득 웃음이 터졌다.

"그런데 여러분 혹시 알고 계십니까? 병원을 의미하는 영어 단어, Hospital의 어원은 라틴어로 '손님'을 뜻하는 단어 호스페스(Hospes)에서 시작되었는데, 여기서 '환대'를 의미하는 Hospitality가 나왔습니다. 따라서 Hospital은 '안식처'를 뜻하는 호텔(Hotel)과도 어원이 같습니다."[12]

이제야 좀 흥미로운지, 인턴과 레지던트들은 하나둘 자세를 고쳐 앉았다.

"이 이야기를 본격적으로 하기 전에, 또 다른 예를 하나 들어보죠. 이건 1989년, 사라 M. 에반스의 'Born of Liberty'에 나오는 내용으로, 그녀는 '남성이 경쟁적이라면 여성은 조화를 상징한다.'라고 이야기했습니다. 일반적으로 보기에도 여성은 남성에 비해 부드럽고 조화를 상징합니다. 거기에는 여러분도 이의 없으시겠죠?"

그쯤에서 잠시 시간 차를 둔 효인은 단상에 똑바로 섰다.

"자, 여기서 초등학생들도 맞출 수 있는 문제 하나. '안식처'에 더 어울리는 것은 경쟁적이며 정복을 꿈꾸는 쪽일까요, 아니면 부드럽고 조화를 상징하는 쪽일까요?"

굳이 답을 바란 질문은 아니었지만, 누군가가 손을 들고 대답했다.

"물론 후자죠."

효인은 빙긋이 웃었다.

"그렇다고 남성과 여성 중에서 어느 쪽이 더 잘났네, 못났네, 하자는 것은 아닙니다. 모든 남성이 조화롭지 못하다는 말도 아니고요. 그리고 여성이 경쟁적이지 못하다거나 지배본능이 없다는 이야기도 아니죠. 다만 병원은 환자를 진찰하고 치료하는 것뿐만 아니라 심신이 지쳐 있는 환자들을 편안하게 해줄 수 있어야 합니다. 여성이 얼마나 그 일에 적합합니까? 외과라는 것도 마찬가지입니다. 흔히들 외과의사의 자질을 들어 '사자의 심장과 독수리의 눈, 여자의 손'이라고 이야기하죠? 그렇습니다, 그 말대로 강할 땐 강하면서도 섬세한 여성의 손은 외과의의 자질에 꼭 맞습니다."

한 번에 소화하기 힘들 정도로 긴 문장이었음에도 효인은 막힘이 없었다.

"남성 의사는 할 수 있지만 여성 의사는 할 수 없는 일이 있듯, 여성 의사는 할 수 있지만 남성 의사는 할 수 없는 일이 분명히 있습니다. 여성이라서, 여자라서 뒤처지는 것은 아무것도 없습니다. 그 어느 쪽도 더 못나지 않았고, 더 할 수 없는 것도 아니며, 덜 똑똑한 것도 아닙니다. 그런 의미에서 전 여자이기 이전에 제 자신이 의사일 수 있다는 사실에 자부심을 느낍니다. 분명 여러분도 그러시리라 믿습니다. 부디 그 초심을 잃지 않으시길 바라며, '여성 외과의사의 보고'를 끝내겠습니다. 모두 이른 아침부터 긴 이야기를 듣느라 수고하셨습니다."

효인이 그 말을 끝으로 마이크를 내려놓자, 형식적으로든 진심으로든 모두 박수를 쳐 주었다. 그리고 이제 제 할 일들을 하러 가려는 듯 웅성거리며 하나둘 자리에서 일어섰다. 단상 위의 효인도 교탁에 놓인 자료들을 정리하기 시작했다.

오리엔테이션실을 빠져나가는 사람 중에는 윤정과 혜경도 있었다. 혜경은 윤정의 옆자리에 앉아 있다가 그녀와 함께 오리엔테이션실을 나가며 중얼거렸다.

"웬 이상한 오티인가 했는데 듣다 보니 의외로 재미있네."

"뭐."

윤정은 입술을 삐죽 내밀며 애매모호하게 대답했다. 하지만 눈치가 바가지인 혜경은 전혀 이상함을 느끼지 못하고 빠끔히 물었다.

"왜? 넌 재미없었어?"

"그냥저냥."

"왜, 심 선생님이 재미있게 이야기해 주시던데."

"그다지."

사실 콘퍼런스 전부터 끌려와 앉아 있어야 했던 건 좀 짜증 났지만, 효인이 말을 재미있게 해주었다는 의견에는 동감하는 바였다. 그런데도 윤정은 절로 뾰족한 말이 튀어나왔다.

"으우, 오늘도 하루가 시작되는구나."

혜경은 어제 잠을 잘 자지 못한 듯, 찌뿌드드한 몸을 풀기 위해 크게 기지개를 켜 올렸다. 그런데 팔을 뻗은 순간, 손등에 무언가 탁 하고 부딪쳤다.

"이런."

누군가를 쳐 버린 느낌에 혜경은 뒤돌아보았다. 마침 옆을 스쳐 지나가려던 효인의 어깨를 손등으로 쳐 버린 것이었다.

"아! 죄, 죄송합니다."

깜짝 놀란 혜경은 얼른 손을 내리고 한 걸음 물러섰다. 하지만 효인은 아무렇지 않게 빙긋 웃을 따름이었다.

"괜찮아."

그러더니 효인은 그냥 가지 않고 혜경에게 말을 걸었다.

"엄 선생은 지금 FM[13]에 있지?"

전임의 선생님이 일개 인턴의 이름을 기억해 주는 것도 모자라 어디에 소속되어 있는지도 기억하고 있다니, 이렇게 황송할 수가 없었다. 혜경은 황송한데 더불어 당혹스럽기까지 했지만, 그녀를 기다리게 할까 싶어 얼른 대답했다.

"예."

"외과에는 관심 없어?"

---

13) Family Medicine, 가정의학과

"아······."

혜경은 발긋하게 볼을 붉혔다.

"그게, 관심은 있지만······."

사실 혜경은 처음부터 외과는 쳐다보지도 않고 의대에 간 케이스였다. 그녀는 친구 같고, 다정한 이웃 같은 동네 병원 의사가 되고 싶었다. 남들이 보기엔 그리 멋진 꿈이 아닐지도 모르지만, 혜경 나름대로는 최첨단 기술로 무장한 수술팀을 이끄는 의사가 되는 것만큼이나 강한 모티브가 있는 꿈이었다. 그녀의 할아버지가 그런 의사였기 때문이다. 꿈을 이루기 위해선 외과 수련도 등한시해선 안 된다는 걸 알고 있긴 했지만, 그건 꿈을 위해 넘어야 하는 산 정도로 생각하고 있는 게 사실이었다.

그래도 차마 솔직하게는 말할 수 없어 대충 둘러대듯 웅얼거렸는데, 효인은 혜경의 생각을 눈치챈 것처럼 말했다.

"환자들이 엄 선생 좋아한다는 이야기가 자자하더라. 그 정도면 엄 선생은 뭘 해도 잘할 수 있을 거야."

"아, 그게······ 감사합니다."

혜경은 쑥스러워 어쩔 줄 몰라 하며 얼굴까지 붉어졌다.

"좋은 하루 보내."

효인은 의사 가운 자락을 나부끼며 멀어져 갔다. 그러자 뒤에 남은 혜경은 사랑의 포로가 되어버린 것처럼 황홀하게 중얼거렸다.

"심 선생님, 왠지 멋있다."

역시 칭찬은 고래도 춤추게 하는 법인가?

"엄혜경, 그렇게 귀가 얇아서 어떡할래?"

윤정의 한심하다는 목소리가 붕 하늘로 떠올라 가는 혜경의 기분을 지상으로 끌어 내렸다.

"내가 뭘?"

"그냥 듣기 좋으라고 해주는 말에 헬렐레하기는."

혜경은 뿌루퉁하게 볼을 부풀렸다.

"듣기 좋으라고 해준 말에 기분 좀 좋으면 안 돼?"

"됐다. 내가 무슨 말을 더 하겠어."

"문윤정 너 이상하다?"

그제야 윤정이 왠지 평소와 다름을 느낀 혜경은 의심스러워하는 목소리로 말했다.

"내가 뭘?"

"계속 삐딱하잖아. 너 심 선생님한테 악감정이라도 있니?"

"헛소리는. 인턴이 전임의 선생님한테 악감정 있어봤자 뭘 어쩐다고."

"그럼 있다는 소리야?"

"없어."

악감정이 생길 만한 일도, 아직 그럴 만한 시간도 없었다. 그럼에도 가슴 아주 깊은 곳에서 불쑥불쑥 올라오는 고약한 감정이 무엇인지는, 윤정도 알 수 없었다.

그때 문득 시계를 쳐다본 혜경이 경악을 담아 외쳤다.

"헉! 야! 거의 7시야! 늦을라!"

"뭐? 이런!"

순식간에 두 사람의 걸음이 다급해지기 시작했다. 교수님들까지 모이는 콘퍼런스에 늦었다가는 어떤 족치기를 당할지 알 수 없었다.

"나 먼저 간다!"

뛰어라, 인턴!

"여성 외과의사의 보고?"

콘퍼런스와 회진이 끝난 후, 효인이 한 말에 진환은 반문했다. 그러자 진환의 옆에서 걸어가고 있던 효인이 슥슥 자신의 배를 문지르며 대답했다.

"응, 아침부터 장황하게 떠들었더니 배고파 죽겠어."

"별난 오리엔테이션이군."

"요즘 외과는 남자들도 기피하니까 여성 전임의를 단상 위에 세워놓고 초반부터 확 잡아보자 이거지. 참고로 이거 장 과장님 아이디어다?"

효인은 지나가던 사람이 들을까 싶어 진환 쪽으로 살짝 고개를 기울이고 속삭였다. 효인이 그에게 고개를 기울이자 향긋한 화장품 향기가 풍겨왔다. 진환은 순간 여자 화장품에는 꽃이라도 갈아 넣는 걸까 싶었다.

"아이디어는 과장님이 내고 연설은 네가?"

진환은 살짝 고개를 뒤로 빼며 물었다. 하지만 효인은 그가 고개를 뒤로 빼는 것에 대해 그다지 특이점을 발견하지 못한 것 같았다.

"과장님 말씀에 힘없는 전임의가 어떻게 반항을 하겠어. 여성 외과의사에 대해 일종의 포럼처럼 연설 한번 하라는데 아, 예, 하고 넙죽 해야지."

"그래서 여자들만의 시간이라고 했던 건가?"

"맞는 소리긴 하잖아? 남자는 한 사람도 없었으니까."

어쩐지 효인이 출근하자마자 어디론가 가버린 후에 여자 직원들이 대부분 보이지 않더니, 오리엔테이션을 하고 있었던 모양이다. 여자들이 한곳에 모여 있는 동안 아침 업무는 거의 남자들한테 넘어가서 남자들이 불평하는 소리가 있었는데, 다행히 철호가 다음에는 남자 직원들 편의를 봐주기로 약속해서 잘 넘어간 것 같았다.

"무슨 연설을 했는데?"

진환은 물었다.

"뭐, 별건 없었어. 한 줄 요약을 하자면 외과가 힘들긴 하지만 꼭 못 해먹을 짓은 아니다, 정도? 혹은 자신이 여성 의사라는 데 자부심을 가져라?"

"꼭 심효인이 할 만한 연설이군."

효인은 얼굴을 찡그리며 난색을 표했다. 하지만 반쯤은 웃고 있었으므로 정색을 하는 것은 아니었다.

"내가 할 만한 연설이라니, 무슨 의미야?"

"여자 의사를 무시하는 사람이 있으면 집요하게 복수하고 마는 심효인이 할 만한 연설이라는 의미?"

"나 참, 시시콜콜하게 다 기억하기는."

복수한다고 해도 환자를 상대로는 뭘 어쩔 수가 없긴 하지만, 효인은 언제나 사회적으로 비주류였던 여성의 대변인이 되고 싶은 사람이었다.

"그러는 너야말로 아까 애들이 은근슬쩍 하는 말 들었어?"

효인이 놀리려는 듯 말하자, 진환은 무슨 소리냐는 눈으로 그녀를 돌아보았다. 그러자 효인은 이죽거리며 가운의 양 주머니에 넣어둔 손을 휘적휘적 흔들었다.

"캐비지 받은 환자 말이야. 회진 때 그 환자가 너한테 감사하다고 하고 나서 애들이 뭐라고 수군거렸는지 모르지?"

"뭐라고 했는데?"

효인은 장난기가 끓는 눈으로 그 '애들' 중 누군가의 말투를 흉내 내었다.

"봤어? 장 선생님 웃으시는 거."

어제 캐비지를 받은 환자는 43세의 남성이었다. 아직 하루가 지났을 뿐이라 경과는 좀 더 지켜봐야겠지만, 수술 후 특별히 눈에 띄는 이상은 없었다.

환자는 그것만으로도 다시 살아난 듯한 기분이 드는 모양이었다. 교수에게 수술해 주신 의사분이 누구냐고 묻더니 교수가 장 선생이라고 대답하자, 아이처럼 활짝 웃으며 진환의 손을 잡고 재차 감사하다 인사했다. 그러자 진환도 웃으며 대답해 주었고, 그 미소에 사람들은 제법 놀란 것 같았다.

"치프도 놀란 얼굴로 보더라."

금방 표정을 수습하긴 했지만 건하마저 잠깐 놀란 얼굴로 보았을 정도이니 진환이 얼마나 미소에 인색한지 알 법했다.

"참 놀랄 일도 없는 모양이군."

진환은 진심으로 그렇게 생각하는 듯 무뚝뚝하게 말했다.

"에이, 뭐……."

삐— 삐— 삐—

효인이 뭐라고 말하려는 찰나, 또 호출 소리가 두 사람의 대화에 끼어들었다. 하지만 이번에는 효인의 호출기가 아니라, 진환의 호출기가 울어대는 소리였다.

진환은 호출기를 확인해 보았다.

"뭐야?"

"GS[14)15)13]에서 컨설트."

"오, 벌써부터 컨설트 들어오는 장 선생님이시로군."

"나중에 보자."

"그려, 난 오전 수술 들어간다."

두 사람은 그 자리에서 헤어졌다. 떨어져 있었던 시간만큼 계속 대화를 나누고 싶은 마음은 두 사람 다 매한가지였지만, 지금은 일을 해야 할 시간이었다.

---

14) General Surgery, 외과

15) 예전에는 "일반외과"로 불리던 분야가 "외과"로 개칭되어 현재에는 "외과"라고 말하면 소화기, 순환기, 내분비, 두경부, 이식, 종양, 면역, 외상, 응급, 소아 등을 다루는 전문분야를 말한다.

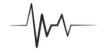

7

그들의 또 다른 이름, 심장

"그게, 가장 골치 아픈 환자입니다."

외과 교수 안태백 선생은 진심으로 골치가 아픈 듯 찡그린 미간을 문질렀다. 그 말에 진환은 닫혀 있는 진료실 문을 흘긋 바라보았다.

"그렇습니까?"

"장 선생도 보면 알겠지만 말 한마디 하는 것도 조심해야 할 겁니다. 나도 완전히 진땀 뺐으니까."

오죽했으면 어쩔 수 없이 컨설트까지 넣었겠냐는 듯한 말투였다. 진환은 묵묵히 고개를 끄덕였다.

"알겠습니다."

"그럼 함께 들어가죠."

별의별 환자를 다 만나보았을 태백도 지금 진료실 안에 있는 환자를 상대로는 여러모로 난감한지, 문을 열어주는 그는 비장한 표정이었다.

"잠시 자리를 비워서 죄송했습니다."

태백의 말에 진료실 안에 있는 가족이 일제히 문가를 돌아보았다.

"이쪽은 흉부외과 전임의이신 장진환 선생님입니다."

진환은 환자 가족과 가볍게 인사를 나눈 후에 자리에 앉았다. 그런데 진료실이란 게 아주 쾌적하게 넓진 않아도 숨통이 막힐 만큼 좁은 곳도 아니건만, 진료실이 평소보다 비좁게 느껴졌다. 하지만 일단 태백이나 진환이나 그렇게 느끼고 있다는 내색은 하지 않았다.

"장진환이라고 합니다."

"아, 예. 반갑습니다. 그런데 왜……."

환자의 아버지는 불안해하는 기색을 감추지 못했다. 잠깐만 기다려 달라고 말한 의사가 나가서 새로운 의사를 한 명 더 데리고 나타났으니 뭔가 큰 문제가 있는 건가 싶어진 듯했다. 그것은 환자의 어머니도 마찬가지로, 오히려 불안한 기색을 내비치지 않는 사람은 환자인 그들의 딸이 유일했다.

아니, 환자는 벙거지 모자를 푹 눌러쓴 채 선글라스까지 끼고 있었기 때문에 언덕 모양으로 다문 입을 통해 심리 상태를 유추할 뿐, 표정이 제대로 보이지 않았다. 그리고 두루뭉술한 몸의 윤곽 때문에 성별이 확실하지 않았지만, 모자 아래로 길게 내려오는 검은 생머리로 여자라는 사실을 추측할 수 있었다.

"혹시 무슨 문제라도……."

환자의 아버지가 말했다.

"아, 그런 것은 아닙니다. 다만 장 선생님께서는 더 자세한 설명을 해드리기 위해 오신 겁니다."

태백이 말하고, 진환이 입을 열었다.

"위우회술을 원하고 계신다고 들었습니다."

환자의 부모님이 뭐라고 대답하려는 찰나, 여태까지 침묵으로만 일관하고 있던 환자가 불쑥 나섰다.

"네. 베리아트릭 수술이라고 들었어요. 그걸 받고 싶어요."

진료실로 들어오기 전에 태백에게 들은 바에 의하면, 그녀의 신체사항은 키 160㎝, 체중 142㎏, 체질량지수 55,47. 초고도비만으로 보는 체질량지수 50을 넘는 수치를 가진 비만 환자였다.

세 겹으로 겹쳐진 턱 때문에 목은 윤곽이 보이지 않았고, 몸도 이런 표현은 실례겠지만 꽉 찬 포대를 가져다 놓은 것 같은 모양이었다. 그냥 앉아 있는 것만으로도 금세 코에 땀이 몽글몽글 맺히고, 숨소리는 갈수록 매우 화나는 일이 있는 것처럼 씩씩거렸다.

맥도널드와 콜라로 대변되는 식습관 덕분에 미국에서는 초고도비만 환자가 많다는 게 비밀도 아니었지만, 쌀 소비량이 역대 최저를 기록했다는 최근에는 한국에서도 비만 환자가 늘고 있었다.

"아마 선생님들은 모르실 거예요."

환자는 벌써부터 감정이 격해진 듯, 하도 꾹 쥐고 있느라 이미 축축해진 손수건으로 거칠게 코를 닦았다.

"이런 몸으로 산다는 게 얼마나 비참한 일인지. 살 때문에 일도 못 하고, 집에만 누워 있고, 무릎은 조금만 움직이려고 해도 아프고, 집 밖으로 나가면 다들 괴물 하마를 보는 것처럼 놀라고……."

진환은 태백의 책상 위에 있는 그녀의 카르테를 들어서 보았다.

이름 박가연. 나이 27세. 증상으로는 비만에 의한 무릎 통증과 하지정맥류, 고혈압, 당뇨. 그녀에게 있어 가장 근본적인 문제는 저 비대한 지방 덩어리들이겠지만, 비만이 가져온 병들도 무시할 수는 없었다.

"그러니까, 그러니까…… 전 그 수술을 꼭 받아야 해요."

이런 비만 환자에게 권하는 수술로 간단하게 '위우회술'이라고 불리는 수술이 있었다. 본인의 의지로 식탐을 제어하지 못하는 비만 환자들의 위를 줄여서 애초에 과식할 수 없도록 만드는 수술로, 뤽상 Y(Roux—en—Y) 위우회술, 혹은 베리아트릭 수술이라고도 불렸다.

"박가연 씨?"

진환은 점차 흥분하는 그녀를 진정시키려는 듯 조용히 이름을 불렀다. 그러자 그녀는 왜인지 화들짝 놀라며 입을 다물었다.

"그 수술을 해드릴 수 없다는 말은 아닙니다."

사실 가연은 위우회술을 받기에 적합했다. 아니, 받아야만 하는 수준이었다. 다만 태백이 곤란해하는 이유는 그녀가 이상한 고집을 부리고 있기 때문이었다.

"다만 저희가 추천해 드리는 수술은 위우회술이 아닌 랩 밴드 삽입법 쪽입니다. 위를 실리콘 밴드로 묶는 랩 밴드 삽입술 쪽이 위를 잘라내는 위우회술보다 부작용과 위험부담 면에서 훨씬 안전하기 때문입니다."

"하지만……."

가연은 살덩어리에 둘러싸인 자신의 몸에 많은 자격지심을 느껴왔던 듯, 여러모로 베리아트릭 수술에 대해 알아본 후에 병원을 찾아왔다. 덕분에 그녀는 베리아트릭 수술에 대해 꽤 많은 지식을 보유하고 있었고, 한 번에 확실히 끝내고 싶다며 강경하게 위우회술 쪽을 주장하고 있었다.

태백이 아무리 랩 밴드 삽입술이 좋다고 해도 그저 마이동풍, 끔찍하게 커서 괴물 같은 위를 확 잘라내 버려달라고 하는 게 아닌가. 사실 엑스레이 사진에서 보이는 그녀의 위가 무섭도록 크기는 했다.

태백의 입장에서 보기에는 이런 환자들이 가장 골치 아팠다. 어설픈 의학 지식을 주워듣고 와서 절대 회유가 통하지 않는 똥고집들.

결국 태백은 진환에게 컨설트를 넣을 수밖에 없었다. 물론 환자가 원하는 경우에는 위우회술을 해주어도 관계없긴 했다. 하지만 흉부외과에서 담당하는 하지정맥류도 있고 진환이 클리블랜드 클리닉에서 위우회술을 여러 번 해 보았다는 이야기를 들어 부작용과 위험에 대해 어떻게 잘 좀 이야기해 주려나 싶어서였다.

"잠시 다리 좀 봐도 되겠습니까?"

진환이 묻자 가연은 잠시 주춤했다. 하지만 곧 발목까지 덮으며 길게 내려오는 치마를 조심스럽게 걷어 올렸다. 그러자 그녀의 오른쪽 다리에 똬리를 틀고 있는 것처럼 검붉은색으로 튀어

나온 정맥류가 눈에 띄었다.

고개를 숙인 진환은 불룩하게 불거져 나온 정맥류 부분에 손을 대었다. 그러자 가연은 눈에 띄게 움찔했다.

"아프십니까?"

"네."

"어떤 식으로 아프십니까?"

"조금만 서 있어도 끊어질 것 같고, 걸으면 막 찌르는 것 같아요. 가끔 간지럽기도 하고요."

그때 둘의 모습을 지켜보고 있던 가연의 아버지가 긴가민가하며 중얼거렸다.

"여기 선생님께서 그걸 뭐라고 하셨더라……. 뭔 하지?"

가연의 다리에서 손을 뗀 진환은 고개를 들고 설명했다.

"하지정맥류라고 합니다. 일종의 혈관기형인데, 오래 서서 일하시는 분이나 호르몬이나 건강, 체중 문제를 가지신 분들께 나타납니다."

가연은 이야기하는 진환을 멍하니 바라보았다.

"그럼…… 이것도 수술을 해야 하는 겁니까?"

가연의 아버지는 다리의 정맥류는 크게 걱정하지 않고 병원에 왔는지 찌푸린 낯으로 물었다.

"환자 분께서는 받으셔야 할 것 같습니다. 그리고 원하시면 위우회술도 가능합니다. 어떡하시겠습니까?"

가연은 잠시 침묵했다. 초조한지 손을 어떡할 줄 모르고 여러 번 비비적거리더니, 이내 결심한 얼굴로 고개를 들었다.

"그럼 랩 밴드 삽입술로 할게요."

태백은 어이가 없었다. 자신이 말했을 때는 마이동풍이더니, 진환이 몇 마디 하자 저렇게 금방 마음을 바꿔? 마음을 바꿔준 것이야 고맙지만 기분은 썩 유쾌하지 않았다.

"그럼…….."

진환이 무어라 말하려는 찰나, 가연이 발작적으로 말했다.

"대신."

대신? 의사에게 '대신'이라는 조건을 다는 환자는 드물었기 때문에 진환은 가연을 바라보았다. 그러자 가연은 진환의 시선에 묘한 도취감을 느끼며 입을 열었다.

"선생님께서 수술해 주시면 안 될까요?"

"석션."

치이익— 마스크에 필터링되는 효인의 목소리에 곁에 서 있는 간호사가 바로 움직였다.

"이봐, 디버(견인기) 제대로 당겨."

시야가 차단되는 느낌에 효인이 환부에서 시선을 떼지 않고 말하자, 뻐근한 어깨를 돌리고 있던 인턴이 얼른 견인기를 제대로 잡았다.

"아, 예."

수술 내내 견인기로 환부를 '견인'하고 있어야 하는 인턴이 불쌍하기도 했지만[14] 어차피 인턴들이 하는 일이란 다 그런 것이었다.

물론 효인도 인턴 때는 정신과 시간의 방이 따로 없는 수술실에서 죽어라 견인기만 잡고 있었다.

외과의사 특유의 구부정한 자세로 수술하고 있던 효인은 잠시 고개를 들었다. 그리고 한동안 굽히고 있느라 뻐근한 목을 이리 저리 꺾었다. 그런 후에 효인은 다시 환자의 환부로 시선을 내렸다. 그렇게 얼마나 침묵 속에서 수술을 하고 있었을까. 무료해진 효인은 자신을 보조하고 있는 건하에게 말했다.

　"위 선생."

　"예, 선생님."

　건하의 대답도 마스크에 걸려져 들려왔다.

　"재롱 좀 피워봐."

　뜬금없는 말에도 건하는 환부에서 시선을 들지 않았다.

　"무슨 재롱을 피워 드릴까요?"

　건하는 효인이 심심해지면 언젠가 재롱이니 재주니 운운할 줄 알았던 것 같았다. 그도 그럴 것이, 효인을 봐온 것만 해도 이제 오 년째이니 그녀가 수술 언제쯤에 그런 말을 하겠거니 하는 데는 훤했다.

　"이제 아주 자연스럽게 받아치는데?"

　역시 환부만 쳐다보고 있는 효인은 웃음기 섞인 목소리로 말했다.

　"그럼 아무거나 해 봐."

　"춤이라도 출까요?"

　"수술실에서 춤추는 치프 레지 선생님이라. 크, 그럼 제대로 나오네."

　효인의 넉살에 다른 수술 팀원들도 키득거리며 웃었다.

　"선생님께서 하라신다면 기꺼이 해야죠."

"춤은 나중에 시키기 위해 아껴두고, 끝말잇기라도 할까?"

"차라리 삼행시를 짓죠."

"오, 그거 좋은…… 여기 드레인 좀 치워봐."

효인은 거치적거리는 배액관을 다른 쪽으로 치우게 했다. 그리고 다시 이어 말했다.

"그거 좋은데. 운은 위 선생이 띄워."

"음……."

수술도구들이 서늘한 소리를 내며 부딪치고, 기계 돌아가는 소리가 호러 영화에 깔리는 전주곡처럼 퍼지고, 피에 젖은 라텍스 장갑이 질척거리는 가운데 건하는 고민에 빠졌다.

"어허, 밥 탄다. 뜸 그만 들여."

딱히 생각나는 단어가 없었다. 그래서 잠시 환자의 심장에 시선을 맞추고 있다가, 건하는 떠오르는 대로 말했다.

"심장이요."

효인은 얼기설키 뻗어 있는 두툼한 혈관과 자잘한 혈관들에 감싸여 있는 벌건 심장을 물끄러미 내려다보았다.

"거참, 위 선생 상상력 풍부하지 못하네."

"뭐, 좀 그런 편입니다. 어쨌든 운 띄워 드리겠습니다. 심."

"심? 심효인."

심에 심효인이라, 생각지도 못했는데 그 능청스러움이란. 건하는 작게 하하 웃었다.

"선생님이시야말로 상상력이 좀……."

"뭘, 맞잖아?"

"네네, 그럼 장."

"장진환."

순간 건하는 저도 모르게 환부에서 시선을 떼고 효인을 바라보았다.

"어머, 그리고 보니 심 선생님하고 장 선생님 성을 붙이면 심장이네요?"

간호사가 하나가 신기하다는 듯 끼어들었다.

"응? 몰랐어?"

효인이 시선을 돌리지 않고 말했다.

"그럼 선생님은 알고 계셨어요?"

아니, 그럼 진환과 알고 지낸 지가 몇 년인데 그런 간단한 조합도 몰랐을까.

"알고 있었지. 메젠바움(Metzenbaum, 수술가위). 바이크릴(Vicryl, 봉합사)."

말하며 자연스럽게 손을 내밀자, 수술가위와 보라색 봉합사가 손에 쥐어졌다.

"신기하네요. 두 분 모두 흉부외과의사가 될 운명이셨나 봐요."

"안 그래도 그 소리 여러 번 했어."

사실 효인은 진환과 알고 지낸 지 꽤 되었을 때도 두 사람의 성을 합치면 심장이 된다는 사실을 모르고 있었다. 그런데 시험 기간에 우연히 두 사람의 시험지가 겹쳐져 있어 이름이 위아래로 있는 걸 가만히 보다가 번뜩 깨달았다.

그때 효인은 이미 흉부외과의사를 목표로 하고 있었기 때문에 어찌나 신기했던지, 바로 시험지를 펄럭이며 진환에게 뛰어갔다.

그리고 흥분해서는 보라고 했는데, 진환이 태연한 얼굴로 하는 말이란.

"알고 있었어."

하여간 은근히 음흉한 남자였다. 알아챘으면 일찍 좀 이야기해 주든지.

"재미있네요."

건하는 피식 웃으며 말했다. 하지만 효인은 한동안 대답하지 않았다. 막 봉합에 들어갔기 때문에 고도의 집중력을 필요로 해서, 대답하고 말고 할 시간이 없는 탓이었다. 하지만 봉합을 다 하고 난 후에는 아까 대화를 그대로 기억하고 있는 듯 이어 말했다.

"뭐, 그런 거지. 그럼 위 선생, 뒤처리해 줘. 봉합은 인턴 선생들 시켜보고."

"예, 알겠습니다."

집도의의 위치에서 나와 라텍스 장갑을 벗어내자, 땀 때문에 눌어붙은 라텍스 장갑이 손에 부딪치며 짜악 매서운 소리를 냈다.

효인은 마스크를 벗어 휴지통에 던지고 수술실을 나섰다. 이젠 일상이 되어버린 수술이긴 하지만, 다행히 이번 수술 역시 무사히 끝났다.

"아, 심 선생."

효인이 두건에 눌린 앞 머리카락을 탈탈 털며 수술실을 나오는데, 이제 막 수술에 들어가는 남자 의사가 두건을 쓰며 그녀를 스쳐 지나가다가 멈춰 섰다.

"안 선생님."

외과의 태백이었다.

"수술 들어가세요?"

"뭐, 그렇지. 그런데 혹시 장 선생한테 이야기 들었어?"

"무슨 이야기요?"

아까 진환에게 컨설트가 들어와 헤어진 후로는 효인도 바로 수술에 들어가느라 여태껏 그를 다시 보지 못하고 있었다.

태백은 기가 질린다는 듯 절레절레 고개를 흔들었다.

"160에 142. 이게 뭘 것 같아?"

"160에 142? 글쎄요?"

"키랑 몸무게야. 내가 비만 환자 여럿 보았지만 이번에는 아주 제대로야."

효인은 다소 놀란 듯 되물었다.

"키 160㎝에 142㎏이요?"

"맞아. 끝내주지?"

"뭐……."

효인은 애매모호하게 웃었다. 놀랄 만한 숫자이긴 하지만 태백이 동의를 구하는 게 그다지 순수한 의미가 아니라는 생각이 들었기 때문이다.

"베리아트릭을 받으러 온 환자인가요?"

"응. 근데…… 나 참, 황당해서."

태백은 다시 생각해도 기가 찬지 가슴을 들썩거리며 웃음을 토해냈다.

"그 환자가 장 선생한테 수술해 달라는 거야. 장 선생 이력이나 어떤 의사인지 전혀 듣지도 않고 말이야."

두건의 끈을 다 묶고 난 태백은 잘 묶였는지 확인하려는 듯 툭툭 치면서 이어 말했다.

"하긴, 장 선생 생김새가 여자들이 호들갑을 피울 만하긴 하지."

칭찬이야, 욕이야? 저 나름대로는 칭찬이라고 해주는 말 같긴 한데, 얼핏 들으면 영락없이 조소가 섞인 욕이었다. 효인은 저절로 미간이 찡그려질 뻔했지만 대놓고 내색하지는 않았다. 대신 본래의 주제로 돌아갔다.

"그래서 장 선생이 수술해 주기로 한 거예요?"

"아니. 그 환자가 바로 아뇨, 농담이었어요, 라고 했거든."

"농담이요?"

"응, 농담이었대. 나 참, 어이가 없어서. 그래서 내가 환자 생각해 준다고 하지정맥류 OP(수술)는 장 선생이 할 거라고 했더니 그것도 다른 선생님이 수술해 달라는 거야. 아마 심 선생이 수술해야 할걸? 심 선생 지금까지 OR(수술실)에 있었지? 그래서 아직 연락이 안 들어간 것 같아."

효인은 목 근처를 긁적거렸다.

"살 때문에 집에만 박혀 있느라 정신이 이상해졌나?"

효인은 그저 계속해서 목 근처를 긁적일 뿐이었다. 아니, 대체 뭔 대답을 해주길 바라는지 알 수 없었다. '어머, 그렇군요! 정말 이상한 환자네요!'라고 손뼉을 부딪치며 동감이라도 해주길 바라는 걸까?

어차피 각기 다른 사람들이 모여 살아가는 세상, 의사라고 넘쳐흐르는 박애주의로 모든 사람을 이해하길 바라는 건 아니었다. 하지만 제 말마따나 비만 환자만도 여럿 만나보았을 의사가 하는 말치고는, 선뜻 장단을 맞춰주기가 힘들었다.

그 비만 환자도 고민을 거듭하다가 최후의 수단으로 병원에 왔을 터였다. 아마 자신의 몸 상태에 대해 수없이 괴로워했을 거고. 게다가 사람들은 비만 환자를 보면 그들이 게으르기 때문에 비만이 된 거라고 오해하기 십상이었다. 물론 사람에 따라서는 게으름도 이유가 되긴 하겠지만, 살이라는 건 한번 가속도가 붙기 시작하면 단순한 의지만으로는 조절하기가 힘들었다. 오죽했으면 수술의 힘을 빌려서까지 살을 뺄 결심을 했을까.

그렇다고 해서 비만 환자의 성격적인 괴팍함까지—아직 만나보지 못했으니 확신할 수는 없어도— 전부 이해할 수 있는 건 아니지만, 적어도 인술을 펼치는 의사라면 이런 말을 밖으로 내어서는 안 되는 게 아닐까 하고, 효인은 생각했다.

그런 건 생각만 하라고! 생각만!

하여간 태백이 나쁜 사람은 아닌데 핀트가 어긋나는 부분이 없잖아 있었다. 약간 사람이 속물적이라고 해야 하나?

"스케줄 확인해 볼게요."

이런 유의 대화는 그만하고 싶어진 효인은 마무리하는 의미에서 말했다.

"그래."

"그럼 수술 들어가세요."

"그래야지. 참, 근데."

막 걸음을 떼려는데, 태백이 생각났다는 듯 운을 떼었다. 효인은 등줄기가 곧추섰다. 본능적인 감이었다. 사실 '참, 근데.'라는 말의 어감부터 뭔가 불안감을 불러일으키기에 충분한데, 상대가 태백이기까지 하니 '쓸데없는 말 감지 레이더'가 반응하기 시작했다.

"아직도 심 선생한테 국수 얻어먹을 일은 없는 거야?"

빙고로다. 효인은 또 애매모호하게 웃을 수밖에 없었다.

태백을 상대하는 데 있어 가장 곤란한 점 중 하나가 바로 이것이었다. 오지랖이 넓은 건지, 병원에만 매여 있는 노처녀가 보기 안쓰러운 건지, 그는 시간만 나면 효인을 붙잡고 결혼 타령을 했다. 전생에 결혼 못 하고 죽은 노총각이었나? 물론 지금 그는 여우 같은 마누라와 토끼 같은 자식이 둘 있는 한 가정의 가장이었다.

"뭐…… 언젠가는 있겠죠?"

"언젠가라니, 심 선생 나이가 몇인데."

서른넷이다! 왜!

속에서 외침이 맴돌았지만, 효인은 가까스로 삼켰다.

"만약 다음 달에 결혼한다고 해도 애 낳을 때는…… 너무 노산인 거 아냐?"

노산 운운하는 것 자체가 실례고 성희롱이라는 걸 아는지 모르는지, 태백은 농담이라는 양 짓궂게 웃을 따름이었다. 아니, 농담도 농담 나름이어야 말이지. 어…… 끓는다.

"노산이라고 해서 아이에게 문제가 있는 것도 아닌데요, 뭐."

속에서는 냄비 뚜껑이 폭발해 오를 듯 덜덜거리고 있었지만 효인은 오히려 웃으며 대답했다.

"내가 남자 하나 소개시켜 줘? 참 괜찮은 사람인데 어째 아직 좋은 인연을 못 만나서……."

결혼을 안 한 게 아니라 못 한 사람을 상대로도 지인들은 모두 그렇게 이야기하기 마련이었지만, 태백이 보기에는 자신도 그럴 수 있겠다 싶었다. 그래서 효인은 대충 장단을 맞춰주는 의미에서 물어보았다.

"직업이 뭔데요?"

"세무사."

침묵…….

"글쎄요……."

태백은 침묵의 의미를 어떻게 해석한 건지 멋쩍게 하하하 웃었다.

"아무래도 여자들은 세무사를 별로 안 좋아하지?"

"제 성격 아시잖아요. 좀 안 맞지 않을까 싶네요."

세무사라고 꼭 숨 막히는 성격을 가지고 있는 것은 아닐 테지만 일단 둘러대야 하니 효인은 부정하지 않았다.

"그런데 장 선생도 꼭 세무사 같더구먼."

어허, 또 칭찬이야 욕이야? 오늘 여러 번 거슬리는데?

"뭐…… 아무튼 수술 들어가세요. 나중에 봬요."

"그래. 나중에 봐."

그제야 태백은 수술실로 걸음을 옮겼다. 효인도 가려던 길을 가기 시작했다. 무어라 구시렁거리며.

아— 월급쟁이의 설움이여. 심효인, 성격 진짜 많이 죽었다.

그때 막 수술실을 들어가려던 태백은 멀어지고 있는 효인의 뒷모습을 쳐다보았다. 그녀가 걸을 때마다 얇은 수술복 너머로 부드러운 몸의 굴곡이 오롯이 드러났다.

곧 태백은 애석한 한마디를 중얼거리며 수술실로 들어갔다.

"거참 삼삼한데 왜 결혼을 못 하는 거지?"

못 하는 게 아니라 안 하는 거라니까.

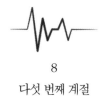

8

다섯 번째 계절

효인은 어렸을 때부터 인파가 북적거리는 장소야말로 진정한
삶의 현장이라고 생각했다. 그래서인지 책 읽기를 즐기는 것에
비해 소란스러운 곳을 좋아했고, 밖에서 사람 구경하기를 즐겨
했다. 오죽하면 가장 소란스러운 곳에는 효인이 있을 거라는 말
까지 돌게 되었을까. 그만큼 그녀는 북적거리는 곳을 좋아했다.

"No cardiac active 25min(25분 동안 심박 없음)!"

"BP(혈압) 100/70, Pulse(맥박) 90, GCS 점수(의식수준 사
정) 13점!"

"NS(Normal Saline, 생리식염수)!"

효인은 휘몰아치는 현장을 방관하듯이 바라보며 느긋하게 서
있었다. 그건 효인이 폭풍에서 딱 한 발 떨어진 응급실의 입구에
서 있기 때문에 가능한 일이었다.

"심효인."

부름에 고개를 돌리자, 진환이 다가오고 있었다.

"어째 오늘은 오랜만에 보는 듯한 느낌이네?"

아침에 헤어진 후로 처음 보는 것이라 말하자, 진환은 거의 몰아치고 있는 응급실 안을 힐끗 보고 물었다.

"뭐 하고 있어?"

"응급실 구경."

효인은 다시 응급실로 시선을 돌리며 덤덤하게 대답했다.

"뭐 재미있는 거라도 있어?"

"그다지? 응급실이 재미있으면 쓰나."

"그럼?"

"그냥, 왠지 살아 있다는 느낌이 들잖아."

확실히 진환이 알기로도 효인은 정체되어 있는 걸 좋아하지 않았다. 언제나 움직여야 했고, 언제나 걸음을 내디뎌야 했다. 그런 의미에서 보자면 수술실을 제외하고 응급실만큼 그녀의 입맛에 맞는 곳도 없었다. 사정을 모르는 사람이 봤다면 왜 응급의학의가 되지 않았나 싶을 정도로.

"치프가 그러더군. 혹시 널 찾는 거라면 응급실로 가보라고."

퍽이나 자신을 잘 알고 있는 말에 효인은 피식 웃었다.

"내 취미가 응급실 구경하기거든."

효인과 나란히 선 진환은 팔짱을 낀 자세로 응급실 안을 보았다. 하지만 두 사람이 방관하는 자세로 지켜보고 있거나 말거나 응급실은 빠르게 돌아가느라 정신이 없었다.

"늘 보는 것밖에 안 보이는데."

역시 그답새 무감동한 말이었다.

"속도가 다르잖아, 속도가."

"정신만 사나운걸."

역시 신속함과 정확함 중에 선택해야 한다면 후자를 택할 진환다웠다. 사실 효인도 둘 중 택하라 한다면 정확함을 택하겠지만, 속도라는 것에는 아찔한 쾌감이 있기 마련이었다.

"취향 차이라고 해둬야지, 뭐."

사실 '펠노예'라는 별명이 있을 정도로 강도 높은 업무량을 자랑하는 펠로우(전임의)라면 콜이나 당직이 없을 때는 응급실은 꼴도 보기 싫어야 마땅했다. 그 정도로 효인의 취미가 독특한 것이었다.

효인은 문득 떠올라 진환을 돌아보고 말했다.

"베리아트릭 환자가 있다며?"

"랩 밴드 쪽으로 한다고 하더군."

진환은 고개를 돌리지 않고 대답했다.

"그래? 하지정맥류 수술은 내 스케줄에 들어와 있던데…… 장 선생, 환자에게 거부당한 거야?"

"남자 의사가 싫었나 보지."

비단 산부인과뿐만 아니라, 수술은 반 벗은 혹은 완전히 벗은 몸을 맡겨야 하기 때문인지 남자 의사를 거부하는 여성 환자가 종종 있었다.

"하긴, 장 선생 얼굴이 좀 미끈해? 나라도 싫겠다. 안 선생님도 그 말 하더라."

"성형수술이라도 해야겠군."

어조는 아까와 같았지만 진환은 은근슬쩍 효인의 장난에 맞춰 주고 있었다.

"잘하는 성형외과 알고 있는데 추천해 줘?"

"견적 내봐."

"글쎄, 트럭 한 대쯤?"

"박봉이라 안 되겠군."

효인은 작게 킥킥거렸다.

"부잣집 아들 주제에 엄살은."

"부모님 돈이 내 돈은 아니잖아?"

"하여간 한마디도 안 지지, 장진환."

"그러는 너야말로."

핑퐁 게임처럼 말을 주고받다 생각난 듯 효인이 말했다.

"참, 오늘 수술하다가 삼행시 짓기를 했는데."

"수술하다가?"

"입 꾹 다물고 있으려니 심심해서. 근데 운을 띄우는 사람……
그러니까 치프가 '심장'을 운으로 띄우는 거야. 분명히 바로 눈앞
에 심장이 있어서 보이는 대로 말한 걸 거야, 위 선생. 하여간 그
랬는데……."

"분명히 넌 심효인, 장진환이라고 대답했을 거고."

효인은 버릇처럼 엄지와 검지를 마찰해 딱 소리를 내었다.

"정답."

"아직까지 그걸 써먹는군."

"내 이름과 네 이름이 나란히 있는 걸 봐도 알아채지 못하는
사람 의외로 많아."

"별로 중요한 게 아니니까."

두 사람에게는 특별한 의미가 있을지라도 확실히 남이 보기에는 그냥 '어머, 우연이네?' 하고 넘어갈 만한 것이었다.

"그래?"

효인은 팔짱을 끼고 옆벽에 어깨를 비스듬하게 기대었다.

"난 그것 때문에 조금쯤은 운명을 믿기로 했는데 말이야."

진환은 효인을 보았다. 효인은 무표정하게 앞을 주시하고 있었다.

운명이라, 그토록 묘한 감동과 냉소적인 생각을 함께 불러올 만한 말이 또 있을까. 지금 말고도, 운명이라는 말을 하고 나면 '정말 그럴까?'라는 의구심과 '그럴지도 몰라.'라는 합리화가 동시에 떠오르지 않던가.

지금 진환도 그랬다. '일일이 다 의미를 두기는.'이라고 생각하면서도 효인이 말하는 '운명'이란 어감이 듣기 썩 나쁘지 않다고 생각했다. 아니, 오히려 약간 심장이 간지러운 듯한 기분이 들었다.

"비켜주세요! 나갑니다!"

그때 드르르륵 맹렬하게 바퀴가 굴러가는 소리와 함께 한 간호사가 입구를 막고 있는 두 사람에게 성난 듯 소리쳤다. 너무 바빠서 두 사람이 입고 있는 의사 가운도 보이지 않는 모양이었다.

효인보다 바깥쪽에 서 있던 진환은 얼른 옆으로 몸을 돌렸다. 그러자 환자를 태운 스트레쳐카(이동식 침대)가 질주하는 레이싱 카처럼 입구를 빠져나가고, 스트레쳐카를 미는 인턴과 간호사들의 뒷모습이 빠르게 멀어졌다.

"어이, 좀 비켜봐."

무슨 소리인가 싶어 시선을 내리자, 효인의 둥그런 정수리가 바로 눈 아래 보였다. 피해준다고 옆으로 비켜섰더니 효인과 다소간 밀착되어 버린 모양이었다. 진환은 바로 원래 자리로 물러섰고, 효인은 볼을 긁적이는 척하며 얼굴을 매만졌다.

진환의 향기가 확 끼쳐 온 순간 왠지 얼굴이 달아오르는 느낌이었다. 아니, 진환과 스킨십을 하는 건 드문 일이 아닌데도 왜 난데없이? 아마 너무 갑작스러워서인 것 같았다.

"거기요!"

짜악! 손뼉을 강하게 부딪치는 소리가 효인을 딴 세상에서 돌아오게 했다. 손뼉을 친 주인공인 지은이 멀지 않은 곳에 서 있었다. 그녀는 오늘도 여전히 어딘가에 있을 부모님을 찾아줘야 할 듯한 동안의 소유자였지만, 응급실에 있는 모습은 생각보다 낯설지 않고 오히려 능력이 있어 보였다.

"거기 너무너무너무 멋지신 두 분, 잠시만 도와주세요!"

급한 상황이라 아부하는 것도 꼭 화를 내는 것 같았다.

"나 곧 퇴근할……."

"자아암깐만요! 심 선생님, 이러시기 없기예요! 단체로 TA[16]를 당한 환자들이 실려 와서…… 아! 이런! 거기 함부로 만지지 말아주세요!"

누군가에게 버럭 소리친 지은은 다시 진환과 효인에게 막무가내로 외치고 다른 쪽으로 뛰어가 버렸다.

"간단한 환자들 몇 명만 부탁드려요!"

---

16) Traffic Accident, 교통사고

순간 진환과 효인은 동시에 시선을 교환했다. 효인이 먼저 못 살겠다는 웃음을 토해냈다.

"가운이라도 벗고 있을걸. 완전히 딱 걸렸네."

"도와주려고?"

"저렇게 부탁하는데 매몰차게 거절하기는 좀 그렇잖아."

효인은 정말 잠깐이나마 도와주려는 듯 팔짱을 풀었다.

"너 설마 그냥 갈 건 아니지?"

진환이 무어라 대답하려고 하자, 효인은 양손을 꽉 깍지 끼며 간절하게 말했다.

"순애! 김중배의 다이아몬드 반지가 그리도 좋더냐?"

"뭐?"

효인은 개구지게 웃었다.

"그냥 퇴근하고 가버리면 넌 이제부터 배반의 심순애야. 아, 심씨는 나네? 어쨌든 몇 명만 봐주고 가자고."

진환은 쓰게 웃었다.

"한번 들어가면 빠져나오기 힘들 텐데."

의사에게 응급실은 수렁 같은 곳이라, 한 번 그 폭풍 속에 발을 들여놓으면 빠져나오기란 쉽지 않았다.

"뭐, 가끔 휩쓸려 주는 것도 해 볼 만해."

역시 효인은 의사로 사는 게 딱 체질에 맞는 모양이었다.

　어쩔 수 없이 효인과 함께 입구의 경계선을 넘어 복작거리는 응급실로 들어선 순간, 서라운드 오디오의 볼륨이 올라간 듯 소란스러운 소리가 밀려왔다. 진환은 작게 한숨을 내쉬고 움직이기 시작했다.

"컥! 콜록콜록!"

윤정은 확 미간을 찡그렸다. 다행히 환자가 발작적으로 일어나 허리를 접는 순간 한 걸음 물러서서 피가 튀는 일은 피했지만, 왜 갑자기 환자가 피를 토해내는지 알 수가 없기 때문이었다. 아니, 알 것도 같았지만 무한한 가능성의 바다에서 한 가지 답을 찾아내는 건 쉬운 일이 아니었다.

"선생님!"

환자가 객혈하는 것을 본 간호사가 오더를 내려달라는 듯 다급히 윤정을 불렀다. 그러면서도 간호사는 객혈에 대해 잘 알고 있는지 얼른 환자의 얼굴을 옆으로 돌리고 질식하지 않도록 턱을 앞으로 빼주었다.

"아, 그게……."

윤정은 미간을 꼬집듯이 긁으며 필사적으로 생각했다.

'무슨 오더를 내려야 하지? 이때는 레지던트를 불러야 하던가?'

흔히들 병원에서 하는 우스갯소리로, '코끼리를 냉장고에 집어넣는 법은? 정답은 인턴에게 시킨다.' 하는 소리가 있다. 그만큼 인턴은 오만 잡다한 잡일을 하는 병원의 잡역부였지만, 응급실은 이야기가 달랐다. 분초를 다투는 응급실에서는 아주 심각한 환자만 아니라면 인턴도 담당하는 환자에 대해 스스로 오더를 내려야 했기 때문에 기민한 판단력이 중요했다.

하지만 어디까지나 인턴은 인턴이었다. 먹는 데는 걸신이고 자는 데는 귀신이고 아는 데는 병신이라는.

능숙한 사람이라도 급하거나 흥분하면 머릿속이 싹 지워지기 마련이니, 윤정은 기본적인 객혈에 대해서도 잘 떠오르지 않았다. 정말 딱 울고 싶었다.

"객혈의 증상은?"

갑자기 목소리가 들려왔다. 윤정이 깜짝 놀라 고개를 돌리자, 어느새 다가와 환자를 살펴보고 있는 사람이 있었다. 순간 멍해진 윤정은 그의 뒷모습만 멀거니 바라보았다. 그러자 진환이 그녀를 흘긋 돌아보았다. 그 시선에야 윤정은 번뜩 정신을 차렸다.

"아…… 그게, 그러니까……."

객혈! 뭐더라? 뭐였지? 생각해 내, 문윤정!

설상가상이라고, 환자의 갑작스러운 객혈로 혼란스러운 가운데 진환이 나타나 더 혼란스러워진 머릿속에서는 그의 질문만이 고장 난 테이프처럼 반복될 뿐, 답은 떠오르지 않았다. 덕분에 초조한 시간이 조금 더 흐른 후에야 윤정은 겨우 대답할 수 있었다.

"아! 기침을 동반하고, 거품이 있고, 선홍색입니다."

그 간단한 게 왜 이제야 생각난 건지 윤정은 자신의 머리통을 쥐어박고 싶었다.

"천천히 호흡하시고, 기침하면서 피를 토해내세요."

윤정의 말을 들었는지 듣지 못했는지 진환은 맞다 아니다 대답 없이 환자에게 지시했다. 윤정은 가슴이 두근거려서 귀 끝까지 빨갛게 달아오르는 느낌이었다. 그러면서도 또 질문할까 싶어 바싹 긴장하고 있는데, 아니나 다를까 진환이 또 물었다.

"토혈[17]과 차이는?"

---

17) 소화관 내에 많은 양의 출혈이 일어나 피를 토하는 일. 두산백과

"토혈은 더 검붉고 산성이지만 객혈은 선홍색이고 알칼리성입니다."

이번에 윤정은 다행히 바로 대답할 수 있었다. 진환은 카르테를 확인하며 물었다.

"검사는 했습니까?"

옆에 있는 간호사가 대답했다.

"아직 오더 받지 못했습니다."

"우선 Chest A-P[18], ENB[19] 해 봐."

오더를 내린 진환은 자연스럽게 카르테를 윤정에게 넘기며 다시 물었다.

"환자의 증상은 객혈, 발열, 오한, 호흡곤란, 흉통. 증상으로만 봤을 때 가능한 소견을 말해봐."

"아, 음…… 폐결핵이나 폐암일 가능성이 높은 것 같습니다."

폐암이라는 말에 환자가 어렴풋한 의식에도 깜짝 놀라 윤정을 보았지만, 그녀는 긴장해서 진환만 쳐다보느라 눈치채지 못했다. 진환은 환자에게 진정하라는 듯 손을 보이고 말했다.

"폐농양[20]."

"예?"

진환은 윤정이 양손으로 들고 있는 카르테를 가리켰다.

"카르테를 꼼꼼히 보는 버릇을 들여. 얼마 전에 치과 진료를 받았다고 나와 있잖아."

---

18) 흉부 전후방 X—ray
19) Electromagnetic Navigation Bronchoscopy, 기관지 내시경
20) 고름이 폐 안에서 주머니 형태로 차 있는 질환. 두산백과

폐농양은 잇몸에 생긴 염증 때문에 발생하는 경우도 있었는데, 아까 환자의 입안을 들여다보더니 염증을 발견한 모양이었다.

"아……."

윤정은 부끄러움에 고개를 내리깔며 머쓱한 소리를 흘렸다. 그러자 진환은 다른 환자를 보기 위해 윤정을 스쳐 지나갔다. 그제야 윤정은 그의 뒷모습을 바라보고 의아하게 중얼거렸다.

"근데 왜 ER에 계신 거지?"

그러게?

"자자자자, 볼까요. 오래 기다리셨죠."

효인은 묘한 운율을 섞어 말하며 오랫동안 진료를 받기 위해 기다리고 있었던 것으로 보이는 환자에게 다가갔다.

"역시 응급실은 늘 바쁘네요."

침대에 걸터앉아 있는 여자 환자는 주변을 둘러보며 말했다. 효인은 빙그레 웃으며 대답했다.

"응급실이야 늘 그렇죠. 자, 어디가 아파서 오셨는지 한번 볼까요."

여자는 별달리 아파 보이지 않았지만 발목이 빨갛게 부어올라 있었다.

"넘어졌는데 발목이 계속 욱신거려서요."

"보호자분은 오지 않으셨나요?"

"남편이랑 함께 왔는데 잠시 전화를 받느라 나갔어요."

효인은 일단 간호사가 먼저 작성해 놓은 카르테를 훑어보았다.

나이는 서른. 결혼유무는 기혼. 종교는 없음. 사실 이 종교 란에는 없음이라고 쓰여 있는 것이 가장 좋았다. 대뜸 '여호와의 증인' 이러면 약간 골이 띵해지는 법이었다. 딱히 종교에 대한 선입견 같은 게 아니라, 만약 수혈을 해야 하는 환자인데 종교가 그쪽이라면 수혈을 할 수가 없기 때문이었다. 어쨌든 마지막으로 병력도 없었다.

"그럼 어떻게 아픈지 좀 더 자세히 말씀해 주시겠어요?"

효인은 환자의 부어오른 발목을 살짝 만지며 물었다. 그러자 환자는 효인의 손이 지나가는 자리가 울리는지 미간을 찌푸렸다.

"묵직한 통증이랄까…… 바늘로 찌르는 것 같기도 해요."

"걸으실 수는 있나요?"

"네, 절뚝거리긴 하지만 걸을 수는 있더라고요."

효인은 질문과 함께 몇 가지를 더 살펴보고는 카르테에 'Sprain(염좌)'와 'Aceclofenac(진통소염제)' 그리고 'Ankle X—ray(발목 엑스레이)'를 입력했다.

"그런데 흉부외과 선생님이 왜 응급실에 계세요?"

그때 문득 환자가 물어봐서 효인은 '응?' 하고 고개를 들었다. 환자는 의사 가운에 적혀 있는 이름을 보고 있었다. 어느 임상과 의사여도 부르면 응급실에 온다는 사실을 모르는 환자에게, 효인은 푸근한 미소를 지었다.

"응급실이 재미있거든요."

효인의 능청스러운 대답에 여자는 작게 웃었다.

"전 선생님 같은 분이 좋더라고요."

"어머, 고백받았네. 남편분이 들으면 화내시는 거 아니에요?"

"음, 그럴지도."

오늘 생판 처음 만난 두 여자는 마치 오래전부터 알고 지냈던 사이인 것처럼 웃었다.

"어쨌든 발목을 삐신 것 같네요. 혹시 모르니 엑스레이를 촬영해 보고 문제가 없으면 탄력붕대를 감아드릴게요. 그리고 진통소염제도 처방해 드릴 테니 꼬박꼬박 드세요."

효인이 막 처방을 다 하고 난 찰나, 그녀 뒤로 다급하게 지나가던 간호사가 잘못 봤나 싶어 다시 고개를 돌렸다. 그리고 효인이라는 걸 알아채자마자 급히 말했다.

"아! 선생님!"

"응?"

효인은 돌아보았다.

"마침 계셨네요! MI[21] 환자가 들어왔는데 좀 봐주세요!"

아마 간호사는 마침 흉부외과에 연락을 넣으러 가던 길인 모양이었다.

"이 간호사님!"

간호사가 다시 그쪽으로 달려가려고 하자, 효인은 손가락으로 딱 소리를 내며 그녀를 불러 세웠다. 그 딱 소리가 어찌나 컸던지, 북새통 가운데서도 간호사가 다시 돌아보았다.

"이쪽 환자분 좀 도와주세요."

"아, 네."

효인은 자리에서 일어서며 환자에게 말했다.

"아무튼 당분간 걸을 때 주의해 주세요."

---

21) Myocardial Infarction, 심근경색증

"예, 감사합니다."

막 서로 인사를 나누고 가보려는데, 한 남자가 환자의 곁으로 다가왔다. 그녀의 남편인 것 같았다.

"치료받았어? 뭐라고 해?"

"그냥 삔 거래. 그래도 엑스레이는 찍어보라더라."

그 말에야 환자의 남편은 다소 안심하는 눈치였다. 하지만 안심이 되자마자 부주의하게 넘어진 아내에게 가차 없이 타박을 놓았다.

"하여간 덜렁거리지."

순간 꽤 차분한 듯했던 여자는 입술이 쑥 튀어나왔다. 그 모습과 나이를 보아하니 아직 결혼한 지 얼마 안 된 신혼부부인 것 같았다.

"뭐야, 넘어질 때 잡아주지도 않으면서 큰소리는."

"길 건너편에서 넘어졌는데 내가 어떻게 잡아줘?"

"흥. 잡은 물고기에게는 떡밥을 안 준다 이거지?"

"비약하기는."

"됐네요, 신랑님."

작게 웃은 효인은 살갑게 토닥거리는 부부를 뒤로하고 다른 환자에게 걸음을 옮겼다. 수많은 인간군상이 모이는 병원에서도 인생의 축소판 같은 응급실. 이곳에서 두 사람의 인생을 살짝 훔쳐본 듯한 느낌이 들었다. 효인은 그 느낌을, 사랑했다.

"끙."

환자가 눈을 질끈 감으며 신음하자, 봉합을 하던 윤정은 손을 우뚝 멈추있다. 혹시 아팠나 싶어서 심장이 철렁했지만 윤정은 덤덤한 척하며 환자를 올려다보았다.

"아프세요?"

그로테스크하게 쩍 벌어진 피부가 봉합되는 장면을 보지 않기 위해 고개를 돌리고 있던 중년 여자는 애매모호하게 웃었다.

"아니, 아프지는 않은데 실을 당기는 느낌이 참……."

그녀는 폐농양으로 의심되는 환자를 검사실로 보낸 후에 쉴 틈 없이 바로 담당하게 된 환자였다. 질문해 본바, 52세에 병력이 없는 환자는 오늘 욕실에서 미끄러져 허벅지의 살갗이 찢어진 케이스였다.

지금 허벅지 피부 사이로 봉합사가 오가고 있다는 것만 제외하면 의식도 명료하고 전혀 히스테릭하지 않았다. 이런 환자만 온다면 응급의학과라는 것도 할 만할 텐데 말이다.

"그런데 학생이야?"

아무리 자신이 그녀보다 어려 보인다고 해도 반말에 윤정은 설핏 불쾌감이 들었지만, 의사도 은근히 서비스 직종이라 환자에게 대놓고 뭐라고 할 수는 없었다.

"아뇨, 학생은 아니……."

그래서 대충 무난한 대답을 하려고 하는데, 환자가 긴가민가하며 먼저 중얼거렸다.

"아, 드라마에서 나오는 인턴인지 뭔지 하는 그건가?"

의학 드라마에서 보고 의사도 단계가 나누어져 있다는 걸 알게 된 모양이었다.

"예, 뭐."

제길, 봉합사를 아프도록 쫙쫙 당겨 버릴까 보다. 내가 인턴이면 인턴이고, 자신의 나이가 더 많으면 많은 거지, 치료받으러 와서 의사를 상대로 툭툭 반말하기는.

윤정은 속으로만 투덜거리며 손놀림을 계속했다.

"다 됐습니다."

"그래?"

봉합이 끝났다는 말이 끝나기 무섭게 환자가 움직이려고 하자, 윤정은 얼른 제지했다.

"봉합만 다 끝난 거니까 잠시만 기다려 주세요."

그 말에 환자는 다시 자리에 엉덩이를 붙이고 앉았다.

"가슴이 꽉 옥죄는 느낌. 그리고 또 다른 느낌은 없으신가요?"

그때 바로 옆자리에서 귀에 익은 목소리가 들려와 윤정은 드레싱 용품을 손에 든 채 반사적으로 뒤돌아보았다. 한동안 봉합에 집중하고 있느라 몰랐는데, 의사 가운을 입은 낯익은 뒤태가 바로 뒤에 서 있었다.

"그냥 무조건 가슴이 아프다고만 하시네요."

카르테를 들고 있는 효인이 묻자, 환자의 보호자인 듯한 중년 여자가 침통한 표정으로 대답했다. 환자는 그녀의 어머니뻘로 보이는 노인이었고, 바싹 말라 앙상한 겨울나무 가지 같은 팔다리를 축 늘어뜨린 채 침상에 힘없이 누워 있었다. 하지만 의식은 명료해 보였다. 그래서 모니터를 흘겨보니 BP 163/99, Pulse 42, 혈압이 다소 높고 맥박이 매우 느리긴 했지만 위급한 상태까지는 아니었다.

"왜요……. 좋지 않은 건가요?"

보호자는 당장에라도 울 듯한 표정으로 조심스럽게 물었다.

"잠시 조용한 곳으로 가서 대화하시겠어요?"

효인이 묻자, 눈만 멀뚱멀뚱 뜨고 있던 환자가 기운 없이 보호자의 팔을 잡았다.

"여기서, 이야기해도…… 괜찮다."

병에 대해 알고 있어서 초연하다기보다 유일한 보호자인 며느리가 잠시 자리를 비운다고 생각하자 불안해서 그러는 모양이었다. 두 사람은 친모녀에 가까운 사이인지, 며느리의 팔을 꼭 쥐고 있는 손에선 불안감이 고스란히 묻어났다. 그러자 며느리는 물기가 일렁이는 눈으로 시어머니의 손을 꼭 그러쥐었다.

"어머니……."

말 없는 무언가가 오가는 두 시모녀의 모습에 효인의 눈도 깊어졌다. 하지만 효인은 밝게 말했다.

"어머님, 잠시만 계시겠어요? 눈 깜짝할 사이에 다녀올게요."

환자는 웃고 있는 효인의 얼굴에서 무언가를 보았는지, 군말 없이 며느리의 팔을 놓아주었다. 그러자 효인은 옆에 있는 간호사에게 조용한 목소리로 지시했다.

"디아제팜(Diazepam, 신경안정제) 투여해 드려요."

"예."

그리고 효인은 보호자에게 '가실까요?'라고 묻듯 작게 손짓했고, 보호자는 걱정스럽게 환자를 돌아본 후에야 효인을 따라갔다. 그때 아줌마 특유의 오지랖인 건지 천성적으로 호기심이 많은 건지, 윤정의 담당 환자가 은근한 목소리로 물었다.

"저쪽도 인턴이야?"

윤정은 짐짓 놀란 눈으로 다시 그녀를 바라보았다. 그리고 어색하게 웃었다.

"아뇨, 전임의 선생님이신데요."

"어머, 그래? 전임의라면 꽤 높은 사람 아냐?"

아무래도 이 아주머니는 의학 드라마를 상당히 열심히 본 게 틀림없었다.

"어려 보이는데…… 여기도 월반 같은 게 있어?"

헛 참, 웬 월반? 여기가 무슨 의무 교육기관인 줄 아나? 나일론 상식이로군. 윤정은 기가 막혔다.

"아뇨, 안 어리실걸요……."

그런데 대답하고 보니 그랬다. 저쪽은 이제 서른넷이고, 자신은 이제 막 피어나는 탱탱한 스물일곱이 아닌가. 자신도 서른넷이 되면 어련히 전임의가 되어 있을 테고, 수순만 잘 밟으면 누구나 저 자리에 있을 수 있으니 효인을 시기할 필요는 전혀 없었다.

'아니, 잠깐. 나 심 선생님을 시기했었던 거야? 왜?'

해답을 알 수 없는 자문이 밀려왔다.

"여자가 능력이 좋은갑네."

환자의 중얼거림에야 윤정은 생각에서 빠져나왔다.

"난 전문직 여자를 보면 참 멋져 보이더라. 내가 가지 못한 길에 대한 동경 같은 건가 봐."

환자는 푼수처럼 호호거리며 웃었다. 그럴수록 윤정의 표정은 아주 고까워져 갔다.

'뭐 이런 환자한테 걸린 거야?'

환자의 보호자와 이야기하기 위해 조용한 곳으로 가던 효인은 다른 환자를 보고 있던 진환과 잠시 대화를 나누고 있었다. 거리가 멀어 무슨 대화를 나누는지는 알 수 없었지만, 둘의 표정을 보아하니 개인적인 이야기는 아니고 사무적인 대화인 듯했다.

두 사람은 짧게 대화를 나눈 후에 진환은 하던 일로 돌아갔고, 효인은 보호자와 함께 사라졌다.

"어쨌든 인턴 선생님도 열심히 해."

앞에 앉아 있는 아주머니 환자가 말했다. 윤정은 기가 막혔다.

젠장, 대체 뭐야? 이 패배감은. 저 여자는 나란 인턴이 있는지 없는지도 모를 텐데.

윤정은 점차 거칠어지려는 손길을 꽉 억누른 채 말없이 손을 놀렸다.

"정 주고 마음 주고 사랑도 줬지만~"

응급실에서 내내 시달리고도 아직 힘이 남아 있는지 노랫소리가 차 안에 구수하게 울려 퍼졌다. 그에 운전 중인 진환은 퉁하게 이야기했다.

"남이 되어 떠나가고 싶군."

순간 효인은 푸하하 웃어버렸다. 혼을 응급실에 두고 왔는지, 아니면 응급실에서 아드레날린이 과도하게 분비되었다가 아직 잦아들지 않았는지, 조금 무언가에 취한 듯한 모습이었다.

"그래도 두 시간 만에 벗어났잖아. ER에서 두 시간 만에. 이야, 기록이다."

"누구 때문에 말이지."

"꽁하기는."

효인은 그렇게 받아치고 나서 다시 노래를 한 가락 멋들어지게 뽑아냈다. 때로 고개를 작게 내젓고, 열창하는 표정까지 지어가며.

"아, 근데 너 차 언제 뽑을 거야?"

한 곡을 다 불렀을 때쯤, 효인이 생각났다는 듯 물었다.

"오프에. 왜?"

"아니, 그냥 타고만 가는 게 의외로 편해서. 네가 운전해 주는데 익숙해지기 전에 얼른 따로 퇴근해야지, 원."

"익숙해지면 무슨 문제라도 있어?"

"난 독자적이고 자주적이고 싶은 사람이야. 그리고 내가 무슨 부잣집 마나님도 아니고 운전기사가 있는 데 익숙해지면 좀 곤란하지."

"내가 운전기사?"

"장 기사, 운전해."

효인은 꽤 옛날에 유행했던 개그 코너의 사모님 캐릭터 억양을 흉내 내서 말했다. 그 목소리와 어조가 꽤나 절묘해서, 순간 진환은 끓어오르는 웃음을 참지 못하고 소리 내어 웃어버렸다. 남들이 본다면 바로 '웃을 줄도 아네?' 하고 경악 섞인 표정을 짓겠지만, 효인은 진환이 호탕하게 웃는 모습이 낯설지 않았으므로 그저 씨익 웃었다. 그의 웃음소리가 참 기분을 고조되게 만들었다.

"역시 이래서 친구가 좋은 건가 봐."

효인은 나직한 음성으로 뜬금없는 말을 꺼냈다. 진환은 순식간에 평소와 같아진 표정으로 효인을 바라보았다. 해답을 바라듯이.

"편하잖아. 사실 이성이랑 있으면 불편할 때가 좀 많아? 옷 입는 것도 신경 써야 하지, 밥 먹는 것도 신경 써야 하지, 말하는 것도 신경 써야 하지. 그러다 보면 꼭 제명에 못 죽을 것 같은 느낌이야. 그런데 친구랑 있을 때는 무슨 옷을 입어도 상관없고, 국밥을 퍼 먹어도 상관없고, 무슨 말을 해도 괜찮잖아."

해석하자면, 너랑 있으니 참 편하고 좋다는 말이었다. 하지만 진환은 이상하게도 그 말이 가시처럼 목에 슬그머니 걸려왔다.

"그리고 서로 사랑한다고 말이 잘 통하는 것도 아니에요. 연애 감정과 잘 맞는다는 말이 꼭 동의어는 아닌가 봐."

"남자친구랑 잘 안 맞았어?"

진환은 의뭉스럽게 물었다. 그러자 효인은 과거를 반추해 보는지 미묘한 표정을 지었다.

"그러니까 헤어졌겠지?"

"네 번째와도?"

"무슨 네 번째…… 아아, 그 사람? 말했잖아. 속이 좁아서 정 떨어졌다고."

운전하면서 진환은 잠시 말이 없었다. 그러다가 문득 조용한 목소리로 말했다.

"사랑 앞에서는 다들 속이 좁아지기 마련이니까."

효인은 의외라는 듯 웃었다.

"네가 그런 말하니까 진짜 안 어울린다. 맞는 말이긴 하지만, 사랑한다는 게 모든 일의 면죄부가 될 수는 없잖아? 그럼 사람 하나 죽여놓고 사랑해서 죽였어요, 하면 다 감면해 줘야 하게?"

"그건 비약이지."

"뭐, 내 행동이 마음에 안 든다고 속 좁게 굴었으면 어느 정도까지는 이해해 줬을 거야. 다 그렇게 맞춰가는 거지. 게다가 사실 나쁜 사람은 아니었고, 다정한 성격이었지. 하지만 사람이란 타협할 수 없는 한계가 있는 법이잖아? 그 사람은 그 지뢰를 밟아 버린 거고."

"그 지뢰가 뭐였는데?"

효인은 애가 왜 이러냐는 듯 진환을 보았다. 하지만 진환은 앞만 보고 있었다.

"분명 말했던 것 같은데 고새 까먹다니……. 벌써 알츠하이머인 거야? 차 돌려. 어서 병원 가서 검진 받아봐야지."

"헛소리는."

"하여간 말했잖아. 너랑 자기 중에 선택하라고 해서였다고."

물론 바로 얼마 전에 들었던 이야기를 기억 못 할 리는 없었다. 하지만 어째서인지 진환의 가슴속에서 심술이 솟아났다. 동시에 효인의 대답이 무엇인지 알고 있으면서도 다시 한 번 듣고 싶다는 이상한 소망이 고개를 들었다.

얼마 전부터 계속된 이상한 느낌에야 진환은 인정하기로 했다. 책과 환자하고만 산 지 족히 십여 년. 이제 정말 다시 연애할 때가 되었나 보다고.

자꾸만 심장이 간질간질한 건, 애초에 만들어지기를 그렇게 만들어진 남자의 몸이 여자를 바라고 있기 때문인 것 같았다. 물론 그 상대가 친구인 효인일 수는 없겠지만, 한국에 돌아오자마자 이러니 혼자 지낸 지 오래되긴 한 모양이었다.

"그런데 그 MI 환자는 어떻게 됐어?"

일부러 화제를 돌리자, 효인도 그에 대해서는 그냥 그렇게 넘어갔다.

"뭐, 입원해서 수술하기로 했지."

환자에 대한 얘기가 나오자 효인의 목소리가 바로 가라앉았다.

"보호자가 그 자리에서 바로 동의서 쓰겠다고 하더라. 누구나 그렇겠지만, 몇 년이라도 꼭 좀 더 살아주셨으면 하나 봐. 몇 년 전에 남편이 심장마비로 죽고 시모녀끼리 의지하고 살아왔는데, 시어머니가 돌아가시고 나면 그 보호자는 정말 혼자가 되는 거지. 자식이 있긴 하지만 그건 또 다르니까."

보호자는 눈물을 가득 머금고 한숨처럼 말했다. 남편이 그렇게 가버리고 어머니까지 심장에 병을 얻어 돌아가시면 자신은 어쩌면 좋으냐고…… 심장이란 게 참 몹쓸 것이라고.

심장처럼 강하고, 중요하고…… 불완전한 것이 또 있을까.

흔히들 그런 말을 한다. 심장은 인체에서 암이 발생할 수 없는 유일한 장기라고. 실제로 전신의 혈액이 지나가는 심장에서는 거의 암이 생기지 않았다. 하지만 어디까지나 '거의'일 뿐이었다. 희귀질환이긴 하지만 심장암도 엄연히 존재했다.

다른 질환은 몰라도 암에서만은 자유로울 줄 알았던 심장은, 슬플 정도로 불완전했다.

"그래도 남편이 그렇게 가서 혹시 몰라 보험 들어놓은 게 있대. 그나마 다행이지."

효인은 파노라마처럼 스쳐 지나가는 차창 밖을 바라보면서 말했다.

"넌 심장 환자만 보면 너무 감상적이 돼."

진환은 평소보다 더 무뚝뚝하게 말했다. 하지만 그런 효인을 힐책하는 것이 아니라, 무심코 이 이야기를 꺼낸 자신을 힐책하는 중이었다.

"그래서 심장 전문의를 어떻게 하려고?"

효인은 어딘지 쓸쓸한 미소를 그렸다.

"알아. 아는데, 가끔 그런 생각을 해. 우리 엄마도 그냥…… 뭐, 그냥이 아니긴 하지만 MI 같은 병이었으면 몇 년은 더 살 수 있지 않았을까 하는 생각."

효인의 어머니는 그 드물다는 심장암 환자였다. 정확히는 심장 횡경막 부위에 종양이 생긴 거였는데, 그 당시에 심장암이란 이름마저도 생소한 병이었고, 뾰족한 치료 방법이 없었다. 있었어도 보험이 적용되지 않는—보험도 들어놓지 않았지만— 심장암에 대한 치료비를 어떻게 부담했겠느냐마는…….

"앗, 뭐야?"

상념에 빠진 채 앉아 있던 효인은 깜짝 놀란 소리를 내었다. 갑자기 진환이 손으로 머리를 사정없이 비비적거렸기 때문이었다.

갑자기 와 닿은 따뜻한 손에 두피를 타고 온기가 퍼졌다.

"그냥."

진환은 손을 거두었다. 차창 너머에서 스며들어 오는 주황 가로등의 그림자가 진환의 옆얼굴에 휙휙 스쳐 지나갔다. 어슴푸레한 불빛이 그의 날렵한 콧대를 훑어가고, 살짝 내리깐 속눈썹에도 어둑한 불빛의 파편이 걸렸다. 빛 알갱이에 감싸인 듯한 그의 속눈썹은 길고 풍성했다. 단정한 입술은 윤곽이 뚜렷한 편이었으며, 짙은 음영이 드리운 피부는 만져 보고 싶을 만큼 부드러워 보였다.

운전대를 잡은 진환에게서 은근한 남성미가 풍겨와서, 효인은 정말 그도 남자가 되었긴 되었구나 싶었다. 그때 마침 차가 멈춰 섰다.

"아, 다 왔네?"

차창 밖에 어둡게 드리워진 진환의 오피스텔이 보였다. 벌써 도착한 건가. 효인은 묘하게 아쉬워졌다.

"그럼 간다."

진환이 차 문을 열고 내리자, 효인도 우선 따라 내렸다. 그런데 무심히 인사하고 가려는 진환의 뒷모습에 알 수 없는 미련이 남아 저도 모르게 그의 손을 잡았다. 하지만 연인에게 하듯 꽉 쥔 정도는 아니었다. 가만한 바람이 스쳐 지나가듯 그의 손가락을 살짝 감아쥐었다.

진환은 손가락을 감아오는 부드러운 촉감에 놀라 고개를 돌렸다. 그제야 효인은 웃으며 그의 손가락을 놓았다. 그러자 두 사람의 손가락이 미끄러져 내리며 오작교 위의 견우와 직녀처럼 서서히 헤어졌다.

"잘 자."

운전석에 올라탄 효인은 차창 너머로 살래살래 손을 흔들고 멀어져 갔다. 차가 완전히 사라지고 나서야 진환은 그녀의 손가락이 머물렀다 간 자신의 손을 내려다보았다. 이내 진환은 곧 아무렇지 않게 손을 내리고 오피스텔의 정문으로 들어갔다.

그와 그녀가 헤어지고 난 자리에 개구진 바람이 잠시 머물렀다가 휘릭 내달려 갔다.

점차 다가오는 봄기운에 가슴이 울렁울렁. 피지도 않은 봄꽃의 향기에 심장은 간질간질. 드디어 오려는가? 언제고 오지 않을 것 같지만 언제나 사계절과 함께 있는 다섯 번째 계절, 사랑의 계절이!

9

Heart beats

"안녕하세요."

효인은 생긋 웃으며 병실로 들어섰다. 그러자 1인실에 앉아 있
는 환자가 그녀를 돌아보고, 왜인지 순간적으로 움찔했다.

"흉부외과 전임의 심효인이라고 합니다. 가연 씨의 하지정맥류
를 수술할 의사죠. 잘 부탁드린다는 의미에서 악수 한번 할까
요?"

으레 그렇듯 효인은 친근하게 손을 내밀었다. 하지만 급조해
온 특대 사이즈의 환자복을 입고 있는 가연은 효인의 손을 물끄
러미 내려다볼 뿐이었다.

희고 가녀린, 천생 여자 같은 손. 햄을 둘러놓은 것처럼 퉁퉁
불어난 자신의 손가락과는 판이하게 다른.

"가연 씨?"

쳐다보고만 있는 가연이 의아해 효인은 고개를 갸웃하며 다시 그녀를 불렀다. 그제야 가연은 느릿느릿 팔을 들어 효인의 손을 맞잡았다. 그리고 왠지 의심이 가득한 어조로 눈을 흘기며 물었다.

"정말 의사 맞아요?"

"어머, 가연아. 얘는……. 죄송해요, 선생님."

가연의 무례한 말투에 그녀의 어머니가 낯을 붉히며 얼른 사과했다. 하지만 가연의 말에 더 움찔한 것은 효인이 아니라 그녀의 뒤를 따라온 레지던트와 인턴, 임상실습생들이었다. 효인은 전혀 개의치 않는다는 듯 빙그레 미소 지을 따름이었다.

사실 뻔히 의사 가운을 입고 있어도 효인에게 의심스러운 시선을 던지는 환자가 드물지 않았기에 그녀는 이럴 때 대처 방법을 잘 알고 있었다. 게다가 새삼 그런 말에 얼굴을 붉힐 정도로 경험이 없는 것도 아니었다.

"의사 맞고말고요. 의사면허증 없이 감히 어떻게 가연 씨의 다리를 수술하겠어요, 안 그래요?"

환자와 마음을 터볼 요량으로 장난기 어리게 물었지만, 가연은 뚱하게 입을 다물고 대답이 없었다. 그러자 그녀의 어머니는 난처한 미소를 지었다. 그럼에도 효인은 여전히 태연했다.

병원에는 그 특수성으로 인해 소위 까칠하다는 환자가 많은데, 가연은 초고도비만 때문에 세상과 많이 부딪쳤을 테니 상처받은 짐승처럼 으르렁거리는 걸 충분히 이해할 수 있었다. 그런 면에서 보자면 가연은 반응이나마 해주니 다행이었다.

효인은 레지던트가 전해주는 그녀의 카르테를 훑어보고 나서 말했다.

"다행히 가연 씨의 하지정맥류는 합병증이 발생하기 전이네요."

가연은 불통하게 대답했다.

"들었어요."

"그래서 정맥류 발거술이라고 불리는 수술을 통해 불거진 정맥을 제거할 거예요. 이것도 들으셨겠지만 이 수술은 한두 시간만에 끝나고, 흉터도 크지 않답니다."

"베리아트릭 수술은 그다음에 하는 건가요?"

가연이 가장 궁금한 것은 그것인 듯, 그녀는 여태와는 다른 기대 어린 어조로 물었다.

"네. 하지정맥류가 회복되면 금방 수술 받으실 수 있을 거예요."

가연의 베리아트릭 수술은 태백이 한다고 들었다. 진환에게 수술해 달라고 했던 것은 정말 농담이었는지, 그녀는 더 이상 그에 대한 언급은 하지 않았다.

그때 가연이 무언가를 찾는 듯 효인의 뒤에 있는 의사들을 쭉 훑어보더니 불쑥 물었다. 지나가는 말인 척.

"그분은 안 오시나요?"

"그분이요?"

"왜…… 그."

여태 까칠한 말을 툭툭 뱉어내던 모습과 달리, 가연은 턱을 내리깔며 우물쭈물했다.

"그…… 다른 흉부외과의사분이요."

효인은 진환을 뜻한다는 걸 깨달았다.

"아뇨, 오늘은 저뿐이에요."

그러고는 효인은 속으로 자신이 사랑에 빠진 것처럼 호들갑을 떨어댔다.

'어머, 어머. 얘, 진환이한테 반했나 봐. 어머, 볼이 붉어졌네. 귀여워라. 나이가 스물일곱 살이라고 했지?'

일종의 동경심을 착각한다고 할지라도 의사에게 반하는 환자가 종종 있었는데, 외모가 어떻든 간에 사랑에 빠진 여자란 역시 이렇게 귀여워 보이기 마련인 것 같았다. 특히 자신의 감정을 숨길 줄 모르는 모습이 더 귀여웠다.

효인은 가연에게 실망을 주지 않기 위해 '오늘은'이라는 전제를 달아 말했지만, 가연은 표정이 금세 샐쭉해졌다. 조금은 실망한 듯, 마음을 내 보이고 만 자신이 싫은 듯.

그제야 효인은 가연이 진환에게 수술을 해달라고 했다가 마음을 바꾸었던 이유를 눈치챌 수 있었다. 좋아하는 의사 선생님 앞에서 수술대 위에 눕고 싶지는 않을 테니까. 아마 그에게 수술해 달라고 말했던 건 주의를 끌어보려고 그냥 한번 해 본 말일 테고 말이다. 조금 접근 방법이 어긋나지 않았나 싶긴 했지만 그건 효인이 관여할 부분이 아니었다.

"그럼 잠시 가연 씨의 상태 좀 확인할게요."

효인은 목에 두른 청진기를 빼내 가연에게 다가갔다. 그런데 청진기를 대어보고는 내색하지는 않았지만 조금 난감해졌다.

의사들이 환자를 판단하는 기준은 다섯 가지였는데, 묻는 문진, 보는 시진, 듣는 청진, 만지는 촉진, 두드리는 타진이었다.

그런데 가연의 경우, 문진이나 시진은 그렇다 쳐도, 나머지 청진, 촉진, 타진으로는 도통 그녀의 상태를 알 수가 없었다. 아무것도 들리지 않고, 아무것도 만져지지 않고, 아무것도 느껴지지 않았다. 그녀의 몸을 감고 있는 피하지방에 제지당하기 때문이었다.

효인은 뭔가를 알아낸 척하며 자세를 세웠다. 딱히 아는 척하고 싶어서라기보다 의사가 뭔가를 모른다는 걸 환자가 알아봤자 좋을 게 없기 때문이었다. 엄마의 불안은 아이에게 전염되는데 의사와 환자도 마찬가지였다. 어떤 환자도 긴가민가하는 의사에게 제 몸을 맡기고 싶지 않을 터였다.

효인은 카르테를 작성하며 뒤에 있는 가연의 주치의인 레지던트에게 물었다.

"해야 할 검사는?"

"CBC, BT, LFT, UA, ECG, Chest X—ray 등입니다."

레지던트가 대답하자, 효인은 점을 찍듯 카르테를 살짝 내려찍으며 말했다.

"퍼펙트."

가연은 그런 효인을 빤히 바라보았다. 다리 선을 드러내는 정장 바지와 단정한 블라우스. 간단한 화장밖에 하지 않았는데 반짝반짝 빛이 나는 얼굴과 부드러운 모발. 결정적으로, 늘씬한 몸매.

가연은 잠자리에 누울 때마다 효인처럼 날씬해진 자신을 상상했다. 비록 눈을 뜨면 비참한 현실과 마주해야 할지라도, 그 상상 속에서만큼은 가연도 많은 남자의 시선을 받고 때론 달콤한 연애를 하며 당당하게 길거리를 활보했다. 하지만 현실은 잔인했고, 가연을 바라보는 사람들의 시선은 더욱 잔인했다.

"저게 인간이냐, 돼지지."

"저래 갖고 어떻게 살아. 답답하지도 않나 봐."

"내가 저런 몸매라면 확 목매달고 죽어버릴 거야."

나라고 좋아서 이런 몸이 된 것도 아닌데.

세상은 참 불공평했다. 누구는 예쁜 얼굴에 늘씬한 몸매를 가지고 남자들을 거느리며 전문적인 일을 하고 있는데, 누구는 퉁퉁 불어 터진 몸 때문에 변변찮은 일거리 하나 구하지 못하고 집에만 박혀 있다가 비만 수술을 받게 되었으니 말이다.

가연은 표정이 더욱 뚱해져 갔다.

잘생긴 애인도 있겠지. 한 번도 남자에게 꺼지라는 소리를 들어보지 않았을 거고, 첫사랑에게 매몰차다 못해 잔인하게 거절당하지도 않았을 것이다. 자신과 달리.

"그럼 가연 씨, 나중……."

"선생님."

효인이 마지막 인사를 하려는 찰나, 가연이 그녀를 불렀다. 그리고 입술을 질끈 깨물며 매서운 목소리로 톡 쏘았다.

"선생님 같은 분은 절대 제 기분을 모르실 거예요."

효인은 뒷머리를 긁적였다.

"왜 모르겠어요."

팩 고개를 돌려 버린 가연은 다시 효인을 바라보지 않았다.

"애써 위로하려고 하지 않으셔도 돼요. 차라리 돼지라고 놀리는 게 더 솔직해요."

"가연아!"

가연의 어머니가 경악한 목소리로 불렀지만 가연은 요지부동
이었다.

"가연 씨, 그렇지 않아요. 살이라는 건……."

"됐어요."

가연은 귀를 차단하고 어떤 말도 들으려고 하지 않았다. 효인
은 그런 그녀를 잠시 바라보다가, 걸음을 돌렸다. 아무런 소리도
들으려고 하지 않는 사람에게 이 자리에서 꿋꿋이 말해봐야 역
효과만 낼 뿐이기 때문이었다.

"그럼 나중에 봬요."

효인이 나서자, 그녀를 따라 의사들이 몰려 나갔다.

"가연아, 널 수술해 주실 의사 선생님이야. 그런 식으로 말을
하는 건……."

가연의 어머니가 지친 기색이 역력한 표정으로 일장연설을 하
려고 했다. 하지만 가연은 자신의 허벅지를 퍽퍽 내려치며 히스
테릭하게 언성을 높였다.

"알아요, 알아요. 안다고요. 잘못했어요. 됐어요?"

세상의 매몰찬 반응에 작아질 대로 작아진 가연은 온몸에 가
시덤불을 감고 있었다. 하지만 문제는 그 가시덤불이 바깥을 향
하고 있지 않다는 점이었다. 가연이 감고 있는 가시덤불은 그녀
자신을 향해 있었다. 가시에 찔리는 온몸이 따끔거리며 아프다고
피눈물을 흘려댔다.

윤정은 백팔번뇌의 바다에 빠져 있었다. 손에 무언가를 꼭 쥐고, 지켜보는 사람마저 초조해질 것처럼 이리 왔다 저리 갔다 안절부절못했다. 그러다가 이내 결심한 듯, 한 걸음 내디뎠다가도 또 우뚝 멈춰 섰다. 그리고 뫼비우스의 띠를 그리는 것처럼 한 자리에서 빙글빙글 맴돌았다.

"304호 환자에 대해서는……."

그때 윤정이 기다리던 목소리가 들려왔다. 하지만 조용한 바리톤에 번뜩 고개를 들었던 윤정은 실망했다. 그녀가 기다리던 사람이 혼자가 아니라 한 레지던트와 함께 걸어오고 있기 때문이었다.

아씨. 그럼 전해줄 수가 없잖아.

참담한 기분이 되는 사이, 진환과 레지던트가 거의 윤정 쪽으로 다가왔다. 그녀는 하는 수 없이 꾸벅 인사하고 그들이 지나가게 그냥 내버려 두었다. 그러자 진환과 레지던트는 일개 인턴일 뿐인 윤정을 힐끗 한 번 바라볼 뿐, 곧 서로 대화를 계속하며 그녀를 스쳐 지나갔다.

윤정은 우울한 기분으로 고개를 숙였다.

겨우 결심했는데 이게 뭐람.

그러다 윤정은 꿋꿋한 오기가 들어, 용기가 전부 사라지기 전에 얼른 진환을 불렀다.

"저, 선생님!"

진환과 레지던트는 뒤를 돌아보았다. 진환은 용건을 말하라는 듯 묵묵한 표정이었고, 레지던트는 의아한 눈치였다. 윤정은 조금 더 주저하고 있으면 진환이 그냥 가버릴 것 같아 얼른 그에게

다가섰다. 그리고 손에 꾹 쥐고 있었던 음료수 병을 불쑥 내밀었다.

"드, 드세요."

진환은 한쪽 눈썹을 조금 들어 올렸다. 겨우 얼굴만 알고 있는 인턴이 갑자기 나타나 음료수를 내미니 그럴 법도 했다.

"저번에 응급실에서 도와주셔서……."

그날 응급실에서 진환은 자기 할 일을 했을 뿐이고, 사실 윤정을 도와주었다기보다 질문을 했을 뿐이기 때문에 궁색한 변명이었지만, 이게 아니면 음료수를 줄 명분을 찾기 어려웠다. 그런데 그가 선뜻 음료수를 받아주지 않자, 윤정은 불안과 초조에 심장이 쿵쾅거려 당장 '아무것도 아니에요!' 하고 뛰어가 버리고 싶어졌다. 낯이 화끈거렸다.

"뭐야, 선생님만 주는 거야?"

진환의 옆에 있는 레지던트가 장난기 가득한 목소리로 깐족거렸다.

"게다가 병원 자판기에 없는 거네? 설마 나가서 사 오기까지 한 거야?"

레지던트는 남이 고백하는 현장이라도 목격한 양 재미있어 죽겠다는 투였다. 하지만 윤정은 아무 말도 할 수 없었다. 레지던트의 말이 사실이기 때문이었다. 지금 윤정이 간절히 받아주십사 건넨 음료수는 진환에게 주기 위해 먹고 죽을 시간도 없는 인턴의 시간을 쪼개 병원 밖에서 사 온 것이었다.

병원 내에도 자판기가 있긴 했지만 딱 몇 분과 동전 하나만 있으면 살 수 있는 음료수를 진환에게 주기는 싫었다. 그렇다고 다른 선물을 하기에는 뭔가 의미가 너무 깊어 보이고…….

"그게…… 함께 계실 줄 몰라서……."

윤정은 우물우물 겨우 변명했다. 그러자 레지던트는 악동처럼 씩 웃었다.

"선생님, 역시 인기 좋으십니다."

아, 젠장. 그 입 좀 다물어. 누구 부끄러워서 죽는 꼴 보고 싶은 거야?

윤정은 속으로 투덜거렸다. 그런데 웃고 있는 레지던트의 얼굴이 낯익었다. 그래서 가만히 되짚어보니, 그는 예전에 진환의 첫 수술에 참관하러 갔을 때 수술실 앞에서 욕을 중얼거리며 스쳐 지나간 레지던트였다. 바로 최 선생, 상준이었다.

"고맙다."

그때 진환이 음료수를 받아 들었다. 그리고 윤정이 정신을 차릴 틈도 주지 않고 멀어져 갔다. 그러자 상준도 한발 늦게 진환을 뒤따라갔다. 그러면서 진환에게 은근히 묻는 목소리가 마지막으로 들려왔다.

"인턴이 주는 음료수라, 어떤 맛일지 궁금한데요. 저도 좀 마셔보면 안 될까요?"

물론 괜히 한번 물어보는, 장난기가 고스란히 묻어나는 목소리였다.

뒤에 남겨진 윤정은 얼떨떨하게 굳어 있다가, 몸을 돌리며 배시시 웃었다. 단지 진환이 음료수를 받아주었을 뿐인데, 심장이 두근거려서 밤에 잠도 오지 않을 것만 같았다.

"있잖아, 지은 씨."

효인의 한숨 같은 부름에 지은은 귀엽게 눈을 뜨고 그녀를 보았다. 역시 언뜻 보면 부담스럽게 귀여운 척을 하는 것으로 보였지만, 지은의 버릇일 뿐이었다.

효인은 진지하다 못해 비장한 얼굴로 물었다.

"나, 주는 거 없이 미운 타입이야?"

지은은 고개를 갸웃 옆으로 젖혔다. 그러자 귀밑까지 늘어뜨린 그녀의 머리카락이 찰랑 흔들렸다.

"왜요? 누가 심 선생님을 미워해요?"

"아니, 뭐……."

효인은 턱에 받치고 있던 손을 내리며 두루뭉술하게 넘어가려고 했다. 하지만 곧 누구에게라도 하소연하고 싶어졌는지 폭 한숨을 내쉬며 털어놓았다.

"하지정맥류 환자가 하나 있는데 내가 싫은가 봐."

일부러 자세한 이야기를 피하긴 했지만 효인은 지은을 붙잡고 '가연 씨가 대체 왜 날 싫어하는 걸까? 왜? 왜? 왜?'라고 묻고 싶은 기분이었다. 아무리 효인이라고 해도 남이 자신을 싫어하는데 무조건 초연할 리가 없었다. 특히 그게 자신의 환자라면 오히려 농담도 주고받으며 더 잘 지내고 싶은 게 당연했다.

그런 식으로 일하는 의사라면 환자가 사망했을 경우 감정적으로 더 힘들긴 하지만, 효인은 환자와의 교감을 포기하고 싶지 않았다. 성격 자체가 그렇기도 하고, 그녀의 어머니를 담당했던 의사가 지극히 사무적으로 대했던 것에 반감을 가지고 있기 때문이었다.

그 당시 의사의 무표정한 얼굴은 마치 그녀의 어머니가 죽어도 별 상관 없는 듯한 느낌이었다. 물론 그때 직접적인 책임을 지고 있던 의사는 진환의 어머니였지만, 주치의라는 입장상 그녀와 얼굴을 더 많이 마주했던 의사—나중에 알고 보니 레지던트였다—는 그랬다.

"뭐, 그 환자 성격인가 보죠. 누가 감히 심 선생님을 미워할 수 있겠어요?"

지은은 효인을 위로했다. 하지만 효인의 얼굴에는 웃음기가 되살아나지 않았다.

"심 선생님 은근히 소심하신 거 아시죠?"

지은은 언제나 확신과 자신감에 넘치는 효인의 인간적인 면모가 싫지 않다는 듯 웃었다.

"뭐, 잘 지내보고 싶은 환자라 더욱 그런가 봐."

불필요한 연민이라고 해도 상관없었다. 의대생일 때부터 교수들에게 익히 들어온 말로 '소의치병, 중의치인, 대의치국'이라고 하던가. 병을 치료하는 의사는 소의이고, 환자를 치료하는 의사는 중의이며, 사회를 치료하는 의사가 대의[15]라는 말대로, 효인은 대의가 되고 싶었다.

그렇다고 대의가 되기 위한 길이 꼭 그렇게 거창한 것이라고는 생각하지 않았다. 큰 병원을 세우고 의료제도를 확립하고, 뭐 그런 것뿐만 아니라, 의사에 의해 마음까지 치료받은 환자가 사회로 나아가 덕을 베푼다면 그 의사는 간접적으로 사회를 치료한 게 되지 않을까?

누구나가 바라지만 허황될 뿐인 유토피아를 지향하는 이상론

일 수도 있었다. 하지만…….

"그렇게 되길 바라는 건 죄가 아니잖아?"

겨울 햇살이 쏟아지는 창 아래, 정원처럼 꾸며진 공간에 놓인 벤치에 삐뚜름하게 앉은 효인은 볼멘 듯 중얼거렸다.

"네?"

무슨 소리인지 알아듣지 못한 지은이 반문했지만, 효인은 아무것도 아니라며 손을 내저었다.

"간호사님."

그때 효인에겐 낯선 목소리가 들려왔다. 그래서 고개를 돌리자, 대한대학병원이라는 글자가 새겨진 환자복을 입고 휠체어를 탄 남자가 이쪽으로 다가오고 있었다.

"또 뵙네요."

"어머…… 그러니까 성함이…….."

남자가 웃으며 말했지만, 지은은 하루에만도 수많은 환자를 만나는 응급실 간호사 특성상 그 환자의 이름이 잘 기억나지 않는 것 같았다.

남자는 사근사근하게 웃었다.

"이동학입니다."

나이는 이십대 후반쯤? 얼굴은 꽤 준수한 편이었고, 깁스한 오른쪽 다리 때문에 휠체어에 앉아 있어서 신장은 잘 모르겠지만 전체적인 비율을 볼 때 그리 작은 편이 아닌 것 같았다. 눈에 띄는 미남은 아니었지만 길거리에 마주치면 '어머, 괜찮네?' 하고 한 번쯤은 돌아볼 만했다. 무엇보다 사교성이 좋아 보였다.

"그런데 이쪽 분은……?"

동학은 지은과 벤치에 나란히 앉아 있는 효인을 보고 물었다. 효인은 그에게 악수를 청했다.

"흉부외과 전임의 심효인이라고 해요."

"이동학이라고 합니다."

동학은 효인과 악수하고 나서 단단한 깁스에 감싸여 있는 자신의 오른쪽 다리를 툭툭 두드렸다.

"이 녀석이 다쳐서 입원 중이죠."

즉, 정형외과의 입원 환자라는 의미였다.

"고생이 심하시겠어요."

동학은 부드럽게 웃었다.

"뭐, 오토바이 타다가 제가 부주의하게 사고를 내서 그런 건데요."

헤에, 오토바이? 혹시 저 얼굴로 속도광이야? 효인은 의외라고 생각했다.

"오토바이 타는 걸 좋아하시나 봐요."

"취미거든요. 회사 사람들은 다 차 사고가 난 줄 알지만."

역시 낮에는 성실한 샐러리맨, 밤에는 끓어오르는 혈기를 주체 못 하고 거리를 질주하는 오토바이족 같았다.

"피범벅이 되어서 실려 왔을 때 간호사님이 치료해 주셨죠."

지은은 배시시 웃었다.

"치료야 의사 선생님들이 하셨죠. 어쨌든 괜찮으신 것 같아 다행이에요."

"정말요. 타박상을 제외하고는 다리만 부러졌으니 천만다행이죠."

동감이었다. 오토바이 사고로 하반신이 마비되는 사람도 수두룩한데 그 와중에 다리만 부러졌다면 하늘이 돌봤다고 할 수밖에 없었다. 아무튼 그래서 그런지 볼에 긁힌 상처가 꽤 크게 있었다.

"그런데 여기서 점심을 드시나 봐요?"

동학은 지은이 들고 있는 귀여운 캐릭터가 그려진 핑크색 도시락을 보며 물었다.

"네. 여기 햇빛이 잘 드는 거에 비해 의외로 사람이 잘 안 와서 명당자리거든요."

지은은 비밀을 이야기해 주는 것처럼 말했다. 동학은 웃고서 말했다.

"그럼 점심 맛있게 드세요."

"가시게요?"

"식사 시간을 더 방해하면 안 되죠."

동학은 지은과 잠시 대화한 후에 효인에게 꾸벅 인사하고 다른 쪽으로 가기 시작했다. 그가 좀 멀리 가고 난 후에야 효인은 '흠' 하는 소리와 함께 말했다.

"성격 좋아 보이네."

"저런 환자만 있으면 바랄 게 없죠, 뭐."

지은은 고개를 주억거렸다.

"그러게."

그렇게 말하며 동학이 가는 쪽으로 시선을 돌렸는데, 마침 동학의 휠체어를 지나 다가오는 사람이 눈에 띄었다.

"여."

효인이 털털하게 손을 들며 인사하자, 다가온 진환이 말했다.

"여기 있었군."

그러자 지은이 눈을 동그랗게 뜨고 놀란 듯 물었다.

"혹시 심 선생님 레이더 같은 거라도 있으세요?"

진환은 무슨 소리냐는 눈으로 지은을 돌아보았다. 그러자 지은은 신기하다는 기색을 감추지 않고 대답했다.

"심 선생님 별명이 왜 괜히 괴도 슈퍼우먼이겠어요. 괴도처럼 신출귀몰한다고 해서 붙여진 별명인데 어떻게 찾아오셨잖아요."

효인은 그 별명이 질린다는 듯한 표정을 지었지만, 지은은 계속 말했다.

"괴도처럼 나타나 슈퍼우먼처럼 곤란한 일을 다 처리하고 사라진다고 해서 괴도 슈퍼우먼이거든요. 저번에 ER에서도 갑자기 나타나 이 환자 저 환자 봐주고 사라지셨잖아요. 지원군인 장 선생님까지 이끌고."

진환은 효인의 옆자리에 앉으며 피식 웃어버렸다. 하여간 꼭 효인다운 별명이었다.

"그렇군요."

"아— 몰라. 난 죄 많은 남자랑은 안 놀 거야."

효인은 진환에게 삐친 척 휙 고개를 돌리고 어린아이처럼 불퉁하게 말했다. 그러자 알 수 없는 말에 진환은 의아해하고, 지은은 못살겠다는 듯이 웃었다.

"심 선생님 뭐예요, 어린아이처럼."

"몰라. 아무래도 내가 미움받는 게 반쯤은 장 선생 때문인 것 같아."

그거야 괜히 해 보는 말이었다. 자신은 가연이 진환에게 반했다는 걸 알게 되긴 했지만, 가연은 자신과 진환이 함께 있는 모습을 한 번도 본 적이 없을 테니까.

"무슨 소리야?"

진환은 손에 들고 온 무언가를 벤치 위에 놓으며 물었다. 그에 대답하기 위해 시선을 돌렸던 효인은 진환이 벤치 위에 내려놓은 물건을 보고 '어!' 하는 소리를 내었다.

"이거 병원 안에서는 안 파는 거잖아? 나 마셔도 돼?"

효인은 퉁퉁거렸던 게 언제냐는 듯 좋아하는 음료수를 탐난다는 눈으로 바라보았다.

"마셔."

"설마 네가 사 온 거야?"

그렇게 묻긴 한다만 효인은 이미 음료수 병뚜껑을 따고 있었다.

"누가 줬어."

진환의 무심한 대답에 효인의 손이 멈칫했다.

"그럼 내가 마시면 안 되는 거잖아?"

"괜찮아. 너 마시라고 받아온 거니까."

효인은 꽤 감동한 듯한 표정이 되었다.

"이야, 내 생각해 준 거야? 용케도 내가 이거 좋아한다는 거 기억하고 있었네."

"대충."

대답은 무성의했지만 진환은 분명 누군가—누구인지는 모르겠지만—가 전해주는 음료수 병을 보자마자 효인이 좋아하는 거라고 생각했을 것이다. 하여간 아닌 척 다정한 남자였다. 효인은 명치끝에 훈훈함이 퍼지는 것 같았다.

효인은 자신이 뚱하게 부어 있었다는 사실은 이미 쪽배 태워 저 바다 멀리로 떠내려 보내고 희희낙락 음료수를 마시기 시작했다.

지은은 입에 젓가락을 문 채로 그런 두 사람의 모습을 멀뚱히 지켜보고 있었다. 그러다가 어느 순간, 지은은 알게 모르게 히죽 웃어버렸다. 뭔가 섬광 같은 감이 그녀를 관통하고 지나간 탓이었다.

사실 효인에게서 네 번째 남자친구와 헤어지기까지 이야기를 들었을 때부터 뭔가 평범하지 않다고 생각하고는 있었지만, 이건 아무리 봐도 뭔가가 있었다. 서로 워낙 잘 통하는 친구 사이라 그렇다고 치부해 버리기에는…… 두 사람 사이에 은근히 핑크빛 기류가 떠돌고 있었다. 그것은 쉬이 눈치챌 수 없을 정도로 은밀하고, 단순한 친구 사이의 동질감 같은 것으로 오인될 수 있었지만, 적어도 지은이 보기에는 그게 다가 아니었다.

게다가 보라. 두 사람이 얼마나 어울리는지. 그냥 앉아 있는 것만으로도 그려놓은 것처럼 조화를 이루었다.

한없이 과묵해 보이지만 보이는 것만큼 냉담하지 않은 남자와 한없이 강해 보이지만 보이는 것만큼 그렇지 못한 여자. 그들은 요철(凹凸) 모양의 블록 같았다. 한 사람에게 톡 튀어나온 부분이 있다면 다른 사람은 쏙 들어가고, 다른 사람에게 불쑥 도드라진 부분이 있다면 한 사람은 옴폭 파여 서로의 장단점을 보완하는.

"아 참, 너 최 선생하고 화해했더라?"

문득 효인이 기억났다는 듯 말했다.

"최 선생이 사과해 오더군."

"뭐라고?"

"제대로 하지 못해서 죄송하다고. 앞으로 더욱 기합 넣고 잘할 테니 용서해 달라고 하던데."

효인은 그럴 줄 알았다는 듯 뿌듯하게 웃었다.

"최 선생이 꽁한 사람이 아니라니까."

"네가 뭐라고 한 거 아냐?"

"어머, 내가 뭘요?"

"그날 수술실을 나가자마자 분명히 뭐라고 했겠지."

"뭘, 같이 담배 한 대 태워준 것밖에 없는데. 참, 넌 절대 담배 피우지 마. 폐암 걸려도 절대 수술 안 해줄 거니까."

"그거 무섭군."

와하하하하! 지은은 속으로만 통쾌하게 웃어버렸다. 보라! 딱 요철 모양의 블록 같지 않은가!

"장 선생님."

점심시간이 끝나갈 때쯤 자리로 돌아가려던 진환은 낯익은 부름에 고개를 돌렸다. 그러자 효인보다 먼저 자리를 떠서 응급실로 돌아간 줄 알았던 지은이 한 마리 나비가 되어 꽃밭을 거닐듯 팔랑거리는 걸음으로 다가왔다.

"저, 잠시 시간 좀 있으세요?"

"할 말이라도 있습니까?"

"네."

지은은 꼭 고백이라도 하려는 사람처럼 볼에 홍조를 띠며 수줍게 대답했다.

"하세요."

그런데 바늘 파고들 틈조차 없는 대답이 돌아왔다. 역시 효인과 같이 있지 않은 자리에서는 결코 대하기 쉬운 남자가 아니었다.

"아뇨, 그게 조금 긴 말이라…… 아, 하지만 그렇게 길지는 않은데…… 응, 그러니까."

무슨 말로 꾀어(?)내야 할지 난감했다. 처음부터 이렇게 난항이어서야. 그런데 뜻밖에도, 뱃머리를 어디로 꺾어야 할지 몰라 우왕좌왕하고 있는 지은에게 진환은 말했다.

"그럼 아까 자리로 돌아가죠."

"아, 네."

지은은 진환이 마음이라도 바꿀까 싶어 얼른 대답했다. 그리고 아까 있었던 벤치 쪽으로 걸어가는데, 효인 말고는 그 어떤 사람에게도 곁을 내어주지 않는 그가 웬일로 자신의 청을 들어주는지 궁금했다. 그래서 한 발 앞서가는 그의 등을 슬며시 보자, 번뜩 머리를 스치는 생각이 있었다.

'설마 내가 심 선생님과 친한 사람이라서?'

아무리 봐도 그란 남자가 얼굴과 이름만 아는 자신에게 시간을 내어주는 이유로는 그것밖에 없었다.

'이럴 정도인데 아직까지도 친구란 가면을 쓰고 있다는 거야? 헤에, 장 선생님이나 심 선생님이나 두 분답지 않게 둔하네. 너무 오래 친구로 지내서 그런가?'

하지만 열흘 붉은 꽃이 없듯이, 세월 앞에 영원한 것은 없다고 어렸을 때 친구였다고 나이를 먹은 지금에도 친구여야 한다는 법은 없었다. 게다가 두 사람은 함께 지낸 시간의 배나 되는 오랜 시간 동안 떨어져 살기도 했고.

'심 선생님, 올해가 가기 전에 국수 좀 얻어먹어 봅시다! 오호호, 내가 너무 주책인가? 하지만 뭐, 모로 가도 서울로만 가면 되는 거지!'

"어디서부터 이야기를 해야 할지……."

아까 셋이서 앉았던 벤치로 돌아온 지은은 어렵사리 입을 열었다. 하지만 진환은 그녀가 알아서 이야기할 때까지 별다른 말이 없었다.

"지금은 간호사로 일하고 있지만 사실 저, 정치외교학과에 다녔었어요."

지은은 이야기하기 시작했다.

"외교관이 되고 싶었거든요. 어렸을 때부터 여성 외교관들을 보면 그렇게 멋있어 보일 수가 없더라고요. 사실 한때의 꿈이긴 했지만 대학에 진학할 때쯤 되니까 딱히 다른 학과가 끌리지도 않고 그래서 그냥 정치외교학과를 선택했었어요."

난데없는 과거지사에도 진환의 표정은 묵묵했다. 하지만 점심시간이 거의 끝나가고 있으니 길게 들어줄 것 같지도 않아 지은은 서둘러 본론을 꺼냈다. 하지만 지금부터 하는 이야기는 모두 진짜 그녀의 이야기였고, 다시 돌이켜 봐도 아찔한 기억이었다.

"그런데 어느 날 어머니께서 쓰러지셨어요. 심장마비였죠. 바로 ER에 실려 가셨어요. 그때 전 마침 집에 들어가던 길이라 어머니를 태운 앰뷸런스가 가는 모습을 보고야 뒤늦게 택시를 타고 따라갔고요."

그 이야기가 나오자 진환은 조금 흥미를 가지는 것 같았다.

"ER에 도착했는데, 그때까지도 어머니는 어레스트(심장마비) 상태였어요. 그래도 다행히 CPR을 받고 계셨죠. 그때 귓가를 맴돌던 충전음이랑 침대가 흔들리던 소리는 절대 잊지 못할 거예요."

그때 지은은 택시를 타고 가던 중 도로가 정체되는 바람에 병원과 500m가량 떨어진 곳에서 택시비를 지불하고 내렸다. 그리고 엄청난 속도로 병원을 향해 내달렸다.

참을 수 없는 공포가 그녀를 엄습해 왔다. 지금 달리지 않으면 어머니가 정말 돌아가실 것만 같아서, 임종조차 지키지 못할 것 같아서, 폐가 터져라 뛰고 또 뛰었다. 그렇게 혼신의 힘을 다해 뛰어서 들어간 응급실은 전쟁터처럼 앓는 소리와 울음소리로 시끄럽고 사람들로 북적거렸다. 하필이면 그때 버스 전복 사고가 나서 응급실은 평소보다 눈코 뜰 새가 없었던 것이다.

방송에서는 계속 CPR을 알리는 소리가 울리고, 옆으로 피범벅이 된 환자가 침대에 실려 지나가고, 어떤 의사는 보호자에게 멱살이 잡혀 있고, 그 옆에서 환자는 게거품을 물고 있었다. 지금이야 늘 응급실에서 살지만, 지은은 그때껏 그만큼 무서운 장소를 본 적이 없었다.

어머니는 CPR을 받고 있었다. 어머니의 몸이 꺾일 듯이 솟구쳐 오르고, 침대가 당장 무너져 내릴 것처럼 삐거덕거렸다. 하지만 아무리 심장마사지를 해도 어머니의 심장은 다시 뛰지 않았다. 그때의 절망감을, 겪어보지 않은 사람은 과연 알 수 있을까?

모두가 포기하고 사망 선고를 하려고 했지만, 한 인턴만은 포기하지 않았다. 수면 부족으로 자기가 더 죽을 것 같은 얼굴을 하고 있으면서, 어머니 위에 올라타서 아무리 건장한 남자도 몇 분만 하면 힘들어서 떨어져 나간다는 심장마사지를 혼자서 계속했다. 어떤 사람은 그런 그녀를 안쓰러워했고, 누군가는 쓸데없는 짓을 한다며 고깝게 보았다.

그런데 지은마저도 포기하려고 했을 때, 기적처럼 어머니의 바이털사인이 살아났다. 그래, 그건 기적이었다. 인간의 일생에 딱 한 번 온다는 기적.

"그때 그 의사가 누군지 아시겠죠?"

"효인이었군요."

효인의 이름을 부르는 그의 어조가 참으로 다정해서, 지은은 웃고 말았다.

설마 자신이 도와줄 것도 없는 건 아닌가 싶었다.

"맞아요. 심 선생님이었어요. 인턴이셨을 때죠. 지금에 비하자면 아주 어려 보이셨지만 분명 심 선생님이었어요. 그런데 심 선생님의 손이 떨리고 있었어요."

지은은 조금 시린 듯한 눈으로 경사진 전면 창 너머 하늘을 올려다보았다. 하얀 구름, 푸른 하늘, 조각조각 떠다니는 솜 같은 구름…… 하늘색 물감을 뿌려놓은 것 같은 하늘…….

"카르테를 적는데, 손이 꼭…… 심 선생님께서 딸이 아닌가 싶을 정도로 떨리더라고요. 그리고 이마도 땀범벅이었어요. 표정도

무척 혼란스러워 보였어요. CPR을 처음 해 본 인턴이라서 그러셨던 건 아닌 것 같아요."

죽어가는 어머니와 아무것도 하지 못한 채 절망적으로 지켜보고만 있는 딸. 그 익숙한 상황에, 효인은 이미 죽어 땅에 묻힌 그녀의 어머니를 되살린 것이었다. 그런 기분으로 심장마사지를 했을 것이다. 진환은 생각했다.

"그 후에 전 간호학과로 옮겼어요. 참 얄팍한 결심이다 싶긴 했지만, 때로 결심이란 생각지도 못한 곳에서 시작되더라고요. 제가 간호사가 되다니, 상상이나 해 봤겠어요? 그런데 보시다시피 제가 약간 사람들과 다른 점이 있어서 그런지, 병원 사람들과 잘 지내질 못했어요."

자신의 행동거지가 은근히 공주병 환자처럼 보인다는 사실은 지은 스스로도 잘 알고 있었다. 그래서 한때는 고쳐 볼까 심각하게 고민하기도 했지만 '내가 왜? 뭘 잘못했다고?'라는 오기가 들어서 아직도 꿋꿋하게 태어난 본연의 모습 그대로 살고 있었다.

"그때 괴도 슈퍼우먼이 나타났어요."

지은은 그때를 다시 떠올려 보니 퍽이나 우스운 것 같았다.

"그리고 괴도 슈퍼우먼이 말했죠. '새로 온 간호사죠? 왜 그러고 있어요?' 제가 우울한 표정으로 벤치에 앉아 있었거든요. 심 선생님 성격상 그냥 넘어갈 수가 없었나 봐요. 아니면 제가 꼭 자살할 것 같은 얼굴을 하고 있었던가. 그때 전 한눈에 심 선생님을 알아봤지만 심 선생님은 절 모르시는 눈치였어요. 하긴, 오래전에 잠깐 지나간 환자의 보호자를 어떻게 일일이 기억하겠어요."

그래도 조금은 섭섭했지만, 이해 못 하는 바는 아니었다.

"제 이야기를 들어준 괴도 슈퍼우먼이 말했어요."

지은은 꼭 구연동화를 읊어주는 것처럼 말했다.

"간호사들의 일이라 자신이 뭘 어떻게 해주지는 못하겠지만, 힘들고 슬퍼서 못 참을 것 같으면 자신을 찾아오라고. 기꺼이 친구가 되어주겠다고 하셨죠. 심 선생님은 꼭 제가 아니었어도 그렇게 해주셨겠지만, 그것만으로도 참 힘이 났어요. 그렇다고 금세 사람들과 잘 지낼 수 있었던 건 아니에요. 그런데 부딪치는 건 언젠가 마모되기 마련이더라고요. 사람들과 잘 지내지 못하던 것도 시간이 지나면서 자연스럽게 해결되었죠. 그게 제 이야기의 끝이에요."

지은은 가만가만 움직이는 하늘에서 시선을 옮겨왔다. 그리고 조용한 얼굴로 앞을 보며 앉아 있는 진환을 바라보았다.

"물론 장 선생님은 심 선생님의 오랜 친구분이시니까, 저보다 심 선생님의 좋은 점을 많이 알고 계시겠지만……."

지은은 일부러 '친구'라는 단어에 강조를 주었다.

"심 선생님, 참 좋은 여자예요. 왜 여태 혼자인지 알 수 없을 정도로. 세상 남자들의 눈이 다 삔 걸까요? 장 선생님도 동감하시죠? 그런 분이 연애 한번 변변하게 하지 않고 병원에만 매여 사는 걸 보면 제가 다 안쓰러워요. 그러니까 심 선생님께 좋은 남자분 좀 소개시켜 주세요."

진환은 아무런 답이 없었다. 심지어 표정조차 변하지 않았다.

"사실 좀 오지랖 넓은 행동인 것 같긴 한데, 뭐라도 심 선생님을 위해 해드리고 싶거든요."

진환의 시선이 천천히 지은에게 돌아왔다.

"그분은……."

지은은 화사하게 미소 지었다.

"제 영웅이세요."

"아, 바보 같은 심효인."

같은 시각, 누군가의 영웅은 볼을 부풀린 채 투덜거리고 있었다. 그리고 천년 묵은 산삼을 찾는 심마니처럼 바닥을 뚫어져라 보며 엉금엉금 걸어가고 있는 중이었다.

"선생님, 뭐 하세요?"

지나가던 간호사가 효인의 우스운 자세를 보고 물었지만, 그녀는 바닥에서 시선을 떼지 않고 대답했다.

"호출기를 떨어뜨렸어."

자리로 돌아가기 전에 호출기가 사라졌다는 사실을 깨달은 건 정말 천만다행이었다. 하지만 지금 호출이라도 들어오면 큰일 나는데, 호출기는 대체 누가 먹어버린 건지 도통 나타나질 않았다. 그에 효인은 번쩍 허리를 치켜들고 지나가려던 간호사에게 의심스러운 어조로 물었다.

"혹시 김 간호사가 먹어버린 거 아냐?"

셜록 효인에게 지목받은 김 간호사는 소리 내어 웃어버렸다.

"함께 찾아드려요?"

효인은 다시 바닥으로 시선을 돌리며 휘휘 손을 내저었다.

"아냐, 괜찮아. 금방 보이겠지. 하던 일 해."

"혹시 선생님을 찾는 사람이 있으면 누가 호출기를 먹어버렸는지 추리 중이시라 전해 드릴게요."

"부탁해."

효인은 호출기를 찾느라 무성의하게 대답했지만 김 간호사는 못 참게 유쾌한 듯 깔깔거리며 멀어져 갔다. 그러고도 효인은 한참 동안 호출기를 찾아 삼만 리 프로그램을 찍어야 했다. 그렇게 왔던 길을 되짚어가고 있을 때였다.

"어?"

놀란 듯한 목소리가 들려 의문을 담고 돌아보자, 몇 번 본 적 있는 인턴이 멍청한 표정으로 효인을 바라보고 있었다.

"무슨 일?"

"아…… 그게…… 그러니까."

그 인턴은 자기도 모르게 소리를 흘리고 말았던 듯, 당황한 얼굴로 뒷목을 매만졌다. 효인은 점차 미궁 속으로 빠져 갔다.

얘가 왜 이래?

"저, 그……."

이내 그 인턴은 결심한 듯 슬그머니 효인의 오른손을 가리켰다.

"그 음료수요……."

"응? 이거?"

효인은 자신의 손을 들었다. 그 손에는 아직 다 마시지 못한, 진환이 누군가에게 받았다는 음료수가 들려 있었다.

"받으…… 신 거예요?"

효인은 의아했지만 일단 대답했다.

"응. 왜? 이거 좋아해? 근데 아마 병원 안에서는 안 팔 텐데?"

고작 그런 것 때문에 인턴이 전임의를 불러 세우고 머뭇거릴

리야 없겠지만, 효인은 다른 이유가 떠오르지 않았다.

"아, 아뇨. 아무것도 아니에요. 죄송해요."

당혹스러워진 윤정은 허리를 거의 90도까지 꾸벅 접으며 인사하고는 후다닥 멀어졌다.

"싱겁기는."

효인은 왜 저러는지 모를 윤정의 뒷모습을 보면서 중얼거렸다. 그러고는 곧 그녀에 대해 잊어버리고 다시 호출기를 찾았다. 그러다가 순간, '아!' 깨달음의 탄성을 터뜨렸다.

"벤치에 떨어뜨리고 왔나?"

깨닫자마자 효인은 부리나케 아까 앉아 있던 벤치로 갔다. 그런데 이미 자기들 자리로 돌아간 줄 알았던 익숙한 두 사람이 거기에 앉아 있었다.

"어? 뭐야……?"

효인은 멍한 소리를 흘렸다. 진환과 지은은 그냥 대화를 하며 앉아 있을 뿐인데, 왠지 모르게 망치로 머리를 한 대 얻어맞은 것 같았다.

서로의 위치로 돌아간 줄 알았는데 그게 아니어서 그런 걸까? 꼭 본처의 눈을 피해 밀회를 가지는 불륜 커플처럼 말이다.

"설마 둘이 벌써 눈이 맞았나?"

효인은 애써 태연한 척 중얼거렸다. 하지만 소리로 내뱉은 순간, 본인의 말이 비수가 되어 가슴을 찔러왔다. 심장에 대고 사포질을 한 것처럼, 가슴이 따끔거렸다.

"에이, 이제 진환이도 연애할 때가 됐지……."

때가 되다 못해 무르익지 않았던가.

"그래도 지은 씨는 진환이 취향이 아닐 텐데……."

효인이 알기로, 진환은 성숙한 여자를 좋아했다. 고등학생이 었을 때도 대부분 연상의 여자를 사귀었으니까.

"외국 물 먹는 동안 취향이 바뀌었나……."

효인은 그제야 자신이 실성한 여자처럼 웅얼거리고 있다는 사실을 깨달았다.

"쯧, 둘이 사귈 거라면 말이나 좀 해주든지."

효인은 다소 사나운 어조로 중얼거리며 혀를 내찼다.

이건 가연이 진환을 짝사랑하는 것과는 차원이 다른 이야기였다. 그거야 가연의 일방통행일 뿐이고, 지금은…… 지금은……. 하아, 대체 뭘까? 이 배신감은?

그때, 손끝으로 우정을 나누는 ET와 소녀도 아니고 시선으로 묘한 교감을 나누고 있는 듯한 두 사람 중 진환이 먼저 고개를 돌렸다. 하지만 교감(?)이 끝나서라기보다 갑자기 바닥에 있는 무언가가 그의 주의를 끈 모양이었다. 그는 벤치 옆쪽에 떨어져 있던 검은 물체를 주워 들었다. 바로 효인의 호출기였다.

의아해하며 호출기를 보던 진환은 우뚝 서 있는 효인을 발견하고 네 것이냐는 듯 호출기를 들어 보였다. 그제야 효인은 뻑뻑한 다리를 움직여 그들에게 다가갔다.

"이 녀석이 여기 있었네. 한참 찾았지 뭐야."

효인은 일부러 평소보다 쾌활한 목소리를 내었다. 그리고 호출이 들어와 있는 걸 확인하고 부담스러울 정도로 활짝 웃었다.

"이런, 호출이 들어와 있네. 하여간 땡큐. 먼저 가볼게."

효인은 지은과 진환이 잡을 틈도 주지 않고 바로 가버렸다. 그러자 뒤에 남은 두 사람은 본능적으로 서로 시선을 교환했다. 진환이 먼저 말문을 텄다.

"그럼 저도 가보겠습니다."

"아, 예. 어서…… 아니, 나중에 봬요."

진환은 지체없이 효인이 간 쪽으로 가버렸고, 혼자 남은 지은은 멋쩍게 머리를 긁적거렸다.

"설마 오해하신 건 아니겠지? 어라……. 이거 뭔가 생각과 다른데."

인생만사 새옹지마. 마음먹은 대로 흐르지 않는 것이 인생이라지.

"심효인."

등 뒤에서 뒤따라온 진환의 목소리가 들리자, 효인은 우뚝 멈춰 섰다. 그리고 그 자리에 뻣뻣이 굳은 채 아무런 움직임이 없었다. 그러자 아까부터 효인의 표정이 아닌 척해도 왠지 심상치 않았다고 생각한 진환이 그녀에게 다가왔다. 그 찰나, 효인은 무어라 중얼거렸다.

"삶은……."

갑자기 웬 삶 타령?

"……계란."

"뭐?"

대체 이 엉뚱함의 끝은 어디란 말인가?

못 볼 걸 본 것처럼 굳어 있던 효인은 홱 소리 나게 몸을 돌렸다.

"삶은 계란이라고."

"무슨 소리인지 모르겠는데."

진심으로 모르겠는지 진환은 얼핏 미간을 찡그렸다. 그러자 효인은 됐다는 듯 손을 휙휙 내저었다.

"하여간 그런 게 있어."

그러니까 삶이란 삶은 계란이었다. 온도가 가해지면 변할 수밖에 없는…….

꼭 계시를 받은 무당처럼 갑자기 그런 생각이 들었다. 하지만 왜 갑자기 그런 생각이 났는지 알 수 없어, 진환이 무슨 소리인지 몰라 하는 만큼 효인도 혼란스러웠다.

"그런데 너 말이야."

이제 좀 정상적인 소리를 하려나 싶어진 진환은 말하라는 눈으로 그녀를 보았다. 하지만 효인은 한동안 말이 없었다.

"아니, 아무것도 아니야."

데자뷔 같았다. 아까 인턴도 이 소리를 남기고 사라지던데 오늘이 무슨 아무것도 아닌 날인가?

"나 수술 있어서 먼저 가본다. 나중에 봐."

몸을 돌린 순간 진환이 효인의 손목을 잡았다. 효인은 흠칫했다. 가운 위로 잡았는데도 그가 잡은 부분에서 묘한 화학적 반응이 일어나는 것 같았기 때문이다.

갑작스러운 온도에 놀란 듯 피부 아래 숨은 혈관들이 팔딱팔딱, 가슴은 울렁울렁. 마치 한계 온도가 넘은 물 안에서 삶아지고 있는 계란처럼 심장이 가슴 안에서 덜그럭덜그럭 흔들렸다.

"왜, 왜?"

눈을 동그랗게 뜬 효인은 저도 모르게 말을 더듬었다. 누가 봐
도 이상해 보이는 모습이었다. 진환도 그것을 느낀 듯, 미묘한 표
정이었다.

"괜찮아?"

"아, 괜찮지. 괜찮고말고. 괜찮지 않을 게 뭐 있겠어?"

그럼에도 진환의 얼굴에 깃든 의심은 지워지지 않았다.

"이상해 보이는데."

"설마."

효인은 아무리 봐도 과장되게 하핫 하고 웃었다.

"어쨌든 간다."

진환은 어쩔 수 없이 효인의 손목을 놓아주었다. 그러자 손안
의 작은 온도가 도망치듯 스르륵 빠져나가고, 왠지 모르게 텅 빈
듯한 느낌이 대신 그 자리를 채웠다. 하지만 빠르게 멀어지고 있
는 효인은 뒤돌아보지 않았다.

10

하트 브레이커

"BP 하강합니다. 103, 59."

혈압이 떨어지고 있다는 간호사의 말에 수술에 참여하고 있는 사람들의 어깨에 긴장이 스며들었다. 하지만 1초, 2초, 3초……. 들려야 할 집도의의 오더가 들려오지 않았다.

"선생님?"

단조로운 색이 느릿느릿 흘러가는 모니터를 바라보고 있던 효인은 그제야 번뜩 정신을 차렸다.

"에페드린 4mg IV(Intravenous, 정맥주사)."

효인은 심히 당혹스러워졌지만 잠시 판단을 하고 있었다는 양 아무렇지 않게 말했다. 물론 아예 넋 놓고 딴생각을 하고 있었던 건 아니었다. 하지만 평소만큼 머리가 딱 부러지게 돌아가지도 않았다.

효인은 수술대 위에 누워 있는 가연을 보며 속으로 자신을 채찍질했다. 정신 차리자, 심효인. 아무리 한 시간 만에 끝낼 수 있는 간단한 수술이라고 해도 방심해서는 안 되는 거잖아.

나 참, 전임의나 되어서 이런 자기 채찍질을 하고 있다니. 아무래도 뭐에 썬 모양이다.

"BP 110, 60. 원상 복귀되었습니다."

"시작합시다. 메스."

효인은 가연의 다리 쪽에 자리를 잡았다. 그리고 간호사가 미리 표시해 둔 선을 따라 자르고 인턴과 레지던트들이 당긴 견인기 사이로 수술 시야를 확보했다.

수술은 잔잔한 클래식 음악을 제외하고는 침묵 속에서 진행됐고, 효인이 풍기는 분위기 때문인지 심장이식 수술만큼 비장한 공기가 감돌았다. 수술이 끝난 시간은 정확히 오후 2시 45분. 고작 한 시간이 걸렸을 뿐이지만 그제야 다들 숨을 돌렸다.

"수고하셨습니다."

"수고했어요."

효인은 먼저 수술실을 나섰다. 그때, 낯익은 듯도 하고 낯선 듯도 한 목소리가 들려왔다.

"아까 그 선생님이시죠?"

누가 아는 척을 하나 싶어 보니, 그는 아까 지은과 함께 있을 때 말을 걸었던 오토바이 사고 환자였다. 이름이 이동학이라고 했었나?

"이동학 씨였죠?"

"기억해 주시니 영광인데요."

"정형외과 병동이랑은 상당히 거리가 있는데 여기까지는 웬일이세요?"

"병원을 탐방 중이에요. 병실에 덩그러니 앉아 있으려니 심심해서요."

확실히 혈기 넘치는 몸으로 가만히 앉아 있기엔 다들 물속에 있는 것처럼 느릿느릿 움직이는 병동은 숨이 막힐 법도 했다.

정형외과 환자라도 환자는 환자이니 효인은 부드럽게 웃으며 물었다.

"전체적으로 보시기에 어떻던가요?"

"병원이요? 뭐…… 다들 친절하긴 한데 그다지 정이 가는 곳은 아니네요."

동학도 농담 한마디를 하듯 빙그레 미소 지었다. 효인은 웃었다.

"병원에 정이 가서는 곤란하죠."

"그러게요."

그때 효인 뒤로 가연을 태운 스트레쳐카가 나왔다. 인턴과 간호사들이 미는 스트레쳐카는 마치 거북이가 기어가는 것처럼 엉금엉금 나와 둘을 스쳐 지나갔다. 아직 마취가 덜 깨서 비몽사몽인 가연은 고개를 모로 돌리고 눈을 감고 있었다.

"어라……."

근데 문득, 스트레쳐카가 지나가고 나서 동학이 의아하다는 소리를 흘렸다.

"왜 그러세요?"

동학이 가연을 태운 스트레쳐카에서 시선을 뗄 줄 모르자, 효인은 궁금하다는 얼굴로 물었다. 그러자 동학은 다시 효인을 보고 말했다.

"아는 사람인 것 같아서요."

그제야 효인도 거의 사라져 가고 있는 스트레처카를 돌아보았다.

"그래요?"

"네, 저 윤곽이 좀…… 한 번 보면 잊기 힘들잖아요."

그렇게 말한 동학은 멋쩍게 웃었다. 그 표정을 보아하니 가연의 몸집에 놀라거나 그녀가 뚱뚱하다고 난색을 표하는 건 아닌 것 같았다. 그냥 순수한 의미에서 한 번 보면 잊기 힘들다는 말인 것 같았다.

"저 사람, 지금 수술을 받은 건가요?"

잠시 뭔가 곰곰이 되짚어보던 동학은 그냥 지나칠 수 없는지 슬그머니 물었다.

"네."

"뭐 안 좋은 수술이라도?"

"아뇨, 그런 건 아니에요."

환자의 개인적인 정보라서 정확한 병명이나 받은 수술은 말하지 않았다.

"혹시 이름을 알 수 있을까요?"

왠지 모르게 동학은 진지한 표정이었다. 그에 효인은 정말 아는 사이인가 싶어져서, 이름 정도는 대답해 주었다.

"박가연 씨예요."

순간 동학은 휘파람을 불었다.

"아는 사람 맞네요."

"우연이네요."

대한대학병원 자체가 전국 각지에서 수많은 사람이 모이는 대한민국 최고의 대학병원이다 보니 이런 우연을 자주 볼 수 있었다. 그렇기에 효인은 이제 놀라울 것도 없었지만, 신기하다는 듯 웃어주었다. 하지만 왜인지 동학은 웃고 있으면서도 쑥스러워하는 듯한 기색이었다. 설마 옛날에 가연과 사귀기라도 했던 걸까? 효인은 흥미롭게 생각했다.

"잠깐 가봐야겠어요."

그래도 선뜻 가연을 보러 가겠다고 이야기하는 걸 보면 불쾌하게 헤어진 사이 같지는 않았다. 서로 사귀었든 아니었든 간에.

"아, 하지만 수술이 막 끝나서 회복실에 들어가는 거라 면회는 불가능할 거예요."

동학은 조금 실망하는 듯한 얼굴이었다.

"면회는 언제 되죠?"

효인은 걱정 말라는 듯 빙긋이 미소 지었다.

"한 한 시간만 있으면 회복실에서 나오실 거예요."

"아, 감사합니다. 그럼 먼저 가보겠습니다."

"조심해서 가세요."

동학은 효인에게 꾸벅 인사하고 왔던 길을 되짚어갔다. 효인은 그런 동학의 뒷모습을 보며 나른한 고양이처럼 기지개를 쭉 켜올렸다.

"하아, 봄이로구나."

저기요, 심 선생님. 아직 3월 초거든요?

3월 초가 아직 봄은 아니라는 상식을 깨달은 것은 그로부터 약 한 시간 반 뒤였다.

"가연……."

"나가! 나가라고! 꺼져!"

찢어질 듯이 높게 올라간 목소리가 히스테릭하게 터져 나왔다.

"저, 아니, 그, 가연아. 그게."

동학은 무척 당황한 듯 말을 더듬었다. 하지만 가연은 잘 움직여지지 않는 몸으로도 펄쩍펄쩍 뛰어오르며 재차 소리를 내질렀다.

"나가아아아아아!"

"가연 씨, 진정해요!"

"꺼져! 꺼져 버리란 말이야!"

효인을 포함해 간호사들이 덤벼들어 가연을 말렸지만, 그녀는 문가에 어정쩡하게 있는 동학의 머리채라도 쥐어뜯을 것처럼 몸을 앞으로 내밀었다. 효인은 쯧 혀를 내찼다.

"미다졸람(Midazolam, 진정제) 투여해!"

가연이 난폭하게 소란을 피워대자 하는 수 없이 남자 간호사가 얼른 그녀의 몸을 내리눌렀다. 그리고 다른 간호사는 효인의 오더에 따라 재빨리 가연에게 진정제를 투여했다.

"저…… 난……."

"동학 씨는 나가주세요!"

동학이 이렇게 갈 수는 없다는 듯 주저주저 입을 열자, 간호사들과 함께 가연을 누르고 있는 효인이 날카롭게 외쳤다. 이렇게 라도 외치지 않으면 동학이 영 자리를 뜨지 않을 것 같아서였다. 지금은 가연을 진정시키는 것이 먼저였다.

"그게……."

"나중에요!"

그제야 동학은 못내 미련이 남는 시선을 던지고 기운 없이 가연의 병실을 빠져나갔다. 그러자 가연은 발작하는 것처럼 날뛰었다는 게 언제냐는 듯 침대 위에 힘없이 늘어져 흐느끼기 시작했다.

"흐윽…… 흑흑……."

가슴을 압박하는 살 때문에 정면으로 누울 수도 없는 가연은 모로 누워 어린아이처럼 눈물을 흘렸다. 무엇이 그리 서러운지, 무엇이 그토록 그녀를 아프게 하는지, 보는 효인이 짠해질 정도로 정신없이 가슴을 들썩거렸다.

"죽고 싶어……."

난리통에 흐트러진 머리카락을 쓸어 올리고 있던 효인은 번뜩 가연을 바라보았다.

"죽어버리고 싶어……. 왜 살아야 하는지 모르겠어……."

가연의 히스테리에 병실 구석에서 놀란 토끼 눈을 하고 있던 그녀의 어머니도 얼굴이 잔뜩 흐려졌다. 가연의 수술비를 한 푼이라도 더 벌어야 하니 그녀의 아버지는 지금 이 자리에 없었지만, 수술이 무사히 끝났다는 말을 듣고 안도하고 있었던 그녀의 어머니는 이게 대체 웬 난리인지 참담한 얼굴이었다.

효인은 잠시 가연을 바라보다가, 한 간호사에게 손짓하고 병실을 나섰다. 그리고 따라 나온 간호사에게 말했다.

"혹시 모르니까 교대로 잘 감시해."

"NP[22])에 컨설트는 안 넣으시겠어요?"

효인은 쓴 얼굴로 고개를 내저었다.

"그냥 잠깐 흥분한 것 같아."

그것도 그렇지만, 막 죽고 싶다고 날뛴 사람에게 갑자기 정신과 의사를 들이밀었다가는 더 역효과가 날 것 같았다. 솔직히 자신이라도 히스테릭해져 있는데 갑자기 정신과 의사가 나타나 웃으며 '요즘 생활은 어떤가요?' 혹은 '어렸을 때 불우한 기억이 있나요?' 이런 질문을 해대면 얼굴을 그어버리고 싶을 것이다.

"일단 잘 지켜봐. 또 흥분하면 호출하고."

"예, 알겠습니다."

셜록 효인은 대체 어찌 된 일인지 원인을 규명하기 위해 걸음을 움직였다.

"아직 봄은 아닌가 봐요."

문득 들려온 목소리에 우울하게 앉아 있던 동학은 고개를 들었다. 그러자 효인이 수술복 위에 입은 가운 자락을 펄럭이며 다가와 그의 곁에 섰다.

"그렇죠, 3월 초가 봄은 아니죠."

뜨끈뜨끈한 커피 캔을 손에 쥔 동학은 그것을 한 모금 홀짝이며 중얼거렸다. 그 목소리에서도 우울함이 잔뜩 묻어났다. 왜 이렇게 죄책감 어린 표정을 짓는지, 가연이 왜 그토록 난리법석을

22) Neuropsychiatry, 정신건강의학과

피웠는지 이해할 수 없을 정도로.

"봄은 언제 올까요?"

효인은 창 너머 아직 쌀쌀한 기운 가운데 늘씬하게 뻗어 있는 나무들을 바라보며 독백하듯 중얼거렸다.

"4월이 되면 오겠죠?"

동학은 효인이 왜 갑자기 그런 걸 묻는지 알 수 없다는 눈이었다. 하지만 효인은 동학이 그렇게 바라보거나 말거나 제 할 말을 했다.

"4월에는 정말 봄이 올까요?"

"보통…… 그렇지 않나요?"

동학은 갈수록 미로에 빠진 것 같은 표정을 지었다.

"사람들이 봄을 봄으로 느끼지 않으면 봄은 언제고 오지 않는 게 아닐까요?"

그저 엉뚱한 줄만 알았던 말에 숨겨진 뼈를 느낀 동학은 침묵했다. 그리고 어색하게 커피만 홀짝거렸다. 그러다가 동학은 본래 우울한 분위기를 참지 못하는 성격인 듯, 먼저 웃으며 이야기를 꺼냈다.

"무슨 일인지 물어보고 싶으면 물어보셔도 돼요."

동학이 불쾌해하지 않는 듯하자, 효인은 지체 없이 이야기를 꺼냈다.

"그럼 물어봐도 될까요?"

"그러니까 어렸을 때, 전 참 친구가 많았어요."

어째 시작은 자기 자랑 같았다. 하지만 동학의 쓸쓸한 표정은 결코 자랑을 하려는 게 아니었다.

"성격도 제법 좋았고, 얼굴도 그렇게 빠지진 않았고……."

거기서 잠시 말을 멈춘 동학은 무슨 말을 하려고 그러는지, 우습다는 웃음을 허허롭게 흘렸다.

"왜, 그런 녀석들 흔히 있잖아요. 성격 좋고, 얼굴 괜찮고, 혈기 넘치고, 그래서 친구들에게는 인기가 많지만 학교에서는 골칫거리로 찍힌 녀석들. 제가 딱 그랬어요. 그래서인지 겉멋이 참 많이 들어 있었죠. 가끔 나쁜 친구들하고 어울리고, 담배도 피우고, 술도 가끔씩 하고."

흠, 진환이는 안 그랬는데.

효인은 반사적으로 두 사람을 비교해 버렸다. 하지만 어떤 남자를 보건 늘 처음에는 진환과 비교를 해 버렸으므로 유독 동학에게만 그러는 것은 아니었다.

진환은 남학생들이라면 한 번쯤 호기심을 가져 볼 법한 일도 시간 소모라고만 생각한 것 같았다. 실리적이라고 해야 할지, 애늙은이 같다고 해야 할지.

한 번씩 장난기가 발동하면 그런 모습이 언제냐는 듯 또래 남자애들 같아지긴 했지만 말이다.

"그런데 고백받았어요. 가연이한테."

효인은 뜻밖이라는 듯 '아?' 하는 소리를 내었다.

"사실 가연이가 그때도 좀…… 음, 그러니까…… 다른 단어가 생각나지 않으니 그냥 말할게요. 좀 뚱뚱했죠. 그때는 그렇게 생각했어요. 이런 뚱뚱보가 날 좋아한다니, 끔찍하다. 그래서 좀…… 못된 소리를 했어요. 만약 내가 들었다면 자살하고 싶겠다 싶을 정도로 잔인하게. 그리고 가연이에 대해서는 까맣게 잊어버렸어요. 그런데 사회에 나가고, 철이 들고 하니 계속 가연이가 마음에 걸리더라고요. 왜 그때 그런 말을 했을까. 다른 말도 있었을 텐데. 회사 상사나 동료한테 쓴소리 여러 번 듣다 보니 이런 기분이었겠구나, 이해하게 되었지 뭡니까. 그래서…… 사과하고 싶었어요."

동학은 신부 앞에서 고해성사 하듯 본심을 털어놓았다.

"혹시 우연히라도 마주치게 된다면, 그때 미안했다고…… 꼭 말하고 싶었어요."

비록 그게 자기 위안을 위해서라고 해도, 가슴을 둔중하게 누르고 있는 죄책감의 돌을 치우고 싶었다. 가연이 어렸을 때 잠시 지나간 말 따위 잊고 잘 살고 있다면 바랄 바 없이 좋겠지만, 만약 그 말에 연연해하고 있다면 더더욱.

"그런데, 다 틀린 일 같네요. 자업자득이란 말이 괜히 있는 게 아닌가 봐요."

동학은 씁쓸함이 묻어나는 얼굴로 애써 웃음 지었다.

"봄이 왔네요."

효인의 뜬금없는 말에 동학은 또 미로에 빠진 것 같았다. 남은 기껏 털어놓기 힘든 본심을 털어놓았는데, 또 웬 봄?

가운의 양 주머니에 손을 넣고 있던 효인은 한 손을 빼내 동학의 가슴 부근을 가리켰다.

"동학 씨 가슴에 봄이 왔다고요."

너무 태연한 말이라 누군가는 성질이 날 수도 있겠지만, 시시콜콜 참견해서 '이러면 어떨까요?' 혹은 '저러면 어떨까요?' 조언하는 건 자신의 일이 아닌 것 같았다. 결국 본인들이 해결해야 할 문제니까. 대의가 되고 싶다고 한 주제에 인정머리 없다 해도, 의사가 끼어들 곳이 있고 끼어들지 않아야 하는 곳이 있는 법이었다.

효인은 이만 가보려는 듯 몸을 돌렸다. 그리고 신비한 주문 같은 마지막 말을 남겼다.

"봄은 전염성이 강하더라고요. 그러니까 누군가의 가슴에도 봄이 오겠죠. 확신해요."

혼자 남은 동학은 이제 미지근해진 커피 캔을 내려다보았다. 그리고 하늘을 보며 작은 웃음을 내뱉었다.

"봄이라."

"장 선생님? 뭐 하세요?"

의국으로 돌아가는 중이었던 상준은 창가에 비스듬하게 기대서 있는 사람을 발견하고 멈춰 섰다. 하지만 한 손에 커피 컵을 쥔 채 팔짱을 끼고 서 있는 진환은 그를 돌아보지 않았다. 그러자 상준은 바깥에 뭐가 있나 궁금해져 빠끔히 바라보았다.

"어? 심 선생님이네요? 옆에는…… 환자인가요?"

창문 너머에는 희미하게 웃고 있는 효인과 이름 모를 환자가 대화를 나누고 있었다.

"이야, 하여간 심 선생님 사교성은 알아줘야 한다니까요."

상준은 이제 제법 친근하게 말을 걸었다. 수술실에서 쫓겨났을 때는 외나무다리에서 만난 철천지원수라도 될 것처럼 굴더니, 확실히 상준은 효인의 말대로 성격 자체가 꽁한 사람은 아닌 모양이었다. 그래서 이제는 레지던트 중에서 그나마 진환을 편하게 대하는 사람이 되어 있었다. 하지만 진환은 사람이 어찌나 한결같은지, 상준을 대할 때나 다른 레지던트를 대할 때나 변함이 없었다. 효인을 대할 때는 제외하고는.

진환은 손에 쥐고 있는 커피를 한 모금 마시더니, 얼핏 찡그린 시선으로 갈색 웅덩이 같은 커피를 내려다보았다.

"쓰군."

그렇게 중얼거린 진환은 머지않은 곳에 있는 쓰레기통에 별로 마시지도 않은 커피를 통째로 버려 버리고 멀어져 갔다. 혼자 남은 상준은 고개를 갸웃거렸다.

"자판기 커피가 쓰다고?"

11

Impulse

　어스름이 깔린 시간이 되자 낮 동안 쉴 새 없이 돌아가던 병원이 다소 한산해졌다. 사방에 저녁 공기가 부드럽게 내려앉아, 모두가 따뜻한 물속에 풀어진 듯이 나른해 보였다. 흉부외과 의국도 마찬가지였다.

　"이대로 잘 수만 있다면 평생 눈을 뜨지 않아도 좋을 것 같구나⋯⋯."

　누군가가 레지던트 생활의 고역을 한마디로 표현했다. 소파에 쌓아둔 포대처럼 반쯤 쓰러진 채 넋 나간 듯이 중얼거리는 모습에, 제 코가 석 자라 전혀 남을 동정할 처지가 아닌 사람들도 안쓰러워하는 시선을 보냈다.

　"좀 주무시지 그러세요?"

　보다 못한 한 후배 레지던트가 권했다. 하지만 그는 그대로 몸을 축 늘어뜨리고 있을 뿐이었다.

"지금 자면 절대 일어날 수 없을 것 같아."

그리고 그는 TV에서 총천연색으로 펼쳐지고 있는, 말초신경을 자극하는 장면을 퀭한 눈으로 바라보았다.

"서지도 않네……."

TV에서는 그야말로 질펀한 살색의 향연이 펼쳐지고 있었다. 무삭제판이라 여자 배우는 가슴을 드러내 놓고 신나게 들썩이고 있었고, 남자 배우 역시 리드미컬한 리듬에 맞춰 열심히 허리를 놀리는 중이었다.

그럼에도 TV를 바라보는 대여섯 명의 남자들은 몸속에 아드레날린이라고는 남아 있지 않은 것 같은 얼굴이었다. 현재 흉부외과에는 여자 레지던트가 없고 어린 의국 사무원은 퇴근한 후라 마음 놓고 포르노를 틀긴 했는데—보고 싶어서라기보다 말초신경을 깨우기 위해서— 그들은 지금 아무것도 눈에 들어오지 않았다.

"지금 뭘 보고 있는 건지도 모르겠어요."

한 레지던트가 시린 눈을 끔뻑거리며 말했다. 그러자 누군가가 뻐근한 팔을 길게 뻗어 올리며 기지개를 켰다. 대변을 보는 듯한 '끄으으으응.' 소리와 함께.

"피곤하면 성욕이 강해진다는데, 이건 원…… 피곤한 것도 어느 정도여야지."

"근데 저건 누구예요?"

그때 무의식중에 의국 한편에 자리 잡은 이층 침대로 시선을 돌렸던 누군가가 물었다. 그에 다른 사람들의 시선도 이층 침대의 위층 쪽으로 돌아갔다. 거기에는 확실히 누가 누워 있는지 야트막한 언덕이 형성되어 있었다. 하지만 이불을 머리끝까지 푹 뒤집어쓰고 있는 데다가, 그들이 오기 전부터 저기에서 쿨쿨 자고 있었기 때문에 누구인지 알 수 없었다.

"글쎄, 아마존 아냐?"

'아마존'은 3년 차 레지던트인 상준의 별명이었다. 상준의 피부가 중동 사람만큼이나 까무잡잡하기 때문에 아마존에서 살다 온 것 같다 해서 붙은 별명이었다. 게다가 불쑥 솟아 있는 이불의 윤곽이 듬직하지 않은 걸 보니, 몸이 호리호리하다 못해 비쩍 마른 상준일 가능성이 높았다.

"아, 그런가 보네요."

그들은 그것으로 이층 침대의 위층을 점령하고 있는 인물에 대해 잊어버렸다.

"하아, 빨리 전임의가 되든지 해야지."

한 고년차 레지던트가 한탄을 토로하듯 중얼거렸다. 주치의나 병동을 담당하는 일은 저년차 레지던트가 하기 때문에 고년차 레지던트가 되면 그나마 덜 고단할 것 같지만, 고년차는 일단 인턴 및 저년차들을 감독해야 하고 보드시험(전문의 시험)을 준비해야 하는 데다가 레지던트 저녁 모임에서 교과서 강독에, 논문 리뷰, 케이스 보고, 학회 발표, 외래 진료 보조, 온갖 공부와 교수들의 논문을 돕는 일로 정신이 없는 건 매한가지였다. 아, 외과일 경우에는 거의 매일 수술을 보조하러 들어가야 한다는 것도 빼놓을 수 없었다.[16]

"전임의가 된다고 일이 줄어드는 것도 아닌데요, 뭐."

한 저년차 레지던트가 한숨처럼 말했다.

"그래도 이놈의 노가다는 좀 안 할 거 아냐. 난 가끔 그런 생각을 한다. 정말 공사판에서 노가다를 뛰었으면 차라리 마음은 편했겠지 하는 생각."

"그리고 매일 저녁에 집에 갔겠지."

"점심도 시간 맞춰 먹었을 거고."

다들 기다렸다는 듯이 한마디씩 보탰다. 하지만 다들 알고 있었다. 이 자리에 있는 사람들이 흉부외과라는 생사의 격전지에 남아 있는 데에는 남다른 사명감이 없지 않고서야 불가능했기 때문에 다들 괜히 한번 해 보는 소리일 뿐이라고.

"아, 전임의 하니까 생각나는데요."

그때 누군가가 운을 뗐다.

"심 선생님하고 장 선생님하고 오랜 친구라고 하더라고요?"

"아, 그렇다더라. 한…… 이십년 정도인가?"

"헤에, 그거 미묘한데요?"

누군가가 그 말을 하자마자 침묵이 감돌았다. 다들 같은 생각을 하고는 있지만 섣불리 입 밖으로 내지 못하고 있는 느낌이었다. 이내 한 레지던트가 허허 웃으며 먼저 침묵을 깼다.

"그런데 그 두 사람 엄청 대조적이잖아."

효인은 누구에게나 스스럼없이 대하며 농담도 곧잘 했지만, 진환은 메워질 수 없는 거리를 두고 있었다. 거리를 두는 게 본의는 아닌 듯했지만 성격 자체가 과묵해서 그런지, 결벽증에 가까운 완벽주의 때문인지 다들 본능적으로 그를 어려워했다. 그렇다 보니 효인과 진환은 어딜 봐도 그다지 서로 잘 지낼 수 있을 것 같지 않았다.

"수술실에서만 봐도 그래. 왜, 처음에 수술실 들어가면 꼭 토하는 녀석들 있잖아?"

"그렇죠."

"만약 누군가 토하려고 하면 심 선생님은 뭐라고 할 것 같아?"

"나가서 토하고 와라?"

"땡. 구토 통 가져다줘라. 그리고 한 녀석이 웩— 하면 에헤이, 걸지게도 올리는구먼, 이라고 하시지."

효인의 말투를 흉내 낸 그의 말에 다들 푸하하 웃어버렸다. 그러고 보니 딱 효인이 할 만한 말이었다. 특히 그 추임새까지 포함해서.

"그럼 장 선생님은요?"

묻자, 정답을 알고 있는 그는 왜인지 웃는 것도 아니고 찡그린 것도 아닌 미묘한 표정을 지었다.

"삼켜."

"네?"

밑도 끝도 없이 '삼켜.'뿐이니, 다들 다소 놀란 표정을 지었다.

"누가 토하려고 하니까 뒤돌아보지도 않고 여기서 토하면 쓸어내 버린다, 라고 하시더라고."

그 당시 빙하의 파편이 동동 떠다녔을 진환의 목소리를 상상하자 모두들 한기가 드는지 몸을 떨었다. 어떻게 들으면 우스운 말이기도 한데, 싸늘한 서리가 배어 있는 목소리로 그리 말했을 거라 생각하니 꼭 남의 일만은 아닌 듯해 웃을 수가 없었다.

좋은 사람이고 나쁜 사람이고를 떠나, 그런 진환과 농담 따먹

기도 하고 전혀 어렵지 않게 함께 지내는 효인이 진정한 강자일지
도 몰랐다.

"무섭네요."

"하여간 그래서 장 선생님 수술에만 들어가려고 하면 초긴장
상태가 된다니까."

삐— 삐— 삐— 그렇게 말하고 난 찰나, 곧 수술에 들어가야
한다고 했던 레지던트의 호출기가 울어대기 시작했다.

"으이구, 가봐야겠군."

그가 일어서자, 다른 사람들도 하나둘 TV를 끄고 자리에서
주섬주섬 일어섰다.

"휴, 저도 돌아가야겠네요."

"나도."

"으아— 죽겠다."

다들 각자 가야 하는 길이 다르긴 하지만, 그들은 한 몸처럼
의국에서 우르르 몰려 나갔다. 그러자 제법 복작복작했던 의국
이 한순간에 한적해지고, 어둡게 깔린 공기만이 제자리를 지켰
다. 그렇게 얼마간 지나고, 이층 침대의 위층에 죽은 것처럼 누
워 있던 이불 애벌레가 태동하듯 꿈틀거리더니, 잠기운이 덕지덕
지 묻어 있는 얼굴이 쏙 튀어나왔다.

"으응?"

봉두난발이 된 머리를 하고 불쑥 얼굴을 내민 효인은 휘적휘
적 주변을 둘러보았다. 하지만 재빨리 상황 파악이 되지 않는지
한참이나 멍한 눈이었다. 그러다가 진심으로 이해할 수 없다는
듯 웅얼거렸다.

"내가 왜 의국에서 자고 있지?"

괴도 슈퍼우먼에겐 몽유병이 있다?

아니, 곰곰이 되짚어보니 연속으로 세 건의 수술을 끝내고 잠깐이라도 눈을 붙이자 싶어 비척비척 걸어갔는데, 전임의 사무실로 가는 길목에 의국이 눈에 띄어 난입해 버렸다. 그 당시 의국에는 아무도 없었고, 효인은 살고자 하는 본능에 지배되어 예전에 애용하던 이층 침대의 위층으로 기어 올라갔다. 그리고 베개에 머리를 뉘인 순간, 최면에 걸리듯 '하나, 둘, 셋. 레드 썬!' 하는 동시에 잠의 나라로 퍼지게 여행을 떠났다.

"아아……."

그제야 기억이 되살아난 효인은 깨달음의 탄성을 흘렸다. 하지만 아직도 잠의 바다에 반쯤 잠겨 있다 보니 맑은 이성이 돌아오질 않았다.

"하나도 개운하질 않네……."

효인은 깊게 잠긴 목소리로 중얼거리며 이층 침대에서 내려왔다. 하지만 자는 동안 호출기에 들어와 있는 연락은 없고, 아직 온몸이 찌뿌드드했다. 결국 효인은 좀 전까지 남자들이 앉았다 간 소파 위로 엉덩이를 깔고 앉았다.

"이건 뭐야?"

그러다가 어지럽게 쌓여 있는 탁자 위에서 유독 눈에 띄는 물건이 있어 들어보았다. 소복을 입고 비녀를 단정하게 꽂은 여자가 이상한 몽둥이를 들고 환희에 찬 표정을 한 모습이 그려진 빨간색 DVD 케이스. 낡은 정도로 보았을 때, 무림의 비급처럼 꽤 오랫동안 의국, 특히 남자들 사이에 전해 내려온 물건 같았다.

케이스의 뒷면에는 수작임을 증명하는 노란색 별 다섯 개가 찍혀 있었다. 그리고 그 아래에는 '로스카상 수상!'이라는, 밑줄 쫙쫙 긋고 형광펜으로 하이라이트를 줘야 할 듯한 문구와 '인간의 호기심을 최대로 자극하는, 휴지 없이는 볼 수 없는 영화!'라고 쓴 사람의 센스를 의심하게 만드는 극악한 표어까지.

"오스카도 아니고 로스카? 로스카는 또 뭐래. 게다가 휴지? 하긴, 아래를 닦으려면 휴지가 필요하기도 하겠지."

효인은 레지던트들이 들으면 기함할 만한 말을 중얼거리더니, 소파에 풀썩 몸을 누였다.

"끙, 사무실로 가야 하는데…… 가야…… 하는데…….."

말만 그렇게 할 뿐, 눈은 다시 빠르게 감기고 있었다. 그리고 몇 초도 지나지 않아 새근새근 규칙적인 숨소리가 울려 퍼졌다.

"아, 장 선생님."

흉부외과 의국을 나온 대여섯 명의 남자들은 맞은편에서 오는 진환을 발견하고 얼핏 긴장했다. 방금 전에 들었던 수술실 일화가 떠오른 탓이었다. 하지만 수술실에서만 잘 벼른 칼 같아지는 진환은 그다지 감흥 없는 표정일 따름이었다.

"어디 가세요?"

그냥 지나치기도 뭐해 묻자 진환은 묵묵한 표정으로 대답했다.

"의국에."

"의국에요?"

따로 사무실이 있는 전임의가 의국에는 무슨 볼일이 있다고?

"뭐…… 볼일 있으시면 도와드릴까요?"

나서지 않아도 충분히 할 일이 많은 그들이었지만, 진환에게는 왠지 그래야 할 것 같아 조심스럽게 물었다.

"괜찮아. 뭐 찾으러 가는 거니까."

진환은 지체 없이 의국 쪽으로 걸어갔다. 뒤에 남은 사람들은 의아한 시선을 교환했지만, 이내 신경을 끄고 각자 자리로 돌아갔다.

진환은 의국의 문을 열고 들어갔다.

"역시."

그가 찾고 있던 물건(?)은 소파 위에서 위험을 느낀 공벌레처럼 몸을 웅크리고 쌕쌕 잠들어 있었다. 손까지 가슴께에 모으고 어찌나 달게 자는지, 계속 보고 있노라면 이쪽까지 슬슬 졸려질 것 같았다.

그에 진환은 효인을 선뜻 흔들어 깨우지 못하고 빤히 내려다보기만 했다. 하지만 효인은 그 시선을 전혀 감지하지 못한 듯, 무슨 꿈을 꾸는지 통통한 입술까지 우물거리며 신나게도 잤다. 때로 목까지 긁적거리며.

"으응……."

효인이 몸을 뒤척거렸다. 그러자 머리카락이 피로에 질려 해쓱해진 하얀 얼굴 위로 옅은 그림자를 드리우고, 진환의 가슴에 안쓰러운 바람이 불었다.

피곤한 건 피차 다 마찬가지인데, 얇은 수술복 밖으로 드러나는 가는 팔뚝을 보니 왠지 모르게 지켜줘야 할 것 같은 기분이 들었다. 언젠가, 뜨겁고 질척한 바람이 불던 여름에 느꼈던 그 기분처럼 가만히 차오르는…… 애틋한 감정.

"심효인."

땅에 묻힌 새싹처럼 웅크린 자세가 영 불편해 보여 진환은 효인의 어깨를 살짝 흔들었다. 그러자 길게 드리워진 속눈썹이 움찔 떨리고, 짙게 변한 눈동자가 모습을 드러내었다.

"응…… 진환아……."

효인은 흐릿한 잔상처럼 보이는 인물의 정체를 감각으로 알아챈 듯, 기분 좋은 한숨이 묻어나는 목소리로 그를 불렀다. 그러더니 졸린 고양이처럼 나른한 눈초리를 더욱 부드럽게 풀었다.

"졸려……."

그 말을 남긴 효인은 다시 눈을 감았다. 그리고 그녀를 잡을 시간조차 주지 않고 다시 잠들어 버렸다. 앞에 있는 사람이 진환이라는 걸 확인하고 나니 안심이 되어서 더욱 그런 듯했지만, 정말 이렇게 잘 수 있는 것도 재주다 싶었다.

결국 진환은 다시 효인을 깨우지 않고 앞에 있는 탁자에 걸터앉았다. 그리고 허벅지 위에 팔꿈치를 걸친 채 양손을 느슨하게 깍지 끼고 그녀가 자는 모습을 감상했다. 남이 자는 모습 따위 뭐 볼 게 있나 싶겠지만, 효인이 자는 모습은 그다지 지루하지가 않았다.

고즈넉한 공기가 얇은 베일처럼 두 사람을 다정하게 감싸왔다. 부드러운 공기 속에, 진환의 시선이 벌어진 효인의 입술에 닿았다. 본의는 아니었는데, 그냥 자연스럽게 시선이 옮겨갔다.

사실 고백할 게 있었다. 자신만 알고 있는 일인데, 아마 서로 가정을 갖고 나이가 지긋이 들기 전까지는 고백할 일이 없을 것 같지만…… 진환은 효인의 입술이 어떤 감촉인지 알고 있었다. 이젠 기억조차 희미해질 만큼 오래된 일이었지만, 의식적으로 잊고 있을 뿐 다시 떠올리려고 하면 어렵지 않게 기억나는 감촉이었다.

여름방학이었던가, 효인과 함께 시골 할머니 댁에 갔을 때였다. 그래, 효인이 목울대를 꽉 눌러 죽을 뻔했던 그때. 효인이 자다가 일어나 목울대를 누르기 전에 진환은 먼저 한 번 깨어났다.

후덥지근한 여름 바람과 물 냄새에 설핏 잠에서 깨어났는데, 풍경이 찰랑찰랑 흔들리는 소리에 의식이 또렷해졌다. 그래서 부스스 몸을 일으키고 보니, 반바지를 입은 효인이 배를 완전히 드러내 놓고 옆에서 자고 있었다. 자신은 이리 더워 죽겠는데, 음냐음냐 잘도 자는 효인을 보니 괜히 심술기가 불쑥 치밀 정도였다.

하지만 진환은 말려 올라간 티셔츠만 내려주고 고개를 돌렸다. 그리고 후더분한 여름 잔향을 맛보듯 대청마루에 가만히 앉아 있었다. 그런데 문득 효인이 허벅지를 턱, 제 다리 위에 걸쳐 왔다. 괜한 심술에 그녀의 다리를 휙 내던지고 나니 본능처럼 효인의 입술이 시야에 들어와 박혔다.

싱그러운 풀 냄새가 나는 바람이 잘게 젖은 머리카락을 스치고, 매미들이 매앰매앰 자지러지게도 울어댔다.

몽롱한 여름 향에 머리가 잠시 어지러웠던 것일까. 어수룩한 소년은 진한 여름이 속삭이는 신비한 마법에 저항할 힘이 없었다. 진환은 아주 살짝, 잔 숨을 흘려내는 효인의 입술에 자신의 입술을 가져다 대었다.

찌는 듯한 폭염 속에서 잠깐 꿈을 꾸는 듯했던 순간.

예상치 못하게 너무 부드러워 마치 녹을 것 같은 촉감에 진환

240　유리심장

은 불에 덴 듯 얼른 고개를 들었다. 하지만 그때도 효인은 냠냠 달콤하게 자고 있을 따름이었다. 하여간 지금은 용케 호출 소리에 깨어난다 싶을 정도로 코끼리도 울고 갈 둔치였다. 그건 어쨌거나, 우발적으로 키스—거의 뽀뽀 수준이었지만—를 하고 나니 그답지 않게 손이 떨리고, 얼굴이 홧홧하게 달아올랐다. 그리고 뭔가 굉장히 큰 죄를 지은 것 같은 느낌이었다.

혼란스러워진 진환은 자포자기하는 심정으로 다시 벌러덩 누워 잠을 청했다. 그래도 다시 잠이 올 것 같지 않았는데, 살랑살랑 불어오는 여름 바람 속에 효인의 규칙적인 숨소리를 듣고 있으니 그 역시 금세 잠에 들어버리고 말았다.

그 뒤로는 예전에 이야기했다시피 비척비척 일어난 효인이 그의 목울대를 눌러 버렸다. 마치 친구의 입술을 훔친 소년을 벌주는 것처럼. 다만 효인은 진환의 기침이 잦아들고 나자 이미 지나간 봄을 느낀 것처럼 미소 지으며 말했다.

"진환아, 나 꿈을 꿨어."
"무슨…… 꿈?"
"나비가 입술 위에 내려앉는 꿈. 뭔가, 왠지 모르게 황홀했어."

속절없이 떨리는 가슴. 괜스레 그녀의 눈을 피했던 시선. 가슴에 묵직하게 들어차는 죄책감—

하지만 사랑 같은 건 아니었다고 확신할 수 있었다. 만약 사랑이었다면 이날 이때까지 효인과 마냥 친구로 지낼 리가 없으니까.

그때 효인은 여자라기보다 천방지축의 왈가닥이었다. 외모는 그때나 지금이나 상당히 예쁘장했지만, 남학생 탈의실을 훔쳐보다가 들켜서 학생 주임 선생님께 호되게 혼나거나, 다른 여학생들을 주동해 월담했다가 수업 시간 내내 벌을 서거나…….

지나가던 진환이 그런 효인을 보고 찡그린 낯을 하면 얄미울 정도로 배시시 웃고는 했다. 그럼 꼭 선생님께 찾아가 다시는 그러지 못하도록 잘 감시하겠다고 용서를 구하는 건 진환이었다. 그러고 나면 진환은 자신이 마치 말괄량이 여동생을 둔 오빠가 된 기분이었다.

그랬던 효인이 지금은 자신이 없는 곳에서도 잘만 커 누군가의 은인이, 누군가의 교육자가, 한 사람의 떳떳한 의사가 되어 있으니 세월이란 참 빠르다고 할 만했다.

만약 계속 함께 살았다면…… 우리는 어떤 모습이 되어 있을까? 지금과 같았을까? 조금은 달랐을까? 아니, 요즘 왜 자꾸 이런 생각을 할까? 왜 문득문득 이제 네가 더 이상 아이가 아니라 여자라는 생각을 할까……?

앉아 있던 진환은 문득 손을 뻗었다. 그리고 어지럽게 흘러내린 효인의 머리카락을 다정하게 쓸어 넘겨주었다. 그러자 효인의 입가에 미소가 걸렸다.

심장이 덜컥 내려앉았다. 1G밖에 되지 않는 중력이 3G는 되어버린 듯, 공기가 진환을 눌러왔다.

그 순간, 효인의 머리 근처를 배회하던 진환의 손이 효인의 입가로 내려갔다. 그리고 손끝으로 도톰한 입술을 가만히 쓸었다. 효인의 입술은, 그때만큼이나 보드라웠다.

진환은 지체 없이 그녀의 입술에서 손을 떼고 일어나 의국을 나섰다. 달칵. 문이 작은 소리와 함께 닫히고 나서 1초, 2초, 3초, 4초, 5초……

"푸핫!"

효인은 산소가 부족한 사람처럼 거친 소리를 토해내며 벌떡 상체를 일으켜 세웠다. 그리고 몹시 간질거리는 입술을 손등으로 꾹 눌렀다. 혼란스러운 눈은 정신없이 떨리고 있었다.

진환이 어깨를 흔들어서 잠시 깨어났을 때부터 효인은 다시 잠들지 않고 있었다. 분명 반쯤 자고 있는 것처럼 혼몽한 느낌은 있었으나, 그의 소리 없는 존재감을 음미하며 눈을 감고 있었을 뿐이었다. 하지만 진환은 그녀가 완전히 잠들어 버렸다고 생각한 모양이었다.

"대, 대체 뭐야……."

애무하듯 입술을 쓸던 손길과 피부로 스며들던 그윽한 시선.

뭔가 생각이 알 수 없는 방향을 향해 질주하기 시작해, 더 이상 생각해서는 안 될 것 같은 기분이었다.

그만해, 더는 생각하지 마.

한동안 동상처럼 그 자리에 앉아 있었던 효인은 벌떡 자리를 박차고 일어섰다. 그리고 얼른 의국을 나섰다.

무언가 변하는 소리가 들려왔다. 땅 밑에서 일어나는 지진의 진동처럼 누구도 알 수 없을 만큼 은밀하게, 그러나 보이지 않는다고 해서 존재하지 않는 게 아닌 그 진동처럼 확실하게. 하지만 효인은 변화가 달갑지 않았다. 변화는, 무엇이든지 손안에 소중히 꼭 쥐고 있는 걸 잃게 만드니까.

기세 좋게 의국을 나선 것까지는 좋았는데, 효인은 의국을 나서자마자 갈 방향을 잃고 말았다. 할 일은 많은데 뭔가 하릴없는 기분이었다. 그래서 복도만 터덜터덜 걸어가고 있다가, 멍하니 창가에 멈춰 섰다. 목적지 없는 걸음은 사람을 금방 지치게 만든다더니, 그 말이 딱 맞았다.

"대체 뭐였냐고……."

저도 모르게 중얼거리고만 효인은 핫 정신을 차리고 자신의 이마를 퍽퍽 쳤다.

"그만, 그만 생각해. 뭐 별다른 의미가 있었을라고? 스킨십 하는 게 유별난 것도 아니잖아. 입술에 뭔가 붙어 있었나 보지."

효인은 애써 생각의 방향을 틀었다.

요즘 자신은 뭔가 이상했다. 진환도 혼기가 꽉 찼으니 연애를 해도 하등 이상할 게 없는데 묘한 배신감을 느끼는 것도 그렇고, 그의 몸에 닿으면 바싹 긴장이 되는 것도 그렇고…….

효인은 어둑한 바깥을 바라보며 한탄하듯 중얼거렸다.

"역시 너무 굶은 게야……."

양기 없이 허송세월만 보낸 음기가 에스트로겐을 날뛰게 만들고 있는지, 이십년 지기 친구를 상대로도 이런 생각을 하게 되는 모양이었다.

에스트로겐. 이 발칙한 것 같으니라고. 내 너를 호되게 단죄해 친구를 마녀(?)의 손아귀에서 구출해 내고야 말겠다.

"나도 빨간 비디오나 봐야 하나."

효인은 팔짱을 끼고 멍하니 중얼거렸다.

"하아……."

왠지 심히 자괴감이 든 효인은 땅이 꺼지고 하늘이 솟을 듯한 한숨을 연거푸 토해냈다. 그리고 말 그대로 하릴없이 창문 너머만 바라보고 있는데, 마침 앰뷸런스가 병원의 정문을 통과해 응급실 쪽으로 가는 모습이 보였다. 그제야 효인은 팔짱을 풀고 기대서 있던 기둥에서 몸을 들었다.

"역시 이럴 때는 정신없는 ER이 최고지."

윤정의 요즘 기분을 설명하라고 한다면, 그야말로 최악이었다. '머피의 법칙'이란 말이 괜히 있는 게 아닌지, 일이 되지 않으려고 하니 오만 게 다 태클이었다. 조금 실수한 걸 가지고 레지던트들은 거의 발악을 해대지, 혼나기 일쑤지, 잠을 못 잔 지 48시간도 더 넘은 것 같은 데다가, 환자들마저 도와주질 않았다. 술 주정뱅이 환자들은 하지 말란 짓은 다 하지, 심술궂은 환자는 인턴 따위에게 진료받지 않겠다고 뻗대지, 한 번은 욱하는 성질에 무례한 환자와 싸웠다가 레지던트에게 정도가 지나쳤다고 혼나기까지 했다. 응급실 특성상 의사가 환자와 싸울 수도 있긴 하지만, 말이 지나쳤다는 것이다.

아무래도 이 모든 일의 원인은 그 음료수 때문인 것 같았다. 빌어먹을 음료수.

무언가를 찾고 있는 듯 엉거주춤한 자세로 서 있는 효인을 그냥 스쳐 지나가려다가 그녀의 손에 들린 익숙한 병을 보았을 때, 경악하고 말았다. 설마, 그냥 같은 음료수일 거라고 재차 자위했지만 그녀가 당연하다는 듯이 누가 줬다고 대답하자 기가 질려버렸다.

음료수를 효인에게 줘버린 진환이 야속하다기보다 당연하게 받아 든 그녀에게 화가 났다. 자신이 그걸 어떤 기분으로 그에게 줬는데. 물론 효인은 그런 의미의 음료수였다는 걸 몰랐다고 해도, 토로할 길 없는 원망은 자꾸만 그녀를 향해 갔다. 게다가 그일 이후로 모든 게 늪에 빠진 듯 엉망이 되어버려 더더욱 그랬다.

"출혈이 멈추지 않습니다."

간호사의 말에, 앞에 있는 여성 레지던트가 표정을 수습하느라 애썼다. 평소라면 윤정도 웃고 싶어서 부들부들 떨었겠지만, 지금은 웃고 싶은 기분도 들지 않았다.

"음, 흠흠, 수혈용 혈액 더 가져와요."

응급의학과 여성 레지던트는 겨우 목소리를 고르고 지시했다.

수혈용 혈액까지 필요한 출혈 상황에 웃음이 웬 말인가 싶을 것이다. 하지만 죄스럽게 서 있는 남자 보호자와 출혈로 창백하게 질린 얼굴로도 낯부끄러워 죽을 듯한 여자 환자의 사연을 들으면 웃을 수밖에 없으리라.

"저…… 괜찮은 거겠죠?"

이십대 중반쯤으로 보이는 보호자가 주저주저 물었다.

"예, 괜찮을 거예요."

레지던트는 '아마.'라는 말을 삼키는 기색이 역력했다.

그들의 사연인즉, 연인 관계인 보호자와 환자는 은밀한 밤을 맞이하야 메이킹 러브에 돌입하려고 했단다. 그런데 보니까 어라? 콘돔이 다 떨어졌네? 하지만 뼈와 살이 불타는 밤을 기대하며 이미 후끈 달아오른 몸을 찬물 샤워로 가라앉힐 수는 없으니, 남자가 번뜩이는 아이디어로 방법을 고안해 냈다고 한다. 그것은 바로 콘돔을 대신할 랩이었다.

그렇다. 랩. 남은 음식을 싸거나 할 때 쓰는 주방용 랩.

얼씨구나 좋다 싶어진 남자는 자신의 페니스에 콘돔 대신 랩을 감고 성관계를 시도했는데, 성관계 도중 랩이 빠지며 환자의 질 안으로 들어가 버렸고, 깊숙이 들어간 랩이 자궁을 긁으며 대량 출혈이 생겨 버린 것이었다. 엄청난 출혈에 기절할 듯이 놀란 남자는 당장 환자를 데리고 응급실로 뛰어왔다.

처음에는 윤정의 담당 환자였는데, 이런 경우에는 어떡할지 몰라 레지던트를 불렀더니 아무래도 수혈을 해야 하는 모양이었다. 그것도 몇 팩이나.

사실 응급실에 어떤 사람들까지 오는지 알면 놀라움을 금치 못할 것이다. 한 레지던트는 이젠 항문이나 질 속에 뭘 넣은 사람을 봐도 전혀 놀랍지가 않다고 했다.

그때 윤정은 응급실로 들어오는 낯익은 사람을 발견했다. 지금 보고 싶지 않은 인물 Best 3 중 단연 톱을 차지하고 있는 효인이었다. 순간 윤정은 앙칼지게 팩 고개를 돌려 버렸다. 인턴이 전임의에게 웬 말이냐 싶겠지만, 정말 꼴도 보고 싶지 않았다.

"다음부터는 절대 이러지 마세요."

여성 레지던트의 부드러우면서도 단호한 경고에 남자 보호자는 화끈 볼을 붉혔다.

"아무리 급해도 쓸 건 제대로 쓰셔야죠."

"예, 예에…… . 예."

보호자는 그저 자동차에 부착된 흔들 인형처럼 고개만 끄덕거렸다. 윤정은 심기가 불편하다 보니 그 꼴도 거슬렸다.

윤정은 괜스레 한번 효인 쪽을 돌아보았다. 그녀는 응급실 업무를 도와주려고 온 건지 벌써부터 환자를 보고 있었다. 뚱한 표정으로 그녀를 보던 윤정은 다시 고개를 원위치시켰다.

"그럼……."

레지던트가 무어라 말하려는 순간이었다.

"당장 튀어와!"

무서울 정도로 쩌렁쩌렁 울리는 고함이 고막을 때렸다. 화들짝 놀란 레지던트와 윤정은 얼른 목소리의 발원지를 보았다. 심각하지 않은 듯해 잠깐 방치되어 있던 환자를 살펴본 효인이었다.

윤정은 진심으로 놀랐다. 평소에도 효인의 목소리가 그렇게 가녀리진 않았지만, 지금 목소리는 마치 짐승이 울부짖는 듯했기 때문이었다.

"이런! 잠시만요!"

레지던트는 낭패 어린 표정으로 당장 뛰어갔다. 윤정도 얼른 그녀의 뒤를 따랐다. 둘 외에도 급한 환자 담당이 아닌 사람들은 다 효인에게 몰려들었다.

설렁설렁 걸어 찾아온 응급실은 여전히 부산했다. 눈만 깜빡여도 사람들의 위치가 바뀌어 있을 정도로 쉴 새 없이 움직이고, 이루 말할 데 없이 역동적이었다. 효인은 그 분주함을 음미하며 응급실의 안쪽으로 걸음을 옮겼다.

"끄으……."

그런데 그 순간, 목이 졸린 듯 고통스러운 신음이 효인의 귀를 낚아챘다. 그래서 고개를 돌려보니, 아무도 돌보고 있지 않은 환자가 신음을 흘리고 있었다. 그는 병상 위에서 젖은 빨래처럼 축 늘어져서 목젖만 정신없이 들썩거리고 있었다. 하지만 갑자기 상태가 변한 건지 누구도 그 환자에게 관심을 두고 있지 않았다.

효인은 뭔가 심상치 않음을 느끼고 환자에게 다가가 상태를 체크해 보았다. 그런 후에 바로 재빨리 그의 카르테를 읽어보았다.

남성. 신원불명. 자동차 사고. 가슴 부위 타박상 외에 외상은 없음. 동공 상태 정상, 혈압과 맥박도 정상수치. 그래서 수액 공급과 흉부 엑스레이 촬영만 지시.

이어서 효인은 PACS(의료영상저장전송시스템)로 전송된 그의 엑스레이 사진을 모니터로 확인했다.

"당장 튀어와!"

효인은 단전에서부터 끌어 올린 목소리로 소리쳤다. 펄쩍 놀란 인턴과 레지던트, 간호사들이 뛰어왔다. 거기에는 마침 근무 중이던 지은도 섞여 있었다.

"선생님? 무슨 일이세……."

불안해진 지은이 물으려고 했지만, 효인은 사나운 표정으로 잠시 기다리라는 듯 손바닥을 내 보였다.

"너희들 대체 정신을 어디다 두고 사는 거야? 다른 사람들만 환자야? 너희 바쁜 거 누가 몰라? 정신 빼놓고 있다가 사람 하나 골로 보낼 일 있어?"

다른 환자들이 들으면 안 될 내용이라 효인은 나직이 내리깐 목소리로 음산하게 으름장을 놓았다. 하지만 그러면서도 다른 때의 유유자적한 모습이 상상되지 않을 정도로 빠르게 움직이기 시작했다. 조금도 지체하지 않았다. 눈치 빠른 지은이 건넨 라텍스 장갑을 끼기 무섭게 효인은 보는 것만으로도 섬뜩해지는 큰 주삿바늘을 들어 올렸다. 그리고 산소 부족으로 새파랗게 질린 환자의 흉부를 거침없이 찔렀다.

"긴장성기흉이잖아! 어떻게 기흉도 못 알아봐?"

인턴들과 레지던트들은 굳어버렸다. 긴장성기흉은 극심한 호흡곤란으로 환자가 자칫 사망할 수도 있었기 때문이다. 나중에 보니 하필 환자는 중증 폐 공기증[23]이었다. 폐 공기증이 심하면 엑스레이에서 기흉이 잘 보이지 않는 경우가 있는데, 환자가 그런 경우여서 레지던트가 놓쳤던 것이다.

그래도 그건 변명이 될 수 없었다. 만약 이 환자를 몇 분만 더 방치해 놨다면 그는 사망했을 테고, 의료진의 부주의 때문에 사망하게 된 사례로 의료소송에 걸릴 가능성이 높았다. 이 상황에서 효인이 그를 발견한 것은 정말 천만다행이라고 할 수밖에 없었다.

그 순간, '삐—' 하는 소리가 길게 울려 퍼졌다. 모니터를 바라본 간호사가 다급히 외쳤다.

---

23) 폐 내의 공기 공간의 크기가 정상보다 커지는 병. 폐포 벽의 파괴가 따르며 기침, 호흡 곤란 따위가 나타난다. 국립국어원 표준국어대사전

"VF[24]입니다!"

"디핍[25]!"

효인은 고함을 내질렀다. 응급실에서 CPR 실행은 놀랄 것도 없는 일이지만 큰 실수를 낼 뻔했던 상황이었기 때문이다.

천장 스피커에서 CPR 실행을 알리는 방송이 나왔다. 한 레지던트는 신속하게 환자의 기도에 튜브를 삽관하고 간호사는 당장 제세동기를 끌고 왔다. 그동안 효인은 다른 레지던트에게 심장마사지를 하라고 지시했다.

인턴들은 우왕좌왕하느라 이리 치이고 저리 치였지만, 효인과 레지던트, 간호사들의 모습은 그야말로 '통제된 혼란'이었다. 그들은 동작 하나하나에 어떠한 규칙이 있는 듯 정확하고 신속하게 움직였고, 그것은 응급처치라기보다 하나의 행위예술에 가까웠다.

"에피네프린[26]! 아트로핀[27]! 100J!"

패들을 든 효인이 외치자 약품들이 주사되고, 곧 제세동기의 모니터를 확인하고 있던 지은이 외쳤다.

"Charge!"

삐— 어서 환자를 살리라 말하듯 제세동기에서 충전 완료음이 울려 퍼졌다.

"Clear!"

크게 외친 효인이 패들을 환자의 가슴에 대자마자 환자의 몸이 펄쩍 뛰어올랐다. 그리고 덜컹! 쿵! 환자의 몸이 내려앉고 침

---

24) Ventricular Fibrillation, 심실세동
25) Defibrillator, 제세동기
26) Epinephrine, 아드레날린
27) Atropine, 부교감신경 차단제

대가 시끄럽게 흔들렸다.

"Pulse 잡히지 않습니다!"

"200J!"

효인의 외침을 끝으로 초조한 가운데 몇 초 정도가 흘렀다. 삐— 소리와 함께 지은이 다시 소리쳤다.

"Charge!"

"Clear!"

다시 한 번 환자의 몸이 위로 솟구쳤다. 하지만 아직도 그의 심장은 되살아나지 않았다. 고작해야 삼십대 초반을 넘기지 않았을 나이인데, 그의 삶은 여기서 끝나는 걸까.

"300J!"

"Charge!"

"Clear!"

힘을 내, 힘을 내라고. 당신의 심장은 이 정도로 죽어버릴 만큼 약하지 않아. 더 뛸 수 있어. 얼마든지 더 뛸 수 있잖아. 한번 힘차게 뛰어보라고. 어서!

효인은 속으로 부단히 외쳤다.

"여전히 VF입니다!"

이런 일에는 이골이 날 대로 난 지은이지만, 효인이 패들을 들고 있으니 새삼 과거에 끔찍했던 기억이 떠오르는지 입술을 깨물었다.

효인은 거의 패들을 집어 던지다시피 하더니 침대 위로 올라갔다. 그리고 환자의 상체에 올라탄 뒤 그의 가슴에 양손을 겹쳐대고 온 힘을 다해 심장마사지하기 시작했다. 금세 땀이 솟아오

르고, 수술복이 젖어들었다. 환자의 가슴도 시퍼렇게 멍이 들어 갔다.[17]

"선생님, 교대를……."

한 레지던트가 말했지만, 효인은 이를 악물고 말했다.

"말 걸지 마."

심장마사지는 단 한 번 누를 때도 엄청난 힘이 필요하니 이론 적으로는 교대를 하는 쪽이 맞았지만, 지금 효인은 아집 때문에 그러는 것 같지는 않았다. 오히려 과학적으로는 설명할 수 없는 직감을 느끼는 것처럼 자세를 유지한 채 몇 번 더 환자의 가슴을 강하게 내리눌렀다.

그때였다. 신의 복음이라고 할 수밖에 없는 '삑' 소리가 작게 터졌다.

"Pulse 잡힙니다."

숨소리마저 참고 있던 인턴들은 동시에 후앗 숨을 터뜨렸다. 효인은 젖은 머리를 쓸어 올리고 침대에서 내려와 손짓 한 번으로 라텍스 장갑을 벗어내 카트에 던졌다.

"리도카인[28] 줘."

그리고 효인은 귀 뒤에서 흘러내리는 땀방울이 보일 정도로 푹 젖은 상태로 죽음에서 겨우 살아 돌아온 환자의 귓가에 다정히 속삭였다.

"잘 버텨주셨어요."

간호사들은 뒤처리를 하느라 효인을 돌아볼 새도 없었지만, 인턴들은 넋 놓고 그녀를 바라보았다. 환자의 젖은 머리카락을

---

28) Lidocain, 항부정맥제

살짝 떼어내며 속삭이는 그녀의 모습은 마치…… 모르고 봤다면 그의 연인이 아닐까 싶을 정도였다.

"장난이…… 아냐."

누군가가 멍하니 중얼거렸다. 하지만 그 누구도 누가 그런 이야기를 했는지 확인하려고 하지 않았다. 그저 도깨비 같은 모습이 다 거짓말인 양 섬세한 손길로 마무리 작업에 들어간 효인을 바라볼 뿐이었다.

누구도 보지 않는 뒤편에서 윤정은 입술이 터져라 질끈 깨물었다.

12

너, 미워할 거야!

"후우, 정말 큰일 날 뻔했어요."

지은은 한숨 같은 목소리를 토해냈다. 하지만 한바탕 난리를 치르고 난 효인은 뻐근한 목만 꾹꾹 주무를 뿐, 아무런 말이 없었다. 그러자 지은은 무표정한 효인을 걱정스레 힐끔 훔쳐보았다.

효인이 아랫사람들에게도 격의 없이 잘 대해주기 때문인지 쉽게 보는 사람들이 있지만, 평소에 조용한 사람이 한 번 화내면 더 무섭다고 하던가. 평소에도 마냥 온화한 성격만은 아니지만, 아랫사람들은 왕왕 착각하고는 했다. 심 선생님이라면 실수를 해도 털털하게 웃으며 이해해 주실 거라고.

하지만 성격이 좋다는 것과 일에 있어서도 느슨하다는 말은 동의어가 아니었다. 특히 의료진의 실수는 환자의 생명과 직결되는 만큼 그 점에 있어서는 효인도 용서가 없었다.

수술실에서 토하는 것이나 조금 농땡이를 피우는 것, 그 정도
는 개인에게 한정된 이야기이니 관대하게 봐줄 수도 있었다. 하
지만 환자의 생명 앞에서 의사란 결코 관대해져서는 안 되는 법
이었다.

"죄송해요."

지은은 시무룩하게 용서를 빌었다. 어찌 되었든 그 환자를 방
치하고 있었던 자신의 잘못도 없지는 않으니까.

"괜찮아. 그건 지은 씨의 일이 아니었으니까."

선을 긋는 듯한 말이었지만 지은은 불쾌해하지 않았다. 간호
사에게는 간호사의 할 일이, 의사에게는 의사의 할 일이 있는 게
사실이기 때문이었다.

"그럼 좀 웃어보세요. 심 선생님이 무표정하게 있으면 무섭단
말이에요."

지은은 언니에게 앙탈 피우는 여동생처럼 투덜거렸다.

"알았다, 알았어. 웃으면 되지? 이렇게?"

효인은 그런 지은을 놀리려는 듯 짐 캐리처럼 과장되게 웃어
보였다. 그러자 지은은 울상이 돼서 뾰로통한 입술을 하고 우물
거렸다.

"너무해요."

"그래, 난 무 할 테니까 지은 씨는 양파 해."

효인은 귀를 후비적거리며 무심하게 대답했다.

"헉! 뭐예요, 그 썰렁한 개그는! 재미없어요!"

"재미없으라고 한 거야."

지은은 입안에서 작게 '체' 하는 소리를 굴렸다.

"아, 근데 말이야."

문득 효인이 슬그머니 운을 뗐다.

"그때……."

"그때 뭐요?"

그때 진환과 단둘이 앉아서 무슨 이야기를 하고 있었느냐고 질문하길 주저하는 사이, 지은이 화장실 문에 손을 대었다.

"흐흑!"

그 순간, 화장실 안에서 처녀귀신이 우는 듯한 소리가 새어 나왔다. 지은과 효인은 동시에 움찔 굳어버렸다.

"야…… 그만 울어."

한숨 같은 목소리가 뒤따라 왔다. 지은과 효인은 뭔 일인가 싶어 시선을 교환했다.

"너 같으면 안 울겠어? 흐흑……."

"거야…… 인턴 생활이 힘든 건 나도 알지만……."

인턴 때는 으레 그렇듯, 화장실에 몰래 숨어 친구를 붙잡고 설움을 토해내고 있는 모양이었다. 그에 효인은 지은에게 입모양만으로 '탄 건가?'라고 물었고, 지은 역시 소리 없이 '탔나 봐요.'라고 대답했다.

'탄다.'는 흔히 선배들에게 혼난 초보 간호사들이 화장실이나 사람 없는 곳을 찾아다니며 남몰래 눈물을 흘리는 고달픔을 표현하는 말이었다.[18] 안에 있는 인턴은 간호사가 아니었지만, 간호사인 지은을 상대로 대강 그 비슷한 의미에서 사용한 것이었다.

"지금 그래서 우는 게 아니잖아!"

"어우, 계집애. 왜 소리는 지르고 그래. 깜짝 놀랐잖아."

그런데 본의 아니게 가만히 듣고 있으려니, 친구를 달래주고 있는 인턴의 목소리가 낯익었다. 울고 있는 인턴은 우느라 목소리가 잠겨서 본래 음성을 알 수 없었지만, 달래주는 쪽은 어디서 많이 들어본 것 같았다.

"이건 정말 불공평해."

울고 있는 인턴이 코를 훌쩍거리며 거칠게 말했다.

"전임의 선생님께 혼나는 건 다 그렇잖아."

전임의란 말에 효인은 반사적으로 '나?'라고 묻듯 자신에게 손가락질을 했고, 지은은 눈을 동그랗게 떴다. 이거 설마 뒷담화의 현장을 목격하게 된 건가?

"음료수만 해도 그래."

"음료수? 아, 그거…… 장 선생님께 줬다는 거?"

효인은 소리 없이 '에?' 하는 소리를 내었다. 음료수와 장 선생. 그 조합이 왠지 꺼림칙하게 들려왔다. 그래서 인턴들의 말이라도 훔쳐 듣는 건 좋지 않겠지만 선뜻 발이 떨어지지 않았다.

"그래, 난 얼마나 고민하다가 준 건데…… 그 여자한테 줘버리고……. 차라리 버렸으면 또 몰라."

설마 싶어진 효인은 파삭 인상을 일그러뜨렸다.

"버렸어도 상처받았을 거면서."

"몰라, 모른다고. 그 여자한테는 늘 지는 기분이야. 비참해져."

"전임의 선생님이잖아. 지고 말고 할 게 뭐 있어?"

효인의 머리가 맹렬한 소리를 내며 돌기 시작했다. 진환이 누가 줬다며 가져온 음료수, 너 마시라고 받아 왔다던 말, 호출기를 찾고 있는 동안 쥐고 있던 음료수 병을 보고 깜짝 놀라던 인턴 하나. 기억의 이음새가 맞물리자 효인은 입안으로 '어이쿠.' 하는 소리를 굴리며 이마를 짚었다. 지은 역시 어찌 된 일인지 눈치챈 듯 낭패스러운 표정이었다.

"몰라. 갈래."

안에서 부스럭거리며 일어서는 소리가 들린 순간, 효인은 지은에게 입모양으로 '뛰어!'라고 소리쳤다. 그리고 두 사람은 신발창에서 고무 타는 냄새가 나도록, 혹은 엄마를 외치며 뛰는 하니처럼 부리나케 달리기 시작했다.

"응?"

희미하게 남아 있는 인기척에 문을 열고 나온 윤정이 의아한 소리를 흘렸지만, 이미 두 사람은 바람과 함께 사라져 있었다.

타악! 안전거리까지 오자 효인은 벽을 내려찍으며 숨을 골랐다.

"크헉, 젠장. 내가 이 나이에 인턴을 피해서 죽도록 뛰어야 하다니."

"헉헉……. 갑자기 뛰라고 하시니까 깜짝 놀랐잖아요."

용케 효인을 따라온 지은 역시 헐레벌떡 숨을 고르며 말했다. 하지만 효인은 숨을 고르기 무섭게 다시 어디론가 가려고 했다.

"어? 어디 가세요?"

"죄 많은 남자 잡으러!"

그렇게 소리친 효인은 지은을 남겨놓고 다시 부리나케 뛰어갔다. 지은은 쯧쯧 혀를 내찼다.

"인생, 정말 마음먹은 대로 안 가네."

"장진환!"

노기 섞인 부름에 요 근래 지정석이 된 자리에 앉아 있던 진환은 움찔했다. 효인이 화난 음성으로 불러서라기보다, 아까 의국에서의 일 때문에 괜스레 뜨끔해 버린 것이었다. 그런데 그녀를 본 순간 진심으로 의아해졌다.

왜 저렇게 화가 났지?

효인은 이글이글 끓는 눈으로 허리에 양손을 척 얹고 있었다.

"무슨 일이야?"

효인은 시비라도 걸 것처럼 아니꼬운 눈으로 진환을 위아래로 훑어보았다. 그는 시간이 나면 늘 하는 버릇대로, 환자들의 카르테를 출력해 꼼꼼히 체크 중인 모양이었다. 그의 저런 버릇 덕택에 미처 모르고 넘어갈 뻔했던 환자의 숨은 병을 발견한 적도 있었다.

평소라면 그런 진환을 마냥 흐뭇한 눈으로 바라보았을 테지만, 지금 효인은 죄 많은 남자의 죄 많은 짓거리에 화가 나 있었다. 의국에서 그가 했던 의미 모를 행동에 대해서는 잠깐 잊어버린 상태였다.

솔직히 자신을 생각해서 음료수를 받아다 준 것은 기뻤다. 전후 사정을 알게 된 지금도 그것만은 기특하고 고마웠다. 하지만 그렇다고 그냥 넘어갈 만한 일도 아니었다.

"내가 지금 무슨 소리를 듣고 왔는지 알아?"

효인은 이를 갈았다. 하지만 진환은 더더욱 알 수 없다는 표정일 따름이었다.

"아, 사망할 뻔했던 기흉 환자를 살렸다는 이야기는 들었어."

"뭐? 그 이야기를 벌써 들었단 말이야?"

효인은 눈썹을 찌푸렸다.

"말이란 빨리 도니까."

"나 참, 빨라도 너무 빠르잖아?"

누가 들어도 그다지 곤란한 이야기는 아니지만, 이러다가 스캔들이라도 나면 채 한 시간도 지나지 않아 전 병원이 다 알고 있을 것 같았다.

"누구한테 들은 거야?"

"임 선생님이 지나가시다가 이야기해 주던데."

임 선생은 현재 당직 근무 중인 응급의학과의 전임의였다.

"왜, 내가 들으면 곤란한 이야기야?"

진환은 왠지 모르게 얼핏 불쾌감이 섞인 목소리로 물었다.

"그게 아니라 말이 빨리 돈다는⋯⋯."

아니, 지금 누가 누구한테 화를 내는 거야!

"에잇! 이게 아니잖아!"

효인은 고질라로 변신해 불을 뿜어낼 듯이 왁 소리를 내질렀다. 그러자 진환이 조금은 움찔하는 눈치였다.

"너!"

효인은 손끝으로 진환을 찔러 버릴 것처럼 척 가리켰다.

"나한테 준 음료수 누구한테 받은 거야?"

"무슨 음료…… 아."

말하다 보니 보기 안쓰러울 정도로 잔뜩 긴장한 인턴이 전해 줬던 음료수가 기억났다.

"그래, 그거."

효인은 용의자를 심문하는 검사처럼 어서 썩 털어놓으라는 듯 눈을 형형하게 빛냈다.

"인턴한테 받았는데."

"어떤 인턴이었는지 기억나?"

진환은 잠시 눈동자를 모로 굴리며 기억을 되짚어보았다. 그 표정이 의외로 천진해 보였지만, 진환은 본연의 얼굴로 돌아가 말했다.

"내가 일일이 기억해야 하는 거야?"

관심을 두는 사람이 아니라면 기억에도 두고 싶지 않다는 듯 한 말투였다. 뭐 이런 잔인한 남자를 보았나.

"그래, 그건 어쨌든 간에 남한테 받은 걸 왜 나한테 줘?"

진환은 다시 카르테 쪽으로 시선을 옮기며 두 번 생각할 것도 없다는 듯이 대답했다.

"네가 좋아하는 거였으니까."

효인은 황당함에 기가 막히고 코가 막히고 귀까지 막힐 것 같았다. 그런데 이해할 수 없는 건, 그 말에 왜 기분이 좋아지는 걸까? 정의로운 괴도 슈퍼우먼은 상처받은 연심의 대변인이 되어주어야 할 터인데, 그 대답에 불현듯 이기적인 여자의 본심이 불쑥 고개를 디밀었다. 발칙하게도.

"문제라도?"

진환은 흘긋 시선으로만 효인을 보며 물었다.

"됐다, 됐어."

효인은 포기 색이 짙은 표정으로 휙휙 손을 내저었다.

"내가 무슨 이야기를 더 하겠어."

어디서부터 뭘 어떻게 바로잡아야 할지 알 수가 없었다. 자신을 생각해서 그랬다고 하는 진환을 탓할 수도, 속사정을 알아주지 않는 인턴을 탓할 수도 없었다. 어쨌든 그쪽은 진환이 마셔주길 바라며 설레는 심정으로 음료수를 건넸을 테니까.

결국 진짜 죄인은 아무것도 모르고 날름 음료수를 받아 든 자신이란 말인가? 그건 또 아니지 않은가.

"심효……."

효인이 가려는 듯 몸을 돌리자, 진환은 반사적으로 그녀를 부르려 했다. 하지만 그 전에 효인이 먼저 억울하다는 듯 홱 고개를 돌리고 외쳤다.

"너, 미워할 거야!"

서른네 살이나 먹은 주제에 그야말로 땡깡 피우는 어린아이처럼 외친 효인은 잡을 틈도 주지 않고 가버렸다.

대체 저 모습 어디가 서른네 살의 전문인이란 말인가? 진환은 어이가 없었다. 따라가서 효인을 잡고 자세한 이야기를 물어봐야 하는지, 그냥 좀 진정할 때까지 내버려 둬야 하는지 알 수 없을 정도로.

"어린애 같긴."

효인의 성격을 잘 알고 있는 진환은 일단 그냥 내버려 두기로 하고 하던 일을 하기 위해 고개를 원래대로 돌렸다. 그리고 한동안 읽다 만 카르테를 쭉 읽어 내리는데, 마지막 칸에 와서야 머릿속에는 한 글자도 들어오지 않고 눈으로만 훑고 있다는 사실을 깨달았다.

집중력에 있어 둘째가라면 서러운 진환은 다소 당황스러워졌다. 그래서 잠시 카르테를 빤히 바라보다가, 무슨 이유에서인지 아까부터 따끔거리는 심장 부근을 손바닥으로 짚었다.

"뭐지?"

진환은 이해할 수 없다는 듯 중얼거렸다.

"나 혹시 상처받은 건가?"

남이 뭐라 하든 묵묵히 제 길을 걸어온 장진환, 34세. 이해할 수 없는 늪에 빠져 버리다.

"화무십일홍."

"헉!"

효인은 모퉁이를 돌자마자 들려온 목소리에 화들짝 놀랐다. 그래서 반사적으로 한 걸음 물러나서 보자, 지은이 새침하게 벽에 기대서 있었다.

"지은 씨! 깜짝이야. 누구 쇼크사시킬 일 있어?"

"선생님, 화무십일홍이란 말 알아요?"

효인은 이해할 수 없다는 표정이 되어버렸지만 일단 대답했다.

"알지."

"그럼 그 뜻도 알겠네요?"

갑자기 웬 고사성어 교육?

"설마 내가 그런 것도 모를까 봐? 그런데 갑자기 그건 왜?"

지은은 샐쭉한 표정을 지었다. 그리고 휘릭 몸을 돌리더니 지극히 희극적인 어조로 말했다.

"그냥 그런 말이 있다는 의미예요. 그리고 흔히들 옛말 하나 틀릴 거 없다고 하잖아요?"

"뭐…… 그렇지?"

"영원하지 않은 것에 얽매여 있는 것만큼 어리석은 일은 없다는 거, 심 선생님도 잘 아실 거라 생각해요."

알 수 없다, 알 수 없다, 이렇게 알 수 없을 수도 있나 싶어 효인은 멀어지는 지은을 멍하니 바라보았다. 그러자 지은은 막 생각났다는 듯 빙글 몸을 돌리고 말했다.

"아 참, 제가 어떤 남자 좋아하는지 아시죠?"

"어…… 뭐, 푸근하고 평범한 남자였지?"

물론 지은도 여자이니 만큼 잘난 남자가 싫을 리는 없었다. 하지만 얼굴이 잘생겼으면 꼭 얼굴값을 하기 마련이니까. 지은은 잘생긴 남편을 두고 하루에도 열두 번씩 천국과 지옥을 오가는 일은 하고 싶지 않았다.

그렇기 때문에 외모는 좀 아니어도 자신을 감싸줄 만큼 푸근하고, 돈도 먹고살 수 있을 정도로만 적당히 버는 남자가 좋았다. 경제적인 능력이 좋다면 외모에 상관없이 여자는 따르기 마련이니까. 그렇게 보면 지은은 행동과 외모와는 다르게 참으로 현실적이라고 할 수 있었다.

"그러니까 전 장 선생님 같은 남자는 싫어요."

지은이 말한 순간 효인은 더 생각할 것도 없이 본능적으로 역정을 내고 말았다.

"진환이가 뭐 어때서!"

지은은 그런 대답이 나올 줄 몰랐는지 눈을 동그랗게 뜨더니, 곧 미소를 지었다.

"연애나 결혼 상대로 그렇다는 말이에요. 그러니까 혹시라도 오해하지 마시라고요."

"내가 언제 오해를……."

효인은 심히 뜨끔해졌지만 애써 부정했다. 하지만 그 후에 바로 다가오는 안도감에 할 말을 잃어버리고 말았다.

"아아, 화무십일홍. 인생은 알 수 없어라~"

효인이 그러거나 말거나 지은은 이상한 시조(?)를 외며 팔락팔락 사라져 갔다. 뒤에 남겨진 효인은 황망히 중얼거렸다.

"대체 뭐냐고……."

제 나름대로의 소신을 가지고 꿋꿋이 살아온 심효인, 34세. 정체불명의 늪에 빠져 버리다.

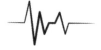

13
단거(Danger) 주의

"에? 심 선생님?"

막 의국으로 들어온 상준은 뜻밖의 인물을 발견하고 놀란 목소리를 흘렸다. 하지만 효인은 그런 그를 한번 흘긋 바라볼 뿐, 자신이 하고 있는 일에 말없이 열중했다.

상준은 하얀 가운을 걸친 채 위풍당당하게 서서 뜻 모를 일을 하고 있는 효인에게 슬그머니 다가갔다.

"뭐 하세요?"

효인은 앞에서 덜그럭덜그럭 흔들리는 냄비 뚜껑을 내려다보며 덤덤하게 대답했다.

"계란 삶아."

"에? 계란이요?"

"응, 계란."

계란이 다 삶아졌나 보기 위해 뚜껑을 들어 올리자, 이상한 과학 실험을 하는 것처럼 뿌연 김이 퍼져 올랐다. 가열점을 넘은 물이 보글보글 끓고 있는 냄비 안을 바라본 상준은 멍하니 중얼 거렸다.

"정말 계란이네요?"

"그럼 가짜 계란이겠니."

가스레인지의 불을 끈 효인은 담백하게 말하며 냄비를 들어 올렸다. 그리고 냄비 뚜껑을 위에 대고 싱크대 안에 물을 버렸다. 그러자 기관차의 증기 같은 김이 잠시 시야를 가릴 정도로 짙게 퍼져 올랐다.

"갑자기 삶은 계란이 드시고 싶으셨어요?"

효인의 엉뚱한 행동은 하루 이틀 일이 아니기 때문에 이내 상준은 그녀를 내버려 두고 자신의 사물함으로 다가갔다.

"아니."

"그럼요?"

"인생은 계란이라서."

"하아?"

당최 뭔 소리인지 나한테 설명 좀 해줄 사람?

상준은 황당하다는 눈길을 감추지 않았지만, 효인은 찬물로 삶은 계란을 식히고 뽀득뽀득 닦아 봉지에 넣는 등, 수술을 하는 양 거침이 없었다.

"최 선생도 먹을래?"

"아, 아뇨. 괜찮습니다."

"그래? 그럼 난 이만 가볼게. 가스레인지 잘 썼어."

"제 것도 아닌데요, 뭐."

피식 웃은 효인은 삶은 계란이 담긴 봉지를 휘적휘적 흔들며 의국을 나섰다.

"하여간 엉뚱하다니까."

사실 처음 인턴이 되었을 때는 레지던트였던 효인을 은밀히 짝사랑하기도 했지만 금방 포기해 버렸다. 효인이 연상이기도 했지만, 아무래도 자신의 힘으로는―떡 줄 사람 생각도 않는데 김칫국부터 마신다고 해도― 저 엉뚱함과 능력, 털털하다 못해 괄괄한 성격을 감당할 수 없을 듯해서였다. 그건 다른 사람들도 비슷한 심정인 것 같았다.

"대체 저분은 어떤 남자를 만나려나?"

상준은 중얼거렸다.

똑똑. 넋을 놓고 앉아 있던 가연은 누군가가 문을 두드리는 소리에 고개를 들었다.

"들어가도 되나요?"

하지정맥류가 재발하지 않는 이상 다시 볼 일 없을 거라 생각했던 효인이 문틈 사이로 빠끔히 고개를 내밀었다. 그에 가연은 괜스레 눈을 흘겼지만, 쏙 튀어나오는 얼굴을 보고 저도 모르게 피식 웃을 뻔했다. 효인이 왠지 눈치를 살피는 어린아이 같아서.

"어머, 선생님. 안녕하세요."

잡지를 보며 시간을 때우고 있던 가연의 어머니가 벌떡 일어나 반갑게 효인을 맞았다. 그러자 효인은 완전히 문을 열고 병실 안으로 들어섰다.

“안녕하세요.”

그 순간, 가연은 의아한 눈이 되어버렸다. 효인이 손에 이상한 물건을 들고 있기 때문이었다. 어디서 조달해 온 건지 플라스틱 컵과 봉지에 싸인 계란 몇 개.

“잘 지내셨어요?”

빙긋이 웃는 효인의 질문에야 가연은 퍼뜩 정신을 차렸다.

“가연 씨, 다리는 좀 어때요?”

가연은 원래 친근한 사이인 듯 스스럼없이 물어보는 효인을 물끄러미 보았다. 이 여자는 속도 없는 걸까? 못된 말을 하고 완전히 미친 여자 같은 모습까지 보여줬는데, 담당이 끝난 환자에게 선뜻 찾아오다니…….

“뭐…… 덕분에요.”

가연은 시선을 돌리며 차갑게 대답했다. 하지만 효인은 역시 미소를 지우지 않고 가연에게 다가왔다.

“베리아트릭 수술이 오늘이죠?”

“네, 그렇다네요.”

사실 가연은 그 난리를 피워댄 게 조금 미안하기도 하고 부끄럽기도 했지만, 여태 해온 게 있는지라 그다지 좋은 말이 나가질 않았다.

“음…… 이야기 좀 할 수 있을까요?”

효인은 물었다.

“뭐, 그러든지요.”

가연은 여전히 톡 쏘는 어조로 대답했지만 시선만큼은 줄기차게 자신의 무릎에 맞추고 있었다. 그에 효인은 가연이 부끄러워하고 있다는 사실을 눈치챘다.

효인은 가연의 옆에 앉아, 들고 온 봉지를 불쑥 내밀었다.

"계란 좋아해요?"

가연은 황당하다는 봉지를 바라보았다. 곧 위 수술에 들어가야 할 환자에게 음식을 내밀다니? 정말 의사 맞아?

"좋아하는데요."

하지만 무슨 꿍꿍이속인가 싶어 일단 대답하자, 효인은 기차 여행에라도 오른 듯 신나게 봉지를 부스럭거리며 동글동글한 모양새가 귀여운 계란 하나를 꺼내 들었다.

"전 어렸을 때 계란을 보면 그런 생각을 했어요. 여기에는 뭐가 들어 있을까? 가연 씨는 그런 생각 해 본 적 없어요?"

"병아리가 들어 있겠죠, 뭐."

가연은 효인의 페이스에 말려들기 싫어 퉁명스럽게 대답했다. 그러자 효인은 계란을 쇠로 된 침대 난간에 내려쳐 깨뜨리더니 컵 안에 내용물을 부었다. 당연히 삶은 계란이겠거니 했는데, 껍데기가 깨지고 흘러나온 것은 날계란이었다.

"아, 병아리가 아니네요?"

효인이 몰랐다는 듯이 말하자, 가연은 미간을 찌푸렸다.

"지금 장난하자는 거예요? 날계란에서 병아리가 나올 리 없잖아요."

"그럼 여기에서는요?"

자못 화난 어조로 타박을 놓았지만 효인은 굴하지 않고 다른 계란을 꺼내 들었다. 가연은 미간을 찡그렸다. 하지만 마음속에서는 저도 모르게 은근히 저게 날계란일까, 삶은 계란일까 고민하고 있었다. 그러다가 왠지 효인에게는 지고 싶지 않은 기분이 들어 날름 대답하고 말았다.

"삶은 계란이요."

효인은 그 계란도 깨뜨렸다. 그러자 이번에는 아무것도 흘러나오지 않고 깨진 껍질 사이로 하얀 속살이 보였다.

"가연 씨가 맞혔네요. 정답을 맞힌다는 건, 가로세로 퍼즐이나 아주 어려운 수학 문제나, 넌센스 퀴즈라도 희열이 느껴지지 않아요?"

"대체…… 하고 싶은 이야기가 뭐예요?"

효인은 여태 꼿꼿하던 모습과 달리 조금 부끄러운 듯 배시시 웃었다.

"어린애 같다고 할지도 모르겠지만, 전 인생이 계란 같다고 생각해요. 깨보기 전에는 뭐가 나올지 알 수 없잖아요."

"단백질 덩어리나 삶은 계란, 아니면 병아리, 셋 중 하나는 나오겠죠."

"인생도 그렇잖아요. 뭐든 나오는 거. 그리고 뭐가 나올지 맞히고 나면 희열이 들죠."

"여전히 무슨 말을 하고 싶어 하시는지 모르겠는데요."

효인은 빙그레 웃었다.

"사실 가연 씨랑 친해지고 싶어서요."

가연은 그런 효인을 한동안 뚫어져라 바라보았다. 솔직히 말하자면 고양이 같은 눈초리를 휘며 살랑살랑 웃는 모습이 귀여워 보이는 건 사실이었다. 나이를 떠나 어딘지 그래 보였다.

조금의 시기심과 부러움, 불공평한 이 세상에 대한 원망. 하지만…….

　세상과 부딪치며 많이 뾰족해졌다 해도 본래 성격이 모질지 못한 가연은 터놓고 친해지고 싶다 말하는 효인에게 더는 뭐라고 할 수가 없었다.

　"의사에게 환자는 치료가 끝나면 그걸로 끝인 줄 알았는데요."

　효인은 조금이나마 누그러진 가연을 보며 미소 지었다.

　예상대로, 가연은 본래가 공격적인 성격의 소유자는 아니었다. 단지 냉소적인 세상으로부터 자신을 보호하고자 잠시 공격적인 성격이 된 것뿐, 원래는 다소 심약하고 소심한 성격인 듯했다.

　사실 본래 굳건한 사람이라면 아무리 세상이 뭐라 한들 꿋꿋하게 자기 갈 길을 가기 마련이었다. 좋은 예로는 장 선생쯤? 하지만 나쁘게 말해 소심하고, 좋게 말해 섬세한 성격의 소유자는 작은 공격에도 금세 위축되고, 결국 자신을 보호하기 위해 날을 세우게 되는 법이었다.

　"의사도 각자 성격이 다르니까요."

　한동안 가연은 효인이 손에 쥐어준 계란을 내려다보았다. 그러다가 불쑥 물었다.

　"선생님 같은 사람도 잔인한 말을 들어본 적이 있나요?"

　"왜 안 들어봤겠어요."

　효인은 기다렸다는 듯이 말하기 시작했다.

　"제가 어렸을 때 얼마나 말썽꾸러기였는데요. 선생님들께 혼나기 일쑤고, 대체 커서 뭐가 되려고 그러냐, 내가 너 때문에 하루가 다르게 늙는다, 그런 말 듣는 건 전담반이었어요. 게다가 그때부터 가장 친했던 친구가 하나 있는데, 그 녀석은 정신 좀 차리라는 말을 아주 입에 달고 살았어요. 그렇다고 사회에 나온 후에는 좀 괜찮아졌느냐? 그것도 아니었죠. 선배들한테 혼나고, 혼나고, 또 혼나고, 쌍욕을 먹는 건 기본이었어요."

그런데 말하다 보니 정말 울컥하는 기분이 들었다. 인턴이나 레지던트일 때는 정말 쌍욕을 배불리 먹었다. 육두문자는 기본이요, 쌍시옷은 당연했으니 아마 벽에 똥칠할 때까지 살 수 있을 것이다. 그때 먹은 욕만 해도 수명이 수십 년은 늘어났을 테니까.

"아니, 그게 아니라 남자한테라든지……."

가연은 갑자기 털털해진 효인의 말투에 조금 놀란 것 같았다.

"에이, 당연하죠. 일단 그 가장 친한 친구부터 남자…… 아, 그 친구뿐만 아니라."

저도 모르게 진환의 얘기를 꺼낼 뻔했던 효인은 가연이 그에게 묘한 연심을 가지고 있다는 걸 떠올리고 얼른 말을 주워 담았다.

인턴에 환자까지. 아, 이 죄 많은 남자를 어떡하면 좋단 말인가. 이마에 단거(Danger)라고 써놓을 수도 없고. 물론 위험을 뜻하는 Danger의 정확한 외래어 표기법은 데인저지만, 그냥 우스갯소리로…… 아니, 그러고 보니 단거가 맞긴 하네? 워낙 단거라 달콤한 향기에 끌린 개미들이 쫄쫄쫄 모여드니 말이다.

"사실 제 성격이 좀 선머슴 같거든요. 그래서인지 넌 여자도 아냐! 하는 소리를 거의 하루걸러 하루씩 들었어요."

"선생님이요?"

"그러게요. 저 여자 맞는데. 옷 벗고 보여줄 수도 없고."

진심으로 곤란하다는 말투에 가연은 저도 모르게 피식 웃어버렸다.

"그땐 어떻게 대처하셨어요?"

"당연히 아득아득 씹어줬죠. 내가 여자가 아니면 네가 여자냐! 그렇게 여자가 되고 싶었으면 말을 하지, 내가 오늘 아주 저렴하게 성전환 수술을 시켜주마, 하고 소리쳤더니 줄행랑을 치지 뭐예요? 도망자 따라서 학교 전체를 질주한 적도 있어요."

가연은 실소를 흘렸다. 맹렬하게 질주하는 효인과 말 한 번 잘못했다가 탈진할 때까지 도망쳐야 했던 불특정 누군가가 상상되어 버린 탓이었다.

"한 번은 여름에 너무 더워서 배를 내놓고 누워 있었는데, 가장 친한 친구라는 녀석이 지나가면서 불판 가져와, 라는 거예요."

"불판이요?"

"네, 제 배에 있는 삼겹살을 구워 먹자나? 아주 두툼한 게 불판에 구워 먹으면 딱 좋겠다고 하더라고요."

가연은 결국 큭큭 웃어버리고 말았다. 말 자체보다, 다시 생각해도 그 친구가 괘씸하다는 듯 입술을 익살스럽게 삐죽거리는 효인의 표정이 웃겼던 탓이다.

"그 친구도 혼내주셨어요?"

"당연하죠. 그 친구가 자고 있을 때 바지 안에 얼음을 왕창 털어 넣고 도망쳤어요."

물론 그것만으로 끝낸 건 아니었다. 얼음을 털어 넣기 전에 세상모르고 자고 있는 진환의 티셔츠를 슬며시 걷어 올린 후, 얄밉게도 군살 없이 탄탄한 배에 유성 매직으로 그림을 그려놨다. 소고기를 부위별로 설명하는 그림을. 아마 모르긴 몰라도 그거 지운다고 배 껍질이 벗겨지도록 문질렀을 것이다.

"근데 그랬더니, 이 친구 속이 어찌나 좁은지…… 그걸 또 복수한다고 자고 있는 제 눈 밑에다가 치약을 발라놓은 거 있죠. 그날 눈물을 한 2리터쯤은 뽑았을 거예요. 제가 펑펑 우니까 제 딴에는 미안해졌는지 슬며시 다가오는데…… 성질이 왈칵 치받혀서 울면서 배를 걷어찼어요. 그러면서 죽네 사네……. 아, 정말 파란만장했다. 안 그래요?"

한참 이야기하다가 동의를 구하며 휙 고개를 돌렸는데, 가연은 입을 막고 웃고 있었다.

"정말 이미지와는 안 어울리네요."

"전 말이죠."

효인은 뜬금없이 운을 뗐다.

"지금 제가 참 좋아요. 가연 씨를 웃게 했잖아요. 아, 설마 나 혼자만의 착각인가? 가연 씨를 웃게 했다는 거?"

가연은 고개를 내저었다. 지금 모습이 효인의 진심이든 의사의 의무든, 격의 없이 대해준 것은 고마웠다. 여전히 효인이 부럽기도 하고 없잖아 시기심이 생기기도 했지만, 한 번쯤은 말해줘도 괜찮을 것 같았다.

"아뇨, 선생님이 절 웃게 했어요. 정말 오랜만에 실컷 웃었어요. 고마워요."

가연은 그렇게 말하며 손에 쥔 계란을 살짝 내려쳤다. 예상한 대로 갈라진 틈 사이에서 삶은 계란이 나타났다. 손안에 다소 묵

직하게 들어차는 질량감 덕분에 삶은 계란일 거라고 알고는 있었
지만…… 그래, 효인의 말마따나 약간 희열이 들었다. 인생도 늘
이럴 수만 있으면 좋을 텐데.

"자."

뺑덕어멈처럼 심술기가 잔뜩 묻어나는 목소리가 들리고, 누군
가가 눈앞에 불쑥 캔 커피를 내밀었다. 진환은 눈을 치켜떴다.
어느새 그의 외래 진료 사무실에 들어온 효인이 불퉁한 표정으
로 서 있었다. 미워할 거라고 외치고 간 후로 처음 보는 것이라
빤히 쳐다보고만 있자, 효인이 캔 커피를 흔들었다.

"아, 팔 떨어지겠어. 안 받아?"

웬 것인지 궁금했지만, 진환은 일단 캔 커피를 받아 들었다.

"심효인 성격도 좋군."

"무슨 말?"

"미워하는 사람에게 손수 음료수도 사다 주고 말이야."

효인은 황당하다는 듯 '핫!' 소리를 토해냈다.

"밴댕이 같으니."

정말 알게 모르게 속이 좁다니까. 효인은 속으로 투덜거렸다.

"그런데 웬 캔 커피야?"

그때부터 음료수 가지고 뭐라고 하더니, 진환은 설마 뭔가 복
수하려고 이러나 싶어서 물었다. 그런데 효인은 말했다.

"공로상이야."

"공로상?"

"그래, 소재거리 제공한 데에 대한 공로상."

가연을 웃게 할 수 있는 소재거리를 준 것에 대한 공로상 말이다. 은근히 속이 좁은 이 남자는 진심으로 복수한다고 예전에 효인의 눈 밑에 치약을 발라둔 거겠지만, 일단 결과만 보자면 도움을 주기는 했으니까.

사실 술자리나 친목회에서 사람들을 웃기려고 하면 진환과 있었던 경험담이 최고였다. 스스럼없이 망가지는 자신은 그렇다손 치더라도, 진환은 사람 자체가 개그 캐릭터는 아닌데 어렸을 때는 자신과 붙기만 하면 황당한 사연을 많이 남기고 다녔다. 가연에게 말한 사연은 모두 진짜 있던 일이었다.

"소재거리? 그건 또 무슨 소리야?"

"아— 그런 게 있습니다."

효인은 바퀴 달린 의자를 끌어다 앉으며 두루뭉술하게 넘어갔다. 그러자 진환은 뭐가 있겠지 생각하고 더는 묻지 않았다. 관심이 없어서라기보다 대답할 의사가 없는 사람에게 꼬치꼬치 캐묻고 싶지 않았기 때문이다.

진환은 다시 하던 일에 몰두하기 시작했다. 효인은 턱을 괴고 앉아 그를 부담스러울 정도로 빤히 쳐다보았다. 하지만 찌르는 듯한 시선에도 진환은 묵묵히 제 할 일을 할 뿐이었다.

효인은 진환을 해부하듯 꼼꼼히 뜯어보았다. 흰자위와 동공의 경계가 뚜렷한 깨끗한 눈알, 반듯한 콧날, 단정한 입매, 땀구멍이 다 어디 갔는지 자취도 없는 피부, 건강 상태가 좋아 보이는 얼굴색. 다소 직업병적인 소견을 제외하더라도, 확실히 객관적으로 보면 잘생기긴 했다.

결국 진환은 버티기를 포기하고 먼저 물었다.

"왜 그렇게 봐?"

하지만 효인은 한동안 대답이 없었다. 그래서 진환이 쳐다보자, 눈을 뜨고 잠든 건지 효인은 여전히 그를 뚫어져라 바라보고 있었다.

"심효인?"

진환이 의아하게 이름을 불렀을 때야 효인은 퍼뜩 정신을 차렸다.

'헉, 뭐야. 나도 홀려 있었던 거야? 이 녀석, 무슨 여우도 아니고…….'

이내 효인은 퉁퉁 부은 목소리로 물었다.

"네 어디가 그렇게 좋은 걸까?"

우뚝, 묻는 도중에도 글쓰기를 멈추지 않았던 진환의 손이 한순간에 멈추었다.

"뭐?"

"그러니까, 여자들은 네 어디를 그렇게 좋아하는 걸까?"

진환은 잠시 놀라고 말았다. 주어가 없었기 때문에 효인이 '나는 네 어디가 그렇게 좋은 걸까?' 하고 묻는 줄 알았기 때문이었다. 하지만 그는 곧 단조로운 음성으로 반문했다.

"무슨 대답을 해주길 원해?"

"글쎄, 자신을 객관적인 시각에서 바라본 객관적인 대답?"

"기각."

꼭 회사 상사 같은 대답에 효인은 한쪽 볼을 복어처럼 부풀렸다.

"하여간 없는 정도 떨어지게 하……."

힐책하는 어조로 말을 다 끝맺기도 전이었다. 말의 어미를 서서히 흐리더니, 이내 효인은 말을 멈추었다. 그에 무슨 일인가 싶어진 진환은 파일에서 시선을 떼었다.

웬일인지, 효인은 더 크게 뜰 수도 없을 만큼 눈을 크게 뜨고 뻣뻣하게 굳은 채 진환의 뒤쪽을 보고 있었다. 얼굴색은 점차 창백하게 질려갔고, 눈가는 쇼크 증세를 보이는 것처럼 파들파들 떨렸다.

"저⋯⋯ 저, 저⋯⋯!"

진환은 더더욱 의아해졌다. 그래서 자신의 뒤쪽에 무엇이 있는지 보기 위해 고개를 돌렸다.

"꺄악—!"

그 순간, 효인이 정말 드물게도 상당히 여성스러운 비명을 내지르며 벌떡 자리를 박차고 일어섰다. 그 목소리에 놀란 진환도 덩달아 엉거주춤하게 일어서고 말았다.

"무슨 일⋯⋯."

도대체 무엇 때문에 그러는지, 진환의 눈에는 아무것도 보이지 않았다. 멀쩡한 천장과 멀쩡한 바닥, 멀쩡하지 않은 여자 한 명이 보일 뿐.

"꺅! 꺄악!"

갑자기 효인은 무슨 탭댄스를 추는 것처럼 다리를 들썩이더니, 퍼뜩 자신을 보호해야 한다는 본능이 샘솟았는지 진환의 허리를 얼싸안았다.

"지, 진환아! 저기! 저기!"

"잠⋯⋯."

"헉! 으헉! 꺄악!"

"심효⋯⋯."

"어, 어떻게 좀 해 봐! 기, 기절할 것 같아!"

진환은 천장을 향해 낮은 한숨을 내쉬었다. 도대체가 말할 틈을 주지 않았다. 귀신을 본 것도 아니고, 뭐가 문제인지 알아야 뭐라도 해줄 텐데 말이다.

"어떻게 좀 해 보라니까!"

자신은 정말 꼬로록 기절이라도 할 것 같은데, 진환이 가만히만 있자 야속해진 효인은 재촉하려는 듯 그의 허리를 감싼 팔에 더 꽉 힘을 주었다.

"⋯⋯!"

효인이 온 힘을 다해 허리를 끌어안은 순간 진환은 소리 없는 신음을 삼켰다.

밀착한 효인의 몸이 느껴졌다. 등판에 짓눌리듯 와 닿은 물컹한 가슴과 뒤에서 꽉 끌어안고 있는 팔, 피부 속으로 스며들 것만 같이 부드러운 감촉에 혈관들이 전율을 일으켰다.

그 본능적인 감각이 너무도 당황스러워 진환은 딱딱하게 굳어버렸다. 하지만 그런 남자의 사정을 아는지 모르는지, 효인은 더더욱 진환에게 매달렸다.

"저, 저딴 게 왜 병원에서 기어 다니는 거야!"

효인의 비명 같은 목소리에 진환은 정신을 억지로 다른 세상에서 끌고 왔다. 그리고 효인이 이토록 난리를 피우는 원인을 찾아, 그녀가 쳐다보고 있는 구석 쪽을 보았다. 뭔가 작고 까맣고 매끈매끈한 것이 있었다.

진환은 아무런 감흥 없는 눈으로 그것을 보았다.

아아, 바퀴벌레였나.

순간 진짜 바퀴벌레인 줄 알고 진환도 놀라기는 했다. 바퀴벌레가 무서워서가 아니라, 위생이 생명인 병원에서 바퀴벌레가 나왔기 때문이다. 하지만 바퀴벌레는 그 자리에서 꼼짝도 하지 않았다. 그걸 보니 아까 외래 진료 환자를 따라온 아이가 가져왔던 장난감 중에 바퀴벌레 모형이 있었다는 게 기억났다.

아이가 까먹고 갔거나, 동글동글한 눈을 개구지게 빛내던 게 꼭 악동 같더니 어른들을 놀라게 하기 위해 일부러 구석에 놔두고 간 듯했다. 그러고 보니 환자와 대화를 나눌 때 아이가 구석에서 꼼지락거리며 뭔가를 하는 것 같았다. 아마 일부러 놔두고 갔다는 게 더 가능성 있어 보였다.

"이, 이 녀석! 썩 네 별로 돌아가! 이 외계 생명체 같으니!"

하지만 효인은 그게 진짜 바퀴벌레가 아니라는 걸 깨닫지 못할 정도로 패닉 상태였다.

아닌 게 아니라, 평소 효인의 괄괄한 모습을 보면 아무도 믿지 않겠지만 효인은 좀 과도하게 바퀴벌레를 무서워했다. 그래서 바퀴벌레가 한번 나타났다 하면 일단 온 집이 들썩들썩, 바퀴벌레를 못 잡고 놓치기라도 하면 내내 좌불안석, 불안 초조, 세상의 종말이라도 올 것처럼 굴었다.

대왕 지네가 나타나도 필살 쓰레빠 내려치기 신공을 보여줄 듯한 효인에게 있는 의외의 면모였다. 실수한 인턴과 레지던트에게는 도깨비 같은 모습으로 화를 내는 사람이 손가락 한마디밖에 되지 않는 생명체에는 그 강한 기 한번 못 펴고 진환부터 찾아대는 일이 허다했다.

"심효인."

"왜…… 왜?"

효인은 지진이라도 난 것처럼 떨리는 목소리로 겨우 대답했다.

"일단 봐야 잡든지 말든지 하지."

솔직히 말하자면, 진환은 효인을 조금 골려주고 싶었다. 장난기가 동한 것이다.

그제야 효인은 자신이 진환의 허리를 동아줄처럼 부여잡고 있다는 사실을 깨닫고 얼른 잡아달라는 듯 퍼뜩 팔을 거두었다. 그러자 진환은 대충 굴러다니고 있는 잡지를 집어 들었다. 그리고 구석으로 다가가서 바퀴벌레 위로 잡지를 내려쳤다.

그때 진환은 이래도 바퀴벌레가 원래 모양을 유지하고 있는 걸 보여주면서 효인이 모형 때문에 이 난리를 피웠다는 사실을 놀릴 생각이었다. 그런데 그가 잡지를 들어 올리려는 순간이었다.

"동작 그만!"

효인이 먼저 비장하게 소리쳤다. 그리고 총기를 소지한 범인에게 무기를 내려놓으라고 말하는 경찰처럼 가만가만 손을 흔들었다.

"나 나가면 봐."

진환은 더더욱 황당해졌다. 이건 모형이지만 정말 그렇게까지 바퀴벌레가 무서운 건가 싶어서였다. 그러자 효인은 생각을 읽은 것처럼 거의 울상이 되었다.

"찌부러져서 피랑 내장이 다 터져 나온 바퀴벌레 시체 따위 보고 싶지 않단 말이야."

진짜 바퀴벌레 시체보다 그 말이 더 실감난다는 건 왜 모르는지.

"젠장! 바퀴벌레 따위! 그것들은 필시 인류의 멸종을 위해 외계인이 파견한 시각적 살상 무기일 거야!"

효인은 알 수 없는 말을 외치며 누가 잡을세라 꽁지 빠지게 줄행랑을 쳐 버렸다. 진환은 참을 수 없어 웃어버리고 말았다.

사람의 배는 아무렇지도 않게 가르면서 고작 바퀴벌레 하나 가지고 호들갑을 떠는 모습이라니……

"귀여워 죽겠군."

이건 여담이지만, 나중에 정신을 차린 효인이 철호에게 병원에서 바퀴벌레를 봤다고 위생에 대한 문제를 거론했을 때에야 진환이 외래 환자가 두고 간 모형이었다고 밝혀서, 그녀는 한동안 그에게 이를 갈았다. 왜 그걸 그때 바로 이야기해 주지 않았느냐고. 진환이 '말할 틈이나 줬어야지.' 하고 무심히 대답하는 바람에, 효인은 더 이를 갈았다.

어쨌든 그건 나중 일이고, 진환의 진료실에서 허겁지겁 도망나온 효인은 사건 현장(?)과 상당히 멀어지고 난 후에야 가슴을 쓸어내렸다.

"아이고, 가슴이야. 주, 죽는 줄 알았네. 세스코를 불러야 해, 세스코를."

효인은 아직도 충격이 다 가시지 않았는지 비척비척 복도를 걸어갔다.

"요즘 왜 이렇게 놀랄 일이 많은 거야……."

지은이 갑자기 말을 걸어와서 죽을 듯이 놀라고, 의국에서 진환이 묘한 짓을 해서 놀라고……. 그 순간, 의식적으로 잊고 있었던 것들이 줄줄이 떠올랐다. 입술을 가만히 쓸던 손길과 왠지 모르게 전율을 일으키던 시선, 그리고 지은의 알 수 없는 말. 화무십일홍.

효인은 우뚝 멈춰 섰다. 하지만 또 의식적으로 잊어버리려는 듯 휙휙 손을 내저었다.

그럼에도 효인은 금방 상념을 떨쳐 내지 못하고 자신의 팔을 내려다보았다. 바퀴벌레가 나타난 통에 하도 정신이 없어서 깨닫지 못하고 있었는데…….

팔 안에 가득 와 닿았던 진환의 온기. 자신과는 판이하게 다른 단단한 몸과…… 훌쩍 올라간 큰 키.

효인은 질끈 눈을 감아버렸다.

사라져, 이 발칙한 상념 같으니. 넌 바퀴벌레보다 징그러운 놈이야.

"일하자, 일!"

효인은 애써 상념을 머릿속에 눌러 담고 힘차게 발걸음을 놀렸다. 곧 있을 오후 회진을 준비해야 할 시간이었다.

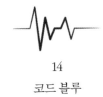

14
코드 블루

"천사님은 어느 분이신가요?"

바람 빠지는 소리가 섞여 있는 허스키한 음성이 물었다. 그러자 바쁘게 대화를 나누던 의사들이 말을 멈추었다. 그리고 자리에 있는 모든 의사들이 동시에 시선을 돌려 쳐다보는 장관이 펼쳐졌지만, 말을 꺼낸 환자는 담담했다.

"허허, 천사님이요?"

반문한 것은 그의 병력을 듣고 있던 흉부외과 과장, 철호였다. 그들은 오후 회진을 하고 있는 중이었다. 교수님들까지 모두 있기 때문에 병원 카스트의 가장 밑바닥에 있는 불가촉천민에 가까운 인턴이나, 이 자리에서는 인턴보다 크게 나을 것이 없는 레지던트들은 말 한마디도 조심하는 시간이었다. 그런데 한 환자가 이해할 수 없는 이야기를 꺼내자, 다들 은근히 긴장했다.

"네, 절 살려주신 천사님이요."

환자는 어딘지 황홀한 표정으로 말했다. 그에 다들 동시다발적으로 공통된 생각을 하고 말았다.

혹시 정신병이 있는 환자인가? 정신건강의학과 병동으로 보내야 하는 거 아냐?

"겨우 죽음의 늪에서 살아 돌아왔을 때, 전 천사님의 목소리를 들었습니다."

말투도 퍽이나 희극적이었다. 그래서 카르테를 보니, 이름 여한재, 나이는 서른한 살, 직업은 오케스트라의 호른 연주자였다. 과거 병력은 없었지만, 최근 가끔씩 가슴이 꽉 옥죄는 듯한 흉통과 심한 호흡곤란을 겪었다. 하지만 목구멍이 포도청이라 먹고사는 데 바빠 병원에 찾아올 시간이 없었다고 한다. 그러다가 자동차 사고를 당해 응급실에 실려 왔는데, 긴장성기흉 때문에 응급실에서 한 번 죽을 뻔했다. 하지만 CPR 덕분에 극적으로 소생하고, 바로 검사를 해 본 결과 폐 공기증으로 확인되어 흉부외과 병동에 입원하게 된 케이스였다.

"당시에 CPR을 한 의사가 누구였지?"

철호가 의사 군단을 돌아보며 묻자, 다들 어리둥절한 표정을 짓는 가운데 한 의사가 나섰다.

"저였습니다."

환자의 침대 옆에 서 있는 효인이었다. 그에 환자의 침대를 가운데 두고 맞은편에 서 있는 진환도 그녀를 돌아보았다.

"심 선생이?"

효인은 말했다.

"이틀 전 저녁에 잠시 ER을 방문했을 때 환자분을 발견했습니다. 반 혼수상태에서 불규칙한 호흡을 보이는 것에 비해 동공 상태나 BP, Pulse 등은 정상이었습니다. 그래서 당시 환자분께는 수액과 Chest X—ray가 지시되어 있는 상태였습니다. 그때 VF(심실세동)가 나타나 긴급하게 CPR을 실행했습니다."

한재는 말이 끝나기 무섭게 감격 어린 어조로 외쳤다.

"당신이었군요!"

그가 손까지 덥석 잡아오자, 효인은 저도 모르게 움찔했다.

"어둠의 그림자가 막 저를 삼키려고 할 때, 하늘에서 한 줄기의 섬광이 내렸습니다."

읍, 모두 터져 나오려는 웃음을 가까스로 삼켰다. 오케스트라 연주자라더니, 분야는 조금 달라도 예술가적인 기질이 풍부한 환자 같았다. 게다가 본연의 말투가 다소 미학적인 듯, 한재는 모두가 웃음을 삼키는 기색이 역력한데도 전혀 주눅 들지 않고 말을 계속했다. 계속 마른기침을 내뱉긴 했으나 멈추지 않았다.

"그리고 겨우겨우 의식을 차리자 귓가에 천사님이 속삭이시더군요. 잘 버텨줬다고. 그때 얼마나 감동을 받았는지……. 아, 정말 살았구나 하는 안도감이 들었습니다."

막 살아난 그에게 속삭인 말을 기억하고 있는 모양이었다.

"정말, 정말 감사합니다."

말투가 좀 많이 과장되어 있긴 하지만 목숨을 살려준 의사에게 감사하는 마음만은 순수해 보여 효인은 미소 지었다.

"마땅히 해야 했던 일인걸요."

"아아, 얼굴도 예쁘신 분이 심성까지 비단결 같군요. 정말 천사님이십니다."

효인은 알게 모르게 어금니를 꽉 깨물었다. 이번에는 효인도 풋 하고 웃을 뻔했기 때문이었다. 하지만 상대가 이토록 진지한데 웃는 건 실례일 듯해 필사적으로 웃음을 숨겼다.

건하까지 웃음을 추스르고 있는 가운데, 진심으로 무표정한 인물은 진환이 유일했다. 진환은 아직도 맞잡고 있는 효인과 한재의 손을 물끄러미 내려다보고 있을 뿐이었다. 내색은 하지 않았지만, 거슬린다는 듯이.

"세상은 넓고…… 사람은 많아."

회진이 끝난 후, 효인은 웃으며 중얼거렸다. 그러자 회진을 지켜보았던 박 간호사가 큭큭 입안으로 웃음을 굴렸다.

"누가 아니래요. 정말 병원에 있다 보면 여러 가지 인간 군상을 보지만 이런 환자는 또 처음이네요. 꼭 연극을 하는 것 같은 말투라니……. 안 그래요, 천사님?"

놀리는 말투에 효인은 웃는 얼굴로 절레절레 고개를 내저었다.

"살다 보니 천사님이 되는 날도 다 있네. 몇 명만 더 살리면 여신으로 등극이라도 하겠어."

"웃겨 죽는 줄 알았어요."

효인은 곧 쓴웃음을 지었다.

"하지만 계속 기침하는 거 봤지? 안됐어. 아직 젊은데 폐가 완전히 망가졌으니……."

"흡연을 열네 살 때부터 했다고 했죠? 호른 연주자가 되어서도 끊질 못했다니…… 사실 좀 자업자득이죠."

폐활량이 생명인 관악기 연주자가 하루에 담배를 적게는 한 갑, 많게는 두 갑씩 피워댔으니 마흔을 넘기도 전에 폐 공기증에 걸린 건 어찌 보면 당연한 이야기였다. 한 번 망가진 폐는 이식이라도 하지 않으면 재생되지 않으니 한 번 폐 공기증에 걸린 이상 그것은 평생 그를 따라다닐 만성질환이 될 터였다. 하지만 폐이식은 심장이식만큼이나 까다로운 일이었다.

  "뭐, 어쨌든 특이해. 특이해."

  효인은 다시 고개를 저었다.

  "아 참, 선생님 혹시 그거 아세요?"

  문득 박 간호사가 운을 뗐다.

  "응? 뭘?"

  "지금 일반 병동에 김승원이 입원해 있대요."

  효인은 의아한 표정을 지었다.

  "김승원? 그건 누구야?"

  그런데 조금 더 생각해 보니 분명히 요즘 TV에 자주 나오는 탤런트 이름이 그랬던 것 같았다.

  "아, 혹시 탤런트 말이야?"

  대한대학병원은 명색이 대한민국 최고의 대학이니 연예인이나 다른 유명인들이 환자로 오는 일이 흔했다. 효인만 해도 유명한 중년 배우의 심근경색증 수술이나 이런저런 유명인의 심장수술을 더러 해 보았을 정도니까.

  "네, 역시 연예인이라 그런지 실제로 보니까 막 빛이 나는 것 같더라고요."

  "잘생겼어?"

"그럼요. 탤런트를 팬히 하셨어요?"

"그럼 꼭 한번 얼굴 구경을 해야겠군."

잘생겼다고 하니 효인 역시 귀가 솔깃했다. 게다가 아직 시간이 좀 있으니 얼굴만 슬쩍 보고 오는 정도는 괜찮을 것이다. 그래서 막 걸음을 일반 병동 쪽으로 옮기려는 찰나, 뒤에서 낮은 바리톤이 그녀를 붙잡았다.

"심 선생."

효인은 돌아보았다.

"응?"

박 간호사는 저쪽에서 다른 간호사가 부르는 김에 먼저 인사하고 가고, 진환이 물었다.

"어디 가?"

아까는 사람들이 많아서 괜찮았지만 지금은 진환이 가까이 오자 효인은 왠지 모르게 당황스러워졌다. 하지만 내색하지 않으려고 일부러 씩 웃었다.

"미남 구경."

진환이 '뭐?'라고 반문할 새도 없었다. 효인은 어딘지 그를 울컥하게 만드는 한마디를 남기더니 지체 없이 가보려는 듯 몸을 돌렸다. 그 순간, 진환은 본능적으로 효인의 팔을 붙잡았다.

"도와줬으면 하는 일이 있는데."

"응? 도와줄 일? 뭐?"

진환이 그런 말을 하는 일은 다른 임상과에 컨설트를 넣을 때를 제외하고는 거의 없는 이야기라 효인은 진심으로 반문했다.

"음……."

진환의 소프트웨어가 어느 때보다도 열심히 돌기 시작했다. 하지만 딱히 도움을 요청할 만한 일이 떠오르지 않았다.

"왜? 여기서 말하기 곤란한 일이야?"

진환이 말하길 주저하자 효인은 심각한 일이라고 오해했는지 진지하게 물었다. 하지만 여기서 말하기 곤란하니 다른 곳으로 가자고 했다가 그때까지도 도움을 요청할 만한 일이 생기지 않는다면 곤란해지는 건 진환 쪽이었다. 그래서 진환은 한 3초간 말이 없다가, 하는 수 없이 아무것도 아니라고 고쳐 말하려는 순간이었다.

삐— 삐— 삐—

바로 그때 타이밍 좋게 효인의 호출기가 울었다.

"이런, 나 가봐야 할 것 같은데 괜찮겠어?"

"괜찮아. 가봐."

그놈의 미남 구경인지 뭐인지만 아니라면 뭐든지 상관없었다.

"그럼 쏘리. 나중에 도와줄게!"

"그래."

나중에도 그다지 도와줄 일은 없을 것 같지만.

급히 멀어지는 효인의 뒷모습을 보며 진환은 낮은 한숨을 내쉬었다. 자신의 행동을 자신도 이해할 수 없는 기분이었다. 알 수 없는 늪에 빠져 허우적거리고 있는 듯한 느낌. 대체 자신은 뭘 바라는 걸까.

"장 선생."

막 몸을 돌리고 가려는데, 철호가 진환을 불렀다.

"예."

"그래, 요즘 병원 생활은 좀 어떠냐?"

지나가는 사람들에게 방해가 되지 않으려고 창가에 붙어 서자, 철호는 흉부외과 과장이 아닌 작은아버지로 돌아가 물었다.

"괜찮습니다."

"녀석, 또 그리 정 떨어지게 대답하기는."

그 말에는 무어라 할 말이 없어 진환은 그저 난처하게 웃었다.

"시간이 참 빠르구나."

철호는 햇빛이 잦아드는 창문을 바라보며 중얼거렸다.

"네가 유학을 갔던 게 엊그제 같은데⋯⋯. 벌써 네 나이가 거의 서른 중반이라니, 그만큼 나도 늙었다는 거겠지."

"과장님답지 않은 말씀을 하시는군요."

철호는 껄껄 웃었다.

"그러냐? 하지만 정말 요즘은 예전 같지 않구나. 피곤해지기도 빨리 피곤해지고, 아침에 일어날 때 온몸이 쑤시기도 하고⋯⋯."

진환은 그런 철호를 묘한 눈길로 바라보았다.

"하시고 싶은 말씀이 있으신 거 아닙니까?"

괜스레 이리저리 돌려 말하는 걸 보니 뭔가 하고 싶은 말이 있는 것 같았다. 그러자 철호는 귀염성 없는 조카를 돌아보고 쓴웃음을 지었다.

"그래, 네 성격을 잘 알고 있는데 괜히 돌려 말한 게지. 그럼 단도직입적으로 말하마. 너도 이제 결혼을 해야 하지 않겠느냐?"

나이가 나이니만큼 결혼 이야기가 언젠가는 나올 거라 예상하고 있었지만 너무 갑작스러웠다. 아니, 나이로 치면 전혀 갑작스

럽지 않았지만 현재까지 진환의 머릿속에는 '결혼'이라는 글자가
아예 존재하지 않았으니 갑작스럽다 할 수밖에 없었다.

"글쎄요."

"사실 네 나이가 적은 것도 아니고, 네가 이렇게 세월아 네월
아 하고 있으니 아프리카에 있는 네 부모님도 마음이 편치 않을
게 아니냐."

진환은 또 한 번 슬그머니 웃을 수밖에 없었다. 오늘도 뜨거운
햇볕이 내리쬐는 초콜릿빛 대륙에서 힘차게 살아가고 있을 자신
의 부모님을 떠올리면 언제나 나오는 건 웃음뿐이었다.

진환이 2년 차 레지던트가 되던 해, 한국 의료계의 권위자였
던 그의 부모님은 모든 생활을 청산하고 아프리카로 홀가분하게
떠났다. 부모님의 말에 의하면, 돈은 벌 만큼 벌었고 명예도 누
릴 만큼 누려봤으니 이제는 베풀며 살고 싶다는 것이었다. 그리
고 진환의 부모님은 '국경없는 의사회'와 손잡고 오지 의료봉사단
을 창단해 전 세계를 돌아다니며 가난한 이들을 치료해 주고 있
었다.

가끔 메일로 부모님의 사진을 받는데, 아프리카 원주민 못지않
게 새까맣게 탄 부모님의 해맑은 얼굴을 보면 진환도 어쩐지 동
심으로 돌아가는 것 같은 기분이 들었다. 그리고 부모님의 메일
은 항상 그들의 입버릇 같은 한마디로 끝을 맺었다.

'고통받는 사람을 위하여.'

그것은 그의 부모님이 창단한 오지 의료봉사단 N&J MSTA
의 슬로건이기도 했다.

그들은 늘 입버릇처럼 말했다. 처음 의사가 되면서 경건하게

제네바 제네바 선언문[29]을 읊었던 마음가짐대로 단 한 명의 환자라도 군중 가운데 숨은 신을 대하듯 성심성의껏 치료할 것이고, 누구라도 자신들을 필요로 한다면 어디든지 가겠다고.

"요즘은 바그다드에 계신 것 같더군요."

"아, 네 부모님? 그렇다고 하더구나. 이 양반들이 대체 어디까지 가려고 하는지, 원."

"다음에는 모리셔스까지 가볼까 하신다고 들었습니다."

철호는 어리둥절한 표정을 지었다.

"모리셔스? 거긴 어디냐?"

마치 지구상에 그런 곳이 존재했냐는 듯한 물음이었다.

"인도양에 있는 아주 작은 섬이라고 하더군요. 남아공 옆에 있다고 들었습니다."

"허허……. 그리 돌아다닐 수 있는 것도 참 재주야, 재주. 아니, 이게 아니지. 녀석, 말을 돌릴 줄도 아는구나. 효인이랑 지내면서 많이 능청스러워졌어."

철호는 자못 힐책하는 어조로 매섭지 않은 타박을 놓았다. 그에 진환은 부모님 이야기가 나온 김에 결혼에 대해서는 스리슬쩍 넘어가 보려 했다가 속내가 들키자 피식 웃어버렸다.

"그러고 보니 효인이도 어서 결혼을 해야 할 텐데……. 하여간 녀석들, 이런 것도 친구라고 끼리끼리 노는구나."

사실 철호는 아는지 모르겠지만, 진환의 부모님이 요즘 진환에게 메일을 보낼 때마다 하는 소리가 있었다. 어차피 효인이나 그나 둘 다 혼기를 놓친 거, 그냥 둘이 결혼할 생각은 아직도 없

---

29) 히포크라테스 선서를 현대에 맞게 수정한 선언문

냐고. 그러면서 아무리 열렬한 사랑이라도 유효기간은 삼 년이라고, 부부는 늙으면서 연인이라기보다 친구 같아지기 마련이니 당초 친구였던 둘은 어떤 부부보다 잘 지낼 수 있을 거라고 덧붙였다.

효인과 성격이 비슷한 진환의 어머니는 어렸을 때부터 '아들, 효인이 같은 여자 어디 흔한 줄 알아? 누가 채가면 어떡하려고 그래? 먼저 도장 찍는 사람이 임자거든. 그러니까 일단 혼인신고 서부터 써놓는 게 어떨까? 부모님 동의서에 도장 찍어줄게.'라는 등 사탕으로 아이를 꾀는 유괴범처럼 그를 살살 꼬드기곤 했다. 그게 농담이었는지 진담이었는지는 모르겠지만, 그의 어머니는 효인과 친모녀처럼 잘 지냈으니 평생 그렇게 사이좋게 지낼 수 있는 며느리를 바라는 모양이었다.

"어쨌든 병원에서 할 만한 대화는 아닌 것 같군요."

진환이 말하자, 철호 역시 그도 그렇다고 생각한 듯 쓴웃음을 지었다.

"아무튼 생각해 보거라. 늙은이 답답해서 숨넘어가기 전에."

"예."

진환은 순순히 대답했다.

철호가 가고 나서 가만히 생각해 보니, 확실히 결혼할 나이가 되었긴 되었다는 생각이 들었다. 그런데 어찌 된 일인지 결혼을 생각하니 떠오르는 인물은 방정맞게 웃는 효인밖에 없었다.

진환은 팔짱 끼고 있던 자세를 풀었다.

"세뇌라는 게 무섭긴 무섭군."

달칵달칵, 뜨겁고 메마른 공기가 감도는 방 안에 마우스를 클릭하는 소리가 울려 퍼졌다. 그리고 사양이 좋지 않은 컴퓨터의 본체에서는 헬리콥터의 프로펠러가 돌아가는 것처럼 윙윙— 하는 소리가 시끄럽게 들려왔다. 하지만 사막처럼 건조한 더위와 열악한 환경에서도 메일을 확인하고 있는 여자는 자못 진지한 표정이었다.

「아만다! 아만다!」

마침 받은 메일을 다 읽은 찰나였다. 명랑한 목소리가 그녀를 찾으며 기운 좋게 방 안으로 들이닥쳤다. 그러자 여자는 모니터에서 잠시 눈을 떼고 뛰어들어 오는 아이를 바라보았다.

「라힘.」

「아만다! 뭐 해?」

까만 눈동자가 또랑또랑한 아이 하나가 착 아만다의 곁에 와 섰다. 호기심으로 반짝거리는 눈동자를 보아하니 또 장난칠 거리를 물색하고 다니는 것 같았다.

가리개 하나 없이 작열하는 태양빛 때문에 눈가에 주름이 자글자글해진 아만다, 연성은 웃으며 남루한 아이를 번쩍 안아 들었다. 그리고 친아들을 대하는 것처럼 제 무릎 위에 올리고 다정하게 모니터를 가리켰다.

「내 아들한테 메일이 왔거든.」

「어? 아만다의 진짜 아들?」

아만다의 핏줄을 이은 아들이라고 하니 라힘은 번뜩 시기심이 생기는 듯했다. 그 진짜 아들의 나이가 자신보다 몇 배는 더 많다는 걸 아는지 모르는지, 괜스레 투기 어린 표정으로 찌릿 모니터를 째려보았다. 마치 그 진짜 아들이 모니터에서 튀어나와 연성을 데리고 가버리기라도 할 듯.

「아만다의 아들은 어떤 사람이야?」

하지만 곧 라힘은 호기심을 참지 못하고 슬며시 물어보았다. 그러자 연성은 무슨 보고서처럼 용건만 간단히, 군더더기 하나 없는 메일을 다시 한 번 훑어보며 피식 웃었다.

「음, 사실 내 아들은 진짜 아들이 아니야.」

「그럼?」

「병원에서 아이가 바뀌어 버렸어.」

「에— 그럼 아만다의 진짜 아들은 어디 있는데?」

연성은 자신의 말을 곧이곧대로 다 믿는 라힘의 반문에 어린 아이처럼 깔깔 웃어버렸다. 그리고 그런 라힘이 귀여워 죽겠다는 듯 아이의 코를 꽉 꼬집었다.

「농담이야. 내 진짜 아들이 맞아. 다만 나랑 성격이 너무 달라서 말이야.」

라힘은 꼬집힌 코를 어루만지며 동글동글한 눈을 빛냈다.

「달라?」

「응, 내 아들은 무슨 기계 같아. 라힘처럼 귀엽지가 않다니까?」

라힘은 벌떡 일어나, 춤이라도 출 것처럼 기뻐하는 표정으로 말했다.

「그럼 아만다, 계속 나랑 있는 거지? 진짜 아들한테 안 가는 거지?」

「내 아들은 내가 없어도 아주 잘만 사는걸. 게다가 내 아들 곁에는 날 대신할 사람이 있거든.」

「혜에? 그래?」

「응, 난 두 사람이 결혼했으면 좋겠지만 둘은 그럴 생각이 없나봐. 그래서 아만다는 아주 슬퍼.」

연성은 훌쩍거리는 동작까지 취해 보이며 장난스럽게 말했다. 그러자 라힘은 까르르 웃었다.

"뭐가 그렇게 즐거워?"

그때 중후한 남자 목소리가 끼어들었다. 라힘의 겨드랑이를 간질거리며 놀고 있던 연성은 '응?' 하고 고개를 돌렸다.

"아, 여보."

남편 철우가 문가에 서 있었다.

"진환이한테서 메일 왔어?"

연성은 메일 사이트를 종료했다. 그리고 라힘을 안고 일어서며 화장기 없는 입술을 삐죽거렸다.

"하여간 이 녀석 귀염성이라고는 먹고 죽으려고 해도 없다니까. 여전히 메일이 무슨 보고서 같아. 내가 아들을 낳은 건지 부하 직원을 낳아놓은 건지 헷갈려."

또 다른 아이의 손을 쥐고 있는 철우는 호탕하게 웃었다.

"뭐, 어렸을 때부터 그랬잖아. 그나마 효인이가 사람 만들어놨지."

"그러게. 효인이 안 만나고 그냥 컸으면 얼마나 차가운 녀석이되었을지 상상만 해도 무서워. 파탄 가정에서 큰 것도 아닌데 대체 왜 그런대?"

금슬 좋은 부부는 아들의 뒷담화까지 도란도란 사이좋게 나누며 밖으로 나섰다. 아마 지금쯤 서울의 수술실에 있는 진환은 귀가 간지러워 미칠 지경일 것이다.

"그러게 진환이 태몽에 얼음괴물이 나왔을 때부터 알아봤다니까."

"이이는. 얼음괴물이 아니라 얼음을 먹고 있는 호랑이였다니까."

그래도 10개월간 품고 있다가 제 배 아파 낳은 아들이라고 조금은 옹호해 주자, 철우는 짓궂은 표정을 지었다.

"기나기나. 근데 그러고 보니 효인이 태몽은 뭐였다고 했지?"

연성은 병상에 누워 있던 효인의 어머니가 비밀을 속삭이는 것처럼 말해주었던 이야기를 떠올리며 웃음 지었다.

"꽃밭에 누워 있는 암사자였다고 했지."

"하하, 효인이가 꽃밭이라."

"고 왈가닥이 벌써 전임의라니, 시간 참 빠르지?"

"그러게. 천방지축으로 뛰어다닐 때가 엊그제 같은데."

문득 연성은 건조한 바람이 불어오는 척박한 땅을 바라보았다.

"두 사람, 아직도 결혼할 생각이 없나 봐."

"뭐, 짚신에도 짝이 있다는데 둘 다 언젠가는 하겠지. 마흔만 안 넘기면 되는 거 아니겠어?"

연성은 남편의 드러난 팔뚝을 세게 내려쳤다. 그런 소리는 하지도 말라는 듯.

"내 말은 둘이서 결혼할 생각이 없는 것 같다는 거야."

인정사정없는 타격에 철우는 빨갛게 달아오른 부분을 문지르며 그 나이의 중후한 의사답지 않게 투덜거렸다.

"남 여사 손길은 여전히 맵다니까. 그나저나 둘이는 세상에 둘만 남아도 친구라잖아."

"그거야 다 어렸을 때 괜히 부끄러워서 하는 말이지. 난 효인이 말고 다른 며느리는 생각도 해 본 적 없어. 정말 내가 한국에 가서 팔 걷어붙이고 나서야 하나 봐."

철우는 쯧쯧 혀를 내찼다.

"아서시죠, 부인. 둘이 한두 살 먹은 어린애도 아니고. 어련히 알아서 잘할까."

"잘하지 않고 있는 것 같으니 하는 말이지요, 영감."

"하여간 둘이 다시 만난 지 얼마나 됐다고."

"휴, 그러게. 그만큼 떨어져 살았으면 변하는 게 있어야지. 아— 그 둘은 뭔가 극적인 사건이 있어야 하려나."

연성은 마치 효인이 바로 앞에 있는 것처럼 안타깝게 중얼거렸다.

뜨거운 사막 바람에 캠프의 한편에 서 있는 두툼한 깃발이 펄럭이며 날개를 펼쳤다. 그리고 두 의사의 머리 위로 푸른 하늘을 날아가는 매의 그림자처럼 그늘을 드리웠다. 그 푸른색의 깃발에는 'N&J MSTA(Medicine Service Team Abroad)'라는 굵직한 글자가 깃발이 펄럭일 때마다 물결쳤다.

"응?"

효인이 갑자기 뭔가 기를 느낀 듯 등 뒤를 바라보자, 집도의 위치에 서 있는 레지던트가 의아하게 물었다.

"왜 그러세요?"

"아무것도 아냐."

뭔가 이상한 기분이 들었는데……. 착각이었나? 효인은 고개를 한번 갸웃하고 다시 앞을 바라보았다. 그러자 수술도 재개되었다.

서늘한 수술실에는 침묵이 감돌고 있었고, 윙윙 기계 돌아가는 소리만이 울렸다. 그 가운데 수술복 차림을 한 효인은 팔짱을 끼고 서서 레지던트가 수술하는 모습을 지켜보고 있었다. 오늘은 감독을 하는 입장이었다. 목숨에 지장이 없는 간단한 수술은 감독 아래 레지던트가 하는 경우도 적지 않았다. 자신이 실습 대상이 된다는 데에 거부감을 느끼는 환자들도 있겠지만, 수련을 하기 위해서는 불가피한 일이기도 했다. 결국 의술도 기술이기 때문에, 미래를 위해서 의사들을 훈련시키지 않을 수는 없기 때문이었다.[19]

"수술 부위 세척 들어갑니다. NS(생리식염수)."

수술이 봉합만 남기고 거의 끝나가자 효인은 팔짱을 풀고 밖으로 나섰다.

"으, 오늘도 대충 무사히 끝났나."

효인은 뻐근한 어깨를 꾹꾹 주무르며 사무실로 돌아갔다. 바로 그때였다. 천장에서 방송이 나왔다.

[코드 블루, 605호, CS.]

코드 블루. 응급 상황을 알리는 신호였다. 효인은 불이라도 난 것처럼 당장 사무실을 박차고 뛰어나갔다.

쾅!

사무실의 문이 닫히는 소리가 굉음처럼 울려 퍼졌지만 뒤돌아볼 시간 따위 없었다.

[코드 블루, 605호, CS.]

달려가는 중에도 방송이 반복해서 나왔다. 효인은 정말 어느 때보다도 맹렬하게 질주해서 605호에 도착했다. 늘 이런 속도로만 뛸 수 있다면 우사인 볼트쯤은 능히 능가하고도 남으리라.

이미 병실은 방송을 듣고 달려온 의료진들로 인해 인산인해를 이루었다. 그들을 헤치고 병실로 뛰어 들어가자 환자의 기도를 확보 중인 레지던트가 보였다. 이렇듯 대학병원은 천국처럼 평화롭다가도 바로 다음 순간 지옥처럼 변할 수도 있는 곳이었다.

하필 환자는 어제까지만 해도 효인의 손을 열렬하게 붙잡고 고마워하던 폐 공기증 환자, 한재였다. 병실 밖까지 줄 서 있는 인턴과 레지던트들이 돌아가며 심장마사지를 했다.

"디핍 들어갑니다!"

제세동기를 밀고 들어온 간호사가 외쳤다. 효인은 패들을 건네받기 위해 돌아보았다. 그때였다. 효인은 소스라치게 놀라 고개를 원래대로 돌렸다. 갑자기 한재가 덥석 그녀의 손을 잡았기 때문이다. 기도에 들어간 튜브 때문에 말은 못 하지만 한재가 안구진탕 증세를 보이는 눈으로 효인을 바라보고 있었다.

"정신이 들……."

효인이 의식 상태를 물으려고 했을 때, 한재가 웃었다. 그냥 웃은 게 아니라, 이미 천국에 온 사람처럼 미소를 지었다. 소름이 쫙 끼쳐 왔다. 웃었으니 안심이 되어야 할 터인데, 기분 나쁜 전율이 전신을 관통했다.

한재는 다시 눈을 감았다. 동시에 개구리가 도약하듯 살짝살짝 뛰고 있던 그의 바이털사인도 직선을 그리며 내려앉았다. 그의 손이 힘을 잃고 툭 떨어졌다.

삐—

"디핍!"

효인은 다시 한 번 그의 심장을 뛰게 하기 위해 제세동기의 패들을 들었다. 하지만 제세동기의 파워를 높이고 많은 사람들이 땀을 뚝뚝 흘리며 사십분 이상 심장마사지를 해도, 한 번 극적으로 살아났던 한재의 심장은 다시 기적을 보여주지 않았다. 효인은 어쩔 수 없이 말했다.

"안 되겠어. 에크모[30)20)] 해야겠어."

몇 년 전만 해도 이런 상황이었다면 달리 뾰족한 수가 없었지만, 다행히 최근에는 에크모가 있었다.

허벅지 동맥에 관을 삽입하는 동안 에크모가 들어오고 모터가 돌아가기 시작했다. 효인은 초조하게 지켜보았다. 조금씩 신호가 오긴 하는데 크게 호전되지는 않았다.[21)]

잠시 후 흉부외과 교수인 박 교수가 왔다. 박 교수는 상황 보고를 받고, 한재의 상태를 확인하고 심각하게 제 입가를 짚고는 말했다.

"아무래도 이 환자는 폐이식을 받아야겠는데."

"버틸 수 있을까요?"

효인은 걱정스러운 얼굴로 물었다.

---

30) ECMO. 체외막 산소화 장치. 심정지 환자에게 쓰는 기계로, 몸 밖에서 환자의 혈액에 산소를 공급한 후 체내로 다시 넣어준다.

"더 문제는 맞는 폐가 있느냐, 지. 이 환자, 보호자가 없지?"

한재의 가족들과는 연락이 되지 않았다. 나중에야 효인은 한재가 동성애자였고, 그래서 가족들과 절연한 상태였기 때문에 보호자라고 찾아오기는커녕 아버지와 어렵게 연락이 닿았을 때 '알아서 하십시오.' 하는 냉정한 한마디밖에 듣지 못했다는 걸 알았다.

"일단 깨어나길 기다려 보자고."

박 교수는 말하고 병실을 나섰다.

[코드 클리어.]

응급상황이 지나자 방송에서는 코드 클리어가 떴다. 다들 한숨 놓은 듯이 각자 자리로 돌아갔다. 효인은 가장 마지막으로 병실을 나서려다가, 어두운 병실에 몸이 보이지 않을 정도로 온갖 기계를 달고 누워 있는 한재를 돌아보았다. 효인은 그가 깨어날 거라고 믿었다. 그에게는 긍정적인 힘이 있었기 때문이다. 긴장성 기흉으로 한 번 죽을 뻔했다가도 그녀의 손을 잡고 '천사님' 하고 부르며 웃을 수 있는 힘이.

하지만 며칠이 지나도 한재는 다시 깨어나지 않았다. 보호자도 나타나지 않는 환자에게 한없이 에크모를 붙여놓고 있을 수도 없었지만, 결국 맞는 폐가 나타날 때까지 기다리지 못하고 어느 날 저녁 의식이 없는 상태로 숨을 거두었다.

효인은 여전히 기계에 파묻힌 것 같은 한재를 내려다보며 건너편에 서 있는 레지던트에게 말했다.

"선고해."

레지던트는 시계를 올려다보고, 침통하게 선고했다.

"20시 36분. 사망하셨습니다."

삐—

경고음은 멈추지 않고 환자의 죽음을 애도하듯 길게 울려 퍼졌다.

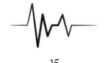

15
미필적 고의에 의한

진환이 소식을 들은 것은 그로부터 한 시간 뒤였다.

"장 선생."

복도를 걸어가고 있던 진환은 고개를 돌렸다. 어딘지 한숨 어린 표정을 지은 채 다가오는 인물은 같은 흉부외과의 조교수였다. 수술복 차림인 걸 보니 저녁 시간에 잡혀 있던 수술이 이제야 끝난 모양이었다.

"익스파이어(Expire)[31] 했다는군."

조교수는 말했다.

"누가 말입니까?"

"605호실의 폐 공기증 환자 말이야."

진환은 약간 다른 세상에 살고 있는 듯했던 환자를 떠올렸다.

---

31) 의사들이 말하는 사망

아무리 진환이라도 그 많은 환자를 일일이 다 기억하기는 무리지만, 그가 효인의 손을 잡았을 때 느꼈던 불쾌함에 더불어 그만은 확실히 기억났다. 조교수도 비슷한 의미에서 기억하고 있는 것 같았다.

"애써 살려놨는데 그렇게 가버렸으니 심 선생도 마음이 불편하겠어."

심 선생이라는 말에 진환은 알 듯 말 듯 미간을 찌푸렸다. 하지만 그것은 불만족이나 불쾌감의 표시가 아니라, 여러모로 복잡한 감정의 표현이었다.

조교수는 씁쓸한 웃음을 지었다.

"환자의 죽음이야 늘 보는 거지만 이럴 때마다 참 씁쓸하더라고. 이런저런 수단을 다 썼는데도 결국 가버리면."

"죄송합니다만 먼저 가보겠습니다."

조교수는 그 나름대로의 애석함을 토로했지만, 진환은 효인에게 쏠리는 마음이 급해져 다소 딱 자르는 말투로 말했다. 하지만 조교수는 그다지 불쾌하지 않은 얼굴로 물었다.

"심 선생한테 가보려고?"

"예."

바른 대로 대답하자, 조교수는 짓궂은 표정을 지었다.

"그래, 가봐. 근데 장 선생, 우정이 너무 깊으면 그것도 사랑이라는 거 알아?"

그 역시 진환과 효인이 오래된 친구라는 걸 알고 있었기에 하는 말이었다. 하지만 진환이 아무 대답도 하지 않자, 조교수는 몸을 돌렸다.

"하여간 가봐."

진환은 지체하지 않고 움직이기 시작했다. 그리고 효인이 어디에 있을까 잠시 헤매고 다니다가, 원래 가려고 했었던 자신의 지정석을 떠올렸다. 그래서 그쪽으로 가보자, 아니나 다를까, 수술복 차림을 한 효인이 팔짱을 끼고 난간에 걸터앉아 있었다. 하지만 고개를 푹 수그리고 있어서 어떤 표정을 짓고 있는지 알 수 없었다. 다만 효인의 주위를 맴도는 무거운 공기에 상태가 그다지 좋지 않다는 걸 알 수 있었다.

진환은 언제나 힘찬 효인이 그러고 있다는 것만으로도 가슴이 쓰려서 보고 있다가, 그녀 쪽으로 걸어갔다.

"심효인."

인기척을 느낀 효인은 고개를 들었다. 그런데 예상외로 그녀의 표정은 멀쩡했다. 비록 웃고 있지는 않았지만 그냥 무슨 일이냐는 듯 말간 표정이었다.

"어, 장 선생. 또 지정석 찾아서 온 거야?"

효인은 평소처럼 농담 한마디 하듯 씩 웃었다. 하지만 진환은 효인이 애써 밝은 척하고 있다는 것 정도는 알 정도로 그녀와 오래되었다. 그럼에도 그는 그녀 옆에 앉으며 아무것도 모르는 양 물었다.

"뭐 하고 있어?"

그 질문이 뭐가 웃긴지, 효인은 비식비식 웃었다. 차라리 효인을 좀 덜 알았다면 익숙한 일이라는 듯 웃는 모습을 보고 안심했을 텐데, 진환은 효인을 너무 잘 알고 있었다.

"응, 뭐, 그냥 앉아 있었지. 넌? 오늘도 카르테 확인하려고?"

효인은 진환이 들고 온 파일을 쳐다보았다.

"뭐."

진환은 파일을 옆에 올려놓으며 모호한 소리를 흘렸다. 새삼 감추려고 하는 것은 아니었고, 지금 중요한 건 이 파일이 아닌 탓이었다.

"무슨 생각 하고 있었어?"

진환은 일부러 죽은 환자에 대한 이야기를 꺼내지 않고 말을 돌렸다. 그러자 효인은 팔짱 낀 자세 그대로 한 손만 올려 턱을 긁적거렸다.

"말하고 싶은 게 있잖아? 어차피 또 어디선가 이야기를 들었을 테고……. 새삼 우리 사이에 돌려 말할 필요는 없잖아."

진환은 효인을 빤히 보다가 말했다.

"위로해 줄까?"

효인은 어이없다는 표정을 지었다.

"참 고맙다."

"위로를 바란다면 못 해줄 것도 없는데."

진환은 진심으로 말했다.

"왜 이래? 너답지 않게."

진환은 그냥 어깨만 으쓱였고, 효인은 말은 귀엽지 않게 해도 정말 그가 위로해 주려고 했다는 걸 알고 피식 웃었다. 그러고는 잠시 침묵이 이어졌다. 진환이야 원래 과묵하니 이런 분위기가 괜찮을지도 모르지만, 수다쟁이인 효인은 왠지 모르게 우울한 침묵을 참기 힘들어 먼저 말했다.

"605호 환자가 죽었어."

어조는 태연했다.

한재는 평온한 표정으로 숨을 멈추었다. 그리고 더 이상은 '여한재'라기보다 '여한재라는 이름을 가졌던 단백질 덩어리'가 되어 영안실로 내려갔다.

"보호자는?"

"아직."

한재의 아버지와 연락이 닿은 건 그 후로도 한참 뒤였다.

"그런데 그 사람 코마에 빠지기 전에 잠깐 맥박이 돌아왔었어. 내 손을 덥석 잡더라고."

효인은 아직도 그 온기가 손에 남아 있는 듯, 자신의 손을 내려다보았다.

"그리고 웃는 거 있지. 소름이 쫙 돋더라."

죽어가는 환자가 웃는 느낌이 징그러워 소름이 돋았다기보다 본능처럼 죽음을 직감하고 느꼈던 소름이라는 걸, 진환은 알 수 있었다.

효인은 털어내듯 손을 내리고 슬픔 앞에 연약해진 가슴을 보호하려는 것처럼 다시 팔짱을 끼었다. 그리고 불이 꺼져 어둑한 그림자가 길게 잔영을 남기고 있는 천장을 올려다보았다.

"뭐랄까, 인턴 때로 돌아간 기분이야. 아니, 전임의가 되어서도 이렇게 무력하구나 생각하니까 차라리 뭘 모르던 인턴 때가 좋았던 것 같기도 해. 하긴, 그때나 지금이나 환자가 싸늘하게 식어 나가는 장면을 보는 건…… 좀 괴로워."

효인의 목소리에는 피로한 기색이 잔뜩 묻어났지만, 울음기가 섞여 있지는 않았다. 단지 평소보다 굴곡이 없고 사망한 환자의

미필적 고의에 의한   311

바이털사인만큼이나 단조로웠다. 진환은 말없이 효인의 이야기를 듣기만 했다. 지금 그녀에게 필요한 건 섣부른 위로보다 이야기를 들어주는 것인 듯했다.

"특히 그게 전혀 죽을 거라 생각하지 않았던 환자라면 더 그래. 물론 마음의 준비를 해두라고 말한 환자라도 죽으면 기분이 그렇지만, 금방 제 발로 병원을 나갈 수 있을 거라고 믿었던 환자라면…… 내가 뭘 잘못했나 싶어져."

효인도 진환이 그냥 들어주려 한다는 걸 눈치챘는지, 가만히 계속 이야기했다. 그러더니 지금 상황에 어울리지 않게도 작게 웃었다.

"그런데 웃긴 게, 잠깐이지만 CPR을 실행한 날 에크모를 사용했으니 심평원(건강보험심사평가원)에서 수가를 삭감할 거라는[22] 현실적인 생각을 했지 뭐야."

효인은 그런 자신이 어이가 없었고, 그런 생각을 할 수밖에 없는 현실이 싫었다. 하지만 의사가 된다는 건 하얀 가운을 펄럭이면서 마법의 약으로 사람들을 뿅뿅 살려내는 히어로가 되는 게 아니라, 기술적인, 재정적인, 행정적인 현실의 벽에 부딪치는 사회인이 된다는 말과 동의어이기도 했다. 서글프지만.

효인은 허리를 쭉 폈다.

"아무튼 네가 없을 때는 이런 이야기도 다 삼켰는데, 네가 있으니 이게 좋네. 숨기지 않고 본심을 말해도 된다는 거."

인턴이라면 처음 겪는 감정과 연민 앞에 쓰러져 눈물을 흘려도 뭐라고 할 사람이 없을 것이다. 오히려 그런 과정을 거쳐 성장하는 거라고 당연하게 받아들여지는 편이었다. 하지만 전임의쯤 되면, 어느 정도 의연해질 필요가 있었다. 자신이 쓰러져 슬퍼하기보다 슬퍼하는 후배들을 위로하고 무너진 그들을 일으켜 세워줘야 하는 입장이기 때문이었다.

물론 전임의라고 무조건 환자의 죽음을 애도하지 말라는 말은 아니었다. 다만 의사가 아무리 시간이 지나도 환자의 죽음을 마주할 때마다 마음이 흔들린다면 제대로 일하기가 힘들 테니까. 환자들도 마냥 애도만 하는 의사보다 의연하게 믿음을 주는 의사를 원할 것이다.

그럼에도 효인은 가끔씩 힘들다고 소리치고 싶을 때가 있었다. 보호자에게 '최선을 다했습니다.'라는 사무적인 말을 하는 대신 보호자와 함께 울고 싶기도 했고, 미약한 한숨 대신 연약한 속내를 보여주고 싶기도 했다.

"그런 말이 있지? 의학의 한계를 인정할 줄도 알아야 한다고."

효인은 팔짱 낀 자세를 풀고, 무릎 위에 올린 손을 주먹 쥐었다.

"그래도 가끔 한계가 있다는 것 자체를 인정하고 싶지 않을 때가 있어."

효인은 숨을 삼키며 고개를 들었다. 눈에는 물기가 비쳤고, 다소 메마르게 들렸던 목소리는 울음기에 잠겨 있었다. 늘 그랬던 것처럼 슬픔을 가슴속에 억누른 채 울지 않으려고 했지만, 진환에게 말하다 보니 치받힌 것 같았다.

"언젠가는 한계가 있었겠지. 우리 엄마가 죽었을 때라거나. 하지만 그때로부터 몇 년이나 지났는데. 거의 이십 년 가까이 됐잖

아. 그럼 이제는…… 없을 법도 한 거 아냐?"

효인은 갑자기 진심으로 황당하다는 듯, 눈물을 손등으로 거칠게 훔쳤다. 그리고 억지를 피우는 어린아이처럼 사나운 어조로 말했다.

"젠장, 이게 다 너 때문이야."

"뭐가."

진환은 효인의 쪽으로 비스듬하게 돌려 앉은 자세 그대로 물었다.

"네가 없으면 울지도 않아. 나이가 몇인데 환자 하나 죽었다고 질질 짜고 있겠어."

"우는 데 나이는 상관없지."

"너도 환자가 죽으면 눈물이 날 때가 있어?"

진환은 길게 숨을 들이쉬고 짧게 내쉬었다. 그리고 눈물을 흘릴 수 있다는 것 자체가 믿기지 않는 얼굴로 말했다.

"환자가 죽었을 때 처음으로 눈물을 흘린 건 십구 년 전이었어."

효인은 잠시 계산해 보는 눈치였다. 하지만 곧 십구 년이라는 숫자가 터무니없다 깨닫고 타박을 놓았다.

"말이 되는 소릴 해. 그때 우리가 몇 살 때인……."

하지만 말하다 보니 또 새로운 사실을 깨달은 듯, 효인은 말을 멈추었다.

"그래, 네 어머니가 돌아가셨을 때."

효인은 빠르게 십구 년 전으로 되돌아갔다.

굵직한 빗방울이 쏟아지던 날, 질척한 여름 바람과 불쾌한 습기 속에서 어머니를 영원히 땅에 묻기 위해 시신을 안치한 관이 밖으로 나섰다. 그때 효인은 울다가 탈진해 쓰러졌기 때문에 관이 나가는 모습조차 보지 못했다. 하지만 진환이 대신 관을 배웅해 주었다. 그리고 나중에 그 자리에 있었던 철호에게 듣기로, 하염없이 관이 가는 모습만 보다가 뭔가 이상한 기분이 들어서 진환을 보았는데, 그가 울고 있었다고 했다.

무성 영화를 찍는 것처럼 소리 없는 눈물이었다. 철호는 그때를 반추하며 자신의 조카라서 하는 말이 아니라 인간이 그토록 소리 없이 슬퍼할 수 있는지 처음 알았다고 이야기했다.

"그 후로 울어본 적은 없지. 하지만 울지 않았다고 해서 슬퍼하지 않았던 아니야. 운다고 해서 슬픔이 희석되는 것도 아니었고."

효인은 진환을 바라보았다. 그러자 시선을 살짝 내리깔고 있던 그도 고개를 바로 들고 그녀를 보았다.

"하지만 가끔은 우는 것도 괜찮아. 누군가가 자신의 죽음을 슬퍼하며 울어준다는 건…… 그 환자도 썩 괜찮은 기분일 테니까."

두 사람 사이에 가만한 강이 흘렀다. 소리도, 모습도, 반짝임도 없는 강물이 서늘하게 피부를 스치고 등허리에 기이한 소름이 돋게 만들었다. 왠지 모르게 효인의 눈에서 서서히 말라가는 듯했던 눈물이 다시 차올랐다.

나직한 한숨을 내쉬며 눈을 내리감자, 서글픈 빗줄기가 되어 손등 위로 묽은 자국을 그렸다.

"살릴 수 있었을 것 같은데……."

길게 드리워진 효인의 속눈썹이, 눈물이 떨어질 때마다 흔들렸다.

"살리지 못했어."

처음 의사로서 가운을 입은 후 아주 많은 환자를 만나보았다. 많은 사람을 이 손으로 살렸고, 아무런 죄 없는 어린아이가 힘없이 죽어가는 모습도 봐왔다. 천차만별의 삶을 보았고, 많은 유족들이 흘리는 눈물을 이 심장 안에 담았다. 한재는, 그 많은 사람 중 한 명일 뿐이었다. 하지만 효인은 그를 위해 울었다. 고통받은 한 사람을 위해, 그토록 감사하던 마음에 보답하지 못한 데에, 이른 나이에 세상을 등져야 하는 그를 위해…….

하루는 이런 일이 있었다. 효인을 찾는데 어디에서도 보이지 않았다. 분명히 출근을 했고 콘퍼런스에서도 봤는데, 모두에게 물어도 어디 있는지 모른다고 고개를 저었다. 몇 시간 뒤 효인은 의사 가운도 그대로 입은 수술복 위에 코트를 입고 병원으로 돌아왔다.

이야기를 들어보니, 병이 재발한 한 환자가 까다로운 수술과 치료를 앞두고 있었다. 그런데 어느 날 환자가 다시 그런 치료를 받느니 그냥 죽겠다며 몰래 병원을 빠져나가 사라졌고, 효인은 그 환자를 찾아 곳곳을 수소문했다. 근무시간에 멋대로 자리를 이탈할 수는 없으니 처음에는 지인들에게 부탁해 찾다가, 찾았다는 소리에 참지 못하고 뛰어나간 거였다. 사실 환자가 퇴원하지 않은 상태여서 만약 무슨 일이 생긴다면 효인이 책임을 져야 하기도 했지만, 그녀가 환자를 찾아다닌 이유는 그것만이 아니란 걸 진환은 알았다. 효인은 탑골 공원에 하염없이 앉아 있는

환자를 찾아내 대화하고 설득한 끝에 데리고 돌아왔다.[23]

진환은 효인을 존경했다. 그로서는 하기 힘들 것 같은 일을 끝까지 웃으며 하고, 환자에 관련된 일이라면 무슨 초인적인 힘이 나는 것 같은 그녀가 존경스러웠다. 그리고 때로 그의 신념과 미학에 어긋나는 환자를 만나 미간이 찌푸려질 것 같으면, 효인을 떠올렸다. 그러면 그는 다시 의사로서의 자신을 다잡을 수 있었다.

효인은 그를 더 나은 사람으로 만드는 존재였다. 애초에 그가 의사가 되기로 결심하게 해줬듯이.

하지만 다른 곳에서는 보이지 않는 연약한 모습을 드러내고 슬퍼하는 효인을 보니, 자신의 감정을 무어라 정의해야 할지 알 수 없었다. 안쓰러움, 동질감, 그리고 그를 의지해 준다는 기쁨…….

진환은 저도 모르는 사이에 손을 뻗었다. 그리고 눈물에 얼룩져 있는 효인의 볼을 손가락으로 훔쳤다. 효인은 크게 뜬 눈으로 진환을 바라보았다. 하지만 진환은 멈추지 않았다. 손가락으로 그녀의 눈가를 훑고, 흐트러져 내린 머리카락을 귀 뒤로 쓸어 넘겨주었다.

효인은 진환을 바라보고 있을 뿐이었다. 최면에 걸려 버린 듯 움직일 수가 없었다. 진환의 손가락이 볼을 타고 내려와 눈물에 젖은 입술을 스치고 지나갈 때도, 그의 고개가 서서히 그러나 확실하게 자신의 쪽으로 기울어질 때까지도.

살짝, 아주 살짝 서로의 입술이 맞닿았다. 마치 바람결에 흔들리는 꽃잎 위로 나비가 내려앉듯이…….

"뭐야……. 왜…… 키스를……."

잠깐 닿았을 뿐인 입술이 다시 멀어지고 진환과 시선이 마주치자, 효인은 여전히 굳은 채 더듬더듬 중얼거렸다. 머릿속은 미친 듯이 몰아치고 있었지만, 나오는 말은 그런 것뿐이었다. 너무도 혼란스러워서, 이 상황이 진짜인지도 알 수가 없었다. 이미 눈물은 흘렀던 흔적만 남기고 말라 있었다.

흑암색으로 짙어진 눈동자와 검은 음영이 드리워져 있는 남자의 얼굴이 이상하게 낯설어 보였다.

"글쎄……."

진환은 여전히 효인의 볼을 떠나지 않고 있는 손으로 좀 더 본격적으로 그녀의 볼을 감싸 쥐었다. 그리고 다시 고개가 가까워졌다.

"모르겠어……."

관능적으로 잠긴 남자의 목소리가 후덥지근한 열풍이 되어 여자의 가슴에 불어왔다. 동시에 아까는 너무 짧게 왔다 가서 어떤 감촉이었는지 느낄 새도 없었던 입술이 다시 와 닿았다. 조금은 조심스럽게, 감미로운 느낌으로.

뜨겁고 물컹한 무언가가 문을 열어달라고 말하듯 입술 사이의 틈새를 살며시 핥았다. 그 순간, 은은한 공기가 여자의 귓가에 저항할 수 없는 신비의 주문을 속삭였다.

효인의 입술이 저절로 벌어졌다. 그러자 진환의 혀가 안으로 파고들어 왔다. 그가 허리를 끌어안아, 서로 사이에 남아 있던 공간도 사라졌다. 효인은 저항하지 않았다. 오히려 둘 곳 없던 손을 들어 그의 목을 끌어안았다.

사람들이 별로 오가지 않는 곳이라고 해도 지금 이곳은 누구든지 지나갈 수 있는 공공장소였다. 효인도 알고 있었다. 지금 키스하는 상대가 진환이라는 것도 확실히 인식하고 있었다. 하지만……

'나도 모르겠어. 기분이 너무 좋은걸……'

효인은 눈을 감았다.

달칵.

"하아."

달칵.

"하아아……"

달칵.

"후우우."

사람들이 한창 몰려들 시간의 직원 식당 한구석에서는 효인이 병든 닭처럼 숟가락 한 번 들었다가 다시 놓으며 한숨을 내쉬고, 다시 반복하고 있었다. 때문에 사람들은 항상 유쾌한 효인이 보기 드물게 심각해 보여 섣불리 말을 붙일 수가 없었다. 꼭 말기 암 선고라도 받은 환자 같았다.

"진짜 간 떨어지는 줄 알았어."

갑자기 들려온 소리에, 효인은 흠칫했다. 돌아보니, 익숙한 얼굴들이 섞여 있는 레지던트 그룹이 뒤로 지나가면서 서로 대화하고 있었다. 한 레지던트가 오늘 겪은 해프닝을 이야기해 주는 중인 것 같았다.

"젊은 여자 환자였는데, 청진을 해 보니까 심잡음이 들리는 거야. 젊은 사람한테서는 잘 나지 않는 소리더라고. 그래서 좀 더 자세히 들으려고 좌측 중앙 쇄골선 다섯 번째 늑간에 손을 댔지."

즉, 왼쪽 유방 아래 손을 댔다는 소리였다.

"그런데 스릴[32]을 감지하기가 어려워서 눈을 감고 한참 있으니까, 환자가 뭐 하시는 거냐고 묻는 거 있지? 그래서 내 딴에는 안심시키려고 나도 모르게 한 말이 뭐였는지 알아? '걱정 마세요. 스릴을 느끼려는 것뿐이니까요.'"[24]

동료 레지던트들이 왁자지껄 웃음을 터뜨렸다.

"환자가 어떤 눈으로 널 쳐다봤을지 상상이 된다."

레지던트는 식겁했다는 듯 고개를 내저었다.

"말도 마. 무슨 조두순 보는 것 같은 눈으로 보는데……. 간호사가 참관인으로 있어서 망정이었지, 고소 먹을 뻔했어."

그러다가 레지던트는 자신을 쳐다보는 효인을 발견했다.

"아, 선생님. 오늘 제가……."

레지던트는 평소처럼 효인에게도 제가 겪은, 섬뜩하고도 일면으로는 재미있는 해프닝을 이야기해 주려고 말을 걸었다.

"그러게. 큰일 날 뻔했네. 다음에도 꼭 간호사를 참관시켜. 그건 잘했어."

효인은 기운 없이 말하고 다시 식판으로 시선을 돌렸다. 레지던트들은 그제야 효인이 좀 이상하다는 걸 깨닫고 서로 시선을 교환했지만, 그녀의 등에 워낙 '대화 사절'이라고 대문짝만하게 쓰여 있어서 조금 주저하다가 갈 길을 갔다.

효인은 다시 숟가락을 한 번 들었다가 다시 한숨을 쉬며 내려

---

32) Thrill, 쉽게 지각할 수 있는 심잡음을 일컫는 전문용어

놓기를 반복했다.

"심 선생, 무슨 고민 있어?"

그때 낯익은 목소리가 말을 걸어왔다. 가정의학과 조교수 홍
정임 선생이 다가와 앞자리에 앉았다.

"점심 다 드셨어요?"

효인은 정임의 앞에 식판이 없는 걸 보고 물었다.

"아니, 이제 먹어야지. 그런데 무슨 고민 있냐니까?"

효인은 멍한 눈으로 '아?' 하며 멍청한 소리를 내었다.

"아뇨, 고민은 무슨 고민이 있겠어요."

"에이, 있는 것 같은데. 아니면 늘 씩씩하게 다니는 심 선생이
왜 이리 처져 있어?"

"음, 봄 타나 봐요."

정임은 손을 내저었다.

"아직 3월인데 봄은 무슨. 아무래도 심각한 고민이 있는 것 같
은데?"

"글쎄요."

"뭐야, 그럼 고민이 있다는 말인가?"

아니, 이분은 왜 이리 남의 일에 관심이 많은지……. 뭐, 오지
랖하면 효인도 할 말이 없긴 했지만 말이다.

"고민이랄까……. 이유를 알 수가 없어서요."

효인은 어쩔 수 없이 말을 꺼냈다.

"무슨 이유?"

정임은 눈을 깜빡거렸다. 하지만 효인은 그저 쓰게 웃었다. 풀
릴 길 없는 복잡한 심정에 순간적으로 고민을 털어놓을 뻔했지

만, 정임은 임상과는 달라도 엄연히 상사였다.

"아무것도 아니에요."

"어머, 궁금하게 왜 이러실까. 그럼 내가 맞혀볼까?"

정임은 뾰족하게 내민 입술을 손끝으로 톡톡 두들기며 생각에 빠졌다. 그러더니 곧 짚이는 대로 말했다.

"역시 남자 문제?"

짚이는 대로 말한 것치고는 꽤 정확해서 순간 뜨끔하긴 했지만.

아니, 예전에도 남자 생겼냐고 물었던 걸 보면 아무래도 고민할 거리가 남자밖에 없는 줄 아는 건가 싶기도 했다.

"남자는 무슨……. 또 그러시네. 아니에요. 저 싱글인 거 아시잖아요."

애써 부정했지만, 정임은 능글맞게 웃었다.

"싱글이니까 하는 말이지. 싱글, 자유연재주의자. 그들에겐 언제나 연애에 관한 고민이 따르기 마련 아니겠어?"

"그러기엔 일이 제 발목을 잡네요."

"그러게. 심 선생도 이제 슬슬 결혼에 대해 진지하게 생각해 봐야 할 나이 아니야?"

단어만 다를 뿐이지, 예전에 외과 교수인 태백이 했던 말과 하등 다를 게 없었다.

결혼에 대한 이야기는 서른이 넘은 시점부터 꼬리표처럼 따라붙었지만, 직장 동료들까지 결혼 타령을 해댈 정도니 효인은 자신이 정말 늙기는 늙었는가 싶었다. 마음은 아직도 이팔청춘인데 말이다.

하긴, 예전 같았으면 삼 일 밤을 새도 거뜬했을 텐데 요즘은 영 예전 같지 않았다. 게다가 피부도 베이비 로션만 써도 됐던 시절이 언제냐는 듯 지속적인 관리를 필요로 하니……. 나오는 건 한숨뿐이로다.

"하긴, 요즘 피부가 예전 같지 않더라고요."

효인은 오늘따라 더 푸석푸석하게 느껴지는 피부를 매만졌다.

"어머, 피부야 그거 하나면 바로 탱탱해지잖아."

몰랐냐는 듯한 말투에 효인은 귀가 솔깃해졌다. 아무리 괄괄한 선머슴 같아도 효인 역시 여자이니 뭐가 피부나 미용에 좋다더라 하면 귀가 쫑긋해지는 게 당연했다.

"그거요?"

효인은 뭔가 특효약이 있을라나 싶어 물었다. 그러자 정임은 유부녀 파워를 십분 발휘하여 능청스럽게 웃었다. 그리고 듣는 귀가 많은 식당이라서 그런지 효인의 귓가에만 슬쩍 속삭였다.

"남자."

"남자요? 그게 무……."

처음에는 선뜻 알아듣지 못했지만, 말하다가야 깨달았다. 남자. 즉, 섹스.

"에스트로겐이 활발해지면 피부도 저절로 살아난다니까. 아줌마 말을 믿어봐. 하긴, 심 선생도 알려나?"

아니, 이 아줌마가 정말…….

"하아, 그럴 남자도 없어 슬픈 게 노처녀 인생이라지요."

하지만 효인은 어느새 맞장구를 치고 있었다.

"지천에 깔리고 널린 게 남자인데, 뭐."

"그 지천에 깔리고 널린 남자 중에도 제 짝은 없어서 또 슬프네요."

"그럼 장 선생은 어때?"

"예?"

과하게 놀라는 바람에 헬륨가스를 마신 것처럼 목소리가 꺾여서 나와 버렸다. 얼른 입을 다물었지만, 정임은 뭘 그리 놀라느냐는 듯 이상한 눈길을 보냈다. 하지만 친구를 상대로 그런 말을 해서 효인이 놀랐다고 생각했는지 의아한 눈길을 거두었다.

"둘 다 그 나이까지 싱글인 건 다 이유가 있어서 그런 거 아냐? 그러니까 친구라는 고정관념을 깨고 서로 상부상조하는 의미에서……."

아직 결혼을 하지 않는 건 이유가 있어서라기보다 특별한 계기가 없었기 때문인데……. 그건 어쨌거나 효인은 미간을 찡그리고 난폭한 손길로 국을 떠 마셨다.

"그런 말 마세요. 장 선생과 전 친구예요. 아무리 밤이 외로워도 그렇지, 친구랑 그런 짓을 하는 사람이 어디 있어요?"

그 말은 이미 그 친구와 그렇고 그런 짓을 해 버린—키스뿐이었지만— 자신에 대한 힐책에 가까웠다. 하지만 그런 사정을 모르는 정임은 예상보다 효인이 더 정색하자 놀란 모양이었다.

"아니, 그러니까 내 말은, 둘이 이제 나이도 있으니까……."

타악, 효인은 자못 매섭게 손가락을 식탁 위에 내려놓았다.

"나이가 든다고 친구가 아니게 되는 건 아니잖아요? 장 선생이랑 저랑 알고 지낸 게 몇 년인데요. 자그마치 이십 년이에요. 그 정도면 근친이라고요."

효인은 숨도 쉬지 않고 말을 토해내고 나서야 핫 하고 정신을 차렸다. 정임은 늘 소탈한 효인이 반박할 틈도 없이 짜증스럽게 말한 데에 놀란 듯 눈을 동그랗게 뜨고 있었다.

"죄송해요."

효인은 사과했다.

"아, 어, 뭐. 괜찮아."

그제야 정임은 정신을 차렸는지 눈을 깜빡거렸다. 그리고 씁쓸하게 웃었다.

"뭐, 그럴 수도 있지. 하긴, 생각해 보니까 내가 말을 너무 막한 것 같네. 남자와 여자라고 진짜 친구가 될 수 없는 건 아닌데 말이야."

효인은 얇은 바늘로 콕콕 찌르는 것처럼 가슴이 따끔거리고, 피노키오처럼 코가 늘어날 것만 같아 괜스레 자신의 코를 슬쩍 만져 보았다. 하지만 효인은 왜 이런 기분이 드는지 이해되지가 않았다. 이렇게까지 자신에 대해서 알 수가 없다니…….

'의사는 대체 어떻게 하고 사는 거니, 심효인?'

효인은 골치가 아파 관자놀이를 꾹꾹 주물렀다.

"근데 심 선생 참 신기하다."

정임은 갑자기 말했다.

"음? 뭐가요?"

"어떻게 장 선생 같은 남자랑 순수하게 친구로만 지내는 거야?"

"하아…… 글쎄요…….."

"근데 그거 알지? 지금 내 바깥양반하고 나도 친구였거든. 처음부터 소개받아서 만나긴 했는데, 영 설레지가 않는 거야. 왜, 사랑에는 그 뭐냐……. 달콤 쌉싸름하고 울렁울렁한 뭔가가 있어야 하잖아? 그게 없으니 이 사람은 아니구나 싶었지. 남편도 그렇게 생각했던 모양이야. 그래서 친구로 지내기 시작했는데, 결혼할 때가 되어서 선도 보고 하다 보니까 이 사람만큼 좋은 사람이 없는 거야. 그때부터 신기하게 남편이 남자로 보이는 거 있지?”

정임은 과거를 회상하는지 꿈을 꾸는 듯한 눈으로 이야기했다.

“만났을 때부터 이성으로 느껴지는 상대가 있는가 하면, 세월이 지나고 시간을 함께하면서 이성으로 다가오는 상대도 있는 것 같아. 아마 그런 거겠지. 너무 편하고 곁에 있는 게 당연해서 가슴이 설렐 시간조차도 없었던 거. 아니면 진짜 사랑을 느끼기에는 너무 어렸다든지. 남편을 만났던 게 의대생 때였으니까.”

효인은 멍하니 그녀의 이야기를 듣고만 있었다.

“게다가 공부만 한 애들이 좀 그렇잖아. 성장이 느리지. 책만 보다 보니까, 오히려 책 밖의 세상은 배울 시간이 없었던 거야. 그러니까 남들은 다 늙었다고 하는 나이에 깨닫기도 하는 거겠지. 심 선생도 그런 게 아닐까?”

정임은 효인이 다시 정색을 할까 봐 걱정이 되었는지 덧붙였다.

“아, 물론 진짜 순수한 친구일 경우도 있겠지. 사람마다 각자 사정이 다른 거니까. 난 그냥 심 선생 같은 여자가 아직도 혼자인 게 안타까워서 그래. 평생 남으로 살던 사람들이 함께 살자니 혈압이 올라 미칠 것 같을 때도 있지만, 결혼이란 게 참 좋거든. 서로에 대한 소속감도 있고, 큰일이 생기면 전적으로 의지가 되어 준다는 것도 그렇고."

잠시 표정 없이 이야기를 듣던 효인의 얼굴에 그제야 감정이 살아났다. 조금 씁쓸한 듯한 감정.

"그거야 저도 상상은 되지만 어디 마땅한 사람이 있어야죠."

"하여간 심 선생은 눈이 너무 높아."

"그런 건 아니고……."

뭐랄까, 딱 '이 사람이다!' 할 만한 남자가 없다고 해야 할까? 네 번째 남자친구가 그나마 괜찮을 것 같긴 했지만, 그는 가장 중요한 부분을 이해해 주지 않았다. 사실 그보다 더 소중한 진환의 존재를.

'에…… 더 소중한?'

반사적으로 그리 생각하고 효인은 홀로 반문해 보았다. 물론 진환이 소중하긴 하지만, 남편이 될 남자보다 소중하다면 사실 그건 좀 문제가 있는 게 아닐까?

"아…… 안녕하세요."

그때 누군가 주춤거리며 인사해 왔다. 돌아보니, 인턴 혜경이었다.

"아, 엄 선생. 점심 먹으려고?"

혜경은 현재 근무하고 있는 가정의학과의 조교수 정임과 효인을 보고 그냥 넘어갈 수 없었는지, 수줍어하면서도 인사한 것 같았다.

"예."

"응, 그래. 그럼 맛있게 먹어."

"두 분도 맛있게 드세요."

혜경이 인사하고 나자, 그녀 옆에서 식판을 들고 서 있던 윤정은 끄덕 묵례만 해 보이고 함께 멀어졌다. 효인은 잠시 그녀의 뒷모습을 의아하게 바라보았다.

'어쩐지…… 지금 날 슬쩍 째리고 간 것 같지 않았어?'

효인이 멀어지는 인턴을 바라보고 있자, 정임이 물었다.

"왜?"

"아, 아무것도 아니에요. 근데 그러고 보니 엄 선생은 일 잘하던가요?"

"아— 엄 선생? 응, 좀 소심하긴 한데 대신 섬세해. 아무래도 외과보다는 가정의학과 쪽이 적성에 맞는 것 같아. 본인도 그렇게 생각하고."

"그래요? 외과 한번 생각해 보라고 말한 적 있는데……."

정임은 그런 소리는 하지도 말라는 듯 손을 내저었다.

"내가 확신하는데, 외과의를 할 만큼 독하지 못하더라."

효인은 장난스럽게 미간을 찌푸렸다.

"그럼 전 독하다는 말이에요?"

정임은 해맑게 웃었다.

"심 선생은 독기가 아주 충만하지. 나도 가끔 존경스러워지던데, 뭐. 사실 외과의는 보통 독하지 않고는 못 해먹잖아?"

"뭐, 하지만 한번 적응하면 외과도 하고 살 만해요."

정임은 짓궂은 표정을 지었다.

"좋은 게 아니라 하고 살 만한 거야?"

"괜히 의료계의 3D 직종이 아니니까요."

효인도 덩달아 짓궂은 표정으로 대답했다.

"그런 면에서 보면 엄 선생 친구는 꽤 외과에 맞는 것 같아."

"엄 선생 친구요?"

"응, 방금 전에 함께 간 인턴 있잖아. 지금 ER에 있는 모양인데 나도 많이 본 게 아니라 잘 모르겠지만…… 애가 승부욕도 있고, 딱 부러지는 면모도 있는 것 같고, 무엇보다 눈에 독기가 보이잖아. 아무튼 이럴 게 아니라 나도 가서 밥 먹어야겠다. 밥 먹는 거 방해해서 미안해."

"아니에요."

"참, 가끔 심 선생이 존경스러워진다는 말은 진심이야. 당당하게 남자 의사들을 거느리는 외과 여의사, 로망이긴 하잖아? 그러니까 힘내라, 심 선생!"

자리에서 일어난 정임은 파이팅 자세까지 취해 보이고는 밥을 먹으러 갔다. 효인은 피식 웃었다. 정임이 이런저런 이야기를 해 주었기 때문인지, 그나마 마음이 편안해졌다. 그래서 일단 심란한 마음은 묻어두고 밥부터 먹으려는데, 혼자 점심을 먹고 있으려니 자연스럽게 뒤에 앉은 사람들이 나누는 대화에 귀가 쏠렸다.

"아직 딱히 끌리는 과는 없고?"

"처음에는 내과 지망이었는데 외과도 하다 보니 괜찮은 것 같고……."

인턴 그룹인 것 같았는데, 인턴들이 모이면 으레 나오는 주제인 '어떤 과를 전공할 것인가.'에 대해 대화를 나누고 있었다. 그런데 외과도 괜찮을 것 같다니, 듣던 중 반가운 소리였다. 아무래도 외과의 부족한 인력에 대한 것은 한 사람의 외과의로서 초미의 관심사이니까.

"난 역시 OT[33]가 괜찮을 것 같아. 써전은 잠과 결별한 사람들이라잖아."

"그래도 역시 생동감이 넘치는 건 EM이지."

"그래서 EM[34]에 픽스턴[35)25]할 거란 말이야?"

"음…… 그건 좀 더 생각을 해 봐야……."

"저런 놈들이 꼭 막판에는 OT나 DER[36] 쪽으로 가더라."

그건 동감이었다. 처음에는 외과의가 멋져 보인다고 하던 남자 동기들이 인턴 말년이 되자 줄줄이 안과나 피부과, 내과 등 그쪽 전공으로 갈 때의 기분이란……. 물론 의사도 사람이니 영리를 위할 수 있고, 피부과나 안과 쪽이 나쁘다는 말은 아니지만 어쩐지 배신을 당한 것 같은 기분이었다.

팔랑팔랑 나비 귀 같은 것들.

효인은 왕년에 껌 좀 씹어본 왕언니처럼 불량스럽게 오징어볶음을 잘근잘근 씹어 삼켰다. 그런데 인턴들 이야기에 정신이 팔려 있다 보니 어느새 맞은편에 누군가가 앉아 있었다.

고개를 들자, 진환이 앉아 있었다.

"헉!"

---

33) Ophthalmology, 안과
34) Emergency Medicine, 응급의학과
35) 과가 결정된 인턴이 그 과에 들어가기 몇 달 전에 과의 일을 익히기 위해 먼저 그 과를 도는 것
36) Dermatology, 피부과

효인은 식겁했다. 소스라치게 놀란 통에 서의 뒤로 넘어갈 뻔하자, 뒤에 있던 인턴들이 그 장면을 목격하고 겨우 웃음을 삼키는 소리가 들려왔다.

"뭘 그렇게 놀라?"

진환은 무덤덤하게 물었다.

"아, 아니…… 그렇게 갑자기 나타나니 놀라지……."

진환이 너무 아무렇지 않아, 혹시 어제 일이 다 꿈이었나 싶어진 효인은 죄라도 지은 사람처럼 쭈뼛거리며 대답했다.

"놀랄 일도 많군."

진환은 역시 정 떨어지게 대답하고는 밥을 먹기 시작했다. 효인은 그를 보며 알게 모르게 미간을 일그러뜨렸다.

'혹시 어제 나 꿈꾼 건가? 꿈같은 느낌은 아니었는데……? 꿈꾸는 것처럼 달콤하긴 했지만…… 헉! 무슨 생각을!'

효인은 속으로 뭉크의 절규가 부럽지 않도록 울부짖으며 겉으로는 숟가락을 불끈 움켜쥐었다.

"어…… 뭐, 수술이 늦게 끝났어? 밥을 늦게 먹네?"

진환은 흘긋 효인의 식판을 바라보았다.

"그러는 넌 언제부터 먹었는데 밥이 아직도 그대로야?"

그 말에 식판을 내려다보자, 식판의 음식들은 폭격을 맞은 것처럼 이리저리 들춰져 있고, 한 번씩 끼적거리며 먹었더니 그대로 수북이 쌓여 있었다.

"아…… 뭐, 어쩌다 보니."

효인은 떠오르는 대로 변명하며 괜스레 국을 퍽퍽 떠마셨다. 그리고 싸늘하게 식어버려 본질적인 맛부터 변질된 것 같은 국맛에 인상을 찡그렸다. 효인은 국이란 따뜻할 때 먹어야 제맛이 난다는, 매우 한국적인 사고방식의 소유자기에 그 맛이 참으로 못마땅했다. 지금 이, 어긋난 톱니바퀴처럼 잘 맞물리지 않는 상황도.

진환과 이런 적은 한 번도 없었는데⋯⋯.

벌써부터 손안에 소중히 꽉 쥐고 있던 뭔가가 잡히지 않는 물처럼 빠져나가는 듯한 느낌이 들었다. 그보다 불쾌한 건, 힐끔힐끔 진환의 눈치를 살피며 저도 모르게 그의 입술을 훑어보고 있는 자신의 모습이었다.

예상외로 감미로웠던 맛. 그리고 아스라이 풍겨오던 그의 체취⋯⋯.

생각이 가선 안 될 지점까지 나아간 순간, 효인은 벌떡 일어섰다. 진환은 의아하게 그녀를 올려다보았다.

"나, 먼저 갈게."

효인은 딱딱한 목소리를 툭 내뱉고 성큼성큼 걸어갔다. 하지만 진환은 빠르게 사라지는 그녀를 잡지 않았다. 그저 그녀가 떠난 자리만 지그시 바라보다가, 의미 모를 한숨만 작게 내쉬었다.

그런데 그때 피부로 와 닿는 시선이 느껴졌다. 돌아보자, 아까 그 인턴들이 무슨 일인가 싶어 그들을 훔쳐보고 있었다. 진환은 보란 듯이 미간을 찌푸렸다. 그러자 숟가락을 입에 물고 상황을 지켜보던 인턴들이 뱀 앞에 놓인 개구리처럼 흠칫했다.

"뭐야."

지옥에서 기어올라 온 듯 나직한 목소리가 울리자, 인턴들은 화들짝 놀라 누가 먼저랄 것도 없이 허겁지겁 고개를 내리깔았다.

"아, 아무것도 아닙니다."

그들은 밥과 연애를 하듯 열렬히 퍼먹기 시작했다. 진환은 또 한 번 작게 한숨을 내쉬었다.

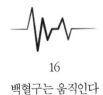

16
백혈구는 움직인다

은은한 밤공기. 눈물. 부드러운 손길. 친구……. 입술. 키스. 입술. 키스. 키스……. 키스…….

단어들이 머릿속에서 파노라마처럼 차라락 펼쳐졌다. 아무도 없는 무인 극장에서 영사기가 돌아가듯.

"저…… 선상님?"

슬며시 자신을 부르는 목소리에야 효인은 퍼뜩 상념에서 깨어났다.

"예?"

깜짝 놀라 대답하자, 앞에 앉아 있는 환자가 불안한 표정을 지었다.

"혹시…… 무신 심각한 문제라도 있는 깁니꺼?"

"아, 문제……."

효인은 진료 도중에 넋 놓고 있던 자신을 믿을 수가 없었다. 그래서 환자의 카르테가 떠 있는 모니터를 괜히 심각한 표정으로 바라보았다.

모니터 앞에 있는 종이에는 자신이 써놓고도 무어라 써놓은 건지 알 수 없는 외계어가 늘어져 있었다. 분명히 영어는 영어인데, 단순한 알파벳의 조합일 따름이었다. 볼펜을 쥐고 환자의 이야기를 듣다가 갑자기 떠오른 장면에 정신이 빼앗겨 저도 모르게 낙서를 하고 만 것이다. 하지만 전형적인 시골 아줌마인 환자는 효인이 쓴 게 뭔가 그럴듯한 의학 용어라고 착각했는지 불안한 기색을 지우지 못했다.

"아뇨, 그런 건 아니에요. 우선 자세한 건 검사 결과가 나와야 말씀드릴 수 있을 것 같고요, 그 전까지는 마음 편히 계세요. 만병의 근원은 스트레스니까요."

효인은 이왕 좋게 오해하고 있는 거, 오해를 풀어주지 않고 다른 말을 했다. 그러자 환자는 푹 한숨을 토해냈다.

"어무이께서 심장 때문에 돌아가셔가…… 내사 걱정을 안 할라 캐도 안 할 수가 없다 아입니꺼. 그래도 선상님께서 그케 말씀하시니께 맴을 좀 편허게 가져볼랍니더."

효인은 환자를 안심시키려는 듯 웃었다.

"괜찮으실 거예요."

"야……. 그라믄 이만 가보겠십니더."

"조심해서 가세요."

환자는 무릎이 뻐근한지 '에그그' 하는 소리를 내며 겨우 진료실을 나섰다. 대충 나머지 정리를 하고 효인도 진료실을 나섰다.

그리고 목적지를 찾아 복도를 걸어가는데, 모퉁이를 돈 순간 번쩍 하고 무언가가 눈에 띄었다.

진환이었다. 복도에는 몇몇 사람들이 지나가고 있는데도 다른 누구보다 그가 먼저 시야에 들어왔다.

동료 의사와 대화를 나누고 있는 그는 눈부시게 흰 와이셔츠에 군청색의 넥타이, 깨끗한 가운, 짙은 색의 정장 바지를 입고 있었다. 수술복에 가운을 걸치고 있던 점심시간 때와는 다른 차림이었다. 와이셔츠를 걸치나 수술복을 걸치나 베일 듯이 단정한 느낌은 여전했지만, 이상하게 그의 남성미가 물씬 다가왔다. 당혹스러울 정도로 선명하게.

'심효인……'

자리에 우뚝 멈춰 선 효인은 속으로 신음했다.

'이 바보 같으니. 고작 키스 때문에 그러는 거야? 진환이는 친구잖아.'

그때 효인의 마음이 다른 말을 속삭였다.

'그래봤자 어릴 때잖아. 그 후로는 계속 떨어져 살았어.'

친구의 자리를 고집하는 또 다른 효인이 반박에 나섰다.

'그래도 친구는 친구일 뿐이야. 키스는…… 그건…… 그냥, 위로의 의미에 지나지 않았어. 왜, 외국에서도 자주 그러잖아.'

또 다른 마음은 가만히 있지 않았다.

'여기는 외국이 아니라 한국이야!'

'진환이는 외국에서 살았잖아!'

'위로의 키스에 혀를 넣어?'

그 반박에 친구의 자리를 고집하는 효인은 할 말을 잃고 말았다. 그리고 '끙' 앓는 소리를 내며 아침에 드라이한 앞머리를 쥐어 뜯었다.

'대체…… 대체 혀는 왜 넣어서…….'

기분이 황홀할 만큼 좋았다는 게 더 큰 문제이긴 하지만.

그때 진환이 동료 의사와 무슨 이야기를 하는지 드물게도 큰 웃음을 지었다. 비록 호탕하게 소리 내어 웃지는 않았지만, 효인의 심장은 배까지 추락했다.

효인은 그의 존재감에 반응하듯 두근두근 설레는 가슴께를 짚었다.

'왜 키스한 거야? 그냥…… 내가 울고 있으니까 위로를 해주려고 한 거였지? 그렇지?'

애써 합리화하며 소리 없는 질문을 던져 보았지만, 당연하게도 진환은 아무런 대답이 없었다. 그저 조금 멀리 떨어진 곳에서 비슷한 나이대의 의사와 무어라 대화를 나누고 있을 뿐.

'그래, 아마 그랬던 걸 거야.'

오늘 내내 진환은 정말 키스를 했는지도 헷갈릴 정도로 평소와 다를 바가 없었다. 그렇다는 의미는 잠시 삼깐의 충동이었으니 서로 잊자고 무언으로 말하는 게 아닐까 싶었다.

그렇지 않으면 매우 곤란했다. 진환은 곁에 있는 게 당연한 '친구'지, 연인이 될 '남자'는 아니었다. 언젠가 지은이 이야기했던 대로 한번 친구였다고 영원한 친구라는 법은 없지만, 적어도 효인에게 있어 그 공식은 영원해야 했고 절대적으로 불변해야 했다. 사랑은 언젠가 자연스럽게라도 변하고 말지만, 우정은 아주 큰일이 없지 않는 이상 변하지 않으니까.

여태까진 변해 버린 사랑에 혼자가 되면 효인은 늘 진환에게 돌아갔다. 이성적인 의미는 아니었지만, 고개를 돌리면 그는 언제나 그곳에 있어주었고, 효인에게 진환은 변하지 않는 안식처였다. 그것은 진환도 마찬가지이리라. 하지만 만약 진환과 연인이 되었다가 그 사랑이 변해 버리기라도 한다면, 돌아갈 곳이 없었다.

'진환아, 제발 그 자리에서 움직이지 말아줘. 우리는 둘도 없는 친구잖아……. 그렇지?'

효인은 우울한 얼굴로 진환을 바라보며 간절하게 바랐다. 하지만 그렇게 생각한다는 것 자체가 이미 변하고 있다는 사실의 방증이라는 걸, 효인은 아직 깨닫지 못하고 있었다.

그때 진환이 동료 의사와 마지막으로 말하더니 혼자 자리를 벗어나 효인 쪽으로 다가오기 시작했다. 효인은 흠칫했다.

"심 선생님, 뭐 하세……."

사면초가라, 그 순간 뒤에서 누군가가 굳은 듯이 서 있는 효인을 보고 말을 걸어왔다. 깜짝 놀란 효인은 두 번 생각할 것도 없이 상대에게 '쉿!' 소리를 내며 얼른 T자 골목 안으로 들어갔다. 그리고 스파이더맨이라도 된 것처럼 벽에 착 붙어 자라처럼 목을 움츠렸다. 그러자 진환은 효인을 발견하지 못한 듯 무심하게 지나쳐 갔다. 효인은 그제야 휴, 안도의 한숨을 내쉬었다.

"심 선생님?"

상대가 의아하게 불렀을 때에야 효인은 돌아보았다.

"어? 지은 씨였어?"

정말 몰랐다는 듯한 반응에 지은의 표정이 묘해졌다.

"뭐 하시는 거예요?"

"어…… 뭐, 아무것도 아니야."

신경 끄라는 듯 손을 저었지만 지은은 의심스러워하는 표정을 풀지 않았다. 오히려 이미 진환이 사라진 길목을 빠끔히 보더니, 짓궂은 웃음을 지었다.

"지금 장 선생님을 피하신 거예요?"

효인은 가슴이 뜨끔해졌지만 탁월한 연기력으로 애써 아닌 척했다.

"설마, 내가 왜 장 선생을 피해?"

연기력은 좋았다만, 아까 효인의 행동은 아무리 봐도 그를 피해 숨으려 했다고밖에 볼 수 없었다. 하지만 지은은 음흉하게도 납득한 척 고개를 끄덕였다.

"네에……. 그러세요?"

사실은 뭔가 일이 있었냐며 효인을 물고 늘어지고 싶었지만, 그녀는 알게 모르게 소심하니까 지금은 괜히 경계심을 일으킬 필요가 없을 것 같았다.

"아 참, 나 볼일이 있어서 먼저 가볼게."

효인은 말했다.

"그러세요."

지은은 서둘러 어딘가로 향하는 효인의 뒷모습을 웃으며 배웅했다. 하지만 효인이 모퉁이를 돌아 사라지자마자 살살 흔들던 손을 내리고 씩 웃었다. 그리고 홀로 중얼거리기를.

"뭔가 일이 있었던 게 확실해. 내 감은 절대 못 속이지."

지은은 기묘하게 웃으며 깡충거리는 걸음으로 뛰어갔다.

지금은 신성한 일터에 있으니만큼 효인은 잠시 사적인 일에 대해서는 묻어두려고 했다. 하지만 미처 그럴 수 없는 이유가 생겨버렸다. 바로 효인이 가려고 했던 목적지에 웬일인지 진환이 있기 때문이었다.

덕분에 효인은 정말 괴도가 된 듯 조금 떨어진 모퉁이에 숨어 진환이 사라지길 기다리고 있었다. 벽에 기대어 하릴없이 시간을 죽이고 있다 보니 지나가는 사람들이 저마다 의문을 담고 말을 걸어왔다.

"심 선생님? 여기서 뭐 하세요?"

"아무것도 아니야."

"어? 심 선······."

"아~무것도 아니니까 부디 갈 길 가게나."

"심 선생, 무슨 일······."

"아무것도 아니랍니다."

효인의 인내심은 슬슬 바닥나고 있었다. 그래서 이제는 진환이 갔나 싶어서 조심히 고개를 내밀어보았는데, 대체 무슨 대화를 저리 길게 나누고 있는지 그는 움직일 기미가 없어 보였다.

효인은 희미하게 미간을 일그러뜨렸다.

'대체 가연 씨랑 뭔 이야기를 하는 거야?'

진환이 대화하고 있는 사람은 가연이었다. 그리고 효인이 찾아가 보려고 했던 사람도 가연이었다.

가연은 이틀 전에 그토록 고대하던 베리아트릭 수술을 받고 잠깐 입원해서 경과를 지켜보다가, 오늘에야 퇴원을 하게 되었다.

그래서 가는 길이나마 배웅해 주려고 했는데, 가연이 외래 진료를 온 첫날을 제외하고 전혀 관심도 없는 듯했던 진환이 그녀와 긴 대화를 나누고 있었다. 아주 가끔씩 살짝 웃기도 하며.

사실 다른 사람들은 진환이 너무 웃지 않는다고, 저래서 어떻게 의사 노릇을 하겠냐고 하지만, 그건 기우일 따름이었다. 그는 불필요하게 웃음을 남발하지 않을 뿐이지 환자들에게는 꽤 잘 웃어주는 편이었다. 천성적으로 감정을 절제하고 살 뿐, 웃어야 할 상황에서마저 웃음에 인색하지는 않았다.

'으으……. 더 이상은 못 기다리겠다.'

불같은 성격 때문인지 인내심이 그리 많지 않은 효인은 결국 마냥 기다리고 있기를 포기했다. 지금은 진환을 보는 게 매우 불편하긴 했지만, 사는 사, 공은 공. 이 자리에서는 그를 그저 동료로 여기자고 굳게 다짐하며 그들에게 다가갔다.

"가연 씨."

진환과 가연이 동시에 효인을 돌아보았다. 자신을 향하는 진환의 시선에 효인은 움찔할 것 같았지만 내색은 하지 않았다.

"아, 선생님."

가연이 알은체했다.

"오늘 퇴원하시죠?"

"네, 엄마가 수속하러 가셨어요."

저번에 대화를 나누었던 것 덕분인지 가연은 더 이상 효인에게 새끼 고슴도치처럼 날을 세우지 않았다.

"수술은 어땠어요?"

"생각보다는…… 간단했어요. 몸도 좀 가벼워진 것 같고요."

위를 떼어낸 게 아니라 실리콘 밴드를 삽입해 조였을 뿐이니 그거야말로 기분 탓에 지나지 않겠지만, 가연은 정말 예전과 달리 얼굴에 화색이 돌았다. 아니면 잠깐이나마 사모하던 의사 선생님과 대화를 나누며 상기되어서 그렇든지.

효인의 눈에 알게 모르게 우울함이 깃들었다. 진환 덕분에 그녀가 밝아졌다면 의사로서 기뻐해야 할 일인데, 언제나 자신만의 친구였던 진환을 빼앗긴 것 같은 치졸한 마음이 가슴속에 자리를 잡았다.

'한 친구를 두고 네 거네 내 거네 하는 초등학생도 아니고 대체 뭐야…….'

진환이 가연에게 별다른 신경을 쓰지 않을 때는 그냥 짝사랑이구나 하고 넘어갔지만, 지금은 좀 달랐다. 물론 진환이 가연을 그냥 환자로 대하고 있다는 건 알았지만…… 뭘랄까…….

'휴, 심효인. 정말 왜 이러니. 정신 좀 차려. 이렇게 호르몬에 지배당할 거야?'

효인은 목에 뭔지 모를 이물감을 느끼면서도 겉으로는 빙긋이 웃었다.

"다행이네요. 점차 더 빠지실 거예요."

말하는 사이에도 옆에 서 있는 진환의 존재감이 피부로 아프도록 스며들었다. 하지만 효인은 그가 어떤 표정을 짓고 있는지 돌아볼 용기가 나지 않았다.

꼭 자신이 그리스신화의 오르페우스가 된 듯한 기분이었다. 아내를 살리고 싶다면 지상에 도착할 때까지 절대 뒤돌아보지 말라는 엄명을 받았던 오르페우스가 그랬듯, 무언가가 뒤에 도사리고 있다는 걸 알고 있어서 놓아보고는 싶지만, 돌아보면 소중한 것을 잃게 되리라는 걸 알고 있었다.

"가연아."

그때 마침 퇴원 수속을 밟으러 갔던 가연의 어머니가 돌아왔다. 그리고 효인을 발견하고 꾸벅 인사했다.

"선생님, 늘 이렇게 신경 써주셔서 감사드립니다."

효인은 얼른 손을 내저었다.

"별로 한 것도 없는데요."

"아뇨, 덕분에 수술이 잘되었어요. 가연이도 날아갈 것 같은 기분이라고 하고."

가연의 어머니는 수술 후 자못 활달해진 딸을 애정 어린 눈길로 돌아보았다. 되돌려 받는 것이 없어도 언제나 따뜻한 어머니의 시선에, 문득 효인은 그런 눈빛을 오롯이 받을 수 있는 가연이 부러워졌다.

진환은 효인의 그런 감정을 눈치챘지만, 효인은 다정한 두 모녀를 보고 있느라 그의 시선을 모르고 있었다.

"선생님도 감사합니다."

가연의 어머니는 세상 모두에게 감사하고 싶은 기분인 듯 진환에게도 인사했다.

"제가 한 건 아무것도 없습니다."

"그래도 첫날 말씀을 잘해주셨잖아요. 감사해요."

재차 전해지는 감사에 결국 진환도 작게 묵례했다.

"애 아빠가 밖에 차를 대놓고 있어서 저희는 이만 가볼게요."

"감사합니다."

가연도 꾸벅 고개를 숙였다.

가연은 마음만은 벌써 정상 체중이 된 것 같았다. 아마 희망 덕분이지 않을까 싶었다. 이제 평범하게 살 수 있을 거라는 희망.

"안녕히 가세요. 가연 씨, 건강해요."

인사는 효인이 했건만 가연은 갑자기 진환을 흘긋 한번 돌아보더니, 다시 효인을 보고 픽 웃었다. 비웃음은 아니었지만, 어딘지 뼈가 있는 듯한 웃음이었다.

"두 분도요."

그리고 가연이 막 몸을 돌리는 찰나, 효인은 번뜩 무언가가 기억났다.

"아 참, 가연 씨."

"네?"

"그게……."

효인은 잠시 말하기를 주저했다. 많이 마음을 추스른 것 같긴 하지만, 섣불리 동학의 이야기를 꺼내도 되나 걱정되었기 때문이다. 하지만 그날 이후로 동학이 아무것도 하지 않아 그냥 이렇게 미적지근하게 끝내도 되나 싶어졌다.

아무래도 동학은 정식으로 사과를 해야 한다는 게 꺼려지는 모양이었다. 그 후로는 한 번도 가연에게 찾아오지 않은 걸 보면. 그래도 효인은 자신이나마 동학이 사과하고 싶어 했다고 말해주려 했다. 가슴 시린 첫사랑의 추억에 그나마 위안이 되었으면 해서.

"동학 씨가……."

하지만 효인은 말을 하다 말고 멈추었다. 가연의 뒤쪽에서 다가오는 사람을 발견한 탓이었다.

가연은 자신의 어깨 너머를 바라보는 효인의 시선에 뒤돌아보았다. 그리고 괴물이라도 등장한 것처럼 날숨을 삼켰다.

"저…… 가연아."

휠체어에서 목발로 바꾼 동학이었다. 하지만 가연은 동학의 죄책감 어린 표정을 제대로 보지도 않고 서슬 퍼런 눈을 빛냈다.

"아무 말도 듣고 싶지 않으니 제발 그냥 모르는 척하세……."

가연이 독기 어린 목소리로 말하는 순간, 무슨 말부터 해야 하나 주저하던 동학이 갑자기 꾸벅 허리를 접었다. 폴더가 무색하도록.

"미, 미안합니다!"

짧은 침묵이 다섯 사람 사이를 휘감고 지나갔다. 진환은 그렇다손 치고, 나머지 세 여자는 동그랗게 놀란 눈이 되었고, 지나가던 사람들도 무슨 퍼포먼스인가 싶어 걸음까지 멈추고 동학을 바라보았다.

몰리는 시선을 인식한 동학은 화끈 볼을 붉혔다. 계속 사과할 타이밍을 노리고 있긴 했었는데, 아무래도 타이밍을 잘못 잡아도 한참 잘못 잡은 것 같았다.

효인은 그런 동학을 보며 허허롭게 생각했다.

'역시 직업병이란 무섭다니까…….'

동학의 직업은 평범한 중소기업의 영업부 대리였다. 밤에는 속도를 즐기는 속도광이지만, 지금 사과하는 모습은 영락없이 클라이언트나 바이어에게 고개 숙이는 영업부 직원이었다.

"무슨……."

가연이 그나마 가장 먼저 정신을 차렸다. 하지만 그녀는 동학이 사과를 할 줄은 꿈에도 몰랐는지, 예의 바른—예의가 발라도 너무 바르다— 사과를 받고도 얼떨떨한 것 같았다.

"그, 그게……."

가연이 입을 열었을 때야 동학은 쭈뼛쭈뼛 허리를 폈다. 이 상황이 못 참게 민망한 듯, 볼에는 여전히 발그레한 홍조가 올라 있었다.

"그러니까…… 그, 그래. 이제 와서 이러는 게 참 우스워 보이겠지만……."

동학이 횡설수설하는 도중에도 가연은 그가 무슨 꿍꿍이속인가 싶어 극히 경계하는 눈치였다.

"계속 사과하고 싶었어."

그제야 가연은 놀라 눈을 크게 떴다. 그러자 동학은 이미 시작한 거 이판사판이라 생각한 듯 부끄러워하는 빛을 억누르고 뒤이어 말했다.

"많이 늦었다는 건 알아. 하지만 그때는 나도 너무 어렸고, 해서 될 말이 있고 안 될 말이 있다는 걸 몰랐어. 변명으로만 들리겠지. 그래, 아마 그럴 거야. 너한테 큰 상처를 줬다는 것도 알아. 거절한다고 해도 좋은 말이 얼마든지 있었을 텐데…… 그러니까……."

비록 결심한 것에 비해서 말은 여전히 횡설수설이었지만.

"미안해."

동학은 횡설수설하던 말을 다 집어치우고 본론만 짧게 말했다. 다시 한 번 고개를 숙이며. 진심이 담긴 사과는 구구절절이 늘어놓지 않아도 단 한 마디면 된다는 기본적인 사실을 깨달은 것 같았다. 하지만 가연은 그의 둥그런 정수리만 빤히 쳐다보고 있을 뿐, 한동안 말이 없었다. 그러더니 이내 결심한 듯, 자못 당당한 표정을 지었다.

"내가 그런 말을 들을 정도로 보기 끔찍한 뚱보였다는 거 인정해요."

"그건……."

"하지만요, 이제는 달라질 거예요. 수술의 힘을 빌렸다고 한심하게 쳐다봐도 상관없어요. 그러니까 선배도 굳이 사과할 필요 없어요."

일생일대의 결심을 하고 사과했건만 가연이 전혀 받아들여 주지 않자 동학은 시무룩한 얼굴이 되었다. 하지만 가연의 말은 거기서 끝나지 않았다.

"다시는 그런 말을 듣지 않겠다고 독하게 마음먹어야 살을 뺄 수 있을 테니까요."

여전히 사과를 받아들여 주는 것은 아니었다. 하지만 죄책감을 가질 필요는 없다는, 조금 아이러니한 말이었다.

"아……."

사과를 받아주거나 받아주지 않거나, 그 두 가지 패턴만 예상했던 동학은 가연이 뜻밖의 반응을 보여주자 어떻게 행동해야 할지 헷갈리는 눈치였다. 그래서 당황해하고 있는데, 삐— 삐— 삐— 갑작스러운 호출 소리가 진지한 상황에 훼방을 놓았다. 순간 모두의 시선이 호출 소리가 나는 발원지로 돌아갔다.

"음."

상황을 지켜보고 있던 진환은 T.P.O라고는 개의치 않는 자신의 호출기를 확인했다. 그 모습을 바라본 효인의 표정은 꼭 이러했다.

'하여간 분위기 깨는 데 뭐 있다니까.'

비록 이 상황에 호출기가 울린 건 그의 잘못이 아니지만, 개도 주인을 닮는데 호출기라고 주인을 닮지 않을까 싶었다. 음, 그건 좀 억지인가?

"죄송합니다. 먼저 가보겠습니다."

"아, 그러세요."

진환이 먼저 자리를 뜨려고 하자, 가연이 그에게 말했다.

"선생님, 고마워요."

함축적인 말이었지만, 진환은 가연이 무슨 말을 하는지 이해한 것처럼 희미하게 웃었다. 그리고 먼저 자리를 떴다. 효인은 또 목에 무언가가 걸린 듯 찝찝한 기분으로 멀어져 가는 그의 등을 바라보았다.

'내가 모르는 척한다고 너도 모르는 척을 해? 어째 이거 기분이 좀…… 더러운데.'

이기적이라고 해도 혼란스러운 마음은 이럴 때도 갈피를 잡지 못했다.

"음…… 뭐."

동학이 주의를 환기시키자 효인은 진환에게 따라붙는 미련한 시선을 억지로 돌렸다.

"고맙다."

동학은 그리 말하며 또 영업부 직원이 사과하듯 꾸벅 묵례했고, 가연도 반쯤은 얼떨결에 그에게 묵례했다. 사과를 주고받는 사람들끼리 다소 우스워 보이는 모습이었지만, 가연은 고개를 들고 이제야 후련한 듯 웃는, 한때 그녀가 좋은 의미로나 나쁜 의미로나 꿈속에서 보았던 얼굴을 보았다. 그리고 속으로 읊조렸다.

'안녕, 가슴 아팠던 첫사랑. 그리고 아무 반박도 못 하고 울기만 했던 과거의 나.'

"선생님이 말했던 가장 친한 친구가 그분이죠?"

가연이 뜬금없이 말해 효인은 '네?' 하는 표정을 지어 보였다. 아직 다소 서늘하면서도 봄기운이 묻어나는 바람이 불어오는 가운데, 효인은 시간이 비는 김에 정문까지 배웅을 나온 참이었다. 가연은 피식 웃고 말했다.

"불판 가져오라고 했던 친구분이요. 그 의사 선생님 맞으시죠?"

갑작스럽게 들키자 효인은 뜨끔해하는 기색을 숨기지 못했다. 큰 비밀은 아니었지만, 자신과 진환이 그토록 막역한 사이라는 걸 알면 가연이 괜히 또 눈을 흘길까 걱정이 되어서였다.

"아…… 그게, 음. 맞아요."

이제야 가연과 사이가 좋아졌는데 이러다간 진환이 또 초를 치게 생겼다. 하지만 거짓말을 할 수는 없어서 효인은 어쩔 수 없이 털어놓았다.

"부럽네요."

당장 가자미눈을 뜰 줄 알았는데, 뜻밖에도 가연의 어조는 담담했다. 부럽다고 말은 하지만 아주 초연해 보였다.

"그렇게 오래 함께할 수 있는 친구가 있다는 거, 누구나 부러워하는 거겠죠."

가연은 때로 무지갯빛 프리즘을 반사하며 쏟아지는 햇빛을 시린 눈으로 올려다보았다. 그런 채로 효인이 나타나기 전에 진환과 나누었던 짧은 대화를 돌이켜 보았다.

처음 외래 진료 때 후로 처음 만난 것이라 잘 지냈느냐, 수술은 잘되었느냐, 다리는 불편하지 않으냐, 이런저런 인사말을 길게 주고받은 후에야 진환은 본론을 꺼냈다. 하지만 한번 말하기 시작하자 진환은 더 이상 돌려 말하지 않았다.

"구태의연한 말이겠지만, 사람은 누구나 힘든 시기가 있습니다."

"선생님도 그러셨나요?"

가연은 진환과 조금이나마 더 이야기를 나누고 싶어 대화의 맥이 끊길까 봐 얼른 질문했다. 그러자 그는 조금 쓸쓸하게 웃었다.

"저보다는, 친한 친구가 하나 있는데, 이 친구는 어렸을 때 어머니를 잃었습니다. 사인은 치료가 불가능한 희귀질환이었죠. 그때가 그 친구에게는 가장 힘든 시기였어요. 가연 씨와 사정은 좀 다르지만, 아마 죽고 싶었을 만큼 힘든 마음은 같았을 겁니다."

"아, 아뇨. 어떻게 어머니를 잃은 슬픔과 비교하겠어요."

"힘듦의 강도는 느끼는 사람마다 다르죠. 하지만 혹시 괜찮으시다면 지금 그 친구가 어떻게 되었는지 물어봐 주시겠습니까?"

"어떻게 되셨죠?"

그쯤 해서는 가연도 진심으로 궁금해 물었다.

"그 친구의 어머니와 같은 사람들을 치료하고 있습니다."

직감이었을까, 그 순간 가연은 그 친구가 효인이지 않을까 하는 의심을 품었다. 진환과 효인의 접점은 한 번도 발견하지 못했지만, 현재 가연에게 있어 의사하면 딱 떠오르는 인물은 베리아트릭 수술을 해준 태백보다 효인이었기에 그런 걸 수도 있었다.

"이야기가 좀 길어졌군요. 제가 드리고 싶었던 말은…… 그 친구가 그랬듯이 가연 씨도 힘든 시기를 잘 견딜 수 있으실 거란 말이었습니다."

가연은 진환을 빤히 보았다. 천성이 그런지 절제된 서늘한 얼굴. 다정하지 않은 목소리. 그러나 다정한 말.

"좀…… 의외네요."

그 순간, 가연은 두근두근 설레던 가슴이 가라앉고 대신 산들바람 같은 미풍이 가슴에 불어오는 것을 느꼈다.

"의사에게 환자는 담당을 하고 있을 때가 전부라고 생각했어요. 그런데 다른 선생님도 그렇고, 선생님도 그렇고…… 고정관념을 뒤엎어주시네요."

"불쾌하셨다면 죄송합니다."

"설마요. 전혀 그렇지 않아요. 오히려…… 감사해서요."

진심이었다. 하지만 동시에 진환에게 있어 자신은 환자에 지나지 않는다는 걸 확실히 깨달은 순간이기도 했다. 그럼에도 가연은 속상하지 않고 오히려 후련한 기분이 되었다.

어차피 지나가는 연심이라고 인지하고 있긴 했지만, 자신의 인연은 이 사람이 아니라고 똑똑히 깨달았다. 그래서 가연은 진환을 상대로도 말할 수 있었다.

"그 다른 흉부외과의사 선생님 있죠? 그분에게 대신 감사하다고 전해주세요. 못되게 굴었는데도 친절하게 대해주셨거든요. 비록 그게 의사의 의무감이었다고 해도, 고마웠어요."

"전해주겠습니다. 그런데 그 친구 성격상 의무감만은 아니었을 겁니다."

"하하, 사실 그래 보이셨어요."

호랑이도 제 말을 하면 나타난다고, 그때 마침 효인이 가연을 부르며 다가왔던 것이다. 그 이후로는 알다시피 진환이 먼저 가고 효인과도 헤어지려는데 동학이 나타나 생각지도 못했던 사과를 받았다.

가연은 쏟아지는 햇빛에서 눈을 돌렸다. 밝은 빛을 오래 보고 있었던 탓인지, 효인을 보는데 카메라의 플래시를 정면으로 보고 난 듯한 깜빡임이 나타났다. 덕분에 찬연한 햇빛 아래 서 있는 효인도 빛나는 듯이 보였다. 마치 가연의 눈이 상대가 가진 인성의 빛을 찍어낼 수 있는 카메라가 된 것처럼.

"두 분, 잘 어울려요."

가연이 난생처음 보여주는 화사한 미소에 순간 효인은 진환이 대체 무슨 요술을 부린 건지 얼떨떨해졌다. 분명 가연이 진환을 좋아한다고 생각했는데, 지금 미소는 사심 한 점 없어 보였기 때문이다.

"뭐, 친구끼리 잘 어울려 봤자 아니겠어요?"

효인은 어색하게 웃으며 뼈가 있는 말을 던졌다. 가연은 아무 것도 모르고 한 말이었겠지만 말이다.

"흠……. 그래요?"

가연은 의뭉스럽게 대답했다. 그때 두 사람이 서 있는 정문 앞 에 차가 멈추고 조수석의 창문이 열렸다.

"가연아, 어서 타렴."

조수석에 타고 있는 가연의 어머니는 붐비는 찻길 때문인지 가 연을 재촉했다. 그러자 가연은 차의 뒷자리에 올라타고 차창을 내렸다.

"선생님, 한 가지만 약속해 주실 수 있을까요?"

"약속이요?"

"결혼하실 때 꼭 청첩장 보내주세요. 기다리고 있을게요."

가연은 갑자기 이런 능청을 어디서 배워왔는지 씩 웃었다.

"아……."

결혼에 기역 자도 언급한 적이 없는데 난데없이 웬 청첩장 타 령인지 효인은 당혹스러워졌다. 하지만 찻길이 막히고 있어서 일 단 대답했다.

"그럴게요."

"그럼 안녕히 계세요."

곧 차가 출발했다. 그리고 도로를 타고 금방 모습을 감추었다. 효인은 시린 눈을 찡그리며 하얀 병원 건물을 올려다보았다. 한 사람의 환자가 희망을 품고 세상으로 나간 순간에도 저 거대한 건물은 언제고 멈추지 않는 심장처럼 움직이고 있었다. 그렇게 치면 효인은 심장으로 이어지는 혈관을 타고 헤엄치는 백혈구라고 할 수 있을 것이다.

그렇다면 끊임없이 활동하며 유해한 균들을 몰아내야 하니 멈추어서는 안 되겠지.

"자, 움직이자."

효인은 어깨에 힘을 넣고 다시 건물 안으로 들어갔다.

몇 년 뒤, 효인은 한 여자의 방문을 받게 된다. 그녀는 다소 통통하긴 하지만 그 통통함이 오히려 귀엽게 돋보이는 아가씨였다. 그리고 그녀가 결혼을 하게 되었다고, 상대는 살을 빼고 운 좋게 입사한 회사의 상사라며 청첩장을 전해주는 것은 그 몇 년 뒤의 일이었다.

아직은 그 누구도 알 수 없는 미래지만, 누군가는 힘든 시기를 넘긴 가연에게 희망이 있다는 것을 살짝 알고 있어도 되지 않을까. 그래, 마치 삶은 계란의 껍질을 까면 삶은 계란이 나오리라고 알고 있는 것처럼.

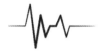

17
내가 없는 당신의 하루는 어땠나요?

"크허……."

다시 백혈구가 되어 열심히 일한 지 여덟 시간째. 효인은 피로의 바다에서 장렬히 산화되어 사무실의 책상 위로 엎어졌다. 그리고 그대로 숨을 거두기라도 한 듯 아무런 움직임이 없었다.

"꿍."

슬슬 딱딱한 책상에 압박된 배가 아파 일어서려는데, 누군가가 사무실의 문을 열고 들어왔다. 그래서 효인은 누구인지 확인하기 위해 반사적으로 시선을 들었다가, 흠칫 몸을 굳혔다.

"뭐 해?"

여전히 키스를 한 적이나 있냐는 듯한 표정을 한 진환이었다.

"아…… 뭐…… 그냥."

효인이 누가 봐도 어색하기 그지없는 모습으로 대답했지만, 진환은 무심히 시선을 거두고 자신의 사물함 쪽으로 다가갔다. 효인은 책상 위에 엎어져 있던 몸을 내려 슬그머니 의자에 앉았다. 그러면서 너 따위 신경 안 쓴다고 말하듯 빠딱하게 턱을 괴고 앉아 괜히 잘 놓아져 있는 책을 뒤적거렸다.

철컹, 팔락팔락, 부스럭부스럭, 파라락.

진환이 말없이 움직이는 소리와 효인이 책장을 넘기는 소리만이 사무실 안에 울려 퍼졌다. 보통 때는 서로 말이 없어도 그냥 그러려니 했을 텐데, 지금은 이상한 긴장감이 감돌았다.

기묘한 기류가 발밑에서 꿈틀거렸다. 문득 효인은 한랭전선의 중심에 덩그러니 버려진 듯한 기분이 들었다. 뜨겁지도 않고 차갑지도 않고, 뜨거우면서도 차가운, 그런 뜨뜻미지근한 경계선에.

'대체 뭐냐고? 왜 이런 분위기가 되는 건데?'

진환과는 한 번도 없었고, 있어서도 안 될 분위기가 형성되자 효인은 무척 억울해졌다. 무엇이 억울한지는 모르겠지만, 그냥 억울했다.

"보호자는?"

그런 기분에 시달리고 있었음에도 효인은 진환이 불쑥 말을 걸어오자 소스라치게 놀랐다.

"어…… 어? 뭐라고?"

"보호자와 만났냐고."

진환은 그런 효인이 이상하다는 시선을 보냈다. 하지만 그때까지도 효인은 그가 무슨 질문을 했는지 이해하지 못하고 있었다.

"무슨 보호자?"

"익스파이어한 605호 환자의 보호자 말이야."

"아⋯⋯."

그제야 효인은 죽은 한재를 기억해 냈다. 벌써 그를 까맣게 잊고 있었던 건 아니었다. 다만 그의 죽음을 슬퍼하며 주저앉아 있을 수는 없기에 묻어두고 있었던 것뿐이었다. 그리고 앞으로도 그렇게 해야 할 것이다. 그뿐만 아니라, 어쩔 수 없이 먼저 보내야 했던 다른 환자들도.

"응."

한재의 아버지는 끝까지 모습을 보이지 않았지만, 어머니는 왔다. 그리고 도저히 받아들일 수 없는 성향을 가진 아들이었어도 자식의 갑작스러운 사망 소식에 하늘이 무너지기라도 한 듯 오열했다. 하지만 종내에는 참담한 표정으로 물었다. 아들은 편하게 갔느냐고. 한재의 주치의였던 레지던트는 물론 그랬다고 대답했다.

효인은 멀리서 그 모습을 지켜보았다. 소중한 이를 잃음으로 인한 눈물, 특히 어머니의 눈물은 보고 있기가 힘들었다. 누구나 소중한 이를 잃고 어찌 원통하지 않겠느냐마는, 아이를 잃은 어머니의 눈물은 가장 시럽고 애틋해 보였기 때문이다.

"보호자가 와서 다행이네."

"응, 다행이지."

진환은 말했고, 효인은 대답했다. 그리고 다시 침묵이 맴돌았다. 효인은 턱을 괸 자세 그대로 할 말을 찾지 못했고, 진환은 사물함 앞에 서서 꼼짝도 하지 않았다. 그렇게 한동안 시계만이 째깍째깍 히스테릭한 소리를 퍼뜨리며 흘러갔다.

턱을 괸 효인은 손이 조금씩 떨리기 시작했다. 그리고 인내심이 바닥난 순간, 한랭전선이 지나갈 때 천둥이 치는 것처럼 성질이 치받혔다. 결국 효인은 자리를 박차고 일어섰다. 그 소리에 진환이 돌아보았다. 하지만 여전히 그의 눈빛은 차분했다. 이 상황에서는 징글맞을 만큼.

"더 이상 못 참겠다. 여기서 해결을 보자."

효인은 진환을 째려보았다.

"대체 왜 키스한 거야?"

그 말에는 진환도 조금 놀라고 말았다. 담아두는 성격이 아니라는 건 알고 있었지만 이렇게까지 직접적으로 물을 줄이야.

"너랑 이런 분위기, 정말 어색해서 못 참겠어. 그런데 넌…… 아예 잊어버린 거야, 아니면 사람이 음흉하게 모르는 척하는 거야?"

진환은 대답이 없었다. 하지만 한번 울분이 폭발한 효인은 멈추지 않았다.

"뭐라고 대답 좀 해 봐!"

"무슨 대답을 원해?"

효인은 움찔했다. 스며 나오듯 흘러나온 낮게 깔린 목소리가 무섭도록 남성적이어서, 한순간 오싹하고 소름이 돋아버렸다.

눈앞에 있는 사람은 분명 진환인데…… 음울한 빛이 깃든 흑암색 눈동자는 전혀 진환이 아니었다. 단 한 번도 만나보지 못한 남자가 눈앞에 서 있었다. 지금 이때껏 공기처럼 익숙하게 느꼈던 그의 모든 것이 모두 낯설게 다가왔다.

넌…… 대체 누구야?

"무슨…… 대답을 바라는 거냐니……. 그런 말이 어디 있어."

혼란스러워진 효인은 더듬더듬 겨우 말을 이었다. 진환의 찌르는 듯한 존재감에 자신이 무슨 말을 하고 있는지도 알 수 없었다.

"글쎄, 가끔 밤은 사람을 이상하게 만드니까."

하지만 다시 말을 했을 때, 진환은 본래의 그로 돌아와 있었다. 조금 의미가 불분명한 쓴웃음을 짓고는 있었지만, 언제나 효인이 알고 지내던 그였다.

"아, 그래. 밤은······."

효인은 진환의 말을 곱씹어보듯 웅얼거렸다. 그리고 그의 말을 온전히 이해한 순간, 안도감의 파도가 밀려들었다.

한순간의 충동이었다고 말하는 그에게서는 원래 서 있던 자리에서 움직일 의사가 없어 보였다. 이 순간의 안도감을, 효인은 무어라 표현해야 좋을지 알 수 없을 정도였다. 사실 안도감의 이면에 왠지 모를 쓴맛이 느껴졌지만, 효인은 애써 모른 척했다.

효인도 원래 그녀로 돌아가 농담 한마디 하듯 털털하게 굴었다.

"이성 친구는 이런 맹점이 있다니까. 내가 남자였다면 그런 충동도 안 들었을 텐데, 그렇지? 하여간 놀랐잖아. 우리 정신 좀 차리자고. 나름 배웠다는 사람들이 이렇게 충동적으로 놀아서야 쓰겠어?"

효인은 남아 있는 어색함마저 날려 버리려는 듯 말했다. 하지만 진환은 별다른 말 없이 그저 쓰게 웃을 따름이었다.

그제야 효인은 납득했다. 진환이 키스에 대해 아무 언급이 없었던 이유를. 그건 아마 한순간의 충동 때문에 절친한 친구 사이가 이상해지는 걸 염려해 그냥 덮어두려고 했기 때문이었다.

자신은 그런 마음도 모르고 진환이 모른 척한다고 괜히 발끈하다니……. 하여간 이놈의 다혈질이 문제였다.

"역시 우리 너무 굶었나 봐. 어쨌든 친구, 이걸로 잊는 거다?"

"뭐……."

진환이 애매모호한 소리를 흘리거나 말거나, 아무것도 변하지 않은 기쁨에 취한 효인은 그에게 다가가 불쑥 손을 내밀었다.

"그럼 화해의 악수. 뭐, 싸웠던 건 아니지만."

진환은 군말 없이 효인의 손을 잡았다. 그러자 효인은 손을 몇 번 흔들고는 놓고 웃었다.

"그럼 이제 퇴근하자. 아 참, 나 내일 오프야. 그런 의미에서 수고해, 장 선생."

"퇴근이나 해."

"하여간 귀염성이 없어요."

투덜거리긴 했지만 효인은 오랜 근무의 피로마저 잊은 듯 활기차게 사무실을 나섰다. 사무실에 홀로 남은 진환은 탕 소리 나게 사물함을 닫았다. 그리고 누구도 듣지 않는 한마디를 애석하다는 듯이 중얼거렸다.

"아직도 이상하다는 게 문제지만."

A.M 5:11.

탁탁, 진환은 끈이 꽉 묶인 운동화를 시멘트 바닥에 가볍게 두드렸다. 그리고 가볍게 스트레칭을 한 후에 본격적으로 달릴 자세를 취했다.

후우, 작게 숨을 들이쉬자 서늘한 새벽 공기가 폐로 스며들었다. 다리에 꾹 힘을 더하자, 전신의 근육이 기분 좋은 긴장감으로 탄력 있게 당겨졌다. 그 순간, 그는 달리기 시작했다.

아직 차가운 새벽 공기가 피부를 훑고 지나갔다. 종종 도로에 스쳐 지나가는 차들이 빠르게 역주행해 가고, 드문드문 새벽 운동을 즐기고 있는 사람들도 금세 뒤로 멀어져 갔다.

나무들이 달리고, 강도 달리고, 하늘도 진환을 따라 달렸다.

곧 베타 엔돌핀이 빠른 속도로 퍼져 가는 감각이 생생하게 느껴졌다. 몸이 가벼워졌다. 그에 따라 달리는 속도도 점차 빨라져 갔다. 벅찬 숨이 목구멍까지 차오르는 것마저 묘한 도취감으로 다가왔다.

진환은 서서히 속도를 낮추며 자리에 멈춰 섰다.

하아, 하아, 하아.

옅은 헐떡임을 따라 서늘한 땀방울이 턱을 타고 내렸다.

진환은 슬슬 아침을 맞이하고 있는 하늘을 올려다보고 잠시 숨을 골랐다. 심장이 점점 정상 속도로 뛰기 시작하고, 멀게 느껴졌던 세상의 소리가 돌아왔다. 그리고 드물게도 어지러운 상념이 진환의 머릿속을 피고들었다. 달리는 동안에만 잊을 수 있었던 상념이.

아직도 효인에 대한 제 감정이 딱 무엇이라고 확정 지을 수는 없었다.

사랑인가, 우정인가.

그것도 아니면 여태 전혀 느껴본 적 없는 제삼의 감정인가.

하지만 어린 시절에 품었던 순수한 우정이 아니라는 것만은 분명했다. 그렇지 않다면 그녀에게 그토록 키스하고 싶어졌을 리가 없었다. 이 품에 안고 싶지도 않았을 것이고, 기묘한 열기가 몸을 휘감아왔을 리도 없었다.

남자와 여자. 조물주가 한 몸이 되라며 지상에 내린 성별의 간극에서 오는 화학적 작용일 뿐이라고 할지언정, 적어도 진환에게 있어 효인은 효인이되 더 이상 효인이 아니었다. 진환은 이제야 깨달을 수 있었다. 그녀와 떨어져 산 세월은 아주 많은 것을 변하게 하기에 충분했다고.

여자아이는 여자가 되었고, 남자아이는 남자가 되었다.

함께 웃고 떠들던 소녀와 소년은 아직도 둘 안에 존재했지만 이젠 그것이 다가 아니었다. 진환 역시 변화를 두려워하고 있었던 것인지도 몰랐다. 선뜻 변해 버리기에는 친구인 효인의 자리가 너무도 컸기 때문이었다. 만약 그런 효인을 잃으면, 그의 삶이나 목표도 다 잃어버릴 것만 같았다. 가끔 '효인이 없었다면…….' 하고 발작적으로 생각할 때마다 등줄기가 서늘해지는 기분을 느꼈던 이유가 그 때문이었을 것이다. 하지만…….

"사랑? 아마 그건 아닐걸."

진환은 팔짱을 끼며 마치 누군가에게 이야기하듯 중얼거렸다. 그리고 이내 팔짱을 풀며 허리를 짚었다.

"사랑처럼 단순한 거라면 일찍이 해답을 찾았을지도 모르지."

효인에 대한 감정은 사랑처럼 한 단어로 간단하게 정리될 수 있는 것이 아니었다. 이 심장 안에 다 담을 수 없으리만치 벅차고…… 더 특별한 무언가였다.

진환은 휘몰아치는 복잡한 상념에 쓰게 웃었다. 그리고 아직 길게 펼쳐져 있는 길을 바라보았다.

"오늘은 좀 더 달려야겠군."

효인이 없는 하루의 시작이었다.

A.M 8:02.

공기가 평온하게 내려앉아 있는 방 안, 갑자기 어디선가 구수한 트로트 노랫가락이 울려 퍼지기 시작했다. 그러자 이불에 돌돌 말려 있던 애벌레가 정신없이 꿈틀거리다가, 불쑥 손을 내밀었다. 그리고 타악! 침대 테이블에 놓인 라디오를 내려쳤다.

"으응……."

라디오에서 효인의 손이 미끄러져 내린 순간, 손길에 딸려간 라디오가 한 마리의 새로 화하여 멋지게 비상하려는 듯 허공으로 날아올랐다. 하지만 힘차게 날아오른 라디오의 꿈은 찰나의 호접몽으로 끝나고, 결국 라디오는 육중한 무게를 이기지 못하고 바닥으로 추락했다.

"응?"

그 소리에 효인은 깨어났다. 그리고 바닥에 떨어진 라디오를 보고 '크―' 하는 소리를 내었다.

"역시 바닥을 양면테이프로 붙여놔야 하나."

효인은 간만에 아침잠을 마음껏 잘 수 있는 이 순간을 허투루 보내고 싶지 않아 다시 침대에 몸을 던졌다.

"에이, 모르겠다."

일단 더 자고 생각하자.

효인은 다시 눈을 감았다. 하지만 이미 버릇이 들어버려서 그런지 달아난 잠이 도통 돌아오질 않았다. 결국 효인은 더 침대에서 뒹굴지 못하고 부스스하게 몸을 일으켰다.

"으우우—"

효인은 늘어지게 기지개를 켜고 나서, 다리에 휘감겨 있는 이불을 걷어냈다. 그리고 다리를 침대 밖으로 내렸다.

잘 때는 늘 그렇듯, 효인은 간편한 티셔츠에 팬티만 입은 차림이었다. 하지만 어차피 보는 사람도 없는 거, 그 차림 그대로 냉장고로 가서 이가 시리도록 찬물을 꺼내 들이켰다.

"오늘은 뭐부터 해야 하나."

고기도 먹어본 사람이 먹는다고, 그토록 바라던 오프였지만 막상 오프가 되니 뭐부터 해야 할지 감이 잡히지 않았다. 그래서 그다지 근엄하지 않은 팬티 차림으로 방 한가운데 우뚝 서서 잠시 고민에 빠져 있다가, 핸드폰을 들었다. 따르르르— 단조로운 신호음이 가기 시작했다.

[장진환입니다.]

달칵, 하는 소리와 함께 그윽한 진환의 목소리가 귓가를 간질였다. 하지만 효인은 낮게 웃으며 아무런 말도 하지 않았다. 그러자 이어 그의 목소리가 들려왔다.

[지금은 부재중이니 연락처를 남겨주시면 확인하는 대로 연락드리겠습니다.]

놀랍게도 요즘 누가 자동응답기 같은 구시대 유물을 쓰나 하겠지만, 진환은 유학 초기부터 쓰던 자동응답기를 그대로 가져와 집에 설치해 두었다. 외국은 의외로 이런 아날로그 감성이 잘 유지되는 편이라, 외국인 친구들이 자주 메시지를 남긴다고 들었다.

아무튼 자동응답기의 메시지도 정말 진환답게 사무적이고 딱딱하기 그지없다. 하지만 바라던 대로 진환의 목소리를 듣고 난 효인은 핸드폰을 내려놓았다. 그의 핸드폰으로는 전화해 봤자 어차피 지금은 받지 않을 테니 자동응답기에 남겨진 그의 목소리를 듣는 것으로 대신한 것이었다.

　진환의 목소리는 꼭 그랬다. 아침에 일어나자마자 듣고 싶은 목소리였다. 그의 목소리를 듣고 나면 왠지 좋은 일이 생길 것만 같은 기분이었다. 그래서 효인은 진환이 미국에 있을 때 그가 집에 없다는 걸 알면서도 몇 번이고 전화해 목소리만 듣고 끊은 적도 있었다.

　"자, 진환이 목소리도 들었으니…… 그래, 우선 밀린 청소부터 하자."

　효인은 맨무릎을 치고 자리에서 힘차게 일어섰다. 황금 같은 오프라고는 하지만, 청소를 하든지 낮잠을 퍼지게 자든지 시간을 보람차게 쓰기만 하면 되는 것 아니겠는가.

　A.M 9:34.
　위이잉— 위이잉—
　"와하하하하."
　위이이이잉— 이이잉—
　"큭큭큭……."
　진공청소기가 돌아가는 가운데 뜨문뜨문 효인의 웃음소리가 섞여 들려왔다. 이유인즉, TV를 틀어놓고 청소기를 돌리던 도중 우연히 보게 된 개그 프로그램 때문이었다. 일에 치여 사느라 개

그 프로그램은커녕 뉴스도 제대로 볼 시간이 없었는데, 처음 보게 된 개그 코너가 꽤 취향에 맞았다. 덕분에 효인은 청소는 하는 둥 마는 둥 TV에서 시선을 뗄 줄 모르고 한 자리에서만 왔다 갔다 하고 있었다.

TV 속에서 개그맨이 유행어로 밀고 있는 듯한 말을 외치자, 시청자들이 자지러지게 웃어댔고 효인도 소리 높여 웃었다. 그리고 개그 코너가 끝났을 때야 효인은 청소기를 다른 쪽으로 몰아가며 혼자 큭큭거렸다.

"진환이는 저런 거 봐도 절대 안 웃겠지."

어떤 개그 프로그램을 보여줘도 세 살 때부터 웃음을 잃은 것처럼 떡하니 팔짱을 끼고 앉아 무표정한 진환이 상상되었다. 진환은 간지러움도 타지 않아서, 고의적으로 그를 웃길 수 있는 사람은 지구상에 존재하지 않을 것 같았다. 아마 효인을 제외하고 말이다.

"음?"

진환이 갑자기 의아한 소리를 흘리며 고개를 들자 심실류절제술 수술실이 긴장감으로 조여들었다.

"왜 그러십니까?"

진환의 수술에 들어와 있는 건하 역시 자못 긴장한 어조로 물었다. 심실류절제술은 간단해서 크게 잘못될 일이 없었지만 아무래도 집도의가 진환인 이상, 말이다.

"아니, 아무것도 아니야."

진환의 동작 하나하나가 수술실에 있는 모두의 수명을 족히 몇 년씩은 갚아먹는다는 걸 아는지 모르는지, 그는 다시 무심히 시선을 내렸다. 그리고 그로테스크하게 쩍 벌어져 있는 환자의 흉부를 내려다보며, 피식 웃어버렸다.

'심효인이 내 욕을 하고 있는 모양이군.'

굳이 욕은 아니었지만…… 텔레파시라도 통한 것인가? 아니면 단 하루뿐일지언정 만날 수 없는 그녀를 향한 그리움인가?

P.M 12:52.

정오가 막 지난 시간, 청소와 빨래를 대충 끝낸 효인은 오랜만에 집에서 점심을 만들고 있었다. 보글보글 끓는 찌개에서 허기진 위장을 들뜨게 하는 냄새가 나고, 프라이팬에서는 계란 프라이가 지글지글 익어갔다.

"이야, 심효인. 계란 프라이를 해도 어쩜 이렇게 완벽하냐."

고작 계란 프라이 하나 구우면서 효인은 자화자찬에 심취해 있었다. 하지만 지금은 사다놓은 재료가 별로 없어서 계란 프라이를 굽고 있을 뿐이지, 효인은 음식 솜씨가 상당히 좋은 편이었다. 내내 자취를 해왔기 때문이다. 음식 솜씨 하나만으로도 사랑받는 아내가 될 자신이 있었다.

사실 처음에는 일하랴 공부하랴 밤새서 책 읽으랴 하느라 먹는 것 따위 어째도 좋았다. 하지만 효인의 식생활을 알게 된 아버지 운재가 드물게 노기를 띠고 '의사가 될 녀석이 제 몸부터 막 다루는데 다른 사람의 몸이라고 제대로 다룰 수 있겠어?'라고 호통을 치고 난 후로는 의학서적을 파는 것처럼 요리책을 습득하게 되었다.

피는 물보다 진하다던가. 평소에는 마냥 털털하다가도 한번 화가 나면 마치 도깨비처럼 변하는 효인의 모습은 역시 운재에게서 물려받은 것 같았다.

"크, 진환이도 이 맛을 한번 봐야 하는 건데."

효인은 시간이 날 때마다 진환의 생각을 하고 있다는 걸 미처 깨닫지 못한 채 그저 마냥 좋다는 듯 흥얼거렸다.

"장 선생님, 점심 안 드십니까?"

사무실에서 수술 기록을 보고 있던 진환은 문득 들려온 목소리에야 정신을 차렸다. 그리고 시계를 보자, 어느덧 점심시간의 끝을 알리고 있었다.

"시간이 벌써 이렇게 됐군요."

점심을 다 먹고 막 사무실로 들어온 참이었던 윤 선생이 쯧쯧 혀를 내찼다.

"잘 드셔야죠."

"한 끼 정도는 어떻게든 버티겠죠."

"혹시 심 선생이 없어서 입맛도 없으신 거 아닙니까?"

윤 선생은 농담기가 가득한 말투로 말했지만 진환은 선뜻 부정하지 않았다.

'그러고 보니 심효인은 밥이나 잘 먹었는지 모르겠군.'

진환은 모니터를 심각하게 바라보는 척 효인 생각에 빠졌다.

'사다놓은 재료도 별로 없을 텐데……. 또 계란 프라이나 대충 해 먹었겠지.'

갑자기 모니터를 보다 말고 피식 웃는 진환을 윤 선생이 이상하게 바라보았지만, 진환은 그 눈길조차 느끼지 못했다.

P.M 8:12.

어둑한 땅거미가 산등성이 너머로 뉘엿뉘엿 넘어간 시간, 진환이 없는 하루가 끝나가고 있었다. 아침에 일어나자마자 청소를 한 탓에 집 안은 반짝반짝 윤이 날 정도로 깨끗했고, 밀려 있던 빨래도 다 처리해 깨끗해진 옷들은 모두 옷장 속에 곱게 개켜져 있고, 피워둔 아로마 덕분에 집 안은 향기로운 향기로 가득 차 있었다.

분명히 하루를 아주 보람차게 보냈다. 하지만 효인은 자꾸만 뭔가 빠진 듯한 기분이 들었다.

"뭐지?"

효인은 말끔해진 집 안을 둘러보며 고민에 빠졌다. 하지만 처리해야 할 집안일도 모두 끝냈고, 기다리는 택배가 있는 것도 아닌데 뭐가 빠졌는지 도통 알 수 없었다. 그래서 효인은 뭐 마려운 강아지처럼 거실을 왔다 갔다 하다가, 결국 더 이상 고민하기를 포기했다. 언젠가는 기억이 나겠지 싶어서였다.

대신 효인은 침대에 앉아 핸드폰을 들었다. 그리고 오늘 하루를 시작했던 것처럼 손에 익은 번호를 눌렀다.

따르르르르—

[장진환입니다. 지금은 부재중이니 연락처를 남겨주시면 확인하는 대로 연락드리겠습니다.]

긴 신호음 후, 아침때와 전혀 변하지 않은 진환의 목소리가 단조롭게 흘러나왔다. 하지만 이번에 효인은 그의 목소리만 듣고 전화를 끊지 않았다.

"아직 퇴근하지 않았나 보네."

효인은 진환이 듣지 않고 있는 전화에 가만한 목소리로 메시지를 남기기 시작했다.

"오늘 하루는 어땠어?"

작은 물음.

"뭐, 회진하고 진료하고 수술하고…… 평소랑 같았겠지? 난 밀려 있던 청소를 하고, 빨래도 하고…… 점심은 간단하게 먹고 잠깐 놀다가 장 좀 보려고 마트에 다녀왔어. 그런데 종종 네 생각이 나더라?"

효인은 솔직하게 고백했다.

"수술은 잘하고 있나, 밥은 먹었나, 누가 괴롭히지는 않았나."

뭐, 누가 괴롭힌다고 괴롭힘 당할 남자가 아니긴 하지만 괜히 해 보는 이야기였다.

"네가 어린애도 아닌데 말이야. 뭐, 쓸데없는 이야기는 이 정도로 해두고…… 왜 메시지를 남기느냐고? 음, 그냥 네가 퇴근하고 와서 내 목소리를 들었으면 해서. 기억나지? 너 미국에 있을 때, 내가 자주 자동응답기에 메시지 남기고 그랬잖아. 너 집에 들어오면 들으라고. 간만에 그때 기억을 좀 떠올려 봤네. 뭐, 어쨌든 그렇다는 이야기야. 잘 자고 내일 봅시다, 장 선생."

그 말을 끝으로 효인은 핸드폰을 내려놓았다. 그리고 천장을 향해 별 뜻 없는 한숨을 푹 쉬는데, 이상한 느낌이 들었다. 아까 자신을 그토록 고민하게 만들었던 뭔가 빠진 듯했던 느낌이 씻은 듯이 가셔 있었다. 효인은 어이없다는 표정으로 고개를 갸웃거렸다.

"설마 뭔가 빠진 듯했던 느낌이 진환이한테 전화를 안 해서였던 건가?"

[뭐, 어쨌든 그렇다는 이야기야. 잘 자고 내일 봅시다, 장 선생.]

녹음이 끝났다. 진환이 아직 퇴근하지 않았을 거라는 효인의 예상과 달리, 그의 집은 훤하게 밝았고 진환은 전화기 앞에 굳은 듯이 서 있었다. 간편한 티셔츠와 바지로 갈아입은 차림을 보아하니, 꽤 오래전에 퇴근해 집에 있었던 모양이다.

진환은 효인에게서 전화가 온 것을 알면서도 일부러 받지 않았다. 사실 화장실에 있다가 자동응답기로 넘어가기 직전에 벨소리를 듣고 나와 얼른 수화기를 들어 올리려고 하는 순간, 효인의 목소리가 스피커를 타고 조용히 흘러나왔다. 동시에 수화기에 닿은 진환의 손도 움찔하고 멈추었다. 그리고 진환은 두서없이 두런두런 흘러나오는 효인의 목소리에 홀린 듯 미동조차 하지 않고 가만히 듣고만 있었다.

녹음이 끊기고도 한동안 서 있던 진환은 문득 자동응답기의 재생 버튼을 눌렀다. 그러자 '삐—' 하는 신호음과 함께 기계적인 여자의 음성이 녹음 시간을 알리고, 뒤이어 다시 효인의 목소리가 흘러나왔다.

[아직 퇴근하지 않았나 보네.]

육성으로 듣는 것과 같은 듯하면서도 다른…….

[오늘 하루는 어땠어?]

내가 없는 당신의 하루는 어땠나요?　　371

연인의 안부를 묻는 것처럼 달콤한 목소리.

[뭐, 회진하고 진료하고 수술하고…… 평소랑 같았겠지? 난 밀려 있던 청소를 하고…….]

계속 흘러나오는 목소리를, 진환은 한없이 듣기만 했다. 그러자 곧 녹음이 끝나고 예의 그 지극히 기계적인 여자의 목소리가 물었다.

[다시 청취하시겠습니까?]

진환은 주저 없이 재청취 버튼을 눌렀다.

[오늘 하루는 어땠어?]

다시 들려오는 달착지근한 물음.

계속 그 목소리가 흘러나오는 가운데, 진환은 한숨처럼 작은 목소리를 흘렸다.

"내가 널 어떡해야 좋을까……."

18
사랑이란 것의 정의

　오랫동안 의사 생활을 해왔지만, 효인은 왠지 첫 출근을 하는 것 같은 기분으로 가운을 매만졌다. 비록 하루뿐인 휴가였다고 해도 잠시나마 일에서 벗어나 있었기 때문인 것 같았다. 이렇게 늘 초심을 충전할 수 있다면 직장인에게 있어 휴가란 참 중요한 것이라 할 수 있었다.

　띵—

　그때 기다리고 있었던 엘리베이터가 멈춰 서고 문이 열렸다.

　"안녕하세요, 선생님."

　"좋은 아침입니다."

　"좋은 아침."

　먼저 엘리베이터에 타고 있던 사람들이 저마다 인사를 건넸다. 효인도 경쾌한 인사말로 그들에게 화답했다. 그때까지만 해도 효인의 기분은 평소의 기분이 5라면 7 정도로, 조금 고조되어 있는 편이었다.

한 층을 더 올라간 엘리베이터가 멈추고 문이 열리자 바로 익숙한 사람이 보였다.

"어, 장 선생. 좋은 아침."

효인은 진환이 너무 갑자기 나타나 저도 모르게 흠칫했지만 곧 아무렇지 않게 웃으며 인사했다. 하지만 진환은 인사를 받아주는 것도 아니고 안 받아주는 것도 아닌 '음.' 소리를 흘릴 뿐, 말없이 엘리베이터에 올라탔다. 그러자 효인도 딱히 할 말이 없어졌다.

그렇게 엘리베이터는 왠지 어색한 두 사람을 태우고 움직이기 시작했고, 엘리베이터가 한 층 한 층 열릴 때마다 사람들이 점차 빠져나갔다.

분명히 이틀 전 저녁에 키스에 대한 건 다 잊기로 했고 새삼 화해의 악수도 했는데 이상하게 데면데면했다. 진환의 어딘가가 달라진 것도 아니었다. 표정 없는 얼굴이나 정 떨어지도록 무뚝뚝한 태도는 평소 그와 전혀 다르지 않았고, 분위기가 무거워 보이지도 않았다. 하지만 어딘지 말 붙이기가 어려운 느낌이었다.

도대체 왜?

효인은 이유를 알 수 없어 초조하게 있다가, 눈동자만 굴려 진환을 훔쳐보았다.

언제나 진환의 감정을 읽는 게 쉽지는 않았지만, 무슨 생각을 하는지 꿰뚫어볼 수 없어 답답하긴 처음이었다. 보통은 그가 무슨 생각을 하는지 몰라도 그다지 답답할 게 없었기 때문이다

가만히 있는 진환의 입술로 저도 모르게 시선이 내려갔다. 하얗게 튼 부분도 없어 의외로 부드럽고 폭신했던 입술. 배려하는 듯 다정하면서도 깊이 맞닿아오던…….

효인은 아무렇지 않은 척 다시 시선을 앞으로 돌렸다. 하지만 진환이 엘리베이터에 타기 전까지만 해도 평온한 굴곡을 그리고 있던 심장은 속절없이 뛰었다. 얼굴까지 괜히 슬쩍 달아오르는 느낌이었다. 그에 효인은 입술 한쪽을 꾹 깨물었다.

진환의 시선도 잠시 효인에게 닿았다 갔다. 효인이 눈치라도 챌까 아주 잠깐이었지만, 슬며시 뭉그러져 있는 효인의 입술을 보았다. 이상하게 자꾸만 그쪽으로 시선이 갔다. 그리고 번뜩 정신이 들면 저도 모르게 다시 효인에게 키스하는 상상에 빠져 있었다.

'사랑인가?'

진환은 자문해 보았다.

'하지만 그게 여태까지의 감정과 뭐가 다르지?'

누군가가 말했듯 무엇이든지 주고 싶어지는 게 사랑이라면, 우정 또한 다르지 않았다. 라임오렌지나무가 우정으로 아낌없이 주었던 것처럼. 방금 헤어지고도 그리워지는 게 사랑이라면, 우정도 크게 다르진 않았다. 비록 사랑처럼 애틋하고 간질간질해서 참을 수 없이 그리워지는 건 아니라고 해도, 우정에는 보고 싶고 함께 이야기 나누고 싶은 그리움이 있었다. 동성 간이든 이성 간이든.

'우정을 사랑이라고 착각하는 건 아닌가?'

여자를 갈망하는 남자의 마음이 친구에게까지 이상한 기분이 들게 한 건 아닐까? 본능에 저항하지 못하고 효인에게 키스해 버렸던 것도, 키스하고 싶어지는 것도 그 일환일지 몰랐다. 예전에 사춘기 소년의 성적 충동을 참지 못하고 결국 자고 있는 그녀의 입술을 훔쳐 버렸던 것처럼.

우정을 사랑이라고 속단하고 움직였다가 만약 우정마저 잃게 된다면?

효인은 도박의 재료로 사용하기에는 너무 가치가 컸다. 게다가 진환은 천성적으로 도박을 즐기는 사람도 아니었다. 담대함이 없는 것은 아니지만 그는 아슬아슬한 스릴이 주는 희열보다 완벽과 정확성이 주는 희열을 즐기는 타입이었다. 확신이 있다면 도박도 얼마든지 즐길 수 있으나, 지금은 의사들이 가장 싫어한다는 불확실성만이 존재했다.

이런 상황에 섣불리 움직일 수는 없었다. 움직이고 싶지도 않았다. 그런데도 효인의 입술로 올라가는 손만큼은 도저히 제어할 수가 없었다.

효인은 어서 이 어색한 상황에서 벗어나기만을 기다리며 초조하게 서 있었다. 그러다 입가에 닿는 손길에 화들짝 놀랐다. 그래서 저도 모르게 불에 덴 듯이 물러서며 놀란 토끼 눈으로 진환을 바라보았다. 그러자 그는 아무 일도 없었던 것 같은 얼굴로 손길을 거두었다.

"입술, 깨물지 마."

마침 엘리베이터의 문이 열리자 진환은 효인을 남겨두고 내렸다. 효인은 자신 역시 그 층에 내려야 했는데도 엘리베이터의 문이 다시 닫힐 때까지 꼼짝하지 못했다.

효인은 내려찍듯이 화장실 세면대의 양 모서리 부분을 짚었다. 그리고 그대로 한참이고 움직이지 않았다. 똑, 똑, 똑. 수도꼭지에서 물이 한 방울 두 방울 떨어져 내리는 소리가 왠지 스산하게 울렸다.

이내 효인은 고개를 들어 거울을 바라보았다. 여러 가지 색으로 범벅된 것처럼 혼란스러운 표정이었다. 이틀 전 저녁 진환이 그토록 낯설어 보였던 것처럼 이제는 자신의 얼굴마저 낯설어 보였다.

효인은 참담하게 눈을 감았다. 낯선 자신의 얼굴을 보고 있기가 힘들었다. 하지만 눈을 감으니 찰나적으로 와 닿았다 간 진환의 손길이 더욱 뚜렷하게 기억났다. 그러자 서늘한 화장실의 온도 때문인지 무엇 때문인지 희미하게 소름이 돋았다.

"아, 심 선생님."

그때 화장실의 문이 열리고 낯익은 목소리가 들려왔다. 효인은 시린 눈을 떴다. 외과 비서가 보였다.

"왜?"

그녀의 표정을 보아하니 할 말이 있는 듯해 효인은 일단 심란한 마음을 누르고 물었다.

"내일 저녁에 인턴 선생님들 페어웰 회식 있는 거 아시죠? 7시예요."

"아아…… 응."

사실 이제껏 까맣게 잊고 있었지만, 효인은 일할 땐 일하더라도 놀 땐 그 누구 부럽지 않게 놀아주는 만큼 언제나 기쁘게 회식에 참여했다. 하지만 지금은 전혀 흥이 나지 않았다. 오히려 회식 내내 진환을 마주 보고 있어야 한다고 생각하니 참석하고 싶지 않은 충동이 일어났다. 그것이 정말 싫었다. 회식 내내 진환을 마주 보고 있어야 한다는 사실보다, 그것을 꺼리는 자신이.

대판 싸운 것도 아닌데 왜 진환과 함께 있는 것을 꺼리는 건지 알 수가 없었다.

진환은 언제나 함께 있어 기쁜 상대였다. 무엇을 해도 진환만큼 잘 맞는 상대가 없었고, 무슨 대화를 나눈들 진환보다 잘 통하는 사람이 없었다. 하지만 지금 자신은 본능적으로 그에게서 물러서고 있었다.

'대체 왜.'

효인은 자신에게 물었다.

'진환과의 사이에 이성적인 기류가 떠도는 게 그렇게나 싫어?'

'그래, 싫어.'

효인은 제게 대답했다.

'부담스러우니까.'

진환이 무슨 생각을 하고 있는지는 모르겠지만, 만약 자신에게서 조금이라도 여자를 보고 있다면 그만큼 부담스러운 게 없었다. 다른 남자에게서 그런 부담감을 느낄 경우에는 잘라내면 그만이지만, 진환과는 그럴 수 없으니까. 그렇게 할 수 없으니까.

사실 다른 남자였다면, 이 정도로 끌린다면 크게 고민할 것 없이 사귈 수 있었다. 하지만 진환과는 그럴 수 없었다. 절친한 친구가 연인이 될 수는 있겠지만, 헤어진 연인이 친구가 될 수는 없기 때문이었다.

물론 헤어진 연인이 친구가 되는 경우도 없진 않을 것이다. 하지만 효인은 진환과 사랑을 속삭이고 섹스를 하고…… 그리고 나서도 다시 지금처럼 친구가 될 자신이 없었다.

그렇다면 아예 싹부터 키우지 않으면 되는 것이다.

"저…… 선생님? 괜찮으세요?"

외과 비서는 멍하니 세면대만 보고 있는 효인이 이상했던지 걱정스러운 어조로 물었다. 하지만 효인은 그녀답지 않게 뒤도 돌아보지 않고 다소 차갑게 대답했다.

"응, 괜찮아. 일 봐."

비서는 더 물어보고 싶은 듯했지만, 결국 그냥 화장실 칸 안으로 들어갔다. 아무리 친절한 효인이라도 그녀가 전임의라는 사실에 어려움을 느끼고 있기 때문이었다. 평소에는 효인이 먼저 그런 어려움을 읽고 나름대로 배려해 주었지만, 지금만큼은 다른 일에 세세히 신경 쓸 틈이 없었다.

효인은 둔중한 침묵이 감돌고 있는 화장실에 하염없이 서 있다가, 무언가 떨쳐 내려는 듯 절레절레 고개를 흔들었다. 그리고 허리를 세우고 자세를 폈다.

"그래, 이건 아니야."

"진짜 그려놓은 것 같지 않아?"

"꼭 다른 세계에 살고 있는 것 같아."

"정말 멀고 먼 그대다."

"누가 아니래."

한 무리의 간호사들이 어딘가를 보며 속닥거렸다. 그들의 시선끝에는 실내 정원 벤치에 앉아 창 너머로 하늘을 바라보고 있는 남자가 있었다. 정갈한 의사 가운에는 얼룩 하나 없고, 옷깃은 베일 듯이 빳빳했다. '고적한 햇살을 즐기는 미남'이라는 다소 낯간지러운 제목을 붙여줘도 될 성싶었다. 하지만 간호사들이 소곤거리며 쳐다보거나 말거나, 진환은 풍덩 뛰어들고 싶을 만큼 파란 하늘에만 빠져 있었다.

"뭐 하세요?"

그의 사색을 방해한 것은 낭랑하게 울리는, 소녀 같은 목소리였다.

진환은 시선을 지상으로 내렸다. 그러자 폴짝폴짝 뛰듯이 다가온 지은이 전혀 거리낌 없이 그의 옆자리에 앉았다. 뒤에서 간호사들이 배알이 꼴린다는 시선을 던졌지만 지은은 신경 쓰지 않았다. 정말 진환에게 흑심을 품고 있다면 모를까, 찔릴 게 없는 탓이었다.

"어디를 그렇게 보고 계세요?"

지은은 진환의 얼굴을 보려는 듯 고개를 살짝 앞으로 젖히며 물었다. 진환의 시선은 이미 다시 하늘로 돌아가 있었다. 하늘에 뭐 그리 볼 게 있다고.

"글쎄요."

"오늘 점심은 심 선생님과 함께 먹지 않으시네요?"

"그렇게 됐습니다."

지은은 슥 가자미눈을 떴다.

'그렇게 되다니, 뭐가 그렇게 됐다는 거예요? 장 선생님, 속 시원히 실토해 보세요.'

하지만 지은은 속에서 끓고 있는 말을 하는 대신 빙긋 웃었다.

"어쩐지 오늘은 생각이 많아 보이세요."

정곡이었는지, 진환은 다시 지은을 바라보았다. 지은은 아무 것도 모르는 척 탄성을 내뱉었다.

"어? 정말 그러신가 보다."

"윤 간호사님은……."

진지한 이야기를 꺼내려는 듯 진환은 천천히 말했다. 지은은 순간 눈이 번쩍일 뻔했지만 애써 아무것도 모른다는 천진난만한 표정을 유지했다.

"점심 안 드십니까?"

지은은 '에효—' 하는 한숨을 숨김없이 토해냈다. 진환에게는 점심을 안 먹는 특별한 이유가 있다는 의미로 내쉰 한숨처럼 보였지만, 알다시피 이 한숨은 일이 제 뜻대로 굴러가지 않는다는 의미였다. 게다가 대뜸 점심 안 먹느냐고 묻는 걸 보니 혼자 있게 두라는 말의 완곡한 표현인 것 같았다. 하지만 고지가 눈앞에 보이는데 어찌 그냥 둘쏘냐.

지은은 배시시 웃었다.

"다이어트 중이에요."

"그래요? 별로 안 해도 될 것 같은데."

지은은 '어머' 하는 소리를 내었다.

"저 지금 놀랐어요. 장 선생님께서도 그런 말을 할 줄 아시는 군요."

"그런 말이 어떤 말입니까?"

"음, 여자들이 좋아하는 말이랄까요?"

진환은 피식 웃었다.

두근.

지은은 깜짝 놀라고 말았다. 낮게 웃음 짓는 그의 얼굴에 순간적으로 가슴이 설레었기 때문이다. 하지만 지은은 당황하지 않았다. 자신도 여자이니 만큼 매력적인 남성에게 가슴이 설렐 수 있는 탓이었다. 객관적인 매력에 일순간 반응하는 것뿐, 특별한 뜻은 없었다.

"아— 이제 정말 봄이 오려나 봐요."

지은은 다리를 휘적휘적 내저으며 의뭉스럽게 운을 뗐다.

"전 봄이 오면 괜스레 연애가 하고 싶어지더라고요. 봄바람이 부니 괜히 설레는 건지, 겨울이 가고 새로운 계절이 시작되면 뭔가 새로운 일이 생길 것 같아서 그런지, 누군가와 사랑을 속삭이고 싶어져요. 역시 봄은 사랑의 계절인가."

거기까지 혼잣말처럼 중얼거린 지은은 홱 고개를 돌리고 진환에게 물었다.

"장 선생님은 안 그러세요?"

예상했던 대로, 진환은 별다른 대답이 없었다. 그저 정말 하늘에 반하기라도 했는지 하늘만 줄기차게 쳐다볼 뿐이었다. 하지만 지은은 인내심 있게 그가 대답하기를 기다렸다. 어서 대답해보라 눈빛으로 압박하며.

"우스운 질문 하나 해도 됩니까?"

마침내 진환은 물었다.

"네. 얼마든지요."

선뜻 허락했지만 진환은 무엇이 꺼려지는지 잠시 침묵을 유지했다. 겉으로 보기에는 질문하기를 꺼린다기보다 시간 차를 노리고 있는 느낌이었지만, 그는 분명히 주저하고 있었다. 그만큼 하기 우스운 질문이라는 의미일까?

"윤 간호사님은……."

지은은 진심으로 궁금해졌다. 무슨 질문을 하려고 그러기에 이토록 주저하는 건지.

"사랑이 뭐라고 생각합니까?"

침묵. 지은은 놀란 것도 아니고 의아해하는 것도 아닌 눈으로 멀뚱히 진환을 쳐다보았다.

올해의 베스트라고 할 수 있을 만큼 진환과 어울리지 않는 질문이었지만, 놀라기 이전에 지은의 얼굴에 방싯 웃음꽃이 피어났다. 그 웃음에 진환은 떨떠름한 표정이 되어버렸다. 복잡한 마음에 아무나 붙잡고 물어보고 말았는데, 이게 무슨 코미디인가 싶었다. 다른 사람이 하면 로맨틱한 질문이라고 할 수 있을지도 모르겠지만, 그는 이런 질문을 한 자신을 걷어차고 싶을 정도였다.

"아닙니다. 아무것도 아니……."

"쉿."

진환이 했던 말을 주워 담으려고 하자, 지은은 입가에 손가락 하나를 대며 작은 소리를 흘렸다. 꼭 유치원생을 대하는 것 같아 진환은 어렴풋이 미간을 찌푸렸다.

"소리가 들리네요."

"……?"

역시 지은은 효인만큼이나 뜬금없는 언행의 소유자인 것 같았다. 하지만 진환이 어쩌거나 말거나 지은은 모든 걸 포용할 것처럼 가만히 미소 지었다.

"사랑이 오는 소리가요."

진환은 황당하다는 눈빛을 숨기지 않았다. 지은은 폴짝, 자리에서 일어섰다. 그리고 정말 사랑이 오는 소리라도 듣고 있는지 뒷짐을 진 채 하늘을 보고 잠깐 서 있었다. 역시 지은은 효인만큼이나 뜬금없는 언행의 소유자인 것 같았다. 하지만 진환이 어떻게 생각하거나 말거나 지은은 그를 돌아보고 밝게 웃었다.

"사랑이 뭐냐고요?"

진환은 미궁에 빠진 표정으로 지은을 올려다보았다. 지은의 키는 진환의 쇄골에나 겨우 닿을락 말락 하는 정도였지만, 지금은 진환이 앉아 있는 터라 조금 고개를 들어야 얼굴이 보였다.

"그건 멈출 수 없는 거죠. 그 누구도."

"라라라라."

지은은 그야말로 꽃 따러 가는 봄 처녀 같은 걸음걸이로 걸어갔다. 사실 자신과는 전혀 관계없는 남의 연애지만, 하나의 사랑이 이루어진다는 건 기분 좋은 일이었다. 특히 그게 꼭 이루어주고 싶은 사랑이라면 더더욱. 게다가 자신의 짐작이 맞는 듯하자 어려운 수학 문제를 풀어낸 것 같은 희열이 들었다.

응급실로 돌아가기 위해 몸을 트는데, 저편에 익숙한 사람이 눈에 띄었다. 그 순간 지은은 두 번 생각할 것도 없이 먹이를 노리는 매처럼 팔락팔락 효인에게 다가갔다. 걸음걸이로 보자면 매라기보다 깡충거리며 뛰어가는 토끼가 더 어울렸지만.

"심 선생님~"

진환에 이어 효인까지. 쇠뿔도 단김에 빼랬다고 진환에게 힌트를 준 김에 효인에게도 줘야 할 성싶었다. 그래서 창가에 팔짱을 끼고 서 있는 효인에게 다가갔는데, 왜인지 효인의 표정에는 봄바람은커녕 매서운 겨울바람이 쌩쌩 몰아치고 있었다.

딱히 화가 난 모습은 아니었지만, 평소의 그녀 같지 않은 것도 사실이었다. 툭툭 두드리면 잔해가 떨어져 내릴 것처럼 딱딱한 표정이었다. 지은을 보면 늘 친언니처럼 활짝 웃어주던 효인답지 않았다.

"심 선생님, 무슨 일 있으시……."

"솔직히 인정할 건 인정할게."

지은이 말하려는 찰나, 효인은 돌아보지도 않고 툭 내뱉었다. 지은은 움찔하며 말을 멈추었다.

"조금 설레었던 건 사실인 것 같아."

사실 지은에게는 전혀 할 필요가 없는 말이었다. 하지만 효인은 누군가에게라도 이 말을 해야 할 것 같았다. 아니면…… 결심이 무너질지도 모르니까.

"무엇이 변했는지, 나도 모르는 사이에 조금이나마 남자로 봤던 건 사실이야. 그래, 인정할 건 인정해야겠지."

효인은 읊조렸다. 여전히 지은은 뒤돌아보지 않은 채, 마치 이자리에 혼자 있는 것처럼. 그런 그녀는 마치 외로운 연극 무대에 서서 아무도 공감하지 않는 대사를 외치는 무명 배우 같았다.

"하지만 그게 다 사랑이진 않아."

"선생님……."

지은은 신음처럼 그녀를 불렀다.

"아니, 만약 사랑이라고 해도……."

드디어 효인은 고개를 돌려 지은을 보았다. 고개를 돌린 그녀
는 쓰디쓴 웃음을 짓고 있었다.

"지은 씨, 사람에겐 절대 포기할 수 없는 게 있어."

효인은 돌아서며 말했다.

"만약 그걸 포기해야 한다면 사랑 따위는 아무래도 좋을 정도
로 말이야."

지은은 어떻게 해서라도 스스로를 다잡으려는 효인을 멈춰 세
울 수 없었다. 대신 들리지 않는 질문을 그녀의 등에 던졌다.

'사랑은 포기해도 포기할 수 없다는 게…… 우정인가요? 사랑
을 선택한다고 해서 우정을 포기해야 하는 것도 아닌데…… 왜
그렇게 어렵게만 생각하려고 하세요? 그만큼 장 선생님과의 우정
이 소중하다는 건가요? 하지만 사랑까지 포기할 수 있는 정도의
우정이라면, 그건 이미…….'

지은은 시무룩하게 생각을 끝마쳤다.

'……사랑이라고요.'

19
멈출 수 없는 것이라면

"건배!"

쨍! 째재재쟁!

힘찬 구호를 따라 술잔들이 맞부딪쳤다. 사람들은 즐거운 듯
이 웃었다. 사방에서 고기가 맛있는 소리를 내며 익어가고, 손님
들이 목청껏 대화하는 사이로 여기저기서 식당 아주머니를 찾
고, 저녁 시간이 되어 사람들로 붐비는 식당은 온갖 소리로 가득
차 있었다.

"크— 좋다."

소주를 한 번에 들이켜고 난 효인은 자못 호탕하게 술잔을 내
려놓았다.

"자자, 또 받으라고. 장 선생도 받고."

한 조교수가 다들 술독에 빠뜨려야 한다는 엄명이라도 받은 사람처럼 술병을 들어 올렸다. 그러자 그 옆에 앉은 진환은 다소 곤란한 표정을 지었다. 상대는 따지자면 상사이니 무턱대고 술잔을 받지 않을 수도 없지만, 진환은 그다지 술을 즐기는 타입이 아니었다. 그래서 요전번 회식 때 대충 넘어갔더니 조교수는 그게 못내 미련으로 남은 듯, 자꾸만 진환을 노리고 있었다.

그때 건너편에 앉은 효인이 크게 웃으며 말했다.

"이 교수님, 소용없어요. 장 선생은 완전히 밑 빠진 독이라니까요."

"허어? 그래?"

그다지 술이 약할 것 같은 타입도 아니지만 술꾼 같은 타입도 아니기에 이 교수는 조금 의외라는 듯 진환을 돌아보았다. 하지만 진환은 긍정도, 부정도 하지 않았다.

"그렇게 안 보이는데 의외로 주량이 좋은가 보지, 장 선생?"

"잘 마시는 건 아닌데 주량은 완전 술고래예요."

효인이 대신 대답했다. 진환과 어색했던 게 언제냐는 듯, 병원 사람들이 다 알고 있는 대로 오랜 친구인 것처럼.

"한번 취하게 만들어보려다가 제가 먼저 나가떨어졌다니까요. 저 말술인 거 아시죠?"

"여기서 심 선생 주량이 가장 좋은 거야 잘 알지."

짓궂음이 섞인 이 교수의 말에 효인은 으쓱 어깻짓을 해 보였다.

"뭐, 그 정도라니까요."

"허허, 그 정도라면 꼭 한번 취하게 해야겠다는 사명감이 불타오르는데? 자자, 장 선생 받으라고."

효인은 그럴 줄 알았다는 듯 크게 웃었고, 진환의 술잔에는 술이 넘쳐흐를 것처럼 가득 포화되었다.

"그 정도는 아닙니다만……."

진환은 난감했다. 술 때문에 자제력을 잃고 흐트러져 본 적이 없는 건 사실이지만, 효인의 말처럼 밑 빠진 독도 아니었다. 단지 남들보다 조금 더 주량이 좋을 뿐, 한계를 무시하고 마시다 보면 그 역시 취하기 마련이었다.

"어허, 한잔 시원하게 쭉 들이켜 보라니까."

회식 자리의 한편에서는 그런 풍경이 펼쳐지고 있었고, 또 다른 쪽에서는 이 자리의 주역인 인턴들을 술독에 빠뜨리려는 움직임도 포착되었다.

"자, 인턴 선생들도 수고했으니까 쭈욱~ 쭉쭉~ 들이켜 봐."

술잔이 비기 무섭게 윗사람들이 하나둘 번갈아가며 술을 따라주자, 인턴들은 열심히 받아 마셨다. 처음에는 이러다가 취해서 주사라도 나올까 봐 주저하다가도, 종내에는 에이 뭐 회식이 다 그렇고 그런 거 아닌가 하며 자포자기 심정이 되어버렸다.

"다들 내일부터 이 악마의 소굴 같은 CS 꼴을 안 보게 돼서 속 시원하겠어. 안 그래?"

한 전임강사의 말에 모두 웃었다. 당사자인 인턴들은 웃어야 하는지 말아야 하는지 헷갈리는 듯했지만, 흉부외과 스태프들은 다들 동의한다는 얼굴이었다.

"그래도 내년에 꼭 다시 보자고. 잘해줄 테니 도망가지 말고."

효인이 말하자, 전임강사가 우우 소리를 내고 말했다.

"심 선생 어디서 개구라야?"

"구라는요. 저는 요즘 CS 지원하는 사람들은 업고 다니고 싶은 심정이라고요."

두 사람이 애들처럼 웃으며 주고받자, 그제야 인턴들도 하나둘 웃었다.

흉부외과의 회식 자리는 단출했다. 알다시피 인력이 부족하기 때문이었는데, 인력이 부족한 데서 오는 현실적인 문제는 어쨌거나, 오늘은 덕분에 오히려 단란한 느낌이었다. 과장 겸 주임교수 철호도 소탈하게 웃으며 술잔을 주고받았고, 다들 웃느라 시간 가는 줄 몰랐다.

술자리는 점점 무르익어 갔다. 다들 화장실을 왔다 갔다 하는 통에 어느새 정신이 들면 원래 앉았던 자리에서 위치가 바뀌어 있고, 대화하는 사람도 수시로 교체되어 있었다. 하지만 효인과 진환은 단 한 번도 대화를 나누지 않았다. 다른 사람을 사이에 끼우고 대화한 건 여러 번이었지만, 직접적으로 말이 오간 적은 없었다.

일부러 그런 건지 아니면 회식을 즐기다 보니 그렇게 된 건지, 예전 같았으면 둘이 앉아 도란도란 이런저런 이야기를 나누었을 텐데 오늘만큼은 달랐다. 하지만 거기에 위화감을 느낀 사람은 없었다. 진환을 제외하고.

한참 이 교수에게 시달리다가 화장실을 간다고 하고서 겨우 벗어난 진환은 일행이 앉아 있는 자리를 돌아보았다. 누구보다 회식을 즐기고 있는 듯한 효인이 눈에 들어왔다.

효인은 마침 철호 곁에 앉아 술을 따라주고 있었다. 지금은 저 높은 과장님이라고 하지만, 아무래도 어렸을 때부터 봐온 아저씨이니 두 사람은 친근하기가 이루 말할 데 없었다. 그의 작은아버지인 철호를 살갑게 대하는 효인을 볼 때마다 진환은 은근히 흐뭇함을 느꼈지만, 오늘은 어쩐지 입맛이 썼다.

'어린애도 아니고.'

효인이 바라봐 주지 않는다고 묘한 섭섭함을 느낀다는 것 자체가 우스웠다. 진환은 화장실로 들어갔다. 그리고 볼일을 본 후에 손을 씻고 있는데, 문이 자못 거칠게 열리더니 휘청거리며 부교수가 들어왔다.

"어이쿠야."

문을 그냥 가볍게 밀려던 게 술기운에 힘이 조절되지 않은 모양이었다. 부교수는 이미 술이 거나하게 올라 얼굴이 벌겋게 달아올라 있었다.

"괜찮으십니까?"

이미 술독에 폭 빠진 사람에게 물어봤자 소용없겠지만, 진환이 묻자 부교수는 소변기 앞에서 주섬주섬 앞섶을 까며 씩 웃었다.

"뭘, 이 정도야."

쪼로로로, 부교수가 소변을 내뿌리는 소리가 감질나게 울렸다.

"그런데…… 꺽, 장 선생은 어째…… 얼굴색이 멀쩡하네? 술을 마시긴 한 거야?"

만약 술자리에서 몸을 사렸다면 용서하지 않겠다는 말투라 진환은 피식 웃었다.

"얼굴색만 변하지 않은 겁니다."

"혀도 멀쩡하구먼. 주량이 밑 빠진 독이라더니 정말인가 보네. 사람이 말이야……."

볼일을 끝내고 다시 주섬주섬 지퍼를 올린 부교수는 바지를 한번 추켜올리고 옆 세면대에 섰다.

"너무 완벽하면 재미가 없어요. 가끔 흐트러지기도 하고 그래야…… 아, 저 사람도 다 같은 사람이구나 하고 동질감을 느끼지, 언제나 자로 재서 메스로 잘라놓은 것 같으면…… 영 인간미가 없어."

부교수는 계속 그 말이 하고 싶었던 듯 손을 씻으며 줄줄 말을 끄집어냈다.

"인생은 수술실이 아니지. 그렇지 않아? 인간이란 게 참 미묘해서 말이야…… 수술실 밖에서까지 너무 완벽하면 괜히 거부감을 느끼기 마련이라고. 내가 장 선생이 안 그래 봬도 꽤 속정 깊은 사람이라는 걸 알아서 하는 말인데…… 이상적인 의사는 두 가지 부류가 있어."

부교수는 휘청거리면서도 척 두 손가락을 펴 올렸다.

"인술을 펼치는 의사와 완벽한 수술 실력을 지닌 의사. 장 선생은 어느 쪽이 더 이상적인 의사라고 생각하나?"

"둘 다겠죠."

부교수는 오버하며 하하하 웃었다.

"하긴, 그게 정답이긴 해. 하지만 의사도 인간이야. 수술하는 기계가 아니라고. 의사란 인간에게서 멀어지면 끝이야. 그러니까 가장 이상적인 의사는 인술을 펼치는 쪽이라고 할 수 있지. 궤변으로 들려?"

부교수는 이를 드러내며 히죽 웃었다.

"장 선생은 훌륭해. 특히 수술 실력은. 그건 누구나 인정하는 거지. 나도 말이야. 하지만 자네는 종종 인간다워질 필요가 있어. 장 선생이 인술을 펼칠 줄 모른다는 말은 아니야. 다만 내가 가끔 보기에 장 선생은 모든 걸 계산하고 있더라고."

손까지 다 말리고 난 후 부교수는 화장실 문의 손잡이를 잡으며 마지막으로 진환을 돌아보았다.

"이봐, 장 선생. 계산은 수술실에서나 해."

그 말을 끝으로 부교수는 건달처럼 껄렁거리며—술기운에 휘청거리는 거였지만— 화장실을 나섰다.

혼자 남겨진 진환은 난데없이 머리를 한 대 얻어맞은 것 같았다. 그저 부교수는 언제나 이성적인 진환에게 조언하는 의미로 던지고 간 말이겠지만, 마치 효인에 대한 감정마저 계산하고 있는 자신을 힐책하는 말로 들렸기 때문이다.

진환은 작게 한숨을 내쉬고 화장실을 나섰다. 그런데 화장실을 나서자마자 예상치 못한 사람과 맞닥뜨렸다.

"심효인?"

막 여자 화장실에서 나온 듯 효인이 벽을 짚고 서 있었다.

낯익은 목소리에 효인은 흐릿해진 눈을 들었다. 수면에 파문이 퍼지는 것처럼 흐려져 보였다가 이내 선명해지는 사람은 진환이었다.

"어, 장 선생이네."

어딘지 들뜬 듯한 말투에 진환은 미간을 찡그렸다.

"너무 많이 마신 거 아냐?"

"어허, 말술 심효인을 뭐로 보고. 아직 멀쩡해."

"그만 마시는 게 좋을 것 같……."

효인은 척 손바닥을 내밀었다. 말하지 말라는 듯. 그러더니 제법 엄한 표정으로 단호히 말했다.

"됐어. 나 멀쩡해."

효인은 마치 진환에게 더 이상 다가오지 말라는 듯 딱 자르고 잡을 새도 없이 자리로 돌아가 버렸다. 그녀의 태도에 숨겨진 뜻을 읽은 그는 저도 모르게 딱딱하게 표정을 굳혔다.

"자! 2차 갑니다!"

1차의 끝을 알리는 피날레가 울리자, 일찍 들어가 봐야 하는 사람들 몇몇이 빠지기 시작했다. 그중에는 철호도 껴 있었다. 사실 과장이 2차까지 따라가면 불편할 테니 이만 빠져 주려는 것이었다.

"그럼 먼저 가보마."

철호는 배웅 나온 진환을 돌아보며 이야기했다.

"조심해서 들어가세요."

진환이 인사했지만, 철호는 선뜻 차에 올라타지 않고 저쪽에 서 있는 효인을 바라보았다. 그리고 걱정스럽게 말했다.

"오늘 이상하게 효인이가 술을 많이 마시는 것 같구나."

진환도 잠깐 효인을 돌아보았다. 레지던트와 크게 웃으며 뭔가 이야기를 나누고 있는 효인은 확실히 평소보다 많이 마신 것 같았다. 평소보다 많이 웃으려고 하는 것도 어딘지 부자연스러웠다.

"네가 끝까지 잘 좀 챙겨라."

"예."

철호가 말하지 않아도 그렇게 할 테지만, 진환은 대답헸다. 그러자 철호는 차에 올라탔고, 금방 그를 태운 차가 화려한 네온사인의 바다 속으로 사라져 갔다.

가야 한다는 사람들도 다 보내고 나자, 일행은 좀 더 단출해졌다. 하지만 흥에 들떠 있기로는 다들 아까보다 더했다.

"자! 2차는 노래방입니다아~"

오늘 어디 한번 끝까지 가보자는 구호가 밤거리에 흥청망청 울려 퍼졌다.

알게 모르게 한숨을 내쉬는 이는 진환이 유일했다. 효인만 아니라면 진환도 대충 1차에서 빠졌겠지만, 말리는 말 따위 찜 쪄 먹을 듯한 효인이 끝까지 가겠다는 뜻을 표명하고 있는 지금, 그에게는 선택권이 없었다.

진환은 일행 쪽으로 걸음을 움직였다.

따다다다~ 따다~

"어? 웬 심수봉? 누구 거예요?"

사이키 조명이 현란하게 돌아가는 가운데, 음울하면서도 신비하게 울려 퍼지는 전주에 누군가가 의아한 소리를 내었다. 그러자 효인이 자못 위풍당당하게 자리에서 일어섰다.

"바로 이 몸이지."

진환은 앞으로 나서는 효인을 황당하게 바라보았다. 김지애의 얄미운 사람은 당연히 부를 거라고 생각했지만, 난데없이 심수봉의 백만 송이 장미라니. 새치름한 외모답지 않게 속은 왜 저리 구수한지…… 역시 나이는 속일 수 없는 법인가?

"픔, 이 노래 웬만한 기교 없이는 힘들 텐데요."

"어허, 잠자코 보기나 하셔. 놀라지나 말드라고."

어디서 샘솟는 자신감인지, 효인은 척 마이크를 잡았다. 그리고 차라라 흘러가는 전주가 끝나자, 목을 흠흠 가다듬더니 처음부터 심취한 표정으로 노래를 부르기 시작했다.

그 순간, 효인의 노랫소리에 귀 기울이지 않고 열심히 노래방 책만 훑고 있던 사람들도 우뚝 동작을 멈추었다. 그리고 진심으로 놀란 듯이 열창하고 있는 효인을 바라보았다.

"헉! 심 선생님 진짜 심수봉 같아요!"

"오오! 멋져요!"

"어? 같은 심씨네요? 혹시 가족 아니에요?"

효인은 노래를 멈추지 않고 거봐란 듯이 씩 웃음 지었다. 진환도 조금 놀랐다. 목소리까지 아예 비슷한 건 아니었지만, 효인은 그 특유의 창법을 거의 비슷하게 흉내 내고 있었다. 참으로 사람을 놀라게 하는 재주도 여러 가지다.

촌스러울 정도로 원색적인 꽃밭의 영상이 흘러가는 여러 대의 TV를 등지고 선 효인은 스치듯 진환을 바라보았다. 진환은 여유롭게 등받이에 기대앉아 있었다. 분명히 이 교수 때문에 평소보다 술을 많이 마신 듯했는데 그는 자리에 있는 사람들 중 가장 멀쩡해 보였다. 하지만 늘 숨이 막힐 만큼 단정하게 매고 있던 넥타이가 느슨해져 있었고, 더운지 재킷을 벗고 와이셔츠만 입고 있었다.

갖가지 색 그림자로 흔들리는 조명 때문인지, 몽환적인 노래 때문인지 효인은 왠지 몽롱해지는 기분이었다. 하지만 효인은 곧 진환에게서 뜯어내듯 시선을 돌리고 정신을 차리려고 애썼다.

이건 아니라고 했잖아. 정신 차려.

세상에는 사랑보다 중요한 것이 있었다. 지은에게 말했던 것처럼, 사랑은 포기해도 결코 포기할 수 없는 것이. 효인에게 있어 그건 우정이 아니었다. 오히려 정말 죽도록 사랑한다면, 우정도 포기할 수 있다고 생각했다. 사랑은 그만한 힘을 가지고 있다는 걸, 효인은 모르지 않았다.

사랑을 포기하면서까지 포기할 수 없는 것은 진환과의 우정이 아니라 진환 그 자체였다. 사랑의 추억을 얻고 진환을 잃어야 한다면…… 사랑 따위는 필요 없었다.

하지만 자꾸만 그에게로 가는 시선을 어떡해야 하는 건지, 효인은 슬펐다. 해답을 알 수 없어서, 자꾸만 그에게로 가는 시선을 멈출 수가 없어서.

아낌없이 사랑을 주기만 할 때 백만 송이 장미꽃이 핀다고? 쳇, 백만 송이고 천만 송이고 간에 다 씹어 먹어버릴까 보다.

"괜찮으시겠어요?"

상준은 그도 심하게 알딸딸한 표정이면서 오히려 멀쩡한 진환에게 물었다.

"괜찮아. 최 선생이나 조심해서 가."

꼬임 하나 없이 또박또박한 말투에 상준은 데면데면한 표정을 지었다. 그리고 이미 차 안에 널브러져 있는 효인에게 인사했다.

"심 선생님, 조심해서 가세요."

"어엉…… 잘 가아……."

이미 곯아떨어진 줄 알았는데 효인은 고개를 들지 않은 채 꼬부라지는 혀로 해롱해롱 인사했다. 그러자 상준은 피식 웃으며 차 문을 닫았고, 대리운전 기사가 모는 차는 밤거리를 가로질러 집으로 향하기 시작했다.

어스름한 밤이 깊어진 시간에야 겨우 끝난 회식에 진환은 나직한 한숨을 내쉬었다.

3차에서 끝내자고 했지만 효인이 아등바등 우기는 통에 술자리는 4차까지 이어지고 말았다. 덕분에 3차까지만 해도 거의 말짱했던 진환마저 조금 몽롱한 상태였다. 다들 술에 절여진 간이 탱탱 부어올랐는지 다른 때는 그저 어렵기만 했던 진환에게도 이 교수 못지않게 술을 돌리는데, 효인까지 합세해 그러니 그도 속수무책이었다. 결국 평소에 먹는 양보다 오버해 버렸다.

"진환아!"

진환은 흠칫 놀랐다. 술기운을 좀 가라앉혀 보기 위해 가만히 앉아 있는데, 잠든 줄 알았던 효인이 갑자기 퉁기듯 일어났기 때문이다.

"뭐……."

"따악 한 잔만 더 합시다."

효인은 몸도 제대로 가눌 수 없으면서 손가락 하나를 세워 보이며 말했다. 진환은 단번에 어이없다는 표정을 지었다.

"심효인, 네 눈 완전히 풀렸다."

효인은 얄밉다는 듯 가자미눈을 뜨며 입술까지 질끈 깨물었다. 그 표정이 꼭 심통 난 아이 같아서, 진환은 황당하면서도 그런 그녀가 귀엽다고 생각하고 말았다.

진환이 강경하게 거절하는 기색이 아니자, 효인은 부쩍 용기를 얻어 재차 요구했다.

"한 잔만 더 마시자니까아."

"잠이나 자라."

"장 선새애애앵."

하, 콧소리까지.

"심효인."

경고조로 이름을 불렀지만, 효인은 삐친 척 샐쭉한 표정을 지을 따름이었다.

"이런 날 마셔야지 언제 또 마시겠어! 따악 한 잔만 더 하자, 응?"

진환은 눈을 가려 버리고 싶은 기분이었다. 간곡하게 바라보는 말간 눈이 어찌나 초롱초롱한지…… 저도 모르게 효인을 끌어안을 뻔했다. 돌이킬 수 없는 짓을 저지르기 전에 움찔하며 몸이 굳긴 했지만, 이토록 술 냄새를 진하게 풍기는 여자의 어디가 사랑스러워 보이는 건지 알 수 없었다.

이성은 아직까지 확신을 내리지 못하고 있어도 본능은 거의 해답에 다다른 것 같았다. 하지만 진환은 가까이 다가온 효인의 이마를 매몰차게 휙 밀어냈다.

"윽! 뭐야!"

고개가 팩 뒤로 꺾인 효인은 자못 날카롭게 진환의 손을 쳐 냈다.

"제발 자라."

제발이라는 단어가 왠지 간절하게 들렸지만, 술기운에 모든 걸 잊어버린 효인은 순순히 그 말을 듣지 않았다.

"한 잔만 더 하자니까아~ 제발~ 제발~ 응? 응? 제바알~"

어깨까지 흔들며 졸라대는 게, 그가 알았다고 대답하지 않으면 몸이라도 휘감아올 기세였다.

진환은 어느 때보다 강하게 구겨진 미간을 골치 아픈 듯이 짚었다. 수면제를 먹여서라도 재우고 싶은 충동이 치밀어 올랐다.

대리운전 기사는 뒷자리에 앉은 둘을 재미있다는 눈으로 지켜보았다. 여자가 하는 폼을 보아하니 애인 사이인 것 같은데, 쉽지 않아 보이는 남자의 분위기를 보면 여자가 이길 가능성은 희박한 것 같았다.

효인은 술기운에 유아기로 퇴행해 버린 듯, 진환이 눈만 지그시 감고 꿈쩍도 하지 않자 불량하게 '체!' 하는 소리를 토해냈다. 그러더니 턱 차 문의 문고리를 잡는 게 아닌가.

"나 혼자라도 마시러 갈 거야!"

진환은 크게 놀라 효인을 끌어당겼다.

"심효인!"

"나 혼자라도 마시러 갈 거라니까!"

효인이 정말 차 문을 열려고 하자 놀란 통에 저도 모르게 온 힘을 다해 끌어당겼는지, 완전히 진환의 품 안으로 안겨왔다. 하지만 효인은 자신이 어디로 끌려들어 갔는지도 인식하지 못하고 바동거리며 억지를 부려댔다.

"이잉, 싫어, 싫어!"

"차가 달리고 있는데 문을 열다니, 너 제정신이냐!"

하긴, 전혀 제정신으로 보이시 않았지만, 진환은 오랜만에 효인에게 언성을 높였다.

작은 앙탈이 크게 번져 가는 듯하자, 대리운전 기사는 불안한 듯 룸미러 너머를 바라보았다. 이번에는 남자가 진짜로 화난 것 같았다. 여자도 눈을 동그랗게 뜬 걸 보니 상당히 놀란 모양이었다.

"하지만…… 하지마안……."

그럼에도 효인이 수긍하지 않고 웅얼거리자, 진환은 터져 나오는 한숨을 숨기지 않았다. 그 한숨에는 안도와 자포자기가 함께 들어 있었다.

"정말 못 말리겠다, 심효인."

"와아~ 진환이 집이다~"

유아로 퇴행해 버리는 주사가 있기라도 한 건지, 효인은 어린아이처럼 말끝을 늘였다. 그러면서 집 안으로 홀랑 들어가 버리는 모습이…… 더도 말고 덜도 말고 딱 다섯 살짜리 어린아이의 것이었다. 원래 그 나이답지 않게 좋게 말해 활달하고 나쁘게 말해 방정맞은 성격이었지만, 지금은 잠시라도 한눈을 팔면 큰 사고를 쳐 놓을 것 같았다.

효인을 따라 집 안으로 들어간 진환은 그녀가 막 들어 올린 물건을 턱 내리짚었다. 그러자 효인의 눈매가 사납게 치켜 올라갔다.

"뭐야?"

진환은 효인이 막 입에 대려던 맥주 캔을 뺏어 들었다. 효인이

하도 '한 잔만 더!' 하고 외쳐서 사 오긴 했는데, 살 때부터 그냥
마시게 놔둘 생각은 없었다. 술을 사기 전까지는 어디에도 가지
않을 태도라 어르기 위해서 샀을 뿐이었다.

"더는 안 돼."

진환은 효인이 반박할 생각도 못하도록 차갑게 잘랐다. 하지
만 주정뱅이보다 용감한 자가 세상에 또 어디 있을쏘냐. 효인은
손톱을 세우고 달려들 듯이 진환을 째려보았다.

"마실 거야!"

"안 돼."

"네가 뭔데!"

그 순간 진환은 효인이 뭐라거나 말거나 맥주 캔들을 묵묵히
냉장고에 넣다가 우뚝 멈추었다. 그리고 씩씩거리고 있는 효인을
돌아보았다. 저절로 쓴웃음이 떠올랐다.

'그러게. 너한테 내가 뭘까?'

하지만 진환은 금세 씁쓸한 기색을 감추고는 단호하게 말했
다.

"내 돈으로 산 거니까."

"돈 주면 되잖아~ 얼마야~ 얼마면 되냐고~"

진환은 고개를 절레절레 흔들었다. 그리고 한 미남 배우가 남
긴 불멸의 유행어를 외치고 있는 효인을 스쳐 지나갔다. 그러자
효인은 태풍이 불어도 꿈쩍없을 듯한 진환의 등을 씨근덕거리며
째려보다가, 목적지를 바꾸어 그의 침대에 뛰어들었다.

그리고 효인은 자신이 무슨 짓을 하고 있는지 아는지 모르는
지, 배시시 웃으며 진환의 이불에 코를 박았다. 아련하게 풍겨오

는 향의 근원을 찾으려는 듯, 개다래나무 향에 취한 고양이처럼 얼굴을 비비적거렸다. 누가 보면 딱 변태라고 볼 만한 행동거지였지만, 평소보다 조금 더 높은 세계를 부유하고 있는 지금의 효인은 이성보다 본능이 더 중요했다.

피부에 서늘하게 스치는 시트의 감촉도 마냥 좋고, 이불에서 희미하게 풍겨오는 아스라한 남자 향 같은 것도 좋았다.

진환이 코트와 양복 재킷만 옷장에 걸어두고 옷 방에서 나왔을 때, 효인은 그의 침대 한가운데를 떡 차지하고 누워 이미 잠든 것처럼 움직이지 않았다. 왠지 조용한 효인이 걱정되어 옷도 다 갈아입지 않고 밖으로 나온 진환은 어이없다는 표정을 지었다.

도저히 집으로 가려고 하지 않아서 일단 자신의 집에 데려오긴 했는데, 이래서야 아무래도 오늘은 여기서 재워야 할 것 같았다. 그러려면 일단 대충이라도 씻으라고 해야 하니, 진환은 작게 한숨을 내쉬고 잠든 그녀에게 다가갔다. 그런데 몇 걸음 더 다가가지 못하고 멈칫했다.

다소 펑퍼짐한 스타일의 치마는 그녀가 침대에 뛰어들 때 위로 올라간 듯 허벅지를 조금도 가려주지 않았다. 게다가 능사처럼 얇은 스타킹에는 은은한 윤기까지 흐르고 있어 그녀의 다리는 굳이 표현하자면…… 맛있어 보였다.

순간 아랫배가 무지근해져 왔다. 진환은 애써 평정심을 유지했다. 그도 한창 때의 건강한 남자니까 여자의 살결에 반응하는 것은 당연했다. 자연의 섭리대로이고, 이치에 조금도 어긋나지 않은 일이었다. 진환은 힘겹게 자신을 합리화했다. 그리고 은근슬쩍 이불로 효인의 다리를 덮어 내리고야 그녀의 어깨를 흔들었다.

"심효인."

"으응……."

효인은 고개를 홱 돌리며 자신을 잠에서 끌어내고자 하는 손길을 피했다. 그녀가 머리카락이 반대편으로 넘어갈 만큼 고개를 홱 꺾자, 하얀 목덜미가 완전히 드러났다. 그런데 하필이면 오늘따라 목선이 깊게 패인 카디건을 입고 있었다. 반듯한 쇄골이며 매끈하게 이어지는 목, 그리고 자주색 브래지어 끈이 남자의 시선을 강하게 옭아매었다.

순간 진환의 시선이 저도 모르게 서서히 효인의 목에서부터 보드라운 모직물 위로 봉긋하게 드러난 황홀한 굴곡을 타고 내려갔다. 그리고 그 아래로, 옛날부터 심심치 않게 드러내 놓았던 납작한 배가 어떤 색을 가지고 있는지 알고 있는 만큼 상상력이 폭주하기 시작했다.

효인의 가녀린 목에 매인 금목걸이의 장식이 딸랑이며 아래로 떨어졌을 때에야 진환은 번뜩 정신이 들었다.

진환은 당장 효인에게서 손을 떼고 일어나 부엌으로 갔다. 그리고 전혀 마실 생각이 없었던 맥주 캔을 따고 거침없이 들이켰다. 알싸한 알코올 맛이 혀끝을 톡 쏘며 묵직하게 억눌린 가슴까지 내려갔다. 하지만 아래쪽에서 상승한 열기가 금세 심장을 죄어와 가슴이 도로 둔중해졌다.

단단하게 굳은 아랫배가 뜨겁고 입안에 괜히 군침이 고였다.

"후우……."

한 캔을 그 자리에서 다 비운 진환은 까칠한 얼굴을 손바닥으로 쓸어내렸다. 그리고 그대로 입가를 가리고 선 채 한참이고 움직일 줄 모르다가, 이내 결심한 듯 성큼성큼 효인에게 다가갔다. 동시에 자신이 그녀를 찬찬히 훑어볼 새가 없도록 당장 효인을 일으켜 세웠다.

"심효인, 씻고 자라."

"응?"

몸이 획 딸려 올라가자, 효인은 부스스 눈을 떴다. 그리고 어딘지 이상한 표정을 한 진환을 쳐다보다가 헤죽 웃었다. 그러더니 다시 자려는 듯 눈꺼풀을 내리감았다.

"나중에……."

나중은 뭘 나중. 화장도 그대로 하고 있는 주제에.

진환은 하는 수 없이 효인을 거의 죄수 연행하다시피 해 화장실로 데리고 들어갔다.

"졸려……. 졸리단 말이야……."

"그러니까 빨리 씻고 자."

효인은 계속 칭얼거렸지만 끌어당기는 진환은 완강했다. 그리고 화장실에 들어가 새로운 칫솔을 뜯어 치약까지 짜서 손에 쥐어주었지만, 효인은 반쯤 졸고 있을 뿐 도통 움직일 생각을 하지 않았다.

"움직여."

위협성의 말이 나오자 효인은 겨우겨우 칫솔을 입에 물었다. 하지만 역시 어린아이가 막대사탕을 물고 있는 것처럼 하염없이 입안에 담고 있을 뿐이었다. 결국 진환은 효인을 획 돌려 세우고 칫솔질까지 해주기 시작했다.

"보모도 아니고 대체 뭐 하는 짓인지⋯⋯."

가슴으로부터 한숨이 우러나왔으나, 사실 효인의 시중을 드는 건 그다지 낯선 일이 아니었다. 보통 뱀이 허물 벗듯 옷을 여기저기 훌렁 벗어놓는 건 남자의 일일진대 두 사람의 경우에는 효인이 벗어두면 진환이 치우고, 효인이 사고 치면 진환이 수습하고, 언제나 효인이 울면 진환이 달래는 구도였다.

"욱⋯⋯."

그런데 갑자기 효인이 헛구역질 소리를 내었다. 그래서 칫솔질해주던 손을 멈추자, 효인은 입에 거품을 잔뜩 문 채 미간을 일그러뜨렸다.

"너무 깊이 들어왔잖아."

효인은 진환이 칫솔을 너무 깊이 넣어 구역질이 올라왔다며 칭얼거렸다. 거품 때문에 거의 웅얼거리다시피 했지만 그 말을 똑똑히 알아들은 진환은 다시 움직일 줄 몰랐다. 그저 잠시 후에야 직접 하라는 듯 효인의 손에 칫솔을 쥐어주었다. 그리고 한 걸음 물러선 진환은 그제야 하는 둥 마는 둥 칫솔질을 하고 있는 효인을 믿을 수 없다는 눈길로 바라보았다.

효인의 말이 칫솔을 의미한다는 건 듣는 순간 깨달았다. 하지만 주어가 빠져 있어 얼핏 들으면 성적인 뉘앙스를 풍기는 말에 순간적으로 전신이 뻐근해졌다.

전혀 그렇게 보이지 않아도 진환 역시 조금 술에 취해 있기 때문에 이성보다 본능이 앞서 있었다. 그는 자신의 이런 변화를 믿기가 힘들었다. 그에 섬뜩한 위기감이 소름처럼 등허리를 내달렸다.

　이런 상황에 효인을 집으로 데려온 것은 성급한 판단이었는지도 모른다. 아니, 분명 성급한 판단이었다. 기묘한 기류가 흐르는 두 남녀가 밤새 단둘이서만 한집에 있어야 한다는 사실에 대해 안일하게 생각했던 것이다. 그것이 얼마나 위험한 일인지도 모르고, 여태까지처럼 별다른 의미를 두지 않고…….

　"세수도 해."

　하지만 진환은 존경스러울 만큼 아무렇지 않은 목소리를 내었다. 그러자 효인은 말 잘 듣는 어린아이처럼 비누로 대충 화장까지 어푸어푸 씻어냈고, 진환이 건네주는 수건으로 얼굴을 토닥토닥 닦았다. 그 일련의 동작들이 왠지 곰살가워 보여, 진환은 잠시 위기감을 잊고 희미하게 웃었다.

　"세수 끝~"

　효인은 '빨래 끝!'이라고 외치듯 말하고는 다시 후다닥 침대로 뛰어가 버렸다. 하지만 침대에 풀썩 눕자마자 주변을 휘적휘적 둘러보며 무언가를 찾았다. 화장실과 침대가 일직선상에 놓여 있기 때문에 그 모습을 본 진환은 그녀에게 다가갔다.

　"뭐 찾아?"

　"내 가방. 얼굴이 땡겨."

　진환은 효인에게 가방을 가져다주었다. 그러자 침대에 앉은 효인은 부스럭부스럭 핸드백을 뒤져서 늘 휴대하고 다니는 샘플용 스킨과 로션을 꺼내 들었다. 그리고 익숙한 동작으로 얼굴에 찰팍찰팍 기초화장품을 펴 발랐다.

　"다 됐다."

효인은 다시 기초화장품을 가방에 넣고 이제 정말 자보려는 듯 누웠다. 진환은 잠시 그녀를 바라보고 있다가 자신도 씻기 위해 움직이려고 했다. 뒤에서 와이셔츠를 낚아채 온 손길만 없었다면.

"진환아."

이성은 돌아보면 안 된다고 이야기했다. 하지만 진환은 낮은 한숨처럼 흘러나온 그녀의 목소리에 끌려 돌아보고 말았다.

화장을 지운 효인의 얼굴 위로 머리카락이 몇 가닥 흐트러져 있었다. 그녀의 얼굴은 알 수 없는 감정에 얼룩져 있었다. 차분하다 못해 우울해 보일 정도로.

"만약 우리가…… 만약 우리가 지금 만났다면, 어떤 모습이었을까?"

진환의 머릿속에 위험을 알리는 적색경보가 들어왔다. 더 이상 효인이 말하게 두었다가는 돌이킬 수 없어진다는 걸, 본능이 경고하고 있었다. 그래서 진환은 아직도 자신의 와이셔츠를 잡고 있는 효인의 손을 떼어내려고 했다. 하지만 효인은 와이셔츠를 그러쥔 손에 더욱 힘을 줄 뿐, 놓지 않았다.

"나한테 네가 이토록 소중해지기 전에 잃어도 괜찮은 사람으로 만났다면, 난 겁내지 않았을까?"

효인은 어쩐지 울 것만 같았다. 와이셔츠를 잡은 손은 간곡하게 느껴졌고, 한처럼 토해져 나오는 한숨에는 울음기가 배어 있었다.

"뭘……?"

한동안 효인을 빤히 내려다보던 진환은 결국 묻고 말았다. 여태 효인의 마음을 알 수 없기는 그 역시 마찬가지였기에, 그녀가 무엇을 겁내고 있다는 건지 궁금했다.

"널 잃는 걸."

효인은 주저하지 않고 대답했다.

"널 잃을까 봐 겁나……."

하지만 단호했던 어조는 금세 흐려졌다.

"있잖아. 심효인에게는 언제나 장진환이 있었어."

여자의 한숨 어린 말이 낮은 바람이 되어 남자의 가슴에 불어 왔다. 누군가에게 그만큼 소중한 사람이 될 수 있다는 건 그란 남자마저 감상적으로 만들기에 충분해, 기분 좋은 감각이 따뜻한 물처럼 온몸으로 퍼져 갔다.

"널 만나기 전엔 어떻게 살았는지 알 수 없을 정도로 내 옆에 는 항상 네가 있었어. 학교에서 공부할 때도, 우리 엄마가 돌아 가셨을 때도, 처음 병원에 들어갔을 때도…… 울고 싶을 때, 웃고 싶을 때, 다른 사람과 사귈 때마저. 근데 이제 와서 너 없이 살라면…… 난 어떻게 살아야 해?"

진환은 대답하지 않았지만, 효인은 하소연하듯 계속 말했다.

"아프면 누구에게 약을 사달라고 해……. 울고 싶으면 누구에 게 어깨를 빌려달라고 해……. 웃고 싶으면 누구와 함께 웃어야 해……?"

효인의 손은 여전히 진환의 옷을 꽉 말아 쥐고 있었다. 하지만 시선은 차마 진환을 볼 수 없는 듯 조금 먼 곳을 향한 채였다. 마치 지금 진환에게 이야기하고 있는 게 아니라 혼자 독백을 하고 있는 것처럼.

"장이 없는 심이 완전한 심장으로 존재할 수는 없는 거잖아."

둘의 성씨를 합쳐 '심장'이 된다는 건 여태껏 농담에 불과했다. 운명 같은 조합이긴 했지만, 효인이나 진환이나 그냥 조금 신기한 일로 치부해 오고 있었다. 하지만 지금은 둘을 합쳐서야 완전한 단어가 될 수 있다는 사실이 왠지 의미심장하게 다가왔다. 그건 효인도 마찬가지였다. 그저 생각나는 대로 말했을 뿐인데, 말을 하고 보니 그랬다.

너와 난 하나가 되어서야 완전하구나.

"왜 잃는다는 생각을 해?"

진환은 효인의 목가를 간질이고 있는 머리카락을 넘겨주며 나직이 물었다.

효인은 그의 손끝이 잠깐 와 닿은 부분이 흠칫 튀어 오르는 것 같았다. 마치 자신의 몸이 수면이 된 것 같았다. 그래서 그의 손끝이 아주 살짝 와 닿았을 뿐인데도 크나큰 파문이 일어나 전신으로 일렁일렁 퍼져 가는 느낌이었다.

"알고 있어서……."

효인은 뜻 모를 말로 대답했다.

"너와 내가 예전 같지 않다는 걸 알고 있어서…… 아니, 알아버려서……."

효인은 원래부터 마음속에 뭔가를 깊이 담아두는 성격이 아니었다. 타인에게 섭섭한 게 있다면 깊이 담아두고 꽁하는 게 아니라 서로 대화를 한 후에 속 시원히 털어버려야 했고, 말 못 할 고민거리가 있어도 뒤끝 없이 풀어버려야 만족하는 성격이었다. 그래서인지 전례 없이 마음속에만 담아두고 끙끙 앓아왔던 말도 결국 소리가 되어 나가 버렸다. 아마 용기를 북돋아주는 술기운 탓도 있을 터였다.

"사실 지금 생각해 보면 첫날부터 알고 있었던 것 같아. 식당에서 널 보고 반가움에 끌어안았을 때. 예전 같으면 말 그대로 끌어안을 수 있었을 텐데, 그럴 수가 없었어. 네 키가 너무 커버려서, 꼭 내가 안긴 것처럼 되어버렸거든. 그 느낌이 너무 생소했어."

진환은 그때를 반추해 보았다. 생각해 보면 이미 그때, 서로 달라진 시선의 높이가, 그리고 서로 달라진 몸의 윤곽이 과거는 과거일 뿐이라고 확실히 말해주고 있었다.

"그래, 우리 몸은 변했어. 하지만 우리 마음은 변하지 말자. 우리는 언제까지나 친구잖아. 그렇지?"

진환은 다시 손을 들었다. 그리고 희미하게 떨리고 있는 효인의 입술을 가만히 쓸었다. 손끝에 닿는 효인의 입술은 애처롭게도 더욱 떨려왔다.

"심효인. 진짜 친구에게는 그런 말을 하지 않아."

아직 다른 곳을 보고 있는 효인의 눈도 흔들리기 시작했다. 마치 예상치 못한 정곡을 찔린 듯. 하지만 이내 눈의 흔들림이 잦아드는 걸 보니 효인도 어렴풋이 알고 있었던 것 같았다. 굳이 친구라고 재차 다짐해야 한다는 건 이미 친구의 선상에서 벗어났다는 것을.

효인은 비척비척 상체를 일으켜 앉았다. 그리고 진환이 어디로 가버리기라도 할까 봐 여태 그의 와이셔츠를 꾹 쥐고 있던 손에 힘을 풀었다.

"아니."

효인은 단호하게 진환을 바라보았다.

"우리는 친구야. 단지 지금은 바뀌어 버린 서로가 너무 낯설어서, 마치 다른 사람 같아서 혼란스러울 뿐이야. 이성끼리는 한 번쯤 그럴 수 있으니까. 하지만 우리가 친구라는 사실은 바뀌지 않아."

그런데 왜 자신의 눈은 거짓말을 하는 것처럼 불안정하게 흔들리는지, 울 것 같은 표정을 짓게 되는지, 효인은 알 수 없었다.

"그러니까 너도 정신 차려."

효인은 평소처럼 호쾌하게 웃었다.

"이러니까 속 시원히 털어버리자고 하는 말이야. 저번에 털어 버리자고 했지만 잘 되지 않았잖아. 솔직히 너랑 계속 사이가 어색한 거, 도저히 못 참겠거든. 예전처럼 즐겁게 이야기하고, 장난을 치고……."

하지만 효인은 금세 어두운 빗줄기가 드리워지듯이 흐릿한 표정으로 되돌아갔다. 끝나지 않은 말도 천천히 잦아들었다.

무슨 생각을 하는지 효인은 믿을 수 없다는 듯이 이마를 감싸 쥐었다. 그리고 진창에 빠진 것처럼 혼란스러운 표정으로 아래를 뚫어져라 바라보다가, 서서히 이마에 있던 손을 내려 입가를 감쌌다.

믿을 수 없는 사실을 깨닫고야 만 듯한 표정이었다.

뭘 깨달았는지는 알 수 없었지만, 진환은 효인이 생각을 정리할 때까지 기다렸다. 그러자 그녀는 한참 후에야 떨리는 입술로 뒷말을 이었다.

"그리고…… 너한테 키스하고 싶이……."

앞말과 전혀 다른 말이었지만, 그건 효인의 본심이었다. 이성을 흐리게 만드는 알코올 때문에 막을 새도 없이 불쑥 튀어나오고 만 본심.

효인의 눈에 희미한 물길이 일었다.

"내 피부가 아프도록 네 존재감을 의식해……. 온몸으로 네가 남자라는 걸 느껴……. 가슴이 설레어서……."

그 뒷말은 소리가 되지 못했다. 진환이 효인의 양 볼을 감싸고 끌어당겨 깊이 입 맞춰왔기 때문이다. 떨리는 고백이 단숨에 그의 입속으로 빨려 들어가고, 불안하게 흔들리는 숨결도 그의 안으로 사라졌다.

효인이 크게 움찔하자, 볼을 감싼 진환의 손에 더 힘이 들어갔다. 도망가지 말라는 듯.

맞부딪친 입술이 각도를 바꾸자 뜨거운 혀가 안으로 밀고 들어왔다. 그리고 치열을 샅샅이 훑으며 격렬한 키스를 퍼부었다. 서로의 타액이 정신없이 뒤섞였다.

이내 진환의 입술이 떨어졌을 때, 효인은 깊어진 남자의 눈과 마주했다. 울컥 눈물이 치밀어 올랐다.

효인은 마찰에 의해 부풀어 오른 입술을 열었다. 뜨겁게 달아오른 숨과 함께 아까 다 하지 못한 뒷말이 흘러나왔다.

"멈춰야 하는데…… 멈출 수가 없어……."

"심효인, 난 멈추지 않을 거야."

진환은 효인의 볼을 감싼 그대로 말했다.

"사랑이란 게 멈출 수 없는 거라면……."

육체적인 욕망과 감정적인 소유욕에 사로잡힌 남자의 눈이 검푸르게 빛났다.

"얻을 테니까."

〈2권으로 계속〉

1] 아툴 가완디, 「나는 고백한다, 현대 의학을」, 김미화, 소소(2003), p.113

2] 김선 외, 「의사가 말하는 의사」, 부키(2004). p.27

3] 김선 외, 같은 책, p.104-105

4] 김선 외, 같은 책, p.174

5] 강구정, 「나는 외과의사다」, 사이언스북스(2003), p.27

6] 장병철, 「심장수술」, 아카데미아(2005), p.83

7] 윤미영, 「생명의 설계도를 다시 그리는, 의사」, 서강BOOKS(2006), p.29

8] 수술 장면 참조. 장병철, 앞의 책, p.93-95

9] 아툴 가완디, 앞의 책, p.21

10] 김선 외, 앞의 책, p.126

11] 토마스 네빌 보너, 「여의사의 역사」, 유은실, 한울(1996). p.24

12] Hospital, 위키피디아(영문), https://en.wikipedia.org/wiki/Hospital, 검색일 2019년 1월 17일

13] 일반외과, 위키피디아, https://ko.wikipedia.org/wiki/일반외과, 검색일 2019년 1월 17일

14] 강구정, 앞의 책, p.26

15] 김선 외, 앞의 책, p.133

16] 김선 외, 앞의 책, p.131

17] CPR 참조. 윤미영, 앞의 책, p.15-16, 최병일, 「심폐소생술, 죽는 사람도 살린다」, 물푸레(2003), p.122-125

18] 권혜림 외, 「간호사가 말하는 간호사」, 부키(2004), p.14

19] 아툴 가완디, 앞의 책, p.39

20] 정의석, 「심장이 뛴다는 말(적막하고 소란한 밤의 병원 이야기)」, 스윙밴드(2015), p.25

21] 정의석, 같은 책, p.25

22] 메르스환자 살린 '에크모', 다른 환자는 살려도 '삭감?', 청년의사, http://www.docdocdoc.co.kr/news/articleView.html?newscd=2015080200005, 검색일 2019년 1월 17일

23] 에피소드 참조. 정의석, 같은 책, p.102-105

24] 에피소드 참조. 닉 에드워즈, 「의사 이야기(의사가 직접 쓴 생생한 의료현장 기록)」, 이성현, 리얼북(2008), p.60-61

25] 김선 외, 앞의 책, p.55